Paris, 1986: Ein Maler verliebt sich Hals über Kopf in eine bildhübsche Studentin. Familie und Freunde haben reichlich Argumente gegen eine Hochzeit mit Amina: Sie ist zu jung und zu schön, sie ist eine Berberin, hat nicht dieselbe Klasse. Doch der aus Fès stammende Maler wischt alle Einwände beiseite und die beiden heiraten. Casablanca, 2000: Nach einem heftigen Ehestreit erleidet der inzwischen berühmte Maler einen schweren Schlaganfall, der ihn ans Krankenbett fesselt, lähmt und sprachlos macht. Die Schuld an seinem Zustand gibt er seiner Ehefrau: ihrer Eifersucht, ihren Verdächtigungen und Verwünschungen. Heimlich verfasst er seine Version ihres so wenig haltbaren Eheglücks. Als Amina die Zeilen liest, hält sie dagegen, und wir schauen mit anderen Augen auf die gleiche Geschichte.

Tahar Ben Jelloun wurde 1944 in Fès (Marokko) geboren und lebt heute in Paris. Er gilt als bedeutendster Vertreter der französischen Literatur des Maghreb. 1987 wurde er für seinen Roman *Die Nacht der Unschuld* mit dem Prix Goncourt ausgezeichnet, 2004 erhielt er für *Das Schweigen des Lichts* den IMPAC-Literaturpreis, 2011 wurde ihm der Erich-Maria-Remarque-Friedenspreis verliehen.

Christiane Kayser, geboren 1954 in Esch/Alzette, Luxemburg, übersetzt aus dem Französischen, u.a.: Jean Vautrin, Fouad Laroui, Tonino Benacquista, Boualem Sansal. Seit 1984 verbringt sie regelmäßig Arbeitsaufenthalte in Zentral- und Westafrika.

Tahar Ben Jelloun

EHEGLÜCK

Roman

Aus dem Französichen
von Christiane Kayser

Berlin Verlag Taschenbuch

MIX
Papier aus verantwortungsvollen Quellen
FSC® C019821
www.fsc.org

April 2015
Die Originalausgabe erschien 2012
unter dem Titel *Le bonheur conjugale*
bei Editions GALLIMARD, Paris

Umschlaggestaltung: ZERO Werbeagentur, München
unter Verwendung eines Motivs von
© Peter Adams/GettyImages
Druck und Bindung: Druckerei C. H. Beck, Nördlingen
Printed in Germany
ISBN 978-3-8333-1015-7

www.berlinverlag.de

Marianne: *Glaubst du, zwei Menschen können ein ganzes Leben zusammen verbringen?*
Johan: *Die Ehe ist eine idiotische soziale Konvention, die man jedes Jahr erneuern oder aufkündigen kann. (...) Denk daran, deine Strafzettel zu bezahlen, es werden immer mehr.*

Ingmar Bergman, *Szenen einer Ehe*

Wir schaffen unser Glück selber.

King Vidor, *Gilda*

ERSTER TEIL

Der Mann, der die Frauen zu sehr liebte

Prolog

Sie hat sich auf seiner Nasenspitze niedergelassen. Eine ganz gewöhnliche Fliege, weder dick noch klein. Grau, schwarz, leicht, fehl am Platz. Sie fühlt sich wohl dort, auf der Nase, auf der sie gelandet ist wie eine fliegende Maschine auf einem Flugzeugträger. Sie putzt ihre Vorderpfoten. Schrubbt und wachst sich für eine dringende Mission, könnte man meinen. Sie lässt sich nicht stören. Verbreitet Hektik und verharrt doch auf ihrem Platz. Sie wiegt so gut wie nichts, belastet aber dennoch. Sie macht den Mann nervös, er wird sie nicht los. Er hat versucht, sich zu bewegen, hat gepustet und geschrien. Die Fliege lässt das kalt. Sie bleibt, wo sie ist. Sie hat ihren Platz gefunden und lässt sich nicht verscheuchen. Der Mann will ihr nichts Böses, er möchte nur, dass sie wegfliegt, ihn in Ruhe lässt, wo er doch seine Finger, Hände, Arme nicht mehr bewegen kann. Sein Körper funktioniert nicht mehr. Er ist kurzfristig verhindert. Eine Art Panne im Gehirn. Ein Hirnschlag vor einigen Monaten. Er hat es nicht kommen sehen, es hat ihn wie der Blitz getroffen. Sein Kopf kann keine Befehle mehr an seine Gliedmaßen geben. Im Moment zum Beispiel möchte er, dass sich sein Arm hebt und den Eindringling vertreibt. Aber es bewegt sich nichts. Die Fliege ihrerseits schert sich nicht darum. Er mag krank sein oder kerngesund, das ändert nichts, seelenruhig putzt sie sich auf dieser grandiosen Nasenspitze weiter. Der Mann versucht noch einmal sich zu bewegen. Die Fliege lässt nicht locker. Er spürt, wie ihre winzigen, fast durchsichtigen Pfoten sich in seiner Haut festkrallen. Sie fühlt sich wohl. Keine Lust, woanders hinzufliegen. Wie ist sie dahin gekommen? Welches

Unheil hat sie bloß hergeschickt? Fliegen sind frei, sie gehorchen niemandem, sie tun, was sie wollen, sie fliegen weg, wenn man versucht, sie zu jagen oder zu erschlagen. Anscheinend haben sie einen Blickradius von 360°. Sie sollen beeindruckend wachsam sein. Im Moment versucht der Mann zu verstehen, auf welchem Wege sie ihn erreicht hat. Ach, der Garten! Die Hunde fressen ihren Napf nie leer. Alle Fliegen aus dem Viertel kennen sein ganzes Haus und das Eckchen am Gartentor. Von überall her schwirren sie hin, in der Gewissheit, dort unweigerlich Nahrung zu finden. Und nachdem sie gut gegessen haben, spazieren sie herum, fliegen hierhin und dorthin, um zu verdauen. Sie summen, lassen sich ins Leere fallen, schwirren in alle Himmelsrichtungen. Und plötzlich erscheint eine menschliche Nase. Lädt auf einen Besuch ein. Seit sich die erste Fliege niedergelassen hat, hat keine andere gewagt, ihr den Platz streitig zu machen. Der Mann aber leidet. Er möchte sich kratzen, die Fliege vertreiben, aufstehen, in den Garten laufen und selber die schmutzige Stelle säubern, wohin der Hauswart normalerweise einen Teil des Mülls kippt. Er macht sich sogar daran, die Welt zu retten: Wenn der Gärtner zur Schule gegangen wäre, wenn seine Eltern vom Lande ihr Dorf nicht verlassen hätten, um in die Stadt zu ziehen, Bettler zu werden, Autowäscher, Parkplatzwächter, wenn Marokko nicht zwei Jahre furchtbare Dürre hinter sich hätte, wenn das Geld im Lande besser zwischen den Städten und den ländlichen Gebieten verteilt wäre, wenn diese als Speicher und Schatzkammer des Landes angesehen würden, wenn die Agrarreform auf gerechte Weise durchgeführt worden wäre, wenn der Hauswart an diesem Morgen auf den Gedanken gekommen wäre, eben jenen Teil des Gartens von Müll zu befreien, wenn er sich die Mühe gemacht hätte, die Fliegen von diesem Treffpunkt zu vertreiben, wenn zudem die beiden Männer, die sich um ihn kümmern, an seiner Seite gewesen wären, hätte jene Fliege, jene vermaledeite Fliege nicht auf seiner Nase landen können und ein solch starkes Jucken verursachen, das ihn fast in den Wahnsinn treibt, ihn, den seit nunmehr sechs Monaten ein Schlaganfall an sein Bett fesselt.

Er sagt sich, dass er in der Gewalt eines Insekts, eines winzig kleinen Insekts ist. Er, den, als er noch gesund war, eine simple Stechmücke zu einem unverhältnismäßigen Wutanfall treiben konnte. Als Kind ging er nachts auf die Jagd nach Mücken; er erschlug sie mit großen Büchern, deren Umschläge bis heute die Blutspuren aufweisen. Denn wo er lebte, schienen die Mücken weder auf giftige Pflanzen noch auf Mückenmittel oder giftige Produkte zu reagieren. Seine Frau hatte sogar einen Hexer herbestellt, der Talismane gekritzelt und Gebete heruntergeleiert hatte, um sie zu verjagen. Doch sie waren stärker als alles. Des Nachts kamen sie, um das Blut der Menschen zu saugen, und im Morgengrauen verschwanden sie. Vampire.

An diesem Nachmittag ist die Fliege gekommen, um die Insekten Marokkos zu rächen, die er sein ganzes Leben über umgebracht hatte. Der Mann ist in seinem unbeweglichen Körper gefangen, er kann schreien, brüllen, betteln, die Fliege bewegt sich nicht und wird immer quälender. Es ist kein Schmerz, nur eine Unannehmlichkeit, eine ganz kleine, die ihm aber zunehmend heftig zu schaffen macht – das ist in seinem jetzigen Zustand gar nicht günstig.

Dann gelingt es dem Mann nach und nach, sich zu überzeugen, dass ihn die Fliege nicht mehr stört, dass er sich das Jucken nur eingebildet hat. Geschafft, er ist dabei, sie zu besiegen. Er fühlt sich zwar nicht besser, hat aber verstanden, dass er die Wirklichkeit akzeptieren und mit dem Fluchen aufhören muss. In den letzten Monaten hat sich sein Bezug zur Zeit und zu den Dingen wesentlich verändert. Sein Schlaganfall ist eine Prüfung. Schon denkt er nicht mehr an die Fliege.

Plötzlich sind die beiden Gehilfen da, die im Nebenzimmer Karten spielten, um nachzusehen, ob es dem Mann gut geht, und sofort hat sich die Fliege davongemacht. Es gibt keine Spur mehr von ihr, nur noch einen stummen Zorn, einen beherrschten Zorn, der viel aussagt über den Zustand dieses Mannes – eines Malers, der nicht mehr malen kann.

Kapitel 1

Casablanca, 4. Februar 2000

»Ich trage Fähigkeiten zur Liebe in mir, aber es ist,
als seien sie in einem geschlossenen Raum vergraben.«

Ingmar Bergman, *Szenen einer Ehe*

Die beiden kräftigen Männer, die ihn getragen und dann in einen Sessel mit Sicht auf das Meer gesetzt hatten, waren außer Atem. Auch der Kranke hatte Mühe zu atmen, und sein Blick war verbittert. Nur sein Bewusstsein war lebendig. Sein Körper war dick geworden, schwerfällig. Wenn er sprach, dann langsam und die meiste Zeit unverständlich. Oft bat man ihn zu wiederholen, was er gesagt hatte, und er hasste das, denn es war ermüdend und demütigend. Er kommunizierte lieber mit den Augen. Wenn er den Blick hob, bedeutete es Nein. Wenn er ihn senkte, hieß es Ja, doch ein resigniertes Ja. Eines Tages brachte ihm einer der Zwillinge – so nannte er seine beiden Gehilfen, auch wenn sie keine Brüder waren – in bester Absicht eine Tafel mit einem an einer Schnur festgebundenen Stift. Er bekam einen Wutanfall, brachte die Kraft auf, alles zu Boden zu werfen.

An jenem Morgen hatten die Zwillinge ihn nicht rasieren können. Eine Anzahl von Pickeln um sein Kinn herum hatte das Vorhaben zunichtegemacht. Er war nicht zufrieden. Verwahrlost. Er fühlte sich verwahrlost. Das ertrug er nicht. Da der Schlaganfall ihn heftig getroffen hatte, bekämpfte er verbissen die geringste Vernachlässigung seiner physischen Erscheinung auch in Bezug auf Kleidung. Als er feststellte, dass ein Kaffeefleck auf seiner Krawatte nicht beseitigt worden war, wurde er noch etwas mürrischer. Die Zwillinge bemühten sich, die Krawatte sofort zu wechseln, jetzt war er ganz in Weiß, aber er grummelte immer noch schweigend vor sich hin.

Wenn er sprach, erahnten die Zwillinge, was er sagte, auch wenn sie manche Worte nicht verstanden. Sie lasen in seinem Gesicht, kamen seinen Wünschen zuvor. Dazu braucht es ein feines Gehör und viel Geduld. Wenn er müde wurde, schloss er die Augen mehrmals hintereinander, das war das Zeichen, dass man ihn allein lassen sollte. Vielleicht weinte er dann, er, der so brillant, so elegant gewesen und überall gefeiert worden war. Der Tod hatte ihn gestreift, aber er hatte seine Arbeit nicht vollendet. Ihm kam das vor wie eine Beleidigung, ein schlechter Scherz auf seine Kosten, eine Boshaftigkeit mehr. Es regte ihn ständig auf, denn er träumte davon, im Schlaf zu sterben, wie sein alter polygamer, lebenslustiger Onkel. Doch am Ende war ihm das Gleiche widerfahren, wie so vielen Freunden und Bekannten seiner Generation. Er hatte nach den Worten des Arztes ein kritisches Alter erreicht. In dieser Altersklasse musste man einige Stürme überstehen.

Als der Zorn der ersten Monate etwas abgeklungen war, beschloss er, die Besucher an seinem Krankenbett anzulächeln, es war seine Art, sich dem körperlichen Niedergang entgegenzusetzen, der manchmal den geistigen Niedergang mit sich bringt. Daher lächelte er die ganze Zeit. Es gab das Morgenlächeln, luftig und parfümiert, das Mittagslächeln, ungeduldig und trocken, und dann das Abendlächeln, das am Ende zur leichten Grimasse mutierte. Dann hörte er mit einem Schlag auf zu lächeln. Er wollte sich nicht mehr verstellen. Warum auch lächeln? Für wen und mit welchem Ziel? Die Krankheit hatte seine Gewohnheiten durcheinandergebracht. Die Krankheit oder der Tod?

Er war nicht mehr derselbe Mensch, er sah es auch in den Augen der anderen. Er hatte die Aura des großen Künstlers verloren. Doch er weigerte sich, Versteck zu spielen; er wollte bald ausgehen und sich in seinem neuen Zustand zeigen können. Es würde unangenehm werden, aber er bestand darauf.

Trotz seiner fast vollständigen Lähmung hatte er seltsamerweise nie daran gedacht, mit dem Malen aufzuhören. Er war überzeugt, sein Leiden sei vorübergehend, nur eine Art Krise. Jeden Tag versuchte er, die Finger der rechten Hand zu bewegen. Und jeden Tag verlangte er einen Pinsel, den sie ihm zwischen Zeigefinger und Daumen schoben, aber im Augenblick konnte er ihn noch nicht lange genug halten. Deshalb machte er diese Übung mehrmals am Tage. Wenn er es endlich schaffen würde, den Pinsel zu halten, würde ihn der Zustand seines restlichen Körpers weniger kümmern.

In seinem Kopf überschlugen sich Ideen zu neuen Bildern. Da er nicht malen konnte, geriet er in eine Art Erregungszustand. Er war noch ungeduldiger als üblich. Diese verstörenden intensiven Momente mündeten in langes, mit einem Gefühl der Niederlage gepaartes Schweigen. Seine Stimmung schlug um, er versank in dichtem Nebel, der irgendein düsteres Ereignis ankündigte. Aus seinem halboffenen Mund floss ein dünner Faden Speichel. Von Zeit zu Zeit wischte ihn einer der Zwillinge behutsam weg. Er wachte auf und schämte sich ein wenig wegen des Sabberns, es war ihm auch peinlich, dass er eingenickt war. Diese Kleinigkeiten störten ihn mehr als seine Lähmung.

Der Fernseher lief; es war die Übertragung eines Leichtathletikwettbewerbs. Schon immer hatten ihn diese geschmeidigen, herrlich-perfekten Körper fasziniert; zu perfekt, um menschlich zu sein. Er sah zu und fragte sich, wie viele Jahre, Monate, Tage Arbeit hinter jeder Geste des jungen Athleten steckten. Er wollte auf keinen Fall, dass sie auf einen anderen Sender umschalteten. Nein, er liebte dieses Schauspiel, trotz oder gerade wegen der Gefangenschaft in seinem Zustand. Er träumte, verspürte eine merkwürdige Wonne beim Betrachten der Bewegungen der jungen Sportler. Zu seiner Überraschung feuerte er sie an, als kenne er sie persönlich, als sei er ihr Trainer, ihr Lehrer, ihr Coach oder ganz einfach ein Familienmitglied.

Er dachte an einen Text, *Der Seiltänzer* von Jean Genet, den ihm ein Freund zum Geburtstag geschenkt hatte. Er hatte ihn verschlungen und sich die Spannung vorgestellt, die der Akrobat in jeder seiner Gesten unter Kontrolle bringen musste. Am liebsten hätte er den Text illustriert, doch man hatte ihm erklärt, Genet sei ein schwieriger Mensch und werde seine Einwilligung nicht geben. In regelmäßigen Abständen las er den Text und konzentrierte sich auf ein zwischen zwei Punkten gespanntes Seil; er sah sich darauf, schwitzend, mit zitternden Händen die Stange haltend, dann der Fehltritt, der Sturz und die gebrochenen Knochen. Einige Male dachte er sich sogar eine Geschichte über einen verunglückten Seiltänzer aus, stellte sich vor, dass er selbst jetzt in diesem Zustand festsäße, weil er bei einer Zirkusvorstellung gestürzt sei. Sein Dilemma wäre damit physischer Natur, nicht psychischer. Er wäre kein gestresster verbitterter Maler, sondern ein Akrobat mit einem zehn Meter unter dem Seil zerschellten Körper.

Dieser Gedanke besänftigte ihn. Über seine Wangen rann keine einzige Träne. Seine Stimmung blieb ungetrübt. Mit schwerer Hand tastete er sein Bein ab und spürte so gut wie nichts. Er sagte sich: »Das kommt schon noch, nur Geduld mein Alter!«

Seit ihrem letzten Streit und dem unmittelbar darauf folgenden Schlaganfall hatte er seine Frau nicht mehr gesehen. Er lebte in seinem Atelier, wohin er alles Nötige zum Leben hatte bringen lassen und zum Bestehen der Prüfung, die seine Krankheit darstellte. Sie wohnte im anderen Flügel ihres sehr großen gemeinsamen Hauses in Casablanca. Die Zwillinge waren angewiesen, sie niemals an ihn heranzulassen. Doch das war gar nicht nötig, denn die Entfernung zwischen ihnen schien ihr gerade recht zu sein. Sie hatte nicht im geringsten signalisiert, dass sie gewillt sei, sich um einen Schwerkranken zu kümmern. Er hingegen wollte Bilanz ziehen aus den zwanzig Jahren Zusammenleben. In dieser Hinsicht war die durch den Anfall erzwungene Wende in ihrem Eheleben eine Gunst des Schicksals. Manchmal sah er durch eines der Fenster des Ateliers, die auf den Innenhof blickten, wie sie sich zum Ausgehen zurechtmachte. Niemand wusste, wo sie hinging, und das war auch besser so. Er hatte sowieso beschlossen, sie weder zu überwachen noch zu verdächtigen.

Vorher, als er noch gesund war, hatte er die Flucht ergriffen, war verreist und hatte kein Lebenszeichen gegeben. Es war seine Art, auf Unbehagen und Beziehungskonflikte zu reagieren. Er führte ein Tagebuch, in dem es ausschließlich um die Schwierigkeiten in seiner Ehe ging. Nichts anderes wurde in dem Heft behandelt. Über zwanzig Jahre lang gab es nicht viel Abwechslung beim Beschreiben der Streitigkeiten, seines Verdrusses und seiner Wutanfälle. Es war die Geschichte eines Mannes, der geglaubt hatte, Menschen könnten sich ändern, aus ihren Fehlern lernen, ihre guten Seiten stärken, sich in

Frage stellen und bessere Wesen werden. In seinem tiefsten Innern hatte er die Hoffnung gehegt, dass seine Frau eines Tages zwar nicht zahm und unterwürfig, aber zumindest entgegenkommend und liebevoll werde, ruhig und vernünftig – kurzum eine Ehefrau, die zusammen mit ihm ein Familienleben teilte und aufbaute. Es war ein Traum. Er schlug den falschen Weg ein und gab seiner Frau die Schuld, statt auch seinen Teil der Verantwortung an der Misere einzugestehen.

Kapitel 2

Casablanca, 8. Februar 2000

»In einer Zweierbeziehung sind alle Opfer möglich und annehmbar bis zu dem Tag, an dem einer der beiden merkt, dass es ein Opfer gibt.«

Sacha Guitry, *Donne-moi tes yeux*

Gleich nach dem Aufwachen bat der Maler die Zwillinge um einen Spiegel. Drei Monate nach dem Unfall fühlte er sich zum ersten Mal stark genug, seinem Ebenbild standzuhalten. Als er sich sah, brach er in heftiges Gelächter aus, denn er erkannte sich nicht und fand seinen Anblick jämmerlich. Er sagte sich: »Was hätte ich an deiner Stelle getan? Mich umgebracht? Dafür bin ich nicht mutig genug. Mich geweigert, in den Spiegel zu sehen? Ja, das hätte ich getan: mich nicht sehen, nicht feststellen müssen, was aus mir geworden ist. Um jeden Preis hätte ich verhindert, dass sich weitere Leidensbaustellen auftun.«

Nach dem Schlaganfall hatte er nicht einmal daran gedacht, sich umzubringen. Der Wille zum Leben war stärker geworden, aufgeben wäre zu leicht gewesen. Auch wenn sein Allgemeinzustand nicht sehr gut war, hatte er nach und nach wieder Freude an den alltäglichen Dingen gewonnen. Die depressiven Gedanken hatten ihn verlassen, nicht alle, aber er war besser gewappnet, um sie zu verjagen und sich nicht darin zu suhlen. Er war kein Optimist, das überließ er den Naiven. Doch er hasste es, sich zu beklagen. Warum sollte er jammern? Das lähmte bloß das Denken. Er hatte von seiner Mutter gelernt, dass man sich nie beklagen durfte, erstens weil es nichts nützt und zweitens weil es die anderen langweilt. Das Leiden musste man ertragen, notfalls indem man allein in tiefer Nacht weinte. Seine Mutter sagte in ironischem Ton: »Ich hätte meinen Totengräbern so viel zu erzählen. Was die Engel betrifft, die uns am Tag unseres Begräbnisses begleiten, so werden sie meine Seele ganz hoch in den Himmel heben. Das wird meine schönste Reise.« Wie sollte man da nicht an die zwei schwarzen Engel denken, die die Seele von *Liliom* mitnehmen, der in Fritz Langs Film von Charles Boyer gespielt wird? Doch er dachte, die Engel, die seine Mutter hinwegtrügen, wären weiß, lächelnd und wohlwollend. Er stellte sie sich vor und war überzeugt, dass seine Mutter ihre letzte Reise in den Armen jener Engel verdiente, von denen der Koran spricht.

Im Spiegelbild betrachtet, war sein körperlicher Niedergang spektakulär. Nicht mehr der Gleiche sein, nicht mehr dem Bild entsprechen, das die Menschen von einem haben, sein neues Gesicht annehmen und sich daran gewöhnen – dem musste er sich stellen, wenn er wieder zu den Lebenden stoßen wollte. Er hatte den Eindruck, wie ein zerlumpter Stofffetzen, wie eine Karikatur zu wirken. In einem Anfall von Selbstironie sagte er sich, er ähnele einem Selbstporträt von Francis Bacon. Das hatte er in den Blicken einiger ihm nahestehenden Besucher gesehen. Allein schon an einem auf ihn gerichteten Blick konnte er den Schock erkennen, den sein missgebildeter, zerstörter und schwer zu bewegender Körper produzierte. Der Schatten des Todes hatte ihn gestreift und Spuren auf einem Bein und einem Arm hinterlassen. Das war nur der Odem des Todes.

Vielleicht versetzten sich die Besucher an seine Stelle, beobachteten sich einige Sekunden lang in einem ihnen vorgehaltenen Spiegel und sagten: »Was, wenn mir das eines Tages geschähe? Wenn ich so leben müsste, an den Rollstuhl gefesselt, herumgeschoben von einem gesunden Menschen? Die Hälfte meines Körpers wäre gelähmt, und ich könnte kaum sprechen. Vielleicht würde man mich im Stich lassen … ich wäre nur noch eine unangenehme Bürde für meine Familie, für meine Freunde, zu nichts zu gebrauchen, uninteressant. Die Menschen sehen das Leiden auf dem Körper der anderen nicht gerne.« Sie rannten zum Arzt und ließen sich durchchecken. Auch waren alle neugierig zu erfahren, wie das überhaupt passiert war. Zu gerne hätten sie das gewusst, um einem solchen Zwischenfall vorzubeugen, um nicht zu Opfern der Fehlleistungen der Maschine zu werden, die das Gehirn mit Blut versorgt. Sobald sie erfuhren, dass das Gehirn ein kompliziertes Gebilde mit mehr als 100 Milliarden Nervenzellen war, die zum reibungslosen Ablauf unserer alltäglichen Verrichtungen notwendig waren, bekamen sie Angst. Sie wagten es nicht, ihn zu fragen, wie die Sache passiert war. Sie sprachen untereinander darüber, recherchierten im Internet und lasen alles, was sie über Hirnschlag finden konnten. Am schlimmsten war es, wenn der Arzt oder das Internet ihnen eröffneten, dass dies egal wem und unabhängig vom Alter widerfahren könne. Doch immerhin gab es begünstigende Faktoren. Einer seiner Jugendfreunde, Hamid, war schockiert und bestürzt, er hörte sofort mit dem Rauchen und dem Trinken auf. Eines Tages kam er ganz in Weiß mit einer Gebetskette in den Händen, beugte sich über ihn und küsste seine Stirn: »Dir verdanke ich, dass sich mein Leben verändert hat; ich bin der Einzige, der Nutzen aus deinem Anfall gezogen hat. Ich habe solche Angst bekommen, dass es mir geholfen hat!« Er hatte ja schon lange gewusst, dass übermäßiges Rauchen und zu viel Alkohol diese Art von Anfall verursachen konnten. Er begab sich wegen seines Bluthochdrucks in Behandlung, aß wenig Zucker, weil es in seiner Familie Fälle von Diabetes gab, doch gegen den Stress, diese heimtückische und manchmal tödliche Krankheit, konnte er nichts ausrichten.

Der Stress war eine Art Quälgeist, der Löcher in lebenswichtige Organe fraß. Er stellte ihn sich als eine Art Maschine vor, die alles aus dem Gleichgewicht brachte, womit sie in Berührung kam, ohne dass man es bemerkte. Der Stress war sein Unheil bringender Doppelgänger, der von ihm immer mehr Arbeit verlangte, seine wirklichen Fähigkeiten überschätzte und ihn glauben machte, er könne über das Menschenmögliche hinausgehen. Der Stress packte das Herz, quetschte es zusammen, zerstörte seine Funktionsfähigkeit. Das alles wusste er und hatte oft darüber nachgedacht.

Als er noch gesund war, wenn er sich ausnahmsweise einmal langweilte, hielt er in der Arbeit inne und durchforschte jenen Zustand, in dem die Zeit stehen blieb, eine Pause einlegte, während er seinen fixen Ideen nachging. Die Langeweile war ein Ergebnis der Schlaflosigkeit, der Weigerung, sich in das schwarze Loch des Unbekannten fallen zu lassen. Er drehte sich im Kreis, gab schließlich auf und wartete, bis es vorüberging. So steckte er den Stress in die Schublade zwischen Schlafmangel und die Bewegungslosigkeit der Stunden.

In seinem Atelier, in dem er jetzt alle seine Tage verbrachte, fern von den Geräuschen der Stadt, fragte er sich, wie der Anfall ihn in diesem Ausmaß körperlich hatte zerstören können. Er ertrug nur schwer diesen zerschundenen Körper, der ihn am Handeln hinderte und der Freiheit beraubte. Als Jugendlicher hatte er am Strand von Casablanca Fußball gespielt. Er war ein hervorragender Torschütze, und nach Abpfiff trugen ihn die

Kameraden auf ihren Schultern und feierten ihn, weil er alle Tore gemacht hatte. Er hätte professioneller Fußballer werden können, doch damals hätte er dafür nach Spanien ziehen und zu einer der großen Mannschaften gehen müssen. Seine Eltern wollten lieber, dass er malte, auch wenn das kein Geld einbrachte. Alles war besser als das Exil bei den *Spagnoulis*, die *los Moros* hassten!

Erneut betrachtete er sein Spiegelbild. Er sah mies aus, oder vielmehr ramponiert. Er dachte an das Lied von Léo Ferré *Vingt Ans*:

»Als einziges Gepäck hat man seine Visage,
wenn sie schick aussieht, geht alles wie von selbst,
sieht sie mies aus, gewöhnt man sich an die Blamage, sagt sich, so übel ist das nicht;
als einziges Gepäck hat man sein Gesicht,
das manchmal quatscht, wenn man alleine ist …
wenn man weint, gibt man vor zu lachen …
als würde nichts davon einem was ausmachen …«

Er erinnerte sich an die Zeit mit Ferré, als der in Casablanca aufgetreten war. Sie hatten im Patio des *Mansour* einen Tee getrunken, und ihm waren Ferrés kleine Augen aufgefallen, seine Marotten, seine fast ständig schlechte Laune und vor allem diese große Erschöpfung, die sich auf seinem Gesicht abzeichnete. Er hatte Ferré immer als Dichter, als Rebellen angesehen, dessen Lieder aufmerksamen Zuhörern guttaten.

In den ersten Monaten seiner Krankheit hatte er sich in den Schutz seines Ateliers zurückgezogen und so gut wie nie gezeigt. Umgeben von seinen unvollendeten Bildern beugte er sich über sich selbst, verspürte ein Gefühl überwältigender Einsamkeit, denn Leiden kann man nicht teilen. Sicher, er hatte zahlreiche Sympathiebekundungen erfahren. Das freute ihn, und manchmal staunte er darüber, dass manche Menschen, die er kaum kannte, die richtigen Worte gefunden hatten, Worte, die ihn tief berührten. Insbesondere Serge, dem er nur hin und wieder begegnet war. Er wohnte im gleichen Viertel. Zwei Wochen nach seiner Entlassung aus dem Krankenhaus hatte Serge ihn angerufen und aufrichtig mit ihm gesprochen. Dann hatte er angefangen, ihn jede Woche zu besuchen, ihn gefragt, wie es ihm ging, ihn moralisch unterstützt. Bis der Maler eines Tages erfuhr, dass sein Freund urplötzlich gestorben war. Serge hatte Krebs gehabt und nie darüber gesprochen. Erst nach seinem Tod erfuhr der Maler, was an ihm gezehrt hatte. Am liebsten wäre er in Tränen ausgebrochen. So viel Demut und Freundschaft von Seiten eines Menschen, der nicht einmal zu seinem engsten Bekanntenkreis gehörte, hatten ihn beeindruckt. Das glatte Gegenteil zu manchen seiner Freunde, die urplötzlich verstummt waren. Sie waren ganz einfach von der Bildfläche verschwunden. Angst. Das große Muffensausen. Dabei ist ein Schlaganfall keine ansteckende Krankheit! Man hatte ihm zugetragen, einer seiner Freunde behaupte, er besuche ihn nicht, weil er sich wegen seiner eigenen guten Gesundheit schämte. Sicher meinte er es ehrlich. Doch wenn ein Kranker das Gefühl hat, verlassen zu werden, leidet er auf heimtückischere, grausamere Art.

Als er noch ein Kind war, forderte ihn sein Vater auf, Kranke und Sterbende zu besuchen. »Es ist ein Ratschlag unseres Propheten«, sagte er. »Man soll jene aufsuchen, die leiden und ihre Stunde erwarten, die immer noch nicht gekommen ist. Einen Sterbenden aufsuchen ist zugleich großherzig und selbstsüchtig. Wer seine Zeit Bettlägerigen widmet, lernt Demut, weiß, dass das Leben an einem so dünnen Faden hängt, dass wir Sandkörner sind, Gott gehören und zu ihm zurückkehren! Wenn man Angst vor der Krankheit anderer hat, sollte man sie bezwingen und kennenlernen, was jeden von uns erwartet.

Siehst du, mein Sohn, es sind banale Feststellungen, doch sie drücken die Wahrheit aus.«

In der Klinik, in der er nach seinem Anfall lag, teilte er das Zimmer mit einem siebenundzwanzigjährigen italienischen Pianisten namens Ricardo. Auch er hatte einen Schlaganfall erlitten, während seines Urlaubs in Marokko. Die Ärzte und seine Familie warteten darauf, dass es ihm ein wenig besserging, um ihn nach Italien überführen zu können. Seit er wieder bei Bewusstsein war, starrte Ricardo auf seine Hände. Er konnte die Finger nicht mehr bewegen und weinte stumm. Die Tränen flossen unaufhörlich. Da er sie nicht aufhalten konnte, schloss er die Augen und drehte sich zur Wand. Sein Leben war zerstört, seine Karriere jäh beendet. Jeden Tag kam eine Frau zu ihm, vielleicht seine Ehefrau oder eine Freundin, sie tröstete ihn. Sie massierte seine Finger, streichelte sein Gesicht, wischte seine Tränen ab und verließ schließlich erschüttert das Krankenzimmer. Sie ging vor die Klinik, um zu rauchen, und kam danach mit trauriger Miene zurück. Einmal setzte sie sich auf das Bett des Malers und sprach mit ihm. Er hörte zu und nickte: Sie sah, dass seine linke Hand sich ein wenig bewegte. Sie vertraute sich ihm an: »Ricardo ist der Mann meines Lebens, er hatte eine glänzende Zukunft vor sich, doch seine Feinde haben gesiegt. Ich bin Sizilianerin und glaube an den bösen Blick, es ist kein Zufall, dass Genies fast immer grausame Schicksalsschläge erleiden. Eifersucht, Neid, Boshaftigkeit. Anscheinend glauben auch viele Marokkaner daran. Es gibt den bösen Blick, ich habe den Beweis. Ricardo und ich sollten einen Monat nach dieser Reise heiraten. Unsere Eltern waren dagegen. Sie verstehen schon: Mailänder Großbürger verheiraten ihren einzigen Sohn doch nicht mit der Tochter eines Fischers aus Mazara del Vallo! Aber wir hatten einen Plan, wollten gleich nach der Hochzeit in die USA gehen. Ricardos Agent bekommt ständig Anfragen von da. Doch dann ist er am Tag nach unserer Ankunft in Casablanca im Hotelzimmer zusammengebrochen. Ich weiß nicht, was passiert ist. Er sprach oft vom Stress, von der Perfektion, die er erreichen wollte und die ihn aufzehrte. Er duldete nicht den geringsten Fehler oder die kleinste Ungenauigkeit. Vor jedem Konzert wurde er krank, aß nichts, sprach mit niemandem. Er war verkrampft, starr vor Angst wie ein Stierkämpfer vor dem Eintritt in die Arena, das habe ich genau gespürt. Was wird nur aus uns werden? Entschuldigen Sie, ich rede auf Sie ein, und dabei kenne ich Sie gar nicht … ich habe Sie nicht einmal nach Ihrem Namen gefragt, danach, was Sie vor Ihrem Anfall taten. Ich bin so durcheinander.«

Er versuchte, ein paar Worte hervorzubringen. Sie begriff, dass er in der gleichen Lage war wie Ricardo. Ein vom Unglück heimgesuchter Künstler, der seine Kunst nicht mehr ausüben kann. Sie senkte den Blick, und Tränen liefen über ihre Wangen.

Er beobachtete sie heimlich und bemerkte ihre wilde Schönheit, eine Tochter des Südens, braunhaarig, hochgewachsen, elegant und ohne Affektiertheit. »Was für eine Vergeudung!«, sagte er sich. Das Leben war ungerecht!

Einige Tage danach verließ Ricardo die Klinik und wurde nach Italien überführt. Beim Abschied kritzelte die junge Frau ein paar Worte auf die Rückseite eines Arztrezepts und schob den Zettel auf den Nachttisch des Malers; sie küsste ihn flüchtig auf die Stirn. Auf den Zettel hatte sie ihre Adresse und Telefonnummer aufgeschrieben und eine kleine Botschaft der Hoffnung hinzugefügt. Sie wünschte sich, dass sie sich alle eines Tages gemeinsam an einem Tisch in Sizilien oder der Toskana wiedertreffen könnten. Die Unterschrift lautete »Chiara«.

Sein jetziger Zustand als Kranker erinnerte ihn an seine Besuche bei Naima, einer Cousine, die er wie eine Schwester liebte und die im Alter von zweiunddreißig Jahren den furchtbaren Morbus Charcot, die neurale Muskelatrophie, bekam. Er hatte den Krankheitsverlauf verfolgt und den langsamen, aber unaufhaltsamen Zerfall ihres Körpers miterlebt, dem nach und nach die Muskeln schwanden. Er bewunderte diese schöne Frau, die so jung an den Rollstuhl gefesselt war; sie war so mutig, so optimistisch. Nur mit Mühe konnte sie sprechen, komplett abhängig von ihrer Hilfskraft – einer ehrlichen Haut, die so treu zu ihr stand, dass sie sie nie alleine ließ und sich nicht nur als Mitglied der Familie, sondern auch als Verlängerung ihrer Hände, Arme und Beine sah.

Er wusste, dass die Muskelatrophie eine unheilbare Krankheit war. Auch sie wusste das ganz genau und bat Gott jeden Tag um ein wenig mehr Zeit, darum, ihre Kinder bis zum Ende des Studiums begleiten, vielleicht bei der Hochzeit ihrer beiden Töchter dabei sein zu können. Sie bettelte um Zeit für Alltägliches. Sie betete und vertraute Gott ihr Leben an.

Der Maler wäre ihrem Beispiel gerne gefolgt. Doch er war nicht gläubig genug, um stetig zu beten. Er glaubte an irgendeine spirituelle Kraft. Manchmal rief er diese höhere Macht, die das Universum beherrscht, um Erbarmen an. Aber er war erfüllt von Zweifeln, besaß einen Drang zur Erforschung des Geistigen. Ein Künstler kann sich nicht in Gewissheit sonnen. Sein ganzes Wesen, seine ganze Arbeit werden vom Zweifel angetrieben.

In einer der ersten Nächte, die er in seinem Atelier verbracht hatte, überfiel ihn ein Krampf, und er musste dringend seine Position im Bett wechseln. Doch die Klingel funktionierte nicht. Er konnte noch so sehr mit seinem dünnen Stimmchen rufen, irgendwie gegen das Bettgestell klopfen, die Zwillinge, die nebenan schliefen, konnten ihn nicht hören.

Er hatte Schmerzen, ihm tat die ganze linke Seite weh, die langsam erstarrte. Ein letztes Aufbäumen warf ihn plötzlich aus dem Bett zu Boden. Diesmal war der Lärm so groß, dass die zwei Männer aufwachten und herbeieilten. Zum Glück hatte er sich nichts gebrochen, nur blaue Flecken an der Hüfte. Wieder dachte er an Naima und die furchtbaren Nächte, die sie durchlebt haben musste.

Naimas Krankheit hatte seinen Blick auf die Welt der Behinderung radikal verändert. Er wusste weit mehr darüber als die meisten seiner Freunde. Jedes Mal, wenn er einen behinderten Menschen traf, stellte er sich dessen tägliches Leben bildlich vor. Er schenkte ihm wahre Aufmerksamkeit und interessierte sich für jeden Fall. Gute körperliche und geistige Gesundheit versperrt unseren Blick auf die Wirklichkeit; nie sehen wir die Mängel, die teils riesigen Wunden jener, die vom Schicksal geschlagen sind. Wir gehen an ihnen vorüber, und im besten Fall spüren wir Mitleid mit ihnen, dann ziehen wir unseres Weges.

So hatte der Maler eines Tages angeboten, seinen Freund Hamid zu einem Treffen von Eltern behinderter Kinder zu begleiten. Dessen Sohn Nabil hatte von Geburt an Trisomie 21. Der Maler hörte Müttern zu, die gegen ihre schwierige Situation ankämpften. In Marokko gab es keine Einrichtungen, die sich um diese Kinder kümmerten, »die ein gleichgültig lassendes Unglück ertragen müssen«, wie es ein im Saal anwesender Psychologe formulierte. Nach dem Treffen lud er Nabil in sein Atelier ein. Er gab ihm eine Leinwand und Farben. Zeigte ihm, wie man malt. Nabil war glücklich. Er malte den ganzen Tag lang. Am Abend nahm er seine Bilder mit, die seine Eltern einrahmen ließen und in ihrem Wohnzimmer aufhängten.

Er war sich im tiefsten Inneren sicher: Dieser Anfall war für ihn die Chance, alles zu überdenken. Nicht nur seine Ehe, auch seinen Bezug zur Arbeit und zum künstlerischen Schaffen. Er sagte sich: »Liebend gerne würde ich einen Schrei wie Bacon malen können, oder Angst, dieses Etwas, das mich lähmt und verwundbar macht. Ich möchte die Angst so genau malen, dass ich sie fassen und dadurch schachmatt setzen kann, sie auslöschen, sie aus meinem Leben verbannen. Ich glaube an durch Malerei entstehende Magie, die sich auf die Wirklichkeit auswirkt. Ja, sobald ich Hände und Finger bewegen kann, werde ich mich an die Angst machen, eine horizontale Angst wie Zugschienen, eine bewegliche Angst, die Erscheinung und Farbe wechselt, alle Lichter löscht. Ja, ich werde sie einfangen und vor dem Meer ausbreiten, dessen Blau das Bild übernehmen wird. Die Angst wird in den blauen Fluten versinken, untergehen. Ich werde sie betrachten, wie ich den Tod ansehe. Jetzt habe ich keine Angst mehr vor dem Tod. Aber ich darf mich nicht auf mein eigenes Spiel einlassen. Ich muss einen Rhythmus, eine Musik schaffen, die die Angst zurückdrängen.«

Er betrachtete sein regloses Bein und lachte leise. Eines Abends, als er über sein Schicksal nachdachte, hatte er sich davon überzeugt, sein gelähmtes Bein sei der Zufluchtsort seiner Seele geworden, und seine Befreiung müsse genau da ansetzen. Die Seele ist lebhaft und kann Starres, Regloses nicht ertragen. Er war es zufrieden, dass sich seine Seele in seinem Bein niedergelassen hatte und daran arbeitete, ihm seine Beweglichkeit wiederzugeben. Sicher war es ein etwas verrückter Gedanke, doch er glaubte felsenfest daran. Seit er nicht mehr malen konnte, verbrachte er die Zeit mit Träumen und erfand sein Leben neu. Er versetzte sich gerne in eine kleine Hütte, in der er leben und die Welt betrachten konnte, ohne gesehen zu werden. Doch der noch heftige Schmerz und die schwierige Rehabilitierung rissen ihn sehr schnell aus dieser Welt eines kranken Kindes.

Eines Tages, als er zu einer Kontrolluntersuchung in der Klinik war, bekam er einen Anruf. Einer der Zwillinge hielt ihm den Hörer hin und sagte achselzuckend: »Es ist Madame Kiara!« Er erkannte sie sofort und war erstaunt, dass sie ihn nicht vergessen hatte. Sie fragte zuerst, wie es ihm ginge, doch sie bemerkte schnell, dass er immer noch kaum sprechen konnte. Sie erzählte ihm, Ricardo gehe es überraschenderweise sehr viel besser. Sie waren nur kurze Zeit in Italien geblieben und hatten dann tatsächlich in die USA umziehen können, wo die Reha ihn verwandelt hatte. Sein Agent hatte alle Kosten übernommen. Ricardo konnte seine Finger jetzt bewegen, und wenn man ihn an ein Klavier setzte, spielte er auf seltsame Weise, versetzt, ein wenig wie Glenn Gould, der Bach auf seine Weise neu interpretiert. Sein Agent hatte sofort beschlossen, diese Besonderheit seines Klavierspiels zu nutzen. Chiara sagte: »Die Geschäftemacher haben eine Antenne für so was, doch uns interessiert vor allem, dass Ricardo seine Reflexe wiederfindet!«

Der Maler freute sich über die Neuigkeiten von seinem ehemaligen Zimmergenossen. Er sagte sich, am Ende des Leids gibt es doch Hoffnung.

Als er nach den Untersuchungen wieder zu Hause war, gefiel er sich darin, sich die Gerüchteküche um seinen Unfall auszumalen, sich vorzustellen, was hinter seinem Rücken gemunkelt wurde: »Wusstest du nicht, dass er einen Anfall hatte? Der Arme, nun kann er nicht mehr malen … Jetzt sollten wir seine Bilder kaufen.« Oder: »Gerade er, der so arrogant, so egozentrisch ist! Gott hat ihm ein Zeichen geschickt. Er hat ihn gewarnt, das nächste Mal ist Schluss.« Oder noch vulgärer: »Es ist aus mit ihm, bestimmt kriegt er keinen mehr hoch, dabei liebte er die Frauen so sehr ... Und seine Frau, die Arme, die ja schon alles Mögliche durchgemacht hat, jetzt kann sie beruhigt sein, sein Schwänzchen taugt nur noch zum Pinkeln. Es gibt doch noch Gerechtigkeit auf der Welt!« »Endlich lernt der große Verführer unsere Art von Einsamkeit kennen! Klar, wir waren neidisch auf seine Eroberungen, und seine Bilder haben sich verdammt gut verkauft.« Als stünde er daneben, stellte er sich seinen Galeristen vor, wie er mit Kunstsammlern telefonierte: »Auf gar keinen Fall jetzt verkaufen, hören Sie? Warten Sie ein paar Monate!« Was tat seine Frau eigentlich, seit sie es erfahren hatte? Würde sie nicht auf Vergeltung sinnen? Nein, nein, er hatte beschlossen, sich diese Art von Fragen nicht mehr zu stellen. Er wollte keinen Streit mehr mit ihr, er wollte Frieden, damit er gesund werden konnte.

Wenn wir von Krankheit oder Unglück heimgesucht werden, verändert unser Umfeld plötzlich das Gesicht. Manche verlassen wie Ratten das sinkende Schiff, andere warten erst einmal ab, und wieder andere bleiben ihren ursprünglichen Gefühlen und ihrem Verhalten treu. Die sind selten und kostbar.

Er war von Vertretern der drei Kategorien umgeben. Im Übrigen hatte er sich in dieser Frage nie Illusionen hingegeben. Vor der Malerei hatte er sich lange mit Philosophie beschäftigt. Schopenhauer und seine Aphorismen mochte er besonders; diese messerscharfen Bemerkungen brachten ihn zum Lachen und hatten ihn gelehrt, sich vor äußerem Schein und dessen Fallstricken zu hüten. Eine Zeitlang hatte er sogar mit dem Gedanken gespielt, Philosophie zu studieren. Er war der Meinung, es sei nicht unvereinbar zu malen und zugleich Nietzsche und Spinoza zu lesen. Doch er konnte besser als jeder andere mit Stiften und Pinseln umgehen, und sein Kunstlehrer hatte ihm dringend geraten, an die École des Beaux-Arts in Paris zu gehen. Dieser Ratschlag hatte ihm geholfen, seine philosophischen Träume in den Hintergrund zu drängen.

So hatte er eines schönen Tages Marokko verlassen und war nach Paris gezogen. Er war noch keine zwanzig. Für ihn stand Paris für Freiheit, Wagemut, intellektuelles und künstlerisches Abenteuer. Hier war Picasso zu Ruhm gekommen, und seine eigene Berufung war beim ersten Blick auf die Werke des Meisters entstanden, insbesondere das Jugendbildnis, in dem der fünfzehnjährige Picasso seine Mutter auf dem Sterbebett darstellt. Er war von Picasso zutiefst beeindruckt und wollte in seine Fußstapfen treten. An der École des Beaux-Arts perfektionierte er seine Technik und fand seinen eigenen Weg. Er entfernte sich von seinen großen Vorbildern und entwickelte einen eigenen hyperrealistischen Stil, der später zu seinem Markenzeichen werden sollte. Seine äußerst exakt gearbeiteten Bilder waren immer Ergebnis langwieriger, sorgfältiger Arbeit. Er konnte Kunst nicht anders angehen. Nie hatte er begriffen, wie seine Zeitgenossen sich erlauben konnten, Eimer voll Farbe über eine Leinwand zu schütten oder ein paar Striche auf Papier zu werfen. Aus seiner Sicht ließen sie sich von der einfachsten Lösung leiten, und genau das hasste er. Ihm waren Dinge ein Gräuel, die einem einfach zuflogen, ohne Anstrengung, ohne Einbildungskraft. Seine Malerei sollte wie die Philosophie sein, die er aufgegeben hatte: ein genaues, kohärentes, komplexes Fundament, auf dem kein Platz war für Schwammiges, Allgemeinplätze, Klischees, Ungefähres. Sein ganzes Leben hatte er mehr oder weniger auf dieser Grundlage aufgebaut. Für ihn war es eine Frage von Ansprüchen. Er achtete genauso auf alles, was er tat, wie auf das, was er war. Sogar seine Gesundheit war zu einer ständigen Sorge geworden; er war zwar kein Hypochonder, doch er hatte nahestehende Menschen verloren, die unachtsam mit sich umgegangen waren, die Empfehlungen der Ärzte nicht ernst genommen hatten.

In seinem jetzigen Zustand hatte diese Moral der hohen Anforderungen in allen Dingen allerdings wenig Sinn. Wozu nach Perfektion streben, wenn man nicht einmal mehr einen Pinsel halten kann? An manchen Tagen, wenn er die Oberhand gewann, schöpfte er Hoffnung, er werde wieder kreativ sein können. Er dachte an Renoir und Matisse, die trotz körperlicher Probleme bis ins hohe Alter weiter gemalt hatten. Immerhin war es für ihn nicht zum Schlimmsten gekommen. Sein Freund Gharbaoui hingegen war, kaum vierzig Jahre alt, auf einer Bank in Paris an Kälte und Einsamkeit eingegangen. Auch Cherkaoui, ein anderer Maler, den er bewunderte, war mit sechsunddreißig kurz nach seiner Flucht aus Frankreich unmittelbar nach dem Sechstagekrieg an einer Bauchfellentzündung gestorben.

Als er einige Tage nach dem Schlaganfall in der Klinik aufwachte und man ihm seinen Zustand und die Folgen erklärte, dachte er an die schlimmste Befürchtung seiner Mutter: zu einem Gegenstand zu werden, einem Haufen Geröll oder Sand, abgelegt in einer Ecke des Lebens, in totaler Abhängigkeit von anderen Menschen. Zum Glück hatte er nach seiner Rückkehr nach Hause die Zwillinge einstellen können, die ihm die Last dieses neuen, unvorhersehbaren Zustands ertragen halfen. Sein Ziel war, sich waschen, rasieren, abwischen, ankleiden zu können, ein wenig von seiner natürlichen Eleganz zu bewahren, würdig und einnehmend zu bleiben, seine zum Teil tiefen Wunden nicht offen zur Schau zu stellen. Keine Extratouren mehr. Nicht mehr aus heiterem Himmel ein *Steak Tartare* in einem Restaurant essen gehen wollen. Keine frühmorgendlichen

Fitnessmärsche mehr. Schluss mit den Ausflügen in den Louvre, den Prado oder die schönen Kunstgalerien des VI. Arrondissement in Paris. Schluss mit den Kapriolen, den Begegnungen mit schönen Unbekannten, den romantischen Abendessen in Rom oder anderswo, Schluss mit den spontanen Besuchen bei seinem Freund, dem Antiquitätenhändler, mit dem er so gerne Märkte in Paris, London und anderswo durchstöberte. All das und vieles mehr war nicht mehr möglich. Er hatte seine Leichtigkeit verloren. Jetzt war er nicht mehr allein Herr über sein Leben, seine Bewegungen, seine Gelüste, seine Stimmung. Er war abhängig. In allem abhängig, ob er ein Glas Wasser trinken oder sich auf die Klobrille setzen und seine Bedürfnisse erledigen wollte. Sein Körper reagierte sofort, er litt an Verstopfung. Er hielt sich zurück, zögerte den Moment hinaus, an dem er sich entleeren musste. Der Mangel an Bewegung verstärkte diesen Zustand. Er sagte sich, die Scheiße verrät uns. Seine Mutter war inkontinent geworden; sie weigerte sich, Windeln anzuziehen und machte in die Hose wie ein Kleinkind. Seine Mutter stank nach Scheiße, und dennoch beugte er sich über sie und küsste sie. Dann rief er die Krankenpflegerinnen, damit sie sie wuschen, und ging hinaus auf den Gang, um dort still zu weinen. Ist ein Leben in den Händen anderer Menschen überhaupt noch ein Leben?

»Die Illusion reist mit der Straßenbahn.« Eine innere Stimme murmelte ihm manchmal diesen Satz zu. Er erinnerte ihn an etwas, aber er konnte es nicht wirklich fassen. Plötzlich wie in einem Aufblitzen, sah er eine schöne Frau, braunhaarig, im Stil der Fünfziger frisiert, sitzend, mit der rechten Hand an der Wange, die andere Hand auf der Schulter eines Mannes, der betrübt aussah, mit gekreuzten Armen und trotz Krawatte offenem Hemdkragen. Es war ein Schwarzweißbild. Und dann erschien ihm wie im Traum der Name der Frau: Lilia Prado. Er blitzte in der Finsternis seines Gedächtnisses auf. Lilia Prado! Wer war sie noch mal? Woher kam sie? Er erinnerte sich an eine algerische Freundin, die den gleichen Vornamen trug, dieser Lilia aber nicht ähnelte. Warum sollte die Illusion auch mit der Straßenbahn reisen? Er stellte sich die Frage mehrmals, und endlich stieg der Name Luis Buñuel aus den Tiefen seiner Seele auf. Der Satz war der Originaltitel eines von dem spanischen Filmemacher 1953 gedrehten Films, als er nach seiner Flucht vor dem Franco-Regime in Mexiko lebte. *On a volé un tram,* Eine Straßenbahn wurde gestohlen. Der vom französischen Verleih ausgewählte Titel war lächerlich. Alle Poesie und Rätselhaftigkeit waren dahin.

Er war zufrieden, das entschlüsselt zu haben, ein Zeichen, dass sein eingerastetes Gedächtnis wieder zu funktionieren begann.

Kapitel 3

Paris, 1986

»Wenn ein Mann und eine Frau die zwei Hälften eines Apfels ausmachen, ergeben zwei Männer oft die beiden Hälften einer Birne.«

Sacha Guitry, *Ils étaient neuf célibataires*

Bis Mitte der 1980er Jahre war der Maler noch nie richtig sesshaft geworden. Er hielt sich selten mehr als ein paar Monate in demselben Atelier auf, reiste ohne Gepäck, begnügte sich meist mit einem Zeichenblock und Stiften für Skizzen. Die Begegnung mit seiner zukünftigen Frau sollte das alles von Grund auf verändern. Eine Woche nach dem ersten Kuss beschloss er, weniger Zeit im Atelier zu verbringen, um sich ganz ihr widmen zu können, und einen Monat später schworen sie sich ewige Treue.

Seine engen Freunde und Bekannten trauten ihren Augen nicht. Der Maler erriet, was seine Freunde über ihn erzählten, wenn er sie in Paris im Vorbeigehen traf, mit seiner Ehefrau am Arm: zu jung für ihn, auch zu schön.

Sie hatten unrecht, so zu reden: Zwei lange und süße Jahre lang waren der Maler und seine Frau das glücklichste Paar der Welt. Sie konnte ihn zur Güte bewegen, hatte sich sehr schnell seinen Marotten, Gewohnheiten und Launen angepasst. Sie akzeptierte all das lächelnd und machte sich manchmal auf nette Art lustig darüber. Nie gab es auch nur den Hauch einer Verstimmung. »Perfektes Klima!«, sagte sie fröhlich.

Er mietete ihr ein kleines Haus in der Rue de la Butte-aux-Cailles. Es war reizend, man fühlte sich wie auf dem Lande, dabei war es mitten in Paris. Ihre Beziehung war ungetrübt, konfliktfrei. Noch heute hegte er eine tiefe, aufrichtige Nostalgie, was diese Zeit betraf. Seine Frau war verliebt und entschlossen, die Beziehung intensiv zu leben. Sie hatten keine Hochzeitsreise gemacht, doch sie hatten gemeinsam entschieden, dass sie ihn nunmehr überallhin begleiten werde: Ausstellungen, Konferenzen, Kunstmessen. Jedes Mal nahmen sie sich ein paar zusätzliche Tage, um mit dem Reiseführer in der Hand das jeweilige Land zu erkunden. Der Maler war weitgereist, und es bewegte ihn tief, ihr die großen Städte der Welt vorführen zu können: Venedig, Rom, Madrid, Prag, Istanbul, New York, später San Francisco, Rio de Janeiro, Bahia ... Sie kaufte sich alles, was ihr gefiel, und vergaß nie, ihrer Familie Geschenke mitzubringen. Er achtete nicht auf die Ausgaben. Zurück in Paris, rief sie ihre Familie und ihre Freunde an und erzählte ihnen von ihren wunderbaren Reisen bis ins letzte Detail. Bescheiden erwähnte sie, dass ihr klar war, was für ein Glück sie hatte. Wenn sie aufgelegt hatte, flüsterte er ihr zärtlich zu: »Ich bin es, der das Glück hat, dich getroffen zu haben!« Er ging davon aus, dass er als Achtunddreißigjähriger die außergewöhnliche Möglichkeit gehabt hatte, eine junge Frau – erst vierundzwanzig – zu heiraten, ein Privileg, das nur wenige Auserwählte genossen. Es anders zu machen als die anderen war aus seiner Sicht eine Art Garantie für immerwährende Glückseligkeit. Zudem dachte er, es sei nun an der Zeit, dass er zur Ruhe kam, eine Familie gründete und seinen Rhythmus änderte. Für dieses neue Leben war sie die ideale Partnerin.

Sie liebten sich sehr oft, es war zärtlich, natürlich. Manchmal hätte er sich gewünscht, dass sie etwas aktiver mitmachte; sie lachte und ließ durchblicken, sie sei schamhaft. Eines Tages wechselten sie nachts den Fernsehsender und stießen auf einen Pornofilm. Sie schrie auf, entsetzt über diese Zurschaustellung enthemmter Frauen und riesige Penisse schwingender Männer. Sie war schockiert und schmiegte sich an ihn, als solle er sie vor einer drohenden Gefahr schützen. Noch nie in ihrem Leben hatte sie pornographische Bilder gesehen. Er besänftigte sie und versicherte ihr, diese Filme seien übertrieben, die Sexualität der meisten Menschen sei sehr viel schlichter. Sie wurde wieder ruhiger. Er stellte den Fernseher aus, und sie schliefen aneinandergeschmiegt auf dem Sofa im Wohnzimmer ein.

Eines Tages nahm sie den Zug, um ihre Eltern in der Umgebung von Clermont-Ferrand zu besuchen. Sie bat ihn um Geld für die Fahrkarte und wollte auch kleine Geschenke besorgen. Er gab ihr, was sie wollte, und schlug vor, noch am selben Nachmittag ein Bankkonto für sie zu eröffnen, damit sie ihn nicht mehr um Geld bitten musste. Sie war froh und sagte: »Was deines ist, ist sowieso meines und umgekehrt.« Er lachte und war glücklich über diese perfekte Harmonie.

Sie blieb eine Woche lang bei ihren Eltern. Der Maler kam sich in diesen sieben Tagen und Nächten vor, als habe man ihn verlassen. Sie hatten sich zum ersten Mal so lange Zeit getrennt. Sie fehlte ihm sehr. Er rief jeden Tag an, aber oft bekam er sie nicht an den Apparat, sie war gerade ausgegangen, erledigte Besorgungen … Er entdeckte, wie furchtbar verliebt er war – *gebissen*, wie er in seiner Jugend gesagt hatte. Sie bewohnte seine Gedanken, verließ ihn nie. Er kam mit keinem seiner Arbeitsvorhaben mehr voran. Er stellte sich vor, wie er sie in den Armen hielt, trällerte die Lieder aus ihrem Dorf, die er eigentlich nicht besonders mochte, aber auf die er plötzlich nicht mehr verzichten konnte, wo er doch nicht einmal den Sinn der Worte verstand. Das war Liebe; zu lieben, was an das geliebte Wesen erinnert. Er ging in ihr Badezimmer, um ihren Pyjama, ihr Parfum zu riechen. Am nächsten Morgen putzte er sich sogar die Zähne mit ihrer Zahnbürste. Im Wohnzimmer sitzend, überraschte er sich dabei, wie er mit ihr sprach, als säße sie ihm gegenüber. Da er sich nicht auf seine Arbeit konzentrieren konnte, sah er sich bis spätabends alte Filme im Fernsehen an. Jedes Mal döste er auf dem Sofa ein und sah so morgens um zwei, wie sich das Gesicht seiner Frau mit dem von Natalie Wood in *Fieber im Blut* von Elia Kazan vermischte. Sie hatten eine gewisse Ähnlichkeit, aber seine Frau war eher größer und hatte braunes Haar.

Als sie endlich aus Clermont-Ferrand zurückkehrte, feierten sie. Er hatte sie mit dem Auto vom Bahnhof abgeholt und war viel zu früh dort gewesen. Zu Hause erwarteten sie kleine Geschenke, und er legte Musik auf als Willkommensgeste. Beunruhigt fragte sie, ob sie ihm gefehlt habe. Mehr als das, antwortete er. Er habe ohne sie weder schlafen noch essen noch trinken können. »Ich war wie ein Waisenkind …«

Zwei Monate später teilte sie ihm mit, dass sie schwanger sei. Er sprang vor Freude in die Luft, sang so laut, dass er die netten Nachbarn störte, die anklopften und fragten, ob alles in Ordnung sei. Sofort wurde ein Abendessen mit ihnen improvisiert, und wieder floss Champagner. Noch nie war er einer Frau gegenüber so aufmerksam gewesen. Sie konnten Stunden zusammen verbringen, ohne etwas Bestimmtes zu unternehmen. Er tat alles Menschenmögliche, um sie zu verwöhnen. Eines Nachts weckte sie ihn und verlangte Seeigel. Warum Seeigel? Weder sie noch er hatten jemals welche gegessen. Sie hatte an dem Tag einen Artikel über diese Meeresfrucht in einer Zeitschrift gelesen und wollte sie ganz einfach probieren.

Was tun? Sie nahmen das Auto und suchten nach einer noch geöffneten Brasserie, die so etwas führte. Sie durchquerten Paris von Norden nach Süden, von Osten nach Westen, doch ihre Suche blieb erfolglos. Es war drei Uhr morgens, und alles war seit ein paar Stunden geschlossen. Er redete mit ihr und stellte fest, dass sie eingeschlafen war, ihr Verlangen hatte sich urplötzlich gelegt. In diesen neun Monaten erfanden sie auch Spiele. Sie improvisierten Szenen, als würden sie dabei von John Cassavetes gefilmt. Es war verrückt, herrlich und sehr frei. Die echten Filme von Cassavetes, in die er sie in das Kino in der Rue des Écoles mitnahm, gefielen ihr nicht so sehr. Zu verzweifelt, zu desillusioniert. Sie gestand, dass sie Komödien und Liebesfilme bevorzugte, sie hatte auch eine Schwäche für Delon. Einer ihrer Freunde war Fotograf bei Dreharbeiten, und als er das erfuhr, lud er sie in die Studios in Boulogne zu den Dreharbeiten eines Films ein, in dem Delon einen Gangster spielte. Sie schminkte sich und nahm ihren Fotoapparat mit. Zwischen zwei Takes stellte der Freund sie dem Schauspieler vor. Er war sehr freundlich, interessierte sich in erster Linie für sie. Sie ließ sich mit ihm fotografieren. Als sie sich verabschiedeten, rief ihnen Delon zu: »Möchte die schöne junge Frau nicht zum Film? Sie ist sehr hübsch, ein wenig rassig. Man sieht sofort, dass sie ausdrucksstark ist. Also, hätten Sie Lust?« Während der verdutzte Maler schwieg, senkte sie den Blick und murmelte: »Ich habe schon immer davon geträumt, zum Film zu gehen …«, dann fasste sie plötzlich wieder Mut: »Ich war mit siebzehn Modell, bei der Agentur Sublime, Sie kennen bestimmt Jérôme … Jérôme Longchamp?« Delon schüttelte den Kopf. Ein Mitglied der Crew holte ihn, der Dreh ging wieder los. Der Schauspieler küsste sie auf die Wange und verschwand.

Sie war ganz gerührt, glücklich, wie ein kleines Mädchen, das seine erste Puppe geschenkt bekommen hat. »Meine Frau ist verliebt in Alain Delon, und das mitten in der Schwangerschaft, ich glaube es nicht!«, sagte sich der Maler im Taxi, das sie nach Hause brachte. Nein, das war unmöglich, lächerlich. Es musste seinem eifersüchtigen Hirn entsprungen sein. Dennoch stellte er sich Delon vor, wie er sich mit ihr für einen Liebesnachmittag in einem Luxushotel verabredete … sah sie in seinen Armen, an ihn geschmiegt, und sogar in einem Schwimmbecken ein Glas Orangensaft mit Alkohol in der Hand. Er war verrückt, dumm, krank, kurzum unglücklich. Sie bemerkte es nicht.

In den nächsten Tagen rief sie ihre Freundinnen an, um ihnen von der Begegnung zu erzählen. Sie übertrieb die Schönheit, das Charisma und die Freundlichkeit des großen Schauspielers ein wenig. Er bemühte sich, Ruhe zu bewahren. Es war, als sei Delon plötzlich überall, im Wohnzimmer, im Bad, in ihrem Schlafzimmer, in seinem Kopf, in ihrem Kopf; er nahm allen Platz ein, verschlang ihr Leben, ohne einen Krümel übrig zu lassen.

Dann, nach zwei Wochen, sank das Delon-Fieber ganz plötzlich. Und damit auch die Eifersucht des Malers. Der Schauspieler wurde überhaupt nie mehr erwähnt. Seine Frau war wieder glücklich, ausgefüllt und konzentrierte sich voll und ganz auf ihr ungeborenes Kind. Das Haus barst vor Glück und Zärtlichkeit. Eheglück, das wahre, einfache, schönste. Der Maler streichelte den Bauch seiner Frau, beteuerte ihr seine Leidenschaft. Sie war glücklich, wenn er ihr seine unsterbliche Liebe gestand. Sie waren sich vollständig einig.

Eines Tages früh am Morgen setzten die Wehen ein, er brachte sie in die Klinik und war bei der Geburt dabei. Als ihm die Krankenpflegerin die Schere reichte, damit er die Nabelschnur durchschneiden konnte, war er so bewegt, dass er fast in Ohnmacht fiel. Sobald er sich gefasst hatte, stürmte er zur

Telefonzelle in der Eingangshalle und verkündete allen die gute Nachricht, bis die Maschine sein ganzes Kleingeld verschluckt hatte. Seine Mutter stieß Jubelschreie aus, die ihn zu Tränen rührten. Seine Freunde und Mitarbeiter beglückwünschten ihn. Die Galerie, die seine Bilder ausstellte, schickte einen großen Blumenstrauß. Als er abends aus der Klinik kam, tanzte und sang er.

Die Heimkehr gestaltete sich schwieriger. Ihre Putzfrau hatte gekündigt, und er hatte keine Zeit gehabt, eine neue zu finden. Zum Glück kam ihnen seine Schwiegermutter zu Hilfe. Sie organisierten ein schönes Fest zur Geburt. Die Mutter des Malers, die in Marokko lebte, konnte nicht anreisen, sie fühlte sich ausgeschlossen. »Wenn ihr kommt«, sagte sie entschieden, »werde ich das ›wahre Fest‹ organisieren.« Der Maler ließ das unkommentiert.

Dann veränderte sich ihre Beziehung ganz plötzlich. Das Baby nahm den ganzen Platz ein. Ihr Leben als Paar wurde an die zweite Stelle gedrängt, doch er war immer noch verliebt in sie. Nach einem Monat rief die Galerie an und bat ihn, sich wieder an die Arbeit zu machen. Er schloss sich im Atelier ein, aber er brauchte Zeit, seine Inspiration wiederzufinden. Er war nicht mehr zufrieden mit den sehr emotionslosen hyperrealistischen Zeichnungen, die er vor der Heirat gemacht hatte. Wenn er am Abend nach Hause kam, fiel ihm auf, wie erschöpft seine Frau war. Er kümmerte sich um sie, machte ihr zu essen, tröstete sie. Dann übernahm er das Baby, wechselte die Windeln und gab das Fläschchen. Er dachte sogar an den Rülpser, auf den man eine Ewigkeit warten musste, bevor man das Kind in die Wiege legen konnte … Er war ein aufmerksamer Vater; erlernte diesen Beruf und versuchte, ein wenig Freude ins Haus zu bringen. Doch seine Frau war depressiv. Das war nicht ungewöhnlich, sie hatten ihn gewarnt. Er überhäufte sie mit

Aufmerksamkeiten und Zärtlichkeit. Sie war dankbar, fasste wieder Vertrauen zu sich selbst und überwand die Depression. Das Kind entwickelte sich Tag für Tag, was die Ehe scheinbar festigte. Das Leben lachte ihnen zu, und er spürte, dass sein Werk in eine neue Phase eintrat.

Kapitel 4

Paris, 1990

»Ich werde dich, wann immer es mir passt, mit einem trockenen Geräusch fallen lassen«, sagt die Jahrmarktbesitzerin zu Liliom.

Fritz Lang, *Liliom*

Es war eine sehr schöne handbestickte Tischdecke aus Fès. Sie stammte wohl vom Ende des 19. Jahrhunderts, war ein wenig abgenutzt, der Stoff hatte sich mit der Zeit verschlissen. Ein marokkanischer Freund des Malers, der wusste, dass er schöne Stickereien liebte, hatte sie ihnen zur Hochzeit geschenkt. Sie war so schön, so kostbar, dass er darüber nachgedacht hatte, sie einzurahmen und wie ein Gemälde aufzuhängen. Vorerst hatte er sie so vorsichtig wie möglich auf einem niedrigen Tisch ausgebreitet, dessen Holz und Form ihm nicht gefielen, ein ganz gewöhnlicher Tisch, wie man sie in den meisten Häusern findet. Die Tischdecke mitten im Wohnzimmer sah gut aus, nicht nur dass sie das Mittelmaß dieses Möbels verhüllte, sie machte das Zimmer schöner. Er stellte Nachforschungen an zur Stickereikunst im Fès des 19. Jahrhunderts und war überrascht zu erfahren, dass diese Tischdecke der Familie seines mütterlichen Großvaters gehört hatte. Sie war Teil der Aussteuer der Braut, Lalla Zineb, der Tochter von Moulay Ali, Professor an der Universität Qaraouiyine. Damit hatte dieses Stück in seinen Augen einen unermesslichen Wert: Es war nicht nur schön und einzigartig, es gehörte auch zum Erbe seiner Familie. In Wahrheit war es das einzige Hochzeitsgeschenk, das er wirklich schätzte. Die anderen waren so banal, dass er sie sehr schnell vergaß. Das sah seine Frau anders, sie stellte sie in ihrem Schlafzimmer und überall sonst im Haus auf. Vasen, mit Blattgold überzogene Tabletts, von Lehrlingen bestickte Betttücher, Synthetikdecken, Kaffeegeschirr, das wie englisches Porzellan aussehen sollte, natürlich Made in China, Plastikblumen, die ewig halten sollten, und andere nutzlose Dinge, die auf Regalen herumstanden, um daran zu erinnern, dass die Hochzeit ein schönes Fest gewesen war, und brav abwarteten, bis der Staub sie zwischen zwei Abstaubphasen völlig bedeckte.

Als er eines Tages nach Hause kam, stellte er fest, dass die Tischdecke verschwunden war. Seine Frau hatte sie in den Wäschekorb geworfen. Ohne etwas zu sagen, holte er sie heraus, faltete sie sorgfältig zusammen und legte sie in eine Schublade seines Schrankes. Er dachte an die feingliedrigen Hände, die wochenlang dieses Stück Stoff bestickt hatten, an die Person, die die Blumen vorgezeichnet und die Farben ausgesucht hatte. Er war überwältigt. Diese Stickerei hatte zwei Weltkriege überstanden, das französische Protektorat in Marokko, die Unabhängigkeit des Landes, dazu die diversen Umzüge von drei, vielleicht vier Familien, um schließlich im Schaufenster des Ladens eines kultivierten Antiquitätenhändlers zu landen, wo sie am Ende einer seiner Freunde gekauft und ihnen zur Hochzeit geschenkt hatte! Das alles schien die Geste seiner Frau hinweg zu wischen, bestenfalls aus Gleichgültigkeit, schlimmstenfalls aus Ignoranz. Er wollte zu ihr gehen, um ihr die Bedeutung zu erklären, die dieser Gegenstand aus der Vergangenheit für ihn hatte. Doch er wusste, dass seine Frau es nicht ertrug, belehrt zu werden. Es bestand die Gefahr, dass sie ihm unwillig antwortete: »Was ist das denn für ein altes Teil, mein Haus ist kein Basar!« Zuerst wollte er ihr verzeihen, zärtlich zu ihr sprechen, ihr die Dinge erklären, ihr beibringen, ein Kunstwerk zu betrachten, ihr sagen, dass man eine Stickerei lesen kann wie ein schönes Gedicht, dass man einen alten Teppich entziffern kann, wie man die Spuren einer vergangenen Zivilisation liest, usw.

Er zog sich in sein Büro zurück und fragte sich, warum ihn diese Geschichte mit der Tischdecke so tief verletzt hatte. Bis dahin war ihre Liebe immer stärker als alles andere gewesen. Manche Verhaltensweisen seiner Frau schockierten ihn, doch er mochte es, dass sie anders war als er. Immer hatten sie ihre Meinungsverschiedenheiten wie auch ihre Unterschiede gemeinsam überwunden. Doch in diesem Fall ging das nicht. Es war ihm unmöglich, ihr diese Geste zu verzeihen. Sie hatte etwas Unverzeihliches begangen, das ihn zum ersten Mal glauben ließ, sie würden sich eines Tages trennen. Der Abend verging. Der Maler sprach das Problem beim Abendessen nicht an. Und später in der Nacht lachte er über seine eigene Verärgerung.

Nach der Geburt ihres Sohnes wurde sie sehr viel selbstbewusster und veränderte ihre Haltung und ihr Benehmen. Seit dem Zwischenfall mit der Tischdecke gab es täglich Streit. Jedes Mal verließ er am Ende das Haus und lief durch die Straßen der Stadt. In Bars wollte er nicht gehen. Stattdessen lief er mit geballten Fäusten in der Tasche herum und führte Selbstgespräche.

Eines Abends, sehr spät, blieb er vor dem Schaufenster eines Elektrogeschäfts stehen, wo seltsamerweise auf allen Fernsehbildschirmen eine Reportage über die Musik des *Haut Atlas* flimmerte. Der Ton war abgestellt, doch als er die bunt gekleideten Frauen und die Männer in weißen Djellabas sah, die trommelten oder Flöte spielten, hörte er automatisch wieder jene kreischende disharmonische Musik, die auf ihrer Hochzeitsfeier gespielt worden war. Er hatte versucht, diese Erinnerung aus seinem Gedächtnis zu löschen, aber in diesem Moment stieg sie wieder auf.

Noch nie hatte er folkloristische Musik gemocht, ob aus seiner Heimat oder von anderswo. Doch als das Hochzeitsfest organisiert wurde, hatte man nicht auf seine Meinung geachtet. Es konnte keine Feier ohne Musik geben und kein großes Dinner ohne viel Lärm. Dabei hatte er von einer Hochzeit in kleinem Kreise geträumt, unter Freunden und vielleicht noch mit einigen Familienmitgliedern, doch er hatte sich in einem Wirbel von Krach und Chaos wiedergefunden.

Den ganzen Abend lang hatte er, obwohl er so glücklich war, seine Frau zu heiraten, betroffen ausgesehen, was gar nicht seiner Art entsprach. Sein Blick wurde sogar unruhig, als er zu seinem Vater hinsah, der sich heftig gegen diese Verbindung gesträubt hatte, denn er verstand weder den Grund noch die Notwendigkeit. Seine Mutter hatte ihren schönsten Kaftan angezogen, ihren goldenen Gürtel und ihren schönsten Schmuck. Doch tief im Inneren war sie verstimmt, ärgerte sich über diese schockhafte Begegnung verschiedener Klassen, die ihnen der Sohn auferlegt hatte. Die anderen Familienmitglieder sahen es ähnlich, das konnte er aus ihren verkniffenen Gesichtern lesen. Sie hatten sogar seine für ihre Offenheit berüchtigte Tante gebeten, still zu bleiben. Man war nicht gekommen, um sich aufzuregen und einen Skandal zu provozieren. Von Seiten der Familie seiner Frau taten die Frauen ihr Bestes, sich anzupassen. Doch ihre Blicke sprachen Bände. Auf beiden Seiten war die Kleidung nicht die gleiche und die Gesten auch nicht. Einzig diese Musik, in voller Lautstärke, dröhnte alle zu und verhinderte, dass die Situation explodierte und es zur Katastrophe kam. Außer ihm und ihr war niemand glücklich. Niemand hatte diese Ehe gewollt. Die geladenen Gäste waren der Meinung, man müsse verrückt sein, um zwei so unterschiedliche Welten zusammenbringen zu wollen.

Eine andere Erinnerung an ihre Hochzeitsfeier überwältigte ihn. Es war der Duft nach Nelken, den alle Frauen des Clans seiner Ehefrau verströmten. Der Geruch verursachte ihm Übelkeit, seit dem Tag, als er ihn in seiner Kindheit zum ersten Mal in der Nase gehabt hatte, im Bus auf einer Reise mit seinen Eltern. Er war geradezu allergisch dagegen, bekam stundenlanges quälendes Kopfweh, sobald er ihn einatmete.

Auf dieser Hochzeit kam alles zusammen, was ihn niedergeschlagen machte, und dennoch hatte er darauf bestanden. Er verspürte eine unendliche Zärtlichkeit für dieses Mädchen, das ihm entrückt und außer Reichweite seines Clans vorkam. Er sah sie an und überhäufte sie mit Küssen, hielt sie in den Armen und streichelte ihr prächtiges fast blondes Haar. Er war verliebt. Mit Blindheit geschlagen in seiner Verliebtheit. Keine andere Frau fand mehr Gnade vor seinen Augen, dabei war er ein Verführer gewesen, der während seiner Reisen so viele Erfahrungen gesammelt hatte.

Nie hätte er sich vorstellen können, dass jene Hochzeitsfeier – die er jetzt seine Niederlage nannte – unauslöschliche Spuren in ihrem Leben, in seinem Leben hinterlassen würde. Die Begegnung zwischen beiden Familien war tatsächlich ein Schock zwischen zwei Klassen gewesen, zwischen zwei Blöcken, bei denen keine Annäherung möglich war. Doch in jenem Augenblick hatte er das nicht wahrnehmen wollen. Er hatte sich eingebildet, die Liebe werde stärker sein als alles andere, wie in den Melodramen von Douglas Sirk, die er so gerne sah. Seine Vorstellungswelt war stärker von Filmen als von Büchern beeinflusst. Wenn es Schwierigkeiten gab, dachte er an *Fieber im Blut* von Elia Kazan und *Ein Platz an der Sonne* von George Stevens, und identifizierte sich mit dem jungen Helden, der mit dem Streit zwischen zwei Familien zu kämpfen hatte. Dabei wusste er, dass das Kino der Traum der Realität ist.

Zu Beginn des Abends konnte sich seine Tante trotz aller Empfehlungen von Seiten der Familie nicht enthalten, ihren Standpunkt lautstark und mit unerhörter Arroganz den sie umringenden Gästen vorzutragen. Nachdrücklich erklärte sie, für sie sei jede Mischehe Verrat am Schicksal. Sie benutzte krude, heftige Worte, zusammen mit Gesten, Gesichtsausdrücken und Grimassen zur Unterstreichung des Ganzen. Ihre Verachtung war offensichtlich. Wie konnte eine Dame aus der Großbourgeoisie von Fès wie sie selbst die Gesellschaft von Bauerntölpeln, die nicht einmal richtiges Arabisch sprachen, akzeptieren? Wie hatte ihr Neffe sich nur so verirren können? Dafür gab es nur eine Erklärung: Er handelte nicht eigenständig, er wurde manipuliert; er entschied nicht, etwas in ihm sprach an seiner Stelle. Es war ganz offensichtlich ein Komplott. Der arme Bräutigam war zum Lamm geworden, den Händen von Ignoranten ausgeliefert, die eine einzigartige Gelegenheit ergriffen hatten, sich Eleganz, Grazie und große Tradition einzuverleiben. Seine Tante wollte verletzen, diese Leute aus dem Busch warnen und unmissverständlich klarstellen: Die beiden Turteltäubchen konnten sich noch so lieben, es würde in jedem Fall nie eine Verbindung zwischen den beiden Familien geben.

Seine Mutter hingegen blieb während des ganzen Festes stumm. Sie litt unter dieser Verbindung, all das machte ihrem empfindsamen Wesen und ihrem Erinnerungsvermögen zu schaffen, doch sie schluckte ihren Ärger hinunter. Sie weinte schweigend hinter ihren Brillengläsern und warf von Zeit zu

Zeit einen bedauernden Blick auf ihren Sohn, der ihrer Meinung nach einen fatalen Irrtum beging. Sie war für ihre Güte und Weisheit bekannt; es war ihr unmöglich anderen Böses nachzusagen oder zu streiten. Doch sie besaß einfache, klare Gewissheiten.

Damit waren die Fronten geklärt und der Ton des Abends vorgegeben. Keine ausgestreckte Hand, keine geöffneten Arme, keine Scheinheiligkeit. Seine Tante hatte sich an die Spitze der Widerstandsbewegung gestellt; sie drückte sich deutlich aus, auch wenn sie so tat, als richteten sich ihre Worte an ihre Schwester, an ihre Töchter und Nichten: »Seht euch diese Leute an, sie sind nicht würdig, sich mit uns zu vermischen! Seht euch diesen Vater an, der nie lächelt, und der nicht einmal den Anstand besitzt, einen sauberen Anzug zu tragen, er steckt in seiner zerknitterten Gandura und möchte den Unseren auf Augenhöhe begegnen! Was das Essen angeht, dazu schweige ich lieber. Fest steht nur, wir haben keine Gemeinsamkeiten, nicht den gleichen Geschmack, nicht die gleichen Ansprüche, wir sind einander fremd. Es wäre sogar besser gewesen, er hätte eine Christin geheiratet, ein Mädchen aus Europa. Sie haben zwar eine andere Religion als wir, aber wenigstens besitzen sie Kultur. Ein anderer Neffe von mir hat eine Französin geheiratet, und es gibt nichts an ihrer Familie auszusetzen. Es tut mir leid, so offen sprechen zu müssen, doch ich sage, was ich denke, ich drücke das Schweigen der anderen Familienmitglieder aus. Diese Geschichte hat einen schlechten Anfang, und sie wird ein schlechtes Ende nehmen. Wir können nur hoffen, dass er rechtzeitig zur Vernunft kommt, dass es ihm wie Schuppen von den Augen fällt. Sonst wird sie ein paar Kinder gebären, und es wird zu spät sein. Das ist eine bekannte Methode: Man sorgt dafür, dass jedes Kind mindestens eine Tonne wiegt, dann kann der Ehemann nicht flüchten!«

Gegen Mitternacht, nachdem er alle möglichen Anstrengungen unternommen hatte, diese Feindseligkeit vor seiner Frau zu verbergen, fand er sie weinend in einer Ecke, wohin sie sich verkrochen hatte. Er trocknete ihre Tränen und tröstete sie. Hatte sie die Anwürfe seiner Tante gehört, oder war sie plötzlich verzweifelt, weil sie ihre Eltern verlassen und mit ihm eine Familie gründen musste? Der Maler dachte an die Hochzeit seiner Schwester, bei der alle weinten, weil ihr Ehemann sie endgültig mit fortnahm. Das war vor langer Zeit in Fès gewesen, eine Ehe im reinen Respekt vor den Traditionen, die seine Tante so hochhielt. Die Familien heirateten einander. Alles wurde unausgesprochen geregelt; jeder kannte seine Rolle auswendig, und nichts konnte schiefgehen, denn alles war vorgesehen, das Ritual lief ohne Hindernisse ab, die Familien waren unter sich, keine böse Überraschung, keine unpassende Rede und kein unschickliches Benehmen. Beim geringsten Fehltritt gab es immer jemanden, der eingriff und das Gleichgewicht des Festes wiederherstellte.

Heute wusste er genau, warum seine Frau an jenem Abend in Tränen ausgebrochen war und ihm nicht hatte sagen können, warum. Die Haltung beider Familien hatte bei ihr ein Gefühl des Ausgeschlossenseins erweckt, das sie geglaubt hatte, überwunden zu haben, seit sie mit dem Maler zusammenlebte. Die Erinnerung an die unerträglichen Erniedrigungen, denen sie als Kind wegen der Armut ihrer Familie ausgesetzt gewesen war, kam wieder in ihr hoch, brach auf wie eine scheinbar längst verheilte Wunde.

Er sagte sich, er hätte sie besser verteidigen müssen. Den Boden vor der Hochzeit bereiten. Ihr sagen, dass er sie liebte, ganz gleichgültig, was ihre beiden Familien dazu sagten. Er hätte ihr leicht beweisen können, dass ihre Liebe stärker war als so ein unangenehmer Zwischenfall. Doch er hatte gedacht, seine Liebe sei so offensichtlich, so deutlich, dass dies die bösen Zungen automatisch zum Schweigen bringen würde, und deshalb keine Vorsichtsmaßnahmen ergriffen. Diese Hochzeit bedeutete für ihn: seine Liebe von den Dächern pfeifen; jedem, der es hören wollte, seine Beziehung zu diesem Mädchen aus dem Dorf entgegenschreien und öffentlich seinen Stolz erklären, sich einer ganzen sozialen Klasse widersetzt zu haben.

Allein in den Straßen der Stadt, mit geballten Fäusten, grübelte er über ihre Situation und suchte vergebens nach einem Weg, die Streitereien zu beenden, und das Wesentliche ihrer Liebe für einander wiederzuentdecken.

Kapitel 5

Marrakesch, Januar 1991

»Es wäre furchtbar, von dir auf welche Art auch immer abhängig sein zu müssen«, sagt die Frau seines Sohnes zu dem achtundsiebzigjährigen Isak Borg.

Ingmar Bergman, *Wilde Erdbeeren*

Eines Tages, als sie gemeinsam durch den Süden Marokkos reisten, kamen sie in das Dorf, in dem sie aufgewachsen war, bis sie nach Frankreich geschickt wurde. Er erlebte seine Frau glücklich wie schon lange nicht mehr, ungezwungen, sanft und großherzig. Sie gab sich kumpelhaft, sprach von der Schönheit des Lichts, der Landschaften und von der Freundlichkeit der Bewohner dieser abgelegenen Gegenden. Sie erinnerte ihn urplötzlich an das junge Mädchen, das er vor ihrer Hochzeit gekannt und in das er sich verliebt hatte. Er war aufgewühlt und spielte sogar mit dem Gedanken, sich hier niederzulassen, die Gegend wirkte sich so wunderbar auf ihre Stimmung aus! Er hatte nicht ganz unrecht, denn die Rückkehr zu ihren Wurzeln stärkte ihr Selbstbewusstsein, und so konnte sie positiv auf andere zugehen, statt aggressiv oder deprimiert zu reagieren. Sie diskutierte stundenlang mit den Frauen des Dorfes, die ihr ihre Probleme vortrugen. Sie machte sich Notizen, ging mit der Genauigkeit einer Soziologin vor und versprach wiederzukommen, um gemeinsam mit ihnen Lösungen zu finden. Sie hatte Kleider für die Frauen, die sie kannte, mitgebracht und hatte sie sorgfältig ausgesucht. Sie hatte auch Spielzeug für die Kinder und eine Auswahl an Medikamenten dabei, die sie an die einzige junge Frau gab, die lesen konnte.

Der Maler beobachtete, wie seine Frau Gutes tat und war glücklich. Der Himmel war von einem durchsichtigen Blau, und abends kam lähmende Kälte auf. Sie schmiegte sich an ihn, um sich aufzuwärmen, aber auch weil sie spürte, dass ihr Mann ihr gehörte. Sie hielt ihn fest, zog ihn mit aller Kraft an sich, als wolle sie ihm bedeuten, dass sie ihn für immer behalten werde. Einen Moment lang dachte er, sie habe ihn hergelockt, um ihn auf magische Weise zu vereinnahmen. Wie die Frauen ihres Dorfes glaubte doch auch sie an Hexerei, oder etwa nicht? Er vertrieb diesen rückständigen Gedanken aus seinem Kopf.

In jener Nacht hatte er mit ihr schlafen wollen, um ihre Wiedervereinigung zu besiegeln, doch sie waren nicht allein im Zimmer. Kinder schliefen neben ihnen. Sie küsste ihn sanft und murmelte in sein Ohr: »Mein Mann, du bist mein Mann ...« Er antwortete, indem er lange Zeit ihre Brüste streichelte.

Am Morgen wachten sie früh auf und nahmen ein traditionelles Frühstück ein. Der Kaffee war ungenießbar, ein merkwürdiges Gebräu aus gegrillten Kichererbsen und einigen wenigen Kaffeebohnen. Er bat um Tee, der leider viel zu süß war. Dann machten sie einen Spaziergang auf der Straße, die in die Berge führte. Sie hielten sich an der Hand. Sie kam ihm leichtherzig, sorglos vor. Er sagte ihr, sie müssten eines Tages die gleiche Reise in seine Geburtsstadt Fès machen. Sie meinte, das würde sie gerne, allerdings unter der Bedingung, dass sie seine Familie und vor allem die Tante, an die sich eine traumatische Erinnerung knüpfte, nicht besuchten. Er ließ das unkommentiert, befürchtete, dass der geringste Fehltritt diesen Moment der Gnade verderben könnte, den er so lange wie möglich hinausziehen wollte. Seit Monaten hatte er sie nicht mehr so sanft erlebt.

Sie machten einen langen Spaziergang und vergaßen die Zeit. Oben auf dem Berg trafen sie einen Flöte spielenden Hirten. Es wirkte wie eine Seite aus einem Bilderbuch. Sie ruhten sich neben ihm aus. Als er mit seiner Ziegenherde weiterzog, waren sie wieder allein. Sie küsste ihn zärtlich auf den Mund. Er hatte Lust auf sie und sah sich um. Sie entdeckte eine kleine Hütte. Dort warfen sie sich auf das Stroh und zogen sich aus. Sie liebten sich langsam. Sie müssten oft hierher zurückkommen, sagte er sich, denn seine Frau war wie ausgewechselt.

Sie blieben lange in der Hütte; dösten ein. Wie es die Tradition gebot, brachte ihnen der Schafshirte frische Molke und ein paar Datteln. Das war eine Art Willkommensgruß. Die Sonne ging unter. Kälte zog auf. Der Hirte fragte sie nach ihrem Leben und erklärte ihnen, dass er noch nie weg gewesen war von seinem Berg und sich fragte, was in den Städten vorging. Doch er hatte einen kleinen Schwarzweißfernseher, der irgendwie mit einer Gasflasche betrieben wurde. Diese Luke zur Welt machte ihn glücklich. So konnte er manchmal bis nach França reisen, wo sein Vater und sein Onkel arbeiteten.

Sie erhoben sich, um nach Hause zu gehen, denn sie wollten nicht von der Dunkelheit überrascht werden. Im Januar sind die Nächte lang und von dichter Finsternis. Der Hirte hatte sich über diesen unvorhergesehenen Besuch gefreut. Um ihm zu danken, schenkte ihm der Maler seine Sonnenbrille: »Du brauchst sie mehr als ich; du bist jeden Tag in der Sonne, du musst deine Augen schützen.« Die Vorstellung, eine modische Sonnenbrille zu tragen, schien den Hirten vor Freude verrückt zu machen. Er zog sie sofort auf und erklärte, er sehe jetzt den Berg und das Tal mit anderen Augen, seine Schafe hätten die Farbe gewechselt. Der Mann lachte und wünschte ihnen auf

Tausend Arten Glück und Wohlstand. Die Frau des Malers steckte ihm noch einen Hundert-Dirham-Schein in die Tasche. Er küsste ihre Hand, was sie verlegen machte.

Während des Abstiegs machte sich die Müdigkeit bemerkbar, doch es war eine gute Müdigkeit, die einen direkt ins Bett führt und ohne Unterbrechung schlafen lässt. Sie hatten Hunger und träumten von einem gebutterten Baguette auf Pariser Art. Doch die Dame, bei der sie wohnten, hatte ihnen einen Couscous mit sieben Gemüsen zubereitet. Sie stopften sich voll wie ausländische Touristen. Er hatte Probleme mit der ranzigen Butter. Sie rollte die Augen und sagte: »Die ist gut, mein Sohn, sehr gut für deine Gesundheit. Sie ist gut für die Augen, das Gedächtnis, die Vorstellungskraft und die Kreativität.« Er hatte keine Zeit gehabt eine Skizze anzufertigen, doch alles hatte sich in sein Gedächtnis eingeprägt. Die ganz besondere Farbe des Himmels kam ihm oft in den Sinn; er fragte sich, wie er das später auf der Leinwand wiedergeben konnte. Das hatte nichts mit dem Himmel über Casablanca zu tun, der weißer war, und noch weniger mit dem über Paris, der zu Grau tendierte. Hier in der hintersten Ecke Marokkos, wo es keine Umweltverschmutzung gab, war er von sanftem, feinem Blau. Obwohl man das Gegenteil meinen könnte, hat Delacroix nie ein Bild in Marokko gemalt. Er hatte sich Notizen gemacht und in seine Hefte gezeichnet. Erst nach der Rückkehr nach Frankreich hat er die Farben des Landes gefunden und in seinen Gemälden dargestellt.

Am nächsten Tag gingen sie mit der Kamera durch das Dorf. Die Kinder kamen herbeigerannt, um sich fotografieren zu lassen. Die Frauen hingegen weigerten sich: Sie hatten Angst, ihre Seele zu verlieren. Eine ließ sich von hinten aufnehmen. Sie lachte und sagte: »Meine Seele halte ich schön fest.« Sie trug ein blumengemustertes Kleid. Es sah aus wie ein Gemälde von Majorelle, dem Maler aus Marrakesch.

Es war Zeit abzureisen. Sie verabschiedeten sich von allen, stiegen in ihr Auto und nahmen die Straße nach Agadir. Die Nacht verbrachten sie in einem hübschen Hotel am Strand. Der Maler stellte sich die Stadt vor, wie sie früher gewesen war. Vor dem Erdbeben vom 29. Februar 1960. Er hatte damals einen seiner Lehrer weinen gesehen. Der hatte seine ganze Familie verloren.

Inzwischen war Agadir wieder vollständig aufgebaut worden. Hotels erstreckten sich, soweit das Auge reicht. Die Stadt widmete sich nur noch dem Tourismus. Ihre Seele war verschüttet. 1960 war seine Frau noch nicht geboren, er war sechs gewesen. Die Erinnerung an den von einem so großen Unglück heimgesuchten Lehrer war lebendig in seiner Erinnerung. Sein Vater war schrecklich aufgebracht gewesen und hatte sogar vor ihm an der Güte Gottes gezweifelt. Einige Leute verbreiteten das Gerücht, es sei eine Strafe Gottes gewesen. Wenn man sechs ist, prägt sich das alles verschwommen ins Gedächtnis. Doch die Erinnerung an diese Katastrophe hatte ihn sein ganzes Leben lang begleitet.

Sie schlenderten durch die verschiedenen Märkte der Stadt. Die Einwohner waren ganz anders als die Leute in Marrakesch. Ihre natürliche Würde verlangte ihm Respekt ab. Doch wäre er in der Lage gewesen in dieser Stadt zu leben, die überholt worden war, als habe sie mehrere Schönheitsoperationen hinter sich? Nichts sprach ihn an. Er bemerkte, dass seine Frau traurig wirkte. Sie brachen früh am nächsten Morgen auf, bevor ihre Laune sich weiter verschlechtern konnte. Sie setzte sich hinter das Steuer und fuhr schnell. Er beobachtete, wie sie den großen Wagen geschickt lenkte. Plötzlich saß eine Frau neben ihm, die er nie kennengelernt hatte, ein entschlossener, zielsicherer Mensch, der vor nichts Angst hatte.

Gendarmen hielten sie wegen zu hoher Geschwindigkeit

an. Der Maler war fast erleichtert. Sie versuchte, sie zu bestechen. Einer der beiden Gendarmen hielt ihr eine Moralpredigt. Sie redete ihn in Tamazight an. Er antwortete in der gleichen Sprache, gab ihr die Wagenpapiere zurück und sagte, sie solle auf sich achtgeben.

Der Maler war sprachlos; die Solidarität innerhalb des Clans war also stärker als alle Verkehrsregeln.

Kapitel 6

Casablanca, 24. März 2000

»Ich komme im Auftrag von jemandem, den es nicht mehr gibt. Er hat sich an diesem bewegenden Ort mit mir verabredet, doch er wird nicht kommen«, stellt sich Louis Jouvet der Bedienung vor, die ihm die Tür öffnet.

Christian-Jaque, *Un revenant (A lover's return)*

Der Maler döste vor sich hin, sein Kopf hing herab, sein Bein war schwer, beide Hände ineinander verkrampft.

Langsam öffnete er die Augen. Die Zwillinge spielten auf dem Rasen im Garten Karten. Sein Sessel hatte einen Klingelknopf, aber er wollte sie nicht stören. Er hörte, wie sie lachten und sich Witze erzählten. Er hatte nie irgendetwas spielen können, weder Karten noch Bridge noch Schach. Außer beim Fußball glänzte er in keiner Sportart. Einmal hatte er Tennis gespielt, doch seine Freunde Roland und François hatten sich über ihn lustig gemacht. Der eine hatte ihm gesagt: »Du spielst wie in *Blow-Up* von Antonioni«. Der andere hatte hinzugefügt: »Du hast einen so luftigen Stil, du brauchst den Ball gar nicht zu berühren!« Er konnte sich nicht auf das Spiel konzentrieren. Ständig dachte er an seine Bilder. Der Maler hatte sein ganzes erwachsenes Leben seiner Arbeit gewidmet. Eine Zeitlang hatte er gelehrt, danach hatte er nur noch gemalt und gezeichnet.

Doch er sah gerne Wettkämpfe im Fernsehen. Er liebte die Herausforderung beim Sport, das Bestreben der Sportler, nur durch den eigenen Willen, harte Arbeit und leidenschaftliche Disziplin der Beste zu sein. Er erinnerte seine Kinder gerne daran, dass er seinen Erfolg etappenweise erlangt hatte. Er hatte die Sprossen der Leiter eine nach der anderen erklommen, war nie in die Falle der Mühelosigkeit getappt, hatte sich nicht auf modische Effekte oder das mondäne Leben eingelassen, die selbst die Besten am Ende verblenden.

Seine erste Ausstellung hatte im Gymnasium in Casablanca stattgefunden, an dem er unterrichtete. Es war schwierig gewesen, den Direktor zu überzeugen, doch er wusste ihn zu nehmen. Es war ein alter Kommilitone von der Universität, ein Mann, der mit der Gesellschaft im Reinen war. Er hatte sich den Wünschen seiner Eltern gemäß verheiratet, hatte zwei Kinder, die die französische Schule besuchten, verbrachte seine Ferien im Süden Spaniens und träumte davon, einen Kredit aufzunehmen und eine Villa zu bauen. Er hieß Chaâbi, und die Leute nannten ihn »Pop« in Anlehnung an »populär«. Eine Woche nachdem ihm der Maler vorgeschlagen hatte, eine Ausstellung zu organisieren, kam Chaâbi zu ihm und sagte, als habe er selber die Idee gehabt: »Der Minister wird erfreut sein über diese Initiative, vor allem jetzt bei all diesen Streiks und Unruhen. Du reagierst auf den Aufstand der Schüler mit Kunst! Das ist überraschend, es besteht keinerlei Gefahr, und ich bereite für dich sogar eine Beförderung vor!« Die Jugendlichen aus den Armenvierteln würden in der Tat zum ersten Mal Gemälde zu Gesicht bekommen, zudem moderne. Vor der Eröffnung der Ausstellung organisierte der Maler mehrere Treffen nach der Schule, bei denen er lange von seiner Arbeit sprach in der Hoffnung, sie für Kunst empfänglich zu machen und vor allem, damit sie lernten, ein Kunstwerk zu betrachten.

Er zeigte ihnen einen Kurzfilm von Alain Resnais über Vincent van Gogh und einen anderen von H.G. Clouzot über Picasso bei der Arbeit. Sie waren interessiert, sogar beeindruckt.

In den folgenden Jahren übernahmen andere Maler diese Aufgabe. Der Versuch war aufgegangen. Dank seiner Initiative eroberte die Malerei die Sekundarschulen. Und selten ausgestellte Maler wurden auch außerhalb ihrer Ateliers sichtbar. Er war ziemlich stolz darauf.

So hatte er dreißig Jahre lang jeden Tag gearbeitet, immer mit demselben hohen Anspruch, jedes Bild so oft wie nötig überarbeitend. Etliche verlockende Angebote von Galeristen hatte er abgelehnt, weil er das Gefühl hatte, sie seien nicht ernsthaft genug. Die Anerkennung kam langsam, aber sicher. Ihm wurde nichts geschenkt, und manche Künstler, vor allem die untalentiertesten, versuchten ihm Steine in den Weg zu legen. Sie verschworen sich und setzten alles daran, seinen Ruf zu schädigen. Das waren Schläge unter die Gürtellinie, die nichts mit seinem Werk zu tun hatten. Diese Versager scheiterten, doch wie sagte schon ein dummes Sprichwort: »Kein Rauch ohne Feuer.« Sein Vater hatte Angst um ihn: »Früher oder später wirst du zur Zielscheibe für frustrierte Menschen. Trete nicht zu sehr in den Vordergrund, sei diskret. Vergiss nicht, was der Prophet gesagt hat: Keine Extreme, Mittelmaß ist das Beste! Du weißt doch, sobald jemand im Rampenlicht steht, gibt es immer Leute, die im Dreck herumwühlen. Wenn sie nichts finden, erfinden sie etwas Ruchloses. Die Presse wirft sich darauf, und wenn du es richtigstellst, achtet niemand darauf, das Kind liegt bereits im Brunnen!«

Und tatsächlich, er blieb vorsichtig und besonnen. Zu seinem Dreißigsten organisierte eine große Galerie in London eine erste Retrospektive seiner Werke. Das war ein unschätzbares Trittbrett, öffnete ihm Türen in die ganze Welt. Weitere Hauptstädte folgten. Sein Agent war sehr zufrieden. Er rief ihn aus New York an und sagte in schlechtem Französisch: »Du siehst, es braucht einen Juden, damit ein Araber a lot of money verdient, es ist unglaublich my friend, alles ist verkauft, dein Wert steigt und steigt!« Im gleichen Jahr gewann er den Prix de Rome und konnte ein Jahr in der Villa Medici verbringen und Italien kennenlernen. Sein schlagartiger Erfolg änderte nichts an seiner Bescheidenheit oder seinem Verhalten. Seine Eltern waren stolz auf ihn, die Frauen bewunderten ihn und scharten sich um ihn. Er arbeitete weiter wie bisher. Unglaubliche Gerüchte verdichteten sich und verflüchtigten sich wieder, man wusste weder wie noch warum. Eine marokkanische Zeitung warf ihm vor, aus der Schönheit des Landes Profit zu schlagen … Eine libysche Zeitung rief zum Boykott gegen ihn auf: »Er ist ein Maler, der sich an die Zionisten verkauft hat, mit einem jüdischen Agenten arbeitet und in den Galerien von Amerikanern ausstellt, die die verbrecherische Politik Israels unterstützen!« Alle diese bösen Erinnerungen zogen nun an seinem geistigen Auge vorbei, ohne ihn zu beeinträchtigen. Er wusste, dass jeder Erfolg seinen Preis hat. Sein Vater ermutigte ihn oft mit den Worten: »Die Niederlage ist ein Waisenkind, der Erfolg hat mehrere Väter!«

Er war in jeder Beziehung vernünftig, in starkem Kontrast zu dem Überfluss und der Fülle in seinen hyperrealistischen Gemälden. Die Porträts, die er von Zeit zu Zeit in der reinen klassizistischen Tradition malte, waren sicherlich seine persönlichsten Arbeiten. Bei seinen anderen Bildern schöpfte er aus sehr unterschiedlichen Inspirationsquellen, und es war ihm wichtig zu beweisen, dass seine Kunst nicht auf Zufall basierte, sondern auf der perfekten Beherrschung der Technik, ohne die

die Übertragung der Realität auf die Leinwand nicht möglich gewesen wäre. Ihm waren die selbsternannten oder von den Kritikern erfundenen Kunstrichtungen ein Gräuel. Für ihn waren das nur Schubladen, in die man unterschiedliche Künstler willkürlich steckte. Er gehörte keinerlei Strömung oder Gruppe an. Wenn man ihm zu viele Fragen stellte, sagte er einfach, er käme aus der Schule von Adoua, einer französisch-marokkanischen Grundschule, die die Söhne der Honoratioren von Fès besuchten und in die ihn sein Vater gleich nach der Koranschule geschickt hatte. Dort hatte er schreiben und zeichnen gelernt. Ihr Lehrer hatte eine Leidenschaft für Malerei und zeigte ihnen oft Bücher über van Gogh oder Rembrandt. Manche Kinder lachten darüber, aber er sah sich die Abbildungen mit einer brennenden Neugier an, die er sich bis heute bewahrt hatte.

In der Medina von Fès war Licht Mangelware. Bei schönem Wetter bestieg er das Dach seines Elternhauses und zeichnete, was er sah. Es war schwierig, oft zerriss er die Zeichnung und begann wieder von vorne, bis er ein möglichst präzises Porträt der Stadt zustande brachte. Alle Häuser ähnelten sich, sahen aus wie ineinander verschachtelte Würfel. Es war wichtig, über diesen oberflächlichen Eindruck hinauszugehen und eine Atmosphäre zu schaffen. Als er zehn war, traute er sich, eines dieser Bilder, das ihm gelungen vorkam, seinem Lehrer zu zeigen, der ihn ermutigte und ihm am Ende des Jahres eine Schachtel mit Buntstiften schenkte.

Das Zeichnen war für ihn ein Weg auszubrechen, seinen Bezug zur Welt anders zu leben. Er hatte eine sehr hübsche taubstumme Nachbarin namens Zina. Weder er noch sie beherrschten die Zeichensprache, also kommunizierte er über Bilder mit ihr. Ganze Nachmittage lang zeichnete er, um ihr nette Dinge zu sagen und sie zum Träumen zu bringen. Für sie machte er Porträts von allen Familienmitgliedern. Dies sollte sich als eine kostbare Übung für seine spätere Technik erweisen. Der Wunsch, mit ihr zu kommunizieren, zwang ihn zur Kreativität. Zu Hause zeichnete er Geschichten für sie, die er ihr am nächsten Tag schenkte. Als Zinas Eltern von Fès nach Casablanca zogen, war er sehr traurig. Sie versprach ihm, ihre Adresse zu schicken. Er wartete lange, hörte aber nie wieder etwas von ihr. Diese Erinnerung brachte ihn zum Lächeln, denn Zina war sicher das erste Mädchen, in das er sich mit knapp zehn Jahren verliebt hatte … Nach einigen Monaten vergeblichen Wartens beschloss er, alle für Zina angefertigten Zeichnungen zu verbrennen, um diese Geschichte zu vergessen. Heute bedauerte er seine Entscheidung, doch er besänftigte sich mit dem Gedanken, dass sie sicher sehr schlecht gewesen waren …

Er sah auf den Wecker auf dem kleinen Rolltisch, auf dem er seine Pinsel und Farben abgelegt hatte, als er noch malen konnte. 11:45 Uhr, Zeit für die Spritze und die Medikamente. Imane, seine Krankenpflegerin, mit braunem Haar, behutsamen Gesten und zärtlichem Blick, betrat das Zimmer und kümmerte sich sofort um ihn. So pflegte sie ihn immer, diskret und freundlich, drei Mal am Tag. Er nannte sie »Glauben«, nach der Übersetzung ihres arabischen Vornamens, was die junge Frau amüsierte und zum Lächeln brachte. Ein befreundeter Arzt hatte sie empfohlen. »Diese Person wird ziemlich viel Zeit mit dir verbringen«, hatte er gesagt, »also wäre es doch gut, wenn sie nicht nur effizient, sondern auch noch angenehm und sogar hübsch ist. Es ist wichtig, sich mit Menschen zu umgeben, die einen nicht anmotzen! Ich weiß ja, dass du die Frauen liebst, und diese wird dir gefallen, vor allem, da eure Beziehung rein medizinisch sein wird. Sie ist ein Mädchen aus gutem Hause, wahrscheinlich noch Jungfrau. Wenn das Leben sonst nur Unfälle bereithält, sollte doch zumindest das stimmen.«

Er wartete ungeduldig auf jeden von Imanes Besuchen. Es waren kostbare Momente, denn ihre Anwesenheit tröstete ihn. Sie war ernsthaft und zugleich sanft. Eines Tages fragte er, ob sie einen Verlobten habe. Sie lächelte und sagte: »Nächstes Mal, wenn ich freihabe, komme ich und erzähle Ihnen meine Geschichte. Und wenn Sie wollen, kann ich Ihnen auf Französisch oder auch Arabisch etwas vorlesen.« Der Maler war begeistert von dieser Idee. So hätte er Gelegenheit, die von ihm heißgeliebten Texte von Baudelaire über Delacroix noch einmal zu hören, die neue Biographie von Matisse zu entdecken. Nach getaner Arbeit zog sich Imane so diskret zurück, wie sie gekommen war.

Als es Mittagessenszeit war, trugen ihn die beiden Helfer in das Speisezimmer und fütterten ihn wie ein Kleinkind. Für ihn war es der unangenehmste Moment des Tages. Der Arzt hatte ihm gesagt, er werde seine rechte Hand in einigen Wochen wieder benutzen können. Es war eine Sache von Zeit und Geduld. Doch es bewegte sich nichts. Er aß wenig, nicht etwa weil er keinen Appetit gehabt hätte, sondern eher weil er diese Prüfung so schnell wie möglich hinter sich bringen wollte. Sich so ungeschickt, in so schlechtem Zustand zu sehen, belastete ihn zutiefst. Jeden Schluck nahm er wie ein dehydrierter Greis, denn er hatte Angst, sich zu verschlucken. Das Problem hatte er von seinem Vater geerbt, er verschluckte sich häufig, und in seinem jetzigen Zustand konnte das tödliche Folgen haben.

Die Toilette war noch nicht umgebaut worden, so dass er noch nicht allein zurechtkam. Es war Aid El Kebir, und das ganze Land stand still. Der Klempner wartete auf die Rückkehr seiner Angestellten aus ihren Dörfern, um die Arbeit wieder aufnehmen zu können. Der Maurer war nicht mehr erreichbar. Der Maler war verschwunden. Für Millionen Marokkaner war das »Fest des Schafes« eine seltene Gelegenheit, Fleisch zu essen, und das wollte sich niemand entgehen lassen; im Gegensatz dazu war es das gefürchtetste Fest für die kleinen und mittleren Betriebe, denn die ganze Wirtschaft erlahmte auf einen Schlag. Auch für ihn war es denkbar ungünstig. Nach dem Essen und dem Toilettengang ruhte er sich lange aus. Er brauchte das, diese banalen alltäglichen Dinge kosteten ihn wirkliche Anstrengung.

Während sie ihn für den Mittagsschlaf hinlegten, erinnerte er sich an eine Diskussion, die er kürzlich mit seinem ältesten Sohn gehabt hatte: »Papa, wo willst du begraben werden, in Marokko oder in Frankreich? Möchtest du in ein weißes Laken eingehüllt oder in einem schönen schwarzen Anzug in einen Sarg gelegt werden? Sollen wir dein Grab regelmäßig besuchen, oder ist es dir egal? In jedem Fall wirst du ja nicht wissen, ob wir kommen oder nicht, oder? Ich möchte nicht, dass sie dich verbrennen, das habe ich im Kino gesehen, es ist grauenhaft. Der Islam verbietet das ja sowieso, oder? Also, ich stelle dir all diese Fragen, aber du weißt ja, dass ich will, dass du lange lebst, sehr lange, ich liebe dich sehr. Aber sag es mir, bitte!«

Er antwortete: »Mein Sohn, da brauche ich nicht lange zu überlegen. Das Land wird Marokko, das Leichentuch wird weiß sein. Kein schwarzer Anzug! Ich bin nur betrübt über den Dreck auf unseren Friedhöfen. Du kennst das ja vom Weg zum Grab deiner Großeltern. Dieser Schmutz und Unrat überall! Leere Flaschen und Plastiktüten, tote Katzen, Hundescheiße, Bettler, Scharlatane, kurzum … es gibt keinen Respekt vor den Toten und ihrem ewigen Schlaf. Du wirst mir sagen, dass es denen vermutlich egal ist, und du hast recht, aber wir schulden ihnen Respekt, das ist eine Prinzipienfrage. In jedem Fall ist das Wichtigste, mein Sohn, dass wir uns an jene erinnern, die nicht mehr von dieser Welt sind. Solange wir uns an einen Menschen erinnern, ist er nicht tot, er lebt weiter in unseren Gedanken, unserer Erinnerung; daher ist es unwichtig, ob ihr zu meinem Grab kommt oder nicht, doch es wäre furchtbar, wenn ihr mich ganz vergesst. Bis dahin: Es lebe das Leben!«

Bei der Erinnerung an diese Worte schlief der Maler in Frieden mit sich selbst ein.

Kapitel 7

Paris, August 1992

»Nun bin ich nicht mehr der Neuling. Wie die Zeit vergeht! Ich mag keine Tulpen mehr. Ab jetzt werde ich Ihnen Parmaveilchen schenken. Eines Tages werde ich meine Vorliebe für Anemonen entdecken.«

Christian-Jaque, *Un revenant (A lover's return)*

Anderthalb Jahre waren seit jener Reise nach Marokko vergangen, in deren Verlauf ihre Streitereien urplötzlich aufgehört hatten. Zurück in Paris, hatten sie sich weiter gut verstanden. Es gelang ihm zu malen, sich um die Kinder zu kümmern, Zeit für seine Frau zu finden. Der Ausflug hatte sie wieder in ein Gleichgewicht gebracht, und die Erinnerung an ihre Streitereien erschien ihm immer mehr wie ein verblassender Alptraum. Durch seine beruflichen Reisen musste er immer wieder eine Weile lang weg, was sicherlich auch dazu beitrug, dass sich ihr Verhältnis entspannte. Sie nahm seine Abwesenheit nie übel, es gefiel ihr, einige Zeit alleine zu verbringen.

Eines Tages erhielt der Maler eine Einladung zu einem Treffen von Künstlern aus der südlichen Hemisphäre, das in China stattfinden sollte. Von diesem Land träumte er schon lange; er kannte es nicht, doch es faszinierte ihn und weckte seine Neugier. Er war glücklich und bereitete diese Reise mit kindlicher Begeisterung vor. Es war im August. Als er in Peking aus dem Flugzeug stieg, entdeckte er einen weißen Himmel, der wie ein monochromes Bild wirkte, doch diese Weiße hatte etwas Bedrückendes, Beunruhigendes. Ohne Erfolg suchte er nach einer Wolke oder einem blauen Fleck. Der Himmel über China war anders als alle anderen Himmel. Sofort spürte er, wie er Migräne bekam. Er führte es auf die Klimaanlage und die hohe Luftfeuchtigkeit zurück, doch sein Kopfweh nahm trotz der Pillen, die ihm normalerweise halfen, nicht ab. Der Schmerz begleitete ihn Tag und Nacht, und er fühlte sich nicht eine Minute lang wohl. Alles wirkte seltsam. Er verstand nicht, was vorging. Es gab einen Empfang in der marokkanischen Botschaft, bei dem er einige Bekannte wiedertraf, unter anderem einen Schulkameraden, der jetzt Handelsattaché war. »Versuch erst gar nicht, Anhaltspunkte zu finden«, sagte sein Freund, »hier ist alles anders. Es ist außerdem sehr schwierig, aus dem Rahmen der Botschaften herauszukommen, alles wird überwacht.« Er nahm eine Einladung des französischen Kulturattaché an, der sein Werk gut kannte. Sie gingen in ein volkstümliches Restaurant, wo das Essen nach traditioneller Art zubereitet wurde. Der Maler konnte zumindest feststellen, dass man in Paris besser chinesisch essen konnte als in Peking. In der Nacht ging es ihm schlecht, ihm schwindelte, er sah nur verschwommen, seine Rippen schmerzten. Er glaubte, er habe sich erkältet. Er wollte in diesem Land nicht mehr bleiben, alles war geheim, organisiert und vorgegeben. Einen alten chinesischen Maler, den ihm ein spanischer Freund empfohlen hatte, konnte er nicht besuchen. In China reichte es anscheinend nicht, eine Adresse zu haben. Er gab auf und unternahm keine weiteren Nachforschungen, um den Mann aufsuchen zu können. Sie sagten ihm: »Ach, Sie wollen ihn treffen! Alle Welt will ihn treffen, doch leider weiß niemand, wo er wohnt … Es gibt ja nicht nur ihn in diesem Land. Wenn Sie wollen, können wir Ihnen einen Besuch bei den besten chinesischen Malern organisieren, gute Leute, die man im Westen noch nicht kennt, aber deren Talent anerkannt ist!«

Er war krank, doch er glaubte, nur das Land verlassen zu müssen, um wieder gesund zu werden. Nach einer Woche hatte er sein Ticket umbuchen können und kam in schlechtem Zustand in Paris an. Dumpfer anhaltender Schmerz durchflutete seine Brust und seine Lungen. Er begab sich in die Lungenabteilung des Hôpital Cochin, wo man ihm starke Antibiotika verabreichte. Es wurde in keiner Weise besser. Im Gegenteil, sein Zustand verschlechterte sich – er wurde in die Notaufnahme eingeliefert, denn er drohte zu ersticken. Er sah dem Tod ins Antlitz; der war gesichtslos, verströmte aber einen starken Geruch, eine Mischung aus *Eau de Javel*, Äther und Küchendampf. Der Tod durchquerte mehrere Gänge, bevor er sein Ziel erreichte. Sie legten ihm ein Beatmungsgerät an und behielten ihn ein paar Stunden lang im Wartesaal der Notaufnahme, denn es gab kein freies Bett in der zuständigen Abteilung. Am Abend verlegten sie ihn in die Abteilung für Tropenkrankheiten, denn dort war ein Platz frei. Das war sein Glück. Zufällig fragte ihn ein junger Oberarzt: »Waren Sie kürzlich in Asien?« Er nickte. Mit einem Mal wurde ihm, als zögen sich die Grabgerüche zurück, als weiche der Schatten des Todesgespensts von seiner Seite. Der Arzt schaute ihn geheimnisvoll an und fragte: »Haben Sie rohe Meeresfrüchte gegessen?« Er erinnerte sich an eine Krabbe im Salat des kleinen volkstümlichen Restaurants. »Sie haben einen Parasiten erwischt, den es nur in Asien gibt. Er wird über Meeresfrüchte übertragen und greift die Lunge an. Ich denke, Sie haben eine Lungendistomatose oder Paragonimose nach dem Namen des Parasiten Paragonimus Miyazaki.« Er gab ihm sofort zwei Pillen. »Wenn Sie nicht schlafen können, geben wir Ihnen noch Schlaf- und Beruhigungsmittel«, fügte er hinzu.

Dann verschwand der Arzt. Der Maler erlebte eine der furchtbarsten Nächte seines Lebens. Die Matratze war überzogen mit einer Plastikplane, über die ein raues Betttuch gespannt war. Das Ganze strömte eine unausstehliche Hitze aus. Es war Folter, aber er konnte das Bett nicht wechseln. Wenn er sich hinsetzen wollte, musste er äußerst vorsichtig vorgehen, denn er durfte die Sauerstoffschläuche, die ihm beim Atmen halfen, nicht herausreißen. Er hatte den Eindruck in Flammen zu stehen, seine Haut brannte, sein Haar schien auszufallen. Erneut sah er das Ende nahen und verstand, warum man sagt, die Krankheit sei der wahre Tod, denn der Tod ist nichts, was davor kommt, ist viel schlimmer. Er erinnerte sich, was seine Mutter immer gesagt hatte, wenn sie schlecht geschlafen hatte: »Diese Nacht ist eine von denen, die ich meinem Totengräber erzählen werde.« Er lachte, denn als Kind hatte er nicht verstanden, wie ein Toter noch sprechen konnte, insbesondere mit dem Totengräber. Und was sollte sie ihm schon sagen? Dass sie eine schlechte Nacht gehabt hatte, Existenzängste, kalte Schauer, den Hauch des unmittelbar bevorstehenden Todes mit all seinen Leiden und Ungewissheiten?

Da er weder richtig schlafen noch seine Schmerzen lindern konnte, schrieb er seine Eindrücke auf den Block, den er normalerweise zum Skizzieren benutzte. Zwischen Wachen und Schlafen schien ihm eine Stimme die Worte zu diktieren:

Nacht vom 27. auf den 28. September. Flimmernde Hitze, setzt meine schmerzende Haut in Brand, unerträglicher als die Entzündung. Ein langer Leidensweg; diese Nacht ähnelt einem Wartesaal vor einem Folterkeller. Ich schwitze, ich ersticke, ich öffne das Fenster, habe Angst vor einer Erkältung. Ich warte vor einem besonders hässlichen Plastiksofa auf den Morgen. Die Kranken, die den ganzen

Tag auf ihren Betten liegen, sollten vom Nachtschlaf befreit werden. Es sollte Unterhaltung für sie geben, Spiele, sie sollten Bespaßer haben, Mimen, Clowns, wie für die Kinder.

Das höllische Bett, auf dem ich alle Stellungen ausprobiert habe, verströmt brennende Wellen, die sich in Alpträume verwandeln, sobald mein Körper sich der Erschöpfung ausliefert: Unser Haus wurde von Kindern verwüstet, die überall Eimer voll Farbe ausgeschüttet haben, auf die Möbel, auf das Bett, über das Bücherregal. Ich sehe eine kniende Person, die gelbe, grüne und rote Stücke Schwamm ausschneidet. Währenddessen stapfen die Kinder durch die Farbpfützen und ignorieren meine Anwesenheit. Ohne das Gesicht des knienden Mannes zu sehen, beginne ich ihn so heftig zu schlagen, dass ich schweißgebadet und zitternd aufwache. Ich springe aus dem Bett und falle fast hin. Ich ertrage den Kontakt mit diesem bösartigen Material nicht länger.

Ich lege mich auf das Sofa, das ich mit meinen Kleidern abdecke, um den Plastikbezug nicht berühren zu müssen. Ich nicke ein. Erneut träume ich. Ich bin in Casablanca, im Hotel Riad Salam. *Ich nehme ein Taxi, der Fahrer fährt schnell, und es kümmert ihn nicht, dass ich in jeder Kurve gegen ein Fenster geschleudert werde. Er hat es besonders eilig, hört mir nicht zu, dreht sich nicht um, er muss mich an einen Ort bringen, an dem er mich laut Anweisung absetzen soll. Die Autotüren sind verriegelt. Wir erreichen die Medina von Casablanca, und der Typ wirft mich in einem Hof raus, wo eine Gruppe junger Leute mich zu erwarten scheint. Der erste, der mich ansieht, ist kahl und zahnlos. Er starrt mich lange an, und ich höre ihn sagen: »Jetzt ist es so weit, nun wirst du bezahlen!« Er geht weg und überlässt mich anderen, äußerst aggressiven Jugendlichen. Ich kenne nicht einen aus dieser Meute. Ein Kerl im braunen Pullover sagt: »Warum schreibst du nicht auf Arabisch? Du wirst dafür zahlen.« Ich antworte: »Aber ich bin doch kein Schriftsteller, ich bin Maler, das hier muss ein Irrtum sein.« Doch keiner will mir glauben. Ich höre, wie sie sagen: »Wir kennen dich, wir haben dich im Fernsehen gesehen, du redest Französisch mit uns.« Ich versuche zu verhandeln, jene zu verteidigen, die auf Französisch schreiben, auch wenn ich kein Schriftsteller bin, doch ich spüre ihren Hass. Sie wollen einen Prozess mit Urteil und unmittelbarer Hinrichtung. Ich spüre, dass ich verloren bin. Ich sage ihnen: »Ich bin in Casa wegen einer Ausstellung meiner Bilder.« Sie lachen, schreien: »Er will uns entkommen, gibt vor Maler zu sein, um nicht verurteilt zu werden; das ist einfach, denn Malerei ist ja nicht auf Arabisch oder Französisch …« Da kommt ein grauhaariger Mann dazu. Ich glaube, ihn zu kennen. Er schlägt vor, den Prozess erst nach einer Vernehmung durchzuführen. Ich bin dem Lynchtod entgangen … Der Mann redet nicht mit mir, er wendet sich um und lässt mich in einer Ecke liegen, während Kinder einen Tisch, Stühle und Folterinstrumente herbeischaffen …*

Um fünf Uhr früh wachte der Maler auf und verfluchte das Höllenbett, auf dem er eingeschlafen war.

Der Morgen graute, er zog die Sauerstoffschläuche heraus, stellte sich unter die Dusche und sah, wie das Wasser an seinem sich grau und schwarz verfärbenden Körper entlanglief. Jetzt träumte er nicht mehr, er halluzinierte.

Merkwürdigerweise verschafften der Krankenhausaufenthalt und das Gefühl, den Tod von nahem erlebt zu haben, dem Maler mehr Gelassenheit.

Die Krankheit hatte ihn sehr geschwächt, und die Folgen des Parasitenbefalls waren immer noch nicht ganz verschwunden. Dennoch ging der Maler aus und tat, als sei er nicht mehr krank. Er ging weiterhin zu Fuß in sein Atelier, das im XIV.

Arrondissement ziemlich weit von seiner Wohnung entfernt lag. Er hatte einen Auftrag von der Stadtverwaltung von Barcelona zum Jahrestag der Erklärung der Menschenrechte, doch er schaffte es nicht, damit anzufangen. Eines Morgens, an dem er sich geschwächter als sonst fühlte, fuhr ihn seine Frau mit dem Wagen zum Atelier. Während der Fahrt bat er sie mit sanfter Stimme, ihn gegen fünf Uhr wieder abzuholen. Ganz unerwartet explodierte sie: »Ich bin weder dein Fahrer noch ein Taxi! Stell dir vor, seit einem Monat kotzt es mich an, die Krankenpflegerin zu spielen. Für wen hältst du dich? Für den Nabel der Welt? Du nutzt deinen Zustand aus. Auf mich kannst du nicht mehr zählen.«

Sie waren in der Rue d'Alésia. Er war außer sich und erwiderte: »Wenn es so ist, gehe ich zu Fuß weiter.« Sie bremste abrupt und öffnete die Wagentür. Er stieg aus und ging alleine zum Atelier.

Dieser Zwischenfall brachte ihr Leben als Paar endgültig aus den Fugen. Die Auseinandersetzungen folgten eine auf die andere und nahmen immer neue Formen an. Auch er war schuld an diesem Debakel. Seine Schwäche, seine Naivität, seine Illusionen und diese ewige Hoffnung, sie werde sich eines Tages ändern. Um den Streitereien aus dem Weg zu gehen, begann er sie zu meiden und sich heimlich mit zärtlichen Frauen zu treffen, mit Frauen, die ihn als Künstler und als Menschen bewunderten. Bei ihnen fand er Trost, angenehme Stunden. Er brauchte das. Diese geheimen Liebschaften halfen ihm, sein Gleichgewicht zu behalten und nicht Hals über Kopf zu Hause auszuziehen. Seine Kinder waren glücklich, liebten und hätschelten ihn. Er fand sein Glück in vielerlei Momenten, aber nie in ein und demselben Raum, nie in derselben Hoffnung, nie in einer Art Kontinuität. Er wollte das alles zusammenfügen und mehrere Doppelleben führen, ohne das vielbeschworene Gleichgewicht zu gefährden.

Es lief derart schlecht zwischen ihnen, dass er sie überzeugte, einen Paartherapeuten aufzusuchen. »Ich bin nicht verrückt, ich gehe nur mit, um deinem Seelenklempner zu beweisen, wie verrückt, pervers und ungeheuerlich du bist«, warf sie ihm unmittelbar vor dem Termin an den Kopf. Im Wartesaal sah sie ihn mit vorwurfsvollen Augen an.

Der Therapeut erklärte als Erstes sein Vorgehen und besprach den Ablauf der Sitzung. Das interessierte sie überhaupt nicht. Sie breitete vor diesem Fremden Gräuelgeschichten über ihr Eheleben aus, verglich den Maler mit einem Ayatollah, der seine Frau einsperren, sie am Leben hindern, das Geld ihrer Kinder verschleudern wollte, der ständig verreiste, ein wahres Gespenst von Ehemann … »Er ist ganz einfach nie da! Für die Kinder muss ich beide Rollen übernehmen, die der Mutter und des Vaters. Ich tue alles, damit sie ihn noch lieben, auch wenn er sie de facto verlassen hat, aber das kümmert ihn nicht. Er behauptet, in seinem Atelier arbeiten zu müssen, auf Ausstellungen zu sein, und wir sehen ihn nie. Wenn er zufällig mal da ist, ist er immer schlecht gelaunt, schreit, brüllt und schlägt die Kinder!«

Er formulierte seine Version der Geschichte, die einfacher war: »Seit einiger Zeit haben wir nicht mehr die gleiche Vorstellung vom Eheleben und auch nicht die gleiche Erziehungsphilosophie. Ihre Familie nimmt einen zu großen Platz bei ihren Entscheidungen ein, und ich kann nichts sagen. Was sie Ihnen da erzählt, hat nichts mit der Wirklichkeit zu tun. Es tut mir leid, sie hält sich nicht an die Regeln, sie weigert sich, sich selber in Frage zu stellen, dabei bin ich hierhergekommen, weil ich Zweifel habe und möchte, dass wir eine Paartherapie machen.«

Sie sagte die nächste Sitzung ab und warf ihm vor, die Gelegenheit genutzt zu haben, um ihre Familie anzuschwärzen, was sie nicht ertrug.

Einen Monat später ging er alleine zum Therapeuten zurück. Es war ein dicklicher Mann mit matter Haut, er trug eine rotumrandete Brille, und auf seinen Schultern häuften sich Schuppen, die aus seinem dichten Haar rieselten. Er sah ihn verschwörerisch an, als wolle er sagen: »Ich wusste, dass Sie wiederkommen würden.« Er ließ den Maler eine Zeitlang reden und unterbrach ihn dann:

»Ich werde Ihnen etwas Persönliches verraten, das ist ungewöhnlich und gar nicht professionell. Ich heiße nicht Jean-Christophe Armand. Ich bin Marokkaner wie Sie und Ihre Frau. Ich heiße Abdelhak Lamrani und bin in Casablanca geboren. Ich habe in Rabat Medizin studiert und mich in Paris weiter spezialisiert. Ich wollte meinen Beruf zu Hause in Marokko ausüben, aber da gibt es zu viele Missverständnisse über meine Fachrichtung. Zu viele Menschen meinen, wer zum Therapeuten gehe, sei verrückt. Doch zurück zu Ihnen. Ihre Frau ist nicht gekommen, um etwas zu ändern, sie ist gekommen, weil sie meint, Sie seien gestört und sie selber sei geistig gesund. Sie irrt sich, und ich kann Menschen, die nicht dazu bereit sind, unmöglich helfen. Deshalb ist eine Paartherapie zum jetzigen Zeitpunkt keine Option. Was kann ich Ihnen also raten? Trennung? Scheidung? Resignation? Flucht? Sie müssen das alleine entscheiden. Nur Sie können das. Das Problem bleibt bestehen. Niemand verändert sich wirklich. Diese Erkenntnis stammt nicht von mir, sondern von unseren Vorfahren. Viel Glück.«

Kapitel 8

Marrakesch, 3. April 1993

Drei Frauen aus der Bourgeoisie erzählen sich ihre Halluzinationen:
»Ich habe den Deckel angehoben und einen tiefen Abgrund gesehen, sowie die klaren Wasser eines Sturzbachs.«
»Bevor ich mich setzen konnte, flog ein Adler unter mir durch.«
»Der Wind hat mir totes Laub ins Gesicht geblasen.«

Luis Buñuel, *Der Würgeengel*

Der Maler hatte sich immer geschworen, auf den Spuren von Delacroix in Marokko herumzureisen. Der Frühling verbreitete sein schönes Licht im Land, als er beschloss, sein Flugticket nach Marrakesch zu kaufen.

Wie in seiner Jugend nahm er bloß ein paar Blöcke, Stifte und Pinsel mit. Kein Gepäck. Er mietete sich in einem kleinen Hotel unweit vom Jemaa el Fna-Platz ein und rief einen befreundeten Schriftsteller an, der in der Medina wohnte. Der lud ihn sofort auf einen Besuch ein. Der Schriftsteller stellte ihm zwei kultivierte Frauen vor, die auch auf der Durchreise waren. Die eine war etwa fünfzig, mager, dürr und rauchte viel. Die andere war sehr viel jünger und zudem schön und kurvenreich. Sie sprach wenig, doch die andere redete an ihrer Stelle. Die erste hieß Maria, die zweite Angèle. Sie hatten mindestens dreißig Jahre Altersunterschied. Maria arbeitete für ein multinationales Unternehmen und war ständig auf Reisen. Der Maler fand sofort großen Gefallen an den Diskussionen mit ihr, zudem sie Marokko äußerst gut kannte. Beim Abschied verabredeten sie sich für den nächsten Tag in dem Hotel, wo die Frauen abgestiegen waren. Sie wollten ihm ein Buch geben, das sie geschrieben hatten. *Die Ursprünge der indianischen Kunst Lateinamerikas*. Das würde ihn sicher fesseln. Maria war Argentinierin, Angèle stammte aus Katalonien, lebte aber in Guatemala.

Im Hotel bat er, mit Angèle verbunden zu werden. Es war Maria, die antwortete. Er bedankte sich für das Buch und schlug ihnen vor, sie in ein Dorf in Südmarokko mitzunehmen, das sie nicht kannten und das ihnen sicher gefallen würde, doch sie mussten am nächsten Tag schon wieder fliegen. Sie tauschten Adressen aus und versprachen, sich bei der nächsten Durchreise durch Paris mit ihm zu treffen.

Am Abend versuchte er noch einmal mit Angèle zu sprechen. Sie war offensichtlich verlegen und reagierte lakonisch auf seinen Telefonanruf. Er beendete das Gespräch schnell und bedauerte es, seinem Impuls nachgegeben zu haben. Zehn Minuten später rief sie ihn an: »Ich bin jetzt auf der Straße und kann frei sprechen. Wir schreiben uns, sobald ich zu Hause angekommen bin. Einverstanden? Ich verstehe Französisch, aber ich spreche es nicht gut.« Er antwortete: »Ich schreibe schlecht Spanisch, doch ich versuche es zu sprechen.«

Sein Instinkt hatte ihn nicht getäuscht. Zwischen ihnen war etwas möglich: ein Flirt, ein Abenteuer, eine einfache Affäre, wer wusste das schon … Er war bereit, offen für alle Vorschläge, sogar für Extravaganzen. Er versuchte, sich von seiner Frau zu lösen, mit der er seit mehreren Monaten nicht mehr geschlafen hatte. In seinem Kopf hatte er sie verlassen, doch tatsächlich ging alles weiter wie bisher. Er mietete ein Auto, gab den Gedanken, Delacroix' Spuren zu folgen, auf, und fuhr in das Heimatdorf seiner Frau. Er hatte sein Hotelzimmer in Marrakesch behalten, für den Fall, dass er seine Meinung noch einmal ändern sollte. Er hatte die schlimmsten und wunderbarsten Erinnerungen an dieses verlorene kleine Kaff.

Er verfuhr sich mehrmals, bevor er das Schild mit dem Hinweis »Khamsa« wiederfand. Der Name bedeutete »fünf«, und das Dorf war so genannt worden, weil es hier nur fünf Bäume und fünf Moscheen für fünftausend Einwohner gab.

Am Eingang des Dorfes empfing ihn eine Gruppe fröhlicher Kinder mit Geschrei: »M'ssiou, M'ssiou«, riefen sie und umringten ihn. Manche hatten keine Schuhe, andere kranke Augen. Er antwortete auf Arabisch – sofort machten sie sich über seinen Akzent aus dem Norden lustig. Doch er hatte an sie gedacht. Aus seiner Tasche holte er Hefte, Buntstifte und Filzstifte in leuchtenden Farben. Er verteilte sie und bat darum, ihre Zeichnungen am nächsten Tag ansehen zu dürfen.

Die Onkel und Tanten seiner Frau empfingen ihn sehr eingeschüchtert. Sie wussten nicht, was sie alles herbeizaubern könnten, um ihn zu bewirten. Da er sich an seinen letzten Besuch mit seiner Frau erinnerte, hatte er in Marrakesch Medikamente eingekauft und schenkte sie ihnen.

Sie dankten ihm und fragten nach seiner Frau. Der Maler versicherte ihnen, alles sei in Ordnung, sie kümmere sich um die Kinder, das Haus, sie seien glücklich … Er war zum ersten Mal alleine dort. Er hatte den Eindruck, diese Reise hätte er öfter machen sollen, denn die Dinge wirkten anders auf ihn. Er entdeckte bescheidene, gastfreundliche, aufmerksame Menschen mit großen Herzen. Er erzählte ihnen, dass er auf der Durchreise sei, er wolle zum Fotografieren und Zeichnen in die Berge. Sofort bot sich jemand als Begleitung an, um seine Sachen zu tragen. Es war ein junger Mann mit wachen Augen, der ein wenig Französisch, aber kein Wort Arabisch sprach. Er war noch keine zwanzig und hieß Brek.

Während sie aufstiegen, stellte er ohne Unterlass Fragen zu Clirmafirane. Erst nach einiger Zeit begriff der Maler, dass es sich um Clermont-Ferrand handelte. Es war irgendwie albern, dort oben auf den Bergen immer wieder den Namen dieser völlig uninteressanten Stadt zu hören. Der Himmel war von reinstem Blau, die Aussicht herrlich, der Horizont geradezu unendlich. Zwei Jahre zuvor hatte Brek ein französisches Touristenpaar geführt. Sie waren aus Clermont-Ferrand und hatten ihm versprochen, sich um ein Visum für ihn zu bemühen, damit er bei ihnen zu Hause arbeiten und ihren Garten pflegen konnte.

Während der Maler Skizzen auf seinen großen Block zeichnete, sagte Brek plötzlich:

»Weißt du, meine Cousine, deine Frau, hat mir auch vorgeschlagen, mich nach Frankreich zu holen. Ich habe ihr Passbilder, meinen Pass und andere Papiere gegeben. Sie hat gesagt, es gehe bald los. Deshalb will ich alles über Clirmafirane wissen, denn dort wohnt ihr doch, oder?«

»Nein, wir leben in Paris im XIII. Arrondissement. Da ist es nicht wie hier.«

»Sie hat gesagt, ihr habt ein großes Haus, und ich kann mich um den Garten kümmern.«

»Ach so!«

»Ja, ich werde euer Gärtner sein.«

»Bist du denn Gärtner?«

»Nein, aber die Leute aus Clirmafirane haben mir das auch gesagt. Ich schaffe das also bestimmt. Ich kann Unkraut jäten, umgraben, gießen …«

»Du hast doch gerade geheiratet, willst du deine Frau zurücklassen und ins Ausland ziehen?«

»Nein, meine Cousine hat gesagt, meine Frau kann für

euch im Haus arbeiten. Sie hat ihr auch einen Pass und ein Visum besorgt.«

Genau das oder fast genau das geschah einige Monate später. Als der Maler nach einer Vernissage in Deutschland nach Paris zurückkam, entdeckte er zu seiner Überraschung, dass eine sehr junge Frau in einem der Kinderzimmer wohnte. Sie war schüchtern, sprach kein Wort Französisch oder Arabisch. Als er seine Frau fragte, warum sie das nie mit ihm besprochen hatte, reagierte sie aggressiv:

»Ich weiß schon, was ich tue. Ich habe dieses sehr jung verheiratete Mädchen hergeholt, damit sie zur Schule gehen und mir mit den Kindern helfen kann. Du bist ja nie da und weißt nicht, was in diesem Haus vorgeht, wenn du weg bist, was es alles zu tun gibt. Wenn du nach einem Vorwand suchst, dich mit mir anzulegen, denk dir was anderes aus …«

»Aber du stellst mich vor vollendete Tatsachen!«

»Ach, Quatsch!«

Er verstummte. Noch am gleichen Tag wurde ihm bewusst, was seine Frau mit ihrer Entscheidung angerichtet hatte. Die arme Bäuerin war völlig aus ihrem Element gerissen. In der Toilette neben ihrem Zimmer fand er benutztes Klopapier auf dem Boden. Die Klobrille war schmutzig, denn wahrscheinlich stieg sie darauf, da sie nicht wusste, dass man sich darauf setzt. Er verließ den Raum angeekelt. Zu seiner Frau sagte er nichts, denn er wollte, dass sie es selber bemerkte. Er warf einen Blick in das Zimmer. Sie hatte ihre Sachen auf dem Bett abgelegt. Nachts schlief sie auf der Bettdecke, die sie auf dem Fußboden ausgebreitet hatte. Am nächsten Morgen fand er sie zusammengekrümmt mit hochrotem Gesicht. Sie hatte ein Glas Senf für Konfitüre gehalten und einen Löffel davon heruntergeschluckt. In der Küche hob er den durchlöcherten Schraubverschluss einer Colaflasche auf. Wahrscheinlich hatte sie versucht, sie mit den Zähnen aufzubekommen … Abends hörte er sie in ihrem Zimmer weinen.

Einen Monat später fuhr sie in ihr Dorf zurück. Der Maler war erleichtert. Doch zwei Wochen später tauchte ein anderes junges Mädchen auf. Die hatte gerade die Schule abgeschlossen und begann mit dem Biologiestudium. Auch über ihre Ankunft hatte seine Frau ihn nicht informiert. Jede Diskussion, jeder Widerspruch war vergebens. Er stellte seiner Frau nur eine einzige Frage: »Und der Gärtner? Wann kommt der?« Er erhielt keine Antwort.

Vom Berggipfel aus sah das Dorf Khamsa aus wie ein roter vertrockneter Fleck. Keine Oase in Sicht, nicht das geringste Grün in der Umgebung, kein Baum, kein Strauch. Der Maler sagte sich, es müsse ein fluchbeladener Douar sein, nur Gestein und Disteln. Brek bestätigte das. Er war redselig, wenn es um seinen Geburtsort ging: »Gott hat uns vergessen. Wir haben nichts: wenig Wasser, keinen Strom, keine weiterführende Schule, keinen Arzt, nichts; hier wächst gar nichts, doch wir haben eine Kolonie Katzen und Hunde, die so ausgehungert sind wie wir. Sie kommen her, weil sie hier alles durchstöbern können. Du verstehst also, Bruder, Clirmafirane ist auf jeden Fall besser! Kannst du dir vorstellen, warum Madame Nicole mir nicht geschrieben hat und meine Briefe nicht beantwortet? Und meine Cousine, glaubst du, die hält Wort?«

Als er genügend Skizzen und Fotos gemacht hatte, gingen Brek und der Maler zurück ins Dorf. Ein Festessen erwartete ihn. Die Hammeltajine mit Oliven war extrem fettig. Er konnte sie nicht essen, würgte ein paar Bissen hinunter und ließ sich Couscous aufgeben, der genauso fettig war wie das Tajine-Gericht. Er schämte sich, dass er nicht mit Appetit essen konnte, da die Frauen den ganzen Tag mit der Zubereitung zugebracht hatten. Zum Glück aßen die anderen Gäste alles auf. Er übernachtete in einem Zimmer, das für Gebete benutzt wurde. Sodbrennen und Magenschmerzen vertrieben jeden Gedanken an Schlaf. Am frühen Morgen trat er aus dem Haus und entdeckte ein außerordentlich sanftes und feines Licht. Er machte mehrere Fotos, um sich daran erinnern zu können. Nach seiner Rückkehr nach Paris verarbeitete er sofort alles, was er gesehen und was ihn auf dieser Reise so beeindruckt hatte.

Seine Frau tauchte in seinem Atelier auf und erkannte ihr Dorf. Die beiden Gemälde waren noch nicht fertig. Sie sah sie an und sagte dann beim Weggehen:

»Das Geld aus dem Verkauf dieser Bilder ist für Khamsa. Du hast kein Recht, diese armen Leute auszubeuten. Sie wissen nicht, dass du dich an ihrem Elend bereicherst, du bist wie dein Freund, der Fotograf, der Arbeiter in den Minen fotografiert und dann einen Haufen Geld mit seinen Ausstellungen verdient. Das müsste verboten werden.«

Ohne zu wissen, ob sie es noch hörte, antwortete er:

»Diese Bilder sind nicht zum Verkauf.«

Kapitel 9

Casablanca, 1995

»Manche behaupten, aus der Farbe, die das Haar der Toten annimmt, könne man schließen, was aus ihrer Seele geworden ist.«

Luis Buñuel, *Der Fluss und der Tod*

Eines Tages, sie wohnten bereits seit zwei Jahren in ihrem schönen Haus in Casablanca, sagte seine Frau lakonisch: »Ich weiß, dass du mich betrügst, und ich weiß sogar, wer es ist.«

So begann die Zeit der Verdächtigungen. Sie sollte kein Ende finden. Seine Frau überwachte ihn, misstraute jedem Wort, das aus seinem Munde kam, und verdächtigte jede einzelne Frau in seiner Umgebung. Ihre Eifersucht kannte keine Grenzen. Als er zum Beispiel den Maler Anselm Kiefer in Berlin aufsuchen und mit ihm über »Kunst und Schriftstellerei« diskutieren sollte, eröffnete sie ihm, die Reise sei annulliert worden.

»Aber wie ist das möglich?«, fragte er. »Wer hat das getan?«

»Ich, wer sonst? Eine junge Frau hat angerufen, um nachzufragen, um wie viel Uhr dein Flug in Berlin ankommt, es war eine Nordafrikanerin, eine gewisse Asma … An ihrer Stimme habe ich gemerkt, dass sie sich prostituiert, da habe ich ihr erklärt, dass mein Mann kein Interesse an diesem vorgeblichen Symposium hat und bei seiner Frau bleibt. Dann habe ich aufgelegt.«

Dieser Zwischenfall versetzte den Maler in große Wut. Er versuchte, die Annullierung rückgängig zu machen, doch es war zu spät, sie hatte die Einladungen zum Symposium zerrissen, und er hatte die Namen der Organisatoren nicht mehr. Er schämte sich für diesen Zwischenfall und verstand, wie gefährlich seine Frau ihm werden konnte. Er versuchte auch noch, einen seiner Berliner Freunde anzurufen, doch niemand hob ab. Es war am Vorabend des Symposiums. Sein Zorn ließ sich nicht zügeln. In jener Nacht schlief er im Wohnzimmer und beschloss, seine kranke Mutter zu besuchen.

Am nächsten Morgen hatte er immer noch keine Ruhe gefunden. Er wollte so schnell wie möglich aus dem Haus gehen. Die Sache mit dem Symposium machte ihm weiter zu schaffen, und auf dem Weg nach Fès, wo seine Mutter lebte, geriet er immer mehr ins Grübeln. Er erinnerte sich an ein Abendessen mit Freunden im Restaurant des Hotel *Le Mirage* bei Tanger vor nicht allzu langer Zeit. Seine Frau hatte ganz furchtbare Dinge über einen gemeinsamen Bekannten erzählt. Sie erfand Geschichten, behauptete irgendetwas, beschuldigte diesen Mann, ihre Kinder fast ertränkt zu haben, dann wandte sie sich in einem Nebensatz an ihn: »Du bist kein Mann und noch weniger ein Ehemann! Wenn du ein richtiger Mann wärst, hättest du mit diesem sogenannten Freund gebrochen, der fast eines deiner Kinder umgebracht hätte!« Das war zu viel für den Maler, er verlor die Kontrolle und schüttete seiner Frau ein Glas Wasser ins Gesicht. Sie reagierte sofort und überschüttete ihn mit Wein. Das ganze Restaurant hatte die Szene verfolgt. Das befreundete Ehepaar hatte versucht, alle zu beruhigen. Doch die Heftigkeit dieser Szene tat ihm sehr weh, er nahm sich übel, die Haltung verloren zu haben. Nie wieder würde er sich zu so etwas hinreißen lassen. Mit Tränen in den Augen war er mit seinem Freund am Strand entlanggelaufen. »Wenn Gewalt zur Umgangsform eines Paares wird, ist kein gemeinsames Leben mehr möglich«, sagte ihm sein Freund. »Alles andere ist nur Makulatur und Selbstbetrug. Da ist Scheidung die einzige Lösung.« Das war das erste Mal, dass jemand das Wort Scheidung in Bezug auf ihre Ehe aussprach.

Wenn seine Frau auf Reisen ging und er alleine mit den Kindern zurückblieb, wurde ihr großes Haus in Casablanca still, die Dinge verliefen undramatisch, und selbst die üblichen Streitereien zwischen den Kindern nahmen ab. Der Maler beobachtete das Haus mit forschendem Blick und sagte sich: Selbst die Mauern ruhen sich aus. Es herrschte ungewöhnliche Ruhe, die er über ihre Abwesenheit hinaus verlängern wollte. Aber wie war das möglich?

Als sie in Paris lebten, und er in sein Atelier ging, kam es vor, dass er dort übernachtete, weil er den Sturm erahnte, der ihn zu Hause erwartete. Er schob die Konfrontation um eine Nacht hinaus und hoffte, ihren Unterstellungen dadurch zu entgehen. Aber seine Frau verdächtigte ihn, nicht alleine im Atelier zu sein, tauchte mitten in der Nacht auf und verschwand wieder ohne ein Wort. Sie hatte sich angewöhnt, seine Arbeitsstelle als »sogenanntes Atelier« zu bezeichnen oder gleich als »Bordell«.

Sicher, er empfing dort seine Freundinnen, vor allem am Nachmittag. Er arbeitete vormittags, und nach dem Mittagessen machte er gerne einen Mittagsschlaf. Insbesondere eine seiner Freundinnen wusste besser als jeder andere, was er darunter verstand. Sie war verheiratet, Mathematiklehrerin. Sie suchte den Künstler mit Vorliebe zu dieser Tageszeit auf. Schon bevor sie ihm begegnet war, hatte sie ihn bewundert. Sie brachte ihm Geschenke mit, oft fein duftenden Tee. Sie liebte ihn, aber auch ihren Mann, mit dem sie einen Pakt zu gegenseitiger Freiheit ohne Lüge, ohne Betrügerei geschlossen hatte. Zu keiner Zeit fühlte sich der Maler schuldig. Er tat nichts Böses, suchte nach einem Gleichgewicht außerhalb seiner Ehe, die mit Unterbrechungen funktionierte. Mit der »Professorin«, wie er sie nannte, konnte er stundenlang reden, sie tauschten sich aus, und er vertraute sich ihr manchmal an. Ab und zu schliefen sie auch miteinander, aber das war nicht das Wichtigste. Nach einigen Jahren hatten sie eine Art Frieden gefunden, den sie beide brauchten, insbesondere er. Es gab zwischen ihnen Zärtlichkeit, Freundschaft und auch Sinnlichkeit. Sie tranken Tee und sprachen über die Ausstellungen, die gerade zu sehen waren. Sie kannte ihn gut und las ihm seine Wünsche von den Augen ab. Sie war belesen und erzählte ihm, was sie an den Werken der Schriftsteller des 18. Jahrhunderts bewegte. Diese Frau mit den hellen Augen und dem braunen Haar hatte aufregend weiße Haut. Wenn sie nackt war, bat er sie, im Atelier hin und her zu gehen, damit er ihren Körper und ihre Haltung bewundern konnte. Sie bat ihn, die Kleider anzubehalten, kniete sich vor ihn und öffnete den Reißverschluss seiner Hose mit den Zähnen. Dann liebkoste und küsste sie lange seinen Schwanz und ließ erst ab, als er in ihren Mund gekommen war, was sie vor Wonne schaudern ließ.

Trotz der Verdächtigungen seiner Frau, sagte sich der Maler, es sei eine richtige Entscheidung gewesen, Hals über Kopf Paris und sein graues Wetter zu verlassen, um endgültig nach Casablanca zu ziehen. Das Licht der Stadt erfüllte ihn mit Glück, und das merkte man an seiner neuen Art zu malen. Sie hatten ein wunderschönes Haus gefunden. Es war in den 1920er Jahren von zwei schwulen Briten erbaut worden, hatte einen schönen Garten mit Blick auf den alten Hafen und im Hintergrund das

Meer. Doch dieser herrliche Ort verdüsterte sich jedes Mal, wenn er und seine Frau sich stritten.

Der Maler hatte schon immer eine Vorahnung gehabt, eine seltsame Intuition, dass er eines Tages zum Opfer eines Infarkts oder etwas Ähnlichem würde. Er hatte einen befreundeten Kardiologen aufgesucht, der ihm gesagt hatte, was er vermeiden solle: vor allem Stress, Ärger, Wutausbrüche, cholerische Anfälle. »Sei schlau«, hatte er ihm gesagt, »sei gleichgültig, lass dich nicht provozieren oder manipulieren, wir sind im gleichen Alter, mein Lieber, da weiß ich, wovon ich rede. Wenn du zu Hause Spannungen spürst, geh ihnen aus dem Weg, verschwinde ins Atelier. Wir brauchen dich noch – als Freund, aber auch als Künstler. Du bist anerkannt, gefeiert, geachtet, du hast Talent, deine Arbeit wird auf der ganzen Welt gewürdigt, lass dich also nicht runterziehen … Also, dein Elektrokardiogramm ist gut, körperliche Anstrengung verkraftest du auch. Du hast erhöhten Blutdruck, aber da kümmern wir uns drum. Treibe Sport, halte Diät, aber vor allem: Lass es dir gutgehen!«

All das wusste er bereits. Sein Freund bestätigte es nur. Er kümmerte sich um seinen Bluthochdruck und aß weniger Fett. Er hörte auf zu rauchen, höchstens ab und zu eine Zigarre, und machte täglich einen Spaziergang. Seit sie wieder in Marokko lebten, seit sie Paris und das hektische Leben dort hinter sich gelassen hatten, konnte er sich besser um seine Gesundheit kümmern. Jeden Morgen unternahm er mit einem Freund einen Spaziergang. Er nannte ihn Google, denn er war so kultiviert, dass man nur eine Frage stellen musste, und er den ganzen Weg entlang der Corniche d'Aïn Diab einen brillanten Vortrag hielt. Während der Freund sprach, machte er selbst ein paar Leibesübungen, manchmal über fast zwei Stunden hinweg. Dann sprang er ins Meer und kehrte schließlich zur Villa zurück, wo er auch ein Atelier eingerichtet hatte.

Im Frühling besuchte ihn sein spanischer Galerist und bestand darauf, dass er sich auf eine große Ausstellung für den Anfang des folgenden Jahres vorbereitete. Zwei Kunstkritiker kamen ebenfalls vorbei, sie schrieben gerade ein Buch über sein Werk. Es war nicht das erste Buch über ihn, aber sicher das wichtigste, es sollte rechtzeitig zur Ausstellung in drei Sprachen veröffentlicht werden. Es war eine große Sache. Er war zwar bescheiden, doch im Grunde machte ihn die Veröffentlichung stolz und schmeichelte ihm. Er zeigt das nicht nach außen, aber er spürte, wie eine besondere Energie in ihm hochstieg, um seine aktuelle Bilderserie fertigzustellen, zu der er schon einige Skizzen angefertigt hatte. Er wollte die Bäume aus seinem Garten malen. Jeder einzelne unterschied sich von den anderen und war ihnen zugleich ähnlich, die Genauigkeit des Striches, die Übereinstimmung zwischen Realität und Vorstellungswelt waren erstaunlich, fast perfekt. Es waren großformatige Bilder mit neutralem Hintergrund, isolierte Bäume, die sich aber neu erfanden. Er hasste den Ausdruck »*nature morte*« – »Stillleben« –, denn für ihn war Kunst nichts Erstarrtes, sie war Leben, und in seinen Bildern war nichts Totes. Er hatte Etiketten und Kategorien schon immer verabscheut. Seine Kunst war nicht realistisch, ganz und gar nicht! Ein befreundeter Schriftsteller hatte ihm gesagt, wie schwer es sei, einen Text über sein Werk zu schreiben. Passende Worte wären rar und zu viele doppeldeutig. Daher musste er alle unzutreffenden Ausdrücke von sich fernhalten.

Er fuhr ein paar Tage nach Madrid, um Material zu besorgen, und nebenbei einige Freunde zu besuchen. Er traf sich mit Lola, einer Frau, die er vor seiner Hochzeit geliebt hatte. Sie hatte sich verändert, geheiratet und zwei Kinder bekommen. Er sah sie ein paar Mal verstohlen an und stellte fest, wie trügerisch Erinnerungen waren. In seinem Kopf hatte er das Bild einer schönen jungen Frau mit einem herrlichen Körper und von betörender Sinnlichkeit getragen, vor sich sah er eine Hausfrau und Mutter, die sich hatte gehenlassen. Es war ein trauriger Abend. Er küsste sie und fuhr sie nach Hause. Am besten, man lässt alte Erinnerungen ruhen. Als er nach Casablanca zurückkam, war sein Fahrer und Assistent Tony nicht da. In Wirklichkeit hieß er Abderrazak, aber sein voriger italienischer Arbeitgeber hatte ihm diesen leicht auszusprechenden Namen gegeben. Er kümmerte sich um alles Administrative, machte die Einkäufe, bezahlte die Rechnungen und hielt vor allem alle praktischen Probleme von ihm fern, Probleme, die in diesem Land besonders häufig und absurd waren. Aber nun war Tony nicht da. Merkwürdig. Noch nie hatte er eine Verabredung verpasst, nie war er verspätet, immer zur Stelle, pünktlich und auf die folgenden Ereignisse vorbereitet. Er rief ihn an. »Es tut mir leid, Monsieur, aber Ihre Frau hat mir die Wagenschlüssel weggenommen und hat mich entlassen. Ich wollte Sie anrufen, aber ich wusste nicht, um wie viel Uhr Ihr Flugzeug landen würde.« Er rief seine Frau an, die ihm sagte: »Den sind wir los! Dieser Parasit hat das Geld meiner Kinder gestohlen und uns betrogen, wo er nur konnte. Du bist naiv, sie hauen dich die ganze Zeit übers Ohr, und du glaubst alle ihre Lügen. Mit deinem Tony ist Schluss! Der soll woanders stehlen, wir haben ihn ja auch gar nicht gebraucht, er hat auf unsere Kosten gelebt, soll er doch zurück zu seiner italienischen Schwuchtel gehen … Im Übrigen ist es verdächtig, dass du so große Stücke auf ihn hältst! Nun, ich will nicht darauf herumreiten, ich habe ihn entlassen, weil ich herausgefunden habe, dass er gestohlen hat, dein Tony ist ein Dieb!«

Während sie diese Wahnvorstellungen herausbrüllte, verspürte der Maler, wie ungezügelter Zorn in ihm aufstieg. Er hatte sich nicht mehr unter Kontrolle, die Leute schauten ihn an und gingen weiter zum Einchecken. Er warf seine Reisetasche mit dem Computer zu Boden und fing an zu brüllen. Wie ein Verrückter lief er in der Flughafenhalle herum, stellte sein Telefon fluchend aus und beschimpfte seine Frau. Er fühlte sich fix und fertig, sein Mund war staubtrocken, er hatte einen bitteren Geschmack auf der Zunge. Alles Symptome seiner Aufgebrachtheit. Er suchte nach einem Glas Wasser. Beim Trinken verschluckte er sich und begann zu husten, wurde knallrot, stellte das Glas hin und hielt die Hand an die Brust. Jemand hatte seine Tasche aufgehoben und brachte sie ihm. Als er sich bedanken wollte, spürte er eine Art Messerstich in der Brust. Ihm wurde übel, seine Beine gaben nach, er ließ sich auf einen Stuhl fallen, zitterte, Angstschweiß brach ihm aus, er hatte rasende Kopfschmerzen. Flughafenangestellte, die ihn kannten, kamen ihm zu Hilfe, über Lautsprecher suchten sie einen Arzt unter den Reisenden. Ein Schwede eilte herbei und sagte auf Englisch: »Schnell, in die Klinik.« Dort behielten sie ihn 24 Stunden lang, dann brachte ihn am nächsten Tag ein Taxi nach Hause.

Es war nur eine Warnung gewesen. Die Kinder waren in der Schule, seine Frau war ausgegangen, vielleicht hatte sie ihn verlassen. Er war sehr erleichtert, denn was sollte er nach dem Zwischenfall am Flughafen sagen? Schweigen wäre eine Art Zustimmung gewesen. Daher passte es ihm, dass sie nicht da war. Eine Auseinandersetzung weniger. Sie war nicht einmal besorgt gewesen, dass er am Tag ihres Streits am Telefon nicht nach Hause gekommen war. Wahrscheinlich hatte sie gedacht, er sei wieder abgeflogen, oder in ein Hotel gegangen, oder zu einer seiner Mätressen. Tony hatte ihn im Krankenhaus besucht und ihn gebeten, es seiner Frau nicht übelzunehmen. Er werde auch so weiterhin Besorgungen für ihn übernehmen. Sein Assistent war traurig, und es tat ihm sichtlich leid, seinen Chef und Freund in diesem Zustand zu sehen.

Kapitel 10

Casablanca 1995

»Zwischen Männern und Frauen ist Grausamkeit unerlässlich«, antwortet Matsuko, die Frau des Killers.

Nagisa Oshima, *Der Besessene im hellen Tageslicht*

Der Maler hatte überrascht festgestellt, dass seine Frau ihre Gewohnheiten geändert hatte, seit sie in Casablanca lebten. Sie war oft außer Haus, kam mitten in der Nacht zurück, trank ziemlich viel und behauptete, sie sei mit »den Mädels« unterwegs gewesen. Sie hatte sich einer Gruppe geschiedener, verbitterter, spät zu Feministinnen gewordener Frauen angeschlossen, die sich im Haus einer Hexe trafen, deren Hässlichkeit die Schwärze ihrer Seele ausdrückte. Sie war klein, rundlich, mit einer Löwenmähne, kleinen tiefliegenden Augen und enger Stirn, was manche Anhänger der Physiognomik als schlechtes Zeichen deuten. Sie nannte sich »Lalla«, gab vor, ihre Mutter sei eine der Konkubinen Hassans des Zweiten gewesen. Der Vorname jeder Prinzessin hat als Präfix »Lalla«. Sie profilierte sich mit irgendwelchen Geschichten, behauptete, sie sei früher Hippie gewesen und habe mit einigen berühmten Leuten geschlafen, Sängern, Musikern und sogar einem berühmten Schauspieler, dessen Foto sie bei sich trug, angeblich in Los Angeles aufgenommen, obwohl der Hintergrund eher nach der Kasbah von Zagora aussah. Sie gab vor, in Indien gewesen zu sein, bei einem Meister, der ihr die Geheimnisse der Seele offenbart hätte; von ihm habe sie gelernt, wo die Quelle jeder Energie sitze, der positiven und negativen, sie behauptete, die von uns ausgestrahlten Wellen bräuchten Zeit, um Entfernungen zurückzulegen, so habe sie erst jetzt die ihrer zehn Jahre zuvor verstorbenen und begrabenen Mutter empfangen; kurzum, sie gab sich mystisch und schwätzte in nebulösen Begriffen, deren genauen Sinn sie selbst nicht kannte, doch sie war überzeugend genug, um auf Menschen zu wirken, die ihr folgen und ihren Wahnvorstellungen und Manipulationen gehorchen wollten. Sie tischte ihnen den alten feministischen Diskurs der 1960er Jahre auf in einer mystisch-mythisch-orientalisch-verfälschten Soße, das Ganze umhüllt von Weihrauchschwaden Made in China, die man in den billigen Drogerien des Maarif-Viertels kaufen konnte. Sie behauptete, ihr indischer Meister und Guru habe ihr diese Kräuter geschickt, er habe sie in seinem eigenen Garten gepflückt und in seinem Meditationsraum getrocknet. Sie gab ihnen Namen, die sie aus Bollywoodfilmen entlehnte, die man als Raubkopien neben dem Gemüsemarkt der Jouteya kaufen konnte.

Lalla hatte einen Sinn für das Theatralische, für Inszenierungen. Alles bei ihr war gefälscht, aber trotz der offensichtlichen Dummheit und Absurdität ihrer Weisheiten nahmen ihre »Mädchen« sie ihr ab. Je unglaubwürdiger ihr Gerede klang, desto beeindruckter waren ihre Groupies, die nicht im Traum an Täuschung dachten. Endlich hatten sie eine Seelenverwandte gefunden, die sie verstand und die richtigen Worte fand, ihnen den Weg zu weisen. Lalla hatte einen Vetter geheiratet, einen reichen Erben. Er war homosexuell und wollte eine soziale Fassade; das hatte er teuer bezahlt. Nach einem Jahr Scheinehe trennte sie sich von ihm und nahm ein paar

Millionen sowie die Villa, in der sie lebten, mit. Sie hatte keine finanziellen Sorgen, genug Zeit und Geld, um sich einen kleinen Hofstaat zuzulegen und sich wichtig zu fühlen. Sie gab vor, für amerikanische Verlage zu übersetzen, doch sie konnte nicht ein einziges Buch mit ihrem Namen auf dem Umschlag vorweisen. Ihr Vater hatte sich nach dem Tod seiner Frau wieder verheiratet, lebte weit weg und sah sie fast nie. Sie hatte versucht, ihre Stiefmutter in ihren Kreis zu locken, doch die hatte schnell gemerkt, dass es ein großer Bluff war und ihr die Wahrheit ins Gesicht gesagt. Einige Tage später hatte sie ihrem Vater kompromittierende Fotos seiner Frau gebracht, Fotos, die sie auf dem Computer zusammengesetzt hatte. Sie wollte ihrer Stiefmutter schaden, doch die war stärker und klarer im Kopf als Lalla; sie wies die Fälschung nach. Nach dem Auffliegen dieses jämmerlichen Tricks konnte sie sich dem Haus ihres Vaters nicht mehr nähern. Den »Mädels« erzählte sie, ihr Vater sei von einer Hexe verzaubert worden, die ihm seinen Besitz abnahm, doch sie hoffe weiterhin, ihn eines Tages retten zu können.

Die Frau des Malers nahm diese abenteuerliche Geschichte ernst. Sie behauptete, die Stiefmutter, die aus Agadir kam, stamme aus einer bekannten Hexenfamilie aus dem Süden. Wenn ihr Mann Zweifel anmeldete, wurde sie wütend und schrie. Lallas Wort war für sie die Wahrheit.

Eine Zeitlang dachte der Maler, es handele sich hier möglicherweise um eine lesbische Beziehung. Doch er wusste auch, dass seine Frau Homosexualität hasste, und dass sie Frauen nicht ausstehen konnte, die ihr zu nahe kamen. Andererseits war sie so begeistert von dieser Lalla, dass er sich Fragen stellte. Manchmal verbrachte sie den ganzen Tag mit ihr. Sie hatte mit Sicherheit Gefühle für sie, schwor regelrecht auf diese

Freundin, wiederholte Wort für Wort, was sie sagte, zitierte sie voll Inbrunst und Überzeugung, hämmerte manche Sätze heraus, als stehe sie vor Gericht. Er versuchte, sie zur Vernunft zu bringen, ihr aufzuzeigen, dass die Frau eine gelangweilte Spinnerin war, die einen Hofstaat brauchte, um sich lebendig zu fühlen. Es war alles umsonst. Sie verteidigte sie und duldete nicht die geringste Kritik an ihr. Daher argumentierte er nun mit Eifersucht. Es war normal, dass ein Ehemann eifersüchtig wurde auf jemanden, der seine Frau zwölf Stunden am Tag in Beschlag nahm. Er dachte, sie sei diesem Argument zugänglich, sie werde es als Liebesbeweis ansehen. Vielleicht würde sie nicht gerade mit Lalla brechen, doch zumindest käme ihr der psychische und geistige Zustand dieser Manipulatorin etwas zu Bewusstsein.

Aber nein, sie sagte: »Endlich hat mir jemand die Augen geöffnet. Lalla ist die edelste, würdigste, aufrichtigste Frau der Stadt. Sie ist eine talentierte Künstlerin. Ihr verdanke ich, dass ich endlich begreife, wie sehr ich mein Leben geopfert habe. Ab nun werde ich das nicht mehr zulassen, ich werde die Erniedrigung durch deine Familie nicht mehr dulden, und auch nicht die Spielchen deines Bruders und seiner Tussi, oder die Kungeleien deiner Schwestern, die uns nur besuchen, um Geld zu erbetteln. Ich bin eine befreite Frau, ich tue, was ich will, ich verwirkliche mich und werde mich nicht mehr unter die Knute eines Perversen zwingen lassen, eines egoistischen Ungeheuers, eines Feiglings, eines Ehemanns, der sich wie ein Junggeselle aufführt, eines Scheinheiligen, der nicht einmal Verantwortung für seine Kinder übernehmen kann. Ja, dank Lalla sind meine Augen weit geöffnet, ich werde endlich leben, mein Leben genießen, und du bist mir scheißegal, du und deine Hurenweiber, die um dich und dein schmutziges Geld herumscharwenzeln … Letztens habe ich deine jüngste Schwester weggeschickt, ich habe ihr erzählt, du seist in Asien. Sie hat mir geglaubt und ist abgefahren. Sie war sehr enttäuscht. Ich habe ihr zu verstehen gegeben, dass es keinen Zweck mehr hat, aus Marrakesch hier nach Casablanca zu kommen, ich habe gesagt, du seist ruiniert, wir hätten kein Geld mehr. Ich glaube sogar, sie hat geweint.«

Die Sache war erledigt, das Verhängnis nahm seinen Lauf, er konnte nur noch Konsequenzen ziehen. Einige seiner Freunde schlugen vor, mit seiner Frau zu sprechen, vor allem jene, die den Ruf der Hexe kannten. Doch seine Frau hatte die Gabe, andere glauben zu lassen, sie höre nicht nur aufmerksam zu, sie sei auch noch völlig einverstanden mit dem, was man sagte. Seine Freunde waren zufrieden mit sich und fuhren beruhigt wieder ab. Die kannten seine Frau schlecht. Ihr Verteidigungssystem war simpel und archaisch, doch es war erstaunlich wirksam. Sie tat, was sie wollte, und verdrängte konsequent jede Kritik von außen.

Ein Freund schlug dem Maler vor, Lalla zu verführen, um sie endgültig von seiner Frau zu entfernen. Dazu hatte er nicht den Mut, eine solche Schmierenkomödie würde er nie durchhalten können. Er war kein Spieler. Das überließ er seinen Feinden und Widersachern.

Die enge Beziehung zwischen Lalla und seiner Frau brachte auch ihre Kinder zur Verzweiflung, die inzwischen auch verstanden hatten, dass hier etwas suspekt war. Sie beklagten sich bei ihrem Vater, der die Sache entdramatisierte, um sie nicht noch mehr aufzuregen. Eines Tages war Lalla so ungeschickt, sich einzumischen, als sie mit ihrer Mutter ein Ferienprogramm aushandelten. Sie verbaten sich diese Einmischung und forderten ihre Mutter auf, keinen Umgang mehr mit ihr zu pflegen. Doch sie war manipuliert, verhext, der schädlichen Vision ihrer Freundin völlig verfallen.

Lalla schrieb Texte über etwas, was sie als »primäre Energie« bezeichnete. Sie fand niemanden, der ihr Buch hätte verlegen wollen, also ließ sie es selbst binden und bot es Personen ihres Vertrauens zum Kauf an. Sie sagte, ihr Denken sei so persönlich, dass sie es nicht mit einem breiteren Publikum teilen wolle. Ihre Texte waren mit diffusen Zeichnungen illustriert, ein lächerliches Machwerk, das den ganzen Aufwand nicht wert war. Aber natürlich fand es Abnehmer, und so trug ihre kleine Sekte finanziell zu ihrem Lebensstandard bei.

Eines Tages sah der Maler einen Film, der die Geschichte einer schönen Lehrerin erzählte, die an eine Sekundarschule kommt. Sie ist verheiratet, hat zwei Kinder, das eine davon mit Down-Syndrom. Sie lernt eine ältere Frau kennen, eine Kollegin von ihrer Schule, die allein mit ihrer Katze lebt. Sie freunden sich an. Nach und nach wird die Bindung enger, bis die beiden schließlich unzertrennlich sind. Die alte Frau protegiert die junge, ist ihr eine Lehrerin in pädagogischer wie in emotionaler Hinsicht. Eines Abends lässt sich die junge Frau jedoch von einem ihrer Schüler, einem gutaussehenden Jugendlichen, verführen. Die Alte überrascht die beiden und beginnt, ihren Schützling zu erpressen. Ein Zwischenfall mit ihrer Katze und dem behinderten Kind beendet schließlich diese zweifelhafte Freundschaft. Die alte Frau fühlt sich verraten, verlassen, und verbreitet das Gerücht, die neue Lehrerin sei pädophil und habe eine Affäre mit einem ihrer Schüler. Es kommt zum Skandal, und die Junge wird zu einer Haftstrafe verurteilt. Im Gefängnis ist sie allerdings vor dem schadhaften Einfluss der Alten geschützt und kann sich emanzipieren … Der Maler musste immer wieder an Lalla und ihre Beziehung zu seiner Frau denken. Er kaufte den Film auf DVD und bat seine Frau, ihn aufmerksam anzusehen. Sie tat es, doch dann sagte sie: »Ich verstehe nicht, warum du darauf bestanden hast, dass ich mir diesen Film ansehe.« Selbstverständlich hatte sie den Zusammenhang zwischen den beiden Situationen verstanden, doch sie fühlte sich in keiner Weise betroffen. Er lächelte nur und gab den Versuch endgültig auf, sie der bösartigen Frau zu entreißen. Jemand riet ihm: »Du wirst sehen, eines Tages wird es ihr zu viel, und sie wird sie verlassen, du brauchst nur etwas Geduld.«

In der Folgezeit rückten andere Probleme für ihn in den Vordergrund, und die Beziehung seiner Frau zu der Hexe wurde zweitrangig. Er hatte verstanden, dass das Wesentliche war, seine eigene Haut zu retten, zu flüchten und diese Ehe zu beenden, in der er keinen Platz mehr hatte.

Kapitel 11

Casablanca, April 2000

»Träume, Leben, das ist das gleiche. Oder aber es lohnt sich nicht zu leben.«

Marcel Carné, *Kinder des Olymp*

Imane war nicht nur Pflegerin, sie war auch Krankengymnastin. Sie massierte sein gelähmtes Bein und die Arme. Das tat sie zugleich feinfühlig und kraftvoll. Er liebte diese Momente und konnte seine auch noch so kleinen Fortschritte schätzen lernen. Sie war sogar etwas schelmisch, setzte ihr Lächeln, ihre Augen und ihren Charme ein. Er empfand Zuneigung für sie und freute sich darauf, dass sie ihn bald besuchen wollte, um ihm ihre Geschichte zu erzählen.

An dem Tag des verabredeten Besuchs tauchten jedoch anstelle von Imane ein fremder Mann und eine Frau auf. Sie waren bereits etwas älter und trugen weiße Kittel. Ihre Gesichtszüge waren hart und ohne das geringste Lächeln. »Ich bin Ihre neue Krankenpflegerin«, sagte die Frau, »und mein Bruder ist Ihr Krankengymnast. Ihre Frau schickt uns.« Der Maler protestierte mit seinem Stock, schlug ihn auf den Boden, konnte aber kein Wort herausbringen. Es war das erste Mal, dass seine Frau, mit der er seit dem Anfall keinen Kontakt mehr hatte, eingriff, ohne auf seinen Zustand Rücksicht zu nehmen. Er schickte die Leute weg, und bedeutete den Zwillingen, ihnen ihr Geld auszuhändigen und ihnen zu sagen, sie sollten niemals wiederkommen. Er musste Imane anrufen und ihr erklären, was vorgefallen war. Doch dieser plötzliche Überfall hatte ihn derart mitgenommen, dass er nicht den Mut aufbrachte, das sofort zu tun. Er wollte warten, bis der Sturm abflaute, den dieser unangenehme Besuch in ihm ausgelöst hatte.

Seine treuen Zwillinge überredeten Imane zurückzukehren, was ihn gleichermaßen beruhigte wie erregte. Es war wie ein Fest, eine innere Freude, die er wegen seines erstarrten Gesichts nicht zeigte. Doch seine Augen verrieten ihn. Imane erklärte ihm, dass sie zwei Tage vorher Besuch von seiner Frau bekommen hätte. Sie habe sie bedroht und herumkommandiert. Imane wollte keinen Konflikt mit der Frau ihres Patienten und hatte es vorgezogen, auf die Besuche bei ihm zu verzichten. Sie wollte ihm sogar einen Brief schreiben, um ihm ihr Bedauern und ihre tiefe Sympathie zu bekunden. »Von nun an«, sagte er, »werden Sie nur noch mit mir zu tun haben! Sollte meine Frau noch einmal Kontakt zu Ihnen aufnehmen, sagen Sie ihr, dass ich Ihr Auftraggeber bin und dass ich entscheide.«

Imane war erfreut und begann singend zu arbeiten; sie murmelte Worte, die ihn entspannten. Das brauchte er, denn der jüngste Ärger brodelte noch immer in ihm. Was war wohl geschehen, dass seine Frau so plötzlich das Kriegsbeil ausgegraben hatte? Musste er sich auf neue Angriffe gefasst machen? Er war beunruhigt.

Imane beschloss, etwas länger zu bleiben und bot dem Maler eine Tasse Tee an. Die Zwillinge spielten Karten und kehrten dem Kranken den Rücken zu, um ihn nicht in Verlegenheit zu bringen. Es war thailändischer Tee, er hieß »Tee der Dichter«, geräuchert, mit feinem Geschmack. Sie hielt die Tasse an seine

Lippen und half ihm Schluck für Schluck genießen. Sie setzte sich vor ihn, und als sie sah, dass er zufrieden war, fragte sie ihn, ob er immer noch an ihrer Geschichte interessiert sei. Er antwortete mit den Augen, doch sein Lächeln gefror, als er sich an die grässliche Fratze erinnerte, die sich auf seinem Gesicht abzeichnen musste. Von Zeit zu Zeit stand Imane auf und sah zum Fenster hinaus, ob die Frau des Malers in der Nähe war. Er verstand ihre Ängste, ließ sie widerwillig gehen, und hoffte, sie am nächsten Tag wiederzusehen. Leider musste sie sich um ihre Großmutter kümmern, die trotz ihres hohen Alters unbedingt in den Hamam gehen wollte. Beim Abschied beugte sie sich über ihn und streifte seine Wange. Lachend sagte sie: »Es kratzt!« Die Zwillinge hatten ihn zwei Tage lang nicht mehr rasiert.

Kapitel 12

Casablanca, 1998

»Bei der Wahl zwischen einem anständigen Mann und einem Halunken zögerst du nicht, du nimmst den Halunken«, sagt Frau Menu zu Julie.

Fritz Lang, *Liliom*

Der Maler und seine Frau gingen regelrecht durch die Hölle. Das Haus war ihr Schlachtfeld, ihre Freunde nutzten sie als Zeugen, ihre Familien als wenig unparteiische Schiedsrichter. Er hatte jedoch die Hoffnung nicht aufgegeben, den Konflikt auf irgendeine Weise beenden zu können. Er verbrachte viele Stunden damit, darüber nachzudenken, was mit ihnen los war.

So glaubte er eines Tages die Erklärung für das merkwürdige Scheitern ihrer Ehe gefunden zu haben: Seine Frau hatte sich zweigeteilt. Sie war zwei Personen in einer, zwei Charaktere, zwei Temperamente, zwei Gesichter. Sogar ihre Stimme veränderte sich. Er wusste, dass jedes menschliche Wesen in gewisser Weise mehrere ist, doch in diesem Ausmaß war das verstörend. Manchmal erkannte er sie nicht wieder. Er fragte sie: »Wer bist du? Eine Fremde? Die Mutter meiner Kinder oder eine Frau, die von einer anderen Frau besessen ist?« Sie antwortete nicht. Es war pathologisch: Sie ging von einem Zustand zum anderen über, ohne Vorwarnung, ohne es selbst zu merken. Wenn sie ihn rief, um ihm mit klarer, deutlicher Stimme zu sagen: »Ich habe eine Überraschung für dich«, wusste er, dass es unangenehm werden würde. Es war ihre Art, eine Erklärung zu fordern oder einen Angriff vorzubereiten.

Einmal, als er nach Hause kam, lag sein Kulturbeutel im Eingang, der Inhalt war über den Boden verstreut. Seine Frau erwartete ihn oben auf der Treppe sitzend, sie rauchte eine Zigarette. Es war zu der Zeit, als er Kondome benutzte, wenn er mit ihr schlief. Sie sagte ruhig: »Vor deiner Abreise nach Kopenhagen waren elf Stück da drin, jetzt sind es nur noch neun. Du hast dich zweimal vergnügt, du Saukerl, dafür wirst du bezahlen. Ich habe schon im Hotel angerufen. Sie heißt Barbara und ist eine Hure, die in der Galerie Klimt arbeitet.«

Sie verdächtigte alle und jeden, denn sie war davon überzeugt, dass die Familie ihres Mannes ihr schaden wollte, dass seine Freunde alle Profiteure und Betrüger waren, die Nachbarn vor Neid platzten und das Hauspersonal nur an Diebstahl interessiert sei. So hatte sie sich unumstößliche Gewissheiten zurechtgezimmert. Eine Diskussion war unmöglich. Er hatte bemerkt, dass sie vor den Attacken auf seine Familie versucht hatte, ihn von einigen seiner Freunde zu trennen, von denen, die ihm am nächsten standen. Es gab genügend Vorwände, Gelegenheiten, sich mit ihnen zu treffen, also musste sie eine Angriffsfläche finden.

Der Jugendfreund des Malers war leichte Beute für sie: Er hatte einen schlechten Charakter, war voll Komplexe und genauso unflexibel wie sie. Sie provozierte ihn, er reagierte heftig. So kam es zum Bruch, und nun forderte sie den Maler auf, Schluss zu machen mit diesem »Zwerg«, der es gewagt hatte, sie zu kritisieren. Dieser Mann hatte Humor, doch er konnte nichts auf die leichte Schulter nehmen. Der Maler widersetzte sich, bis zu dem Tag, als sein Freund ihm einen Trennungsbrief schrieb. Sie hatte es geschafft.

Dann griff sie einen anderen Freund an, einen weisen und philosophischen Menschen, begann einen Streit mit dessen Frau, doch sie konnte ihn nicht von ihrem Mann entfernen.

Mit anderen ging sie ähnlich vor, insbesondere mit einer Freundin, die eine Galerie besaß, in der er eine seiner ersten Ausstellungen gehabt hatte. Für ihn war sie wie eine Schwester, jemand aus der Familie. Sie stand seiner Mutter nahe, und sie halfen sich gegenseitig aus. Die Frau des Malers beschuldigte sie, seine Mätresse zu sein oder gewesen zu sein, das brachte sie zum Lachen, denn zwischen ihnen gab es nur eine völlig unzweideutige Freundschaft.

Der Maler mischte sich nie in die Angelegenheiten seiner Frau ein, eine absolute Regel, die er nur zweimal brechen musste, weil sie sich wirklich in Gefahr begeben hatte. Das erste Mal, als sie ihm sagte, sie treffe sich mit einem syrischen »Studenten«. Er versuchte ihr zu erklären, dass dieser Mann sicherlich nicht »nur« studierte und höchstwahrscheinlich für den Geheimdienst arbeitete. Er sagte seiner Frau, dass das syrische Regime ein schrecklicher Polizeistaat sei und dass er im Übrigen eine Petition für die Befreiung der politischen Gefangenen in Damaskus unterschrieben habe. Daher wisse er, dass es für sie wie für ihn sehr gefährlich sei, einen solchen Kontakt zu haben. Sie glaubte ihm nicht, ging weiterhin mit diesem Jungen »Kaffee trinken«. Ein anderes Mal warnten ihn Freunde in Casablanca: »Deine Frau pflegt im Moment seltsamen Umgang. Weißt du, dass sie sich in der Öffentlichkeit mit einer gewissen Loulou sehen lässt, die bekannt ist für ihre Beziehungen zu Schmugglern und unsauberen Kerlen, die durchreisenden Saudis junge Mädchen zuführen? Klar, deine Frau hat damit nichts zu tun, aber sie ist sich der Situation nicht bewusst und merkt nicht, wie sehr euch das schaden kann. Sie muss unbedingt jeglichen Kontakt zu dieser Frau abbrechen.«

Da er nun wusste, in welchen Schwierigkeiten sie steckte, beschwor er sie, diesen Ratschlag zu befolgen. Die Sache konnte noch in Ordnung gebracht werden. Sie reagierte sehr heftig, schrie ihn an, er sei wie die andern Marokkaner, ein Macho voller Vorurteile, der sich durch Gerüchte leiten ließ. Sie war unfähig, ihrem Mann zu glauben, ihm zu vertrauen und die eigenen Entscheidungen in Frage zu stellen. Sie selbst kannte keinerlei Zweifel. Sie zweifelte nie. Sie gab nie einen Fehler zu. Das wusste er schon lange, und jetzt merkten es auch die Leute in ihrer Umgebung. Sie traf sich weiterhin mit Loulou, trotz der wiederholten Warnungen ihres Mannes, bis zu dem Tag, als diese Freundin ihr ein schlüpfriges Angebot machte, das sie skandalös fand. Endlich trennten sich ihre Wege.

Lange Zeit stellte er sich keine Fragen zur Treue seiner Frau. Er konnte sich nicht vorstellen, dass sie Liebhaber hatte, dabei hatte sie viele Gelegenheiten, ihn zu betrügen, denn er war oft auf Reisen, ließ sie nicht überwachen, durchwühlte ihre Sachen nicht, las weder ihre Briefe, noch schaute er in ihren Terminkalender. Sie war frei und musste ihm keine Rechenschaft ablegen. Nach einer Reise, die sie mit einer Freundin nach Tunesien unternahm, begann er jedoch zu zweifeln. Sie war mit einer fixen Idee zurückgekommen: alles zu lesen, alles zu wissen, alles zu sehen von Stanley Kubrick. Er konnte sich erinnern, dass sie *2001. Odyssee im Weltraum* nicht gemocht hatte. Woher kam diese plötzliche Begeisterung? In Wahrheit hatte sie einen gewissen Hassan kennengelernt, der seine Doktorarbeit über Kubrick schrieb und ihr einige seiner Filme zeigte. Diese plötzliche Leidenschaft war nichts anderes als Zuwendung zu Hassan. Er hatte ihr ein dickes Kubrick-Buch geschenkt. Vierzehn Tage lang drehten sich alle Gespräche um *Barry Lindon, Wege zum Ruhm, Die Rechnung ging nicht auf, Doktor Seltsam oder Wie ich lernte, die Bombe zu lieben*.

Sie verriet sich.

Als er versuchte, sie zu dieser Beziehung zu befragen, wich sie aus und betonte, ihre Erziehung verbiete es ihr, Liebhaber zu haben. Eines Tages fand er Kondome, die im Bad aus ihrem Kulturbeutel gefallen waren.

Wofür sind die denn?

Ach, das sind Proben, die wir für eine Kampagne gegen Aids bekommen haben.

Er glaubte ihr nicht ein Wort, schwieg aber und dachte: »Wenn ich dieses Kapitel aufschlage, muss alles gesagt werden, und das wird die Hölle.«

Kapitel 13

Casablanca, 15. November 1999

»Wenn ich bei dir bin, habe ich vor nichts Angst, nicht einmal vor dem Krieg, vielleicht vor der Polizei«, sagt Veronika zu Boris, bevor er in den Krieg zieht.

Michail Kalatosow, *Wenn die Kraniche ziehen*

Der Maler hatte einen engen griechischen Freund, Yanis, dem er sich anvertraute und von dem er Griechisch lernte, denn er wollte eines Tages auf die kleine Insel Tinos ziehen. Yanis hatte einen guten schwarzen Humor, drehte Filme über zeitgenössische Künstler und schrieb hin und wieder Kurzgeschichten für die Zeitschriften seines Landes. Er war ein Don Juan, ein Mann, der die Frauen liebte, dabei sah er weder wie Apollo noch wie ein amerikanischer Basketballspieler aus. Er glich eher Professor Bienlein und beobachtete mit ironischem Blick alles, was ihm widerfuhr. Sie trafen sich immer im gleichen Restaurant, mit einem anderen Freund, Père François, der kein Priester war, sondern Dichter, ein zurückhaltender, bedeutender Schriftsteller. Doch Yanis hatte ihn so getauft, denn er kannte seinen radikalen Atheismus und seinen Sinn für das Lächerliche.

François und auch Yanis gehörten zu der Delegation, die in den Vorort von Clermont-Ferrand gereist war, um um die Hand der zukünftigen Frau ihres Freundes, des Malers, anzuhalten.

Diese Reise war seinen Freunden in Erinnerung geblieben. Es war das erste Mal gewesen, dass sie dieses exotisch-bedrückende Territorium betraten. Sie entdeckten den desolaten Zustand dieser Vororte, wo Migranten und ihre Kinder sich selbst überlassen waren, Ausgegrenzte, die als Urheber von Aufruhr und Unsicherheit gebrandmarkt wurden.

Seit einiger Zeit waren Yanis und François um ihren Freund besorgt. Sie sahen, wie er immer häufiger unter Streit, Zornesausbrüchen, Erschöpfung und Ärger zu leiden hatte. Er vertraute sich ihnen an, und alle beide, Streiter für Freiheit und Unabhängigkeit, halfen ihm, sich zu befreien aus dieser Ehe, in der nichts funktionierte. Sie hatten Angst um ihn, denn sie wussten, dass sein Blutdruck zu hoch war.

Eines Tages begleitete Yanis den Maler in einen Laden, wo er ein kleines Aufnahmegerät kaufte. Yanis dachte, sein Freund brauche das für die Arbeit, doch er verstand nicht, wie er es einsetzen wollte, vielleicht wollte er seine Korrespondenz diktieren, aber er schrieb ja nie Briefe.

»Meine Frau widerspricht sich die ganze Zeit, leugnet, dieses oder jenes gesagt zu haben, deshalb habe ich beschlossen, sie ohne ihr Wissen aufzunehmen, um ihr dann vorspielen zu können, was sie gesagt hat.«

»Aber wozu soll das gut sein?«

»Ich hoffe, dass sie eines Tages einen ihrer Irrtümer anerkennt, und dann kann ich es aufnehmen und mehrmals vorspielen, wie sie sagt ›Es tut mir leid, ich habe mich geirrt‹, oder ›Ich habe unrecht‹ oder ›Du hast recht‹ oder ›Entschuldige, das hätte ich nicht tun sollen.‹ Ich werde selbst hinzufügen ›Danke, Liebling‹, denn das hat sie nie zu mir gesagt …«

»Ich hätte nicht gedacht, dass es so schlecht steht um euch. Ich muss gestehen, das schockiert mich. Weißt du, ich habe mich aus weniger schwerwiegenden Gründen scheiden lassen … Ich hatte meiner Frau nichts Ernsthaftes vorzuwerfen. Der Fehler lag eher bei mir …«

Der Maler bekam nie Gelegenheit, das Aufnahmegerät einzusetzen. Das einzige Mal, als sie zugab, ein Risiko eingegangen zu sein, weil sie in erschöpftem Zustand zu schnell gefahren war, und mit der ganzen Familie im Auto fast einen schweren Unfall verursacht hatte, hatte er den Apparat nicht dabei. An jenem Tag war es ihm nicht wichtig, ihre Geständnisse aufzunehmen. Er stand noch unter Schock, sah den Lastwagen in rasender Geschwindigkeit auf sie zukommen und seine Frau erst in letzter Sekunde reagieren, da sie nicht in ihrem normalen Zustand war. Sie waren dem Unfall nur um Haaresbreite entgangen. Die Kinder hatten geschrien, er war auf seinem Sitz erstarrt, und hatte kein Wort herausgebracht. Auf diesen furchtbaren Augenblick folgte eine große Stille. Als sie zu Hause ankamen, sprachen sie nicht miteinander und sahen sich auch nicht an. Seit jenem Tag hatte er beschlossen, nicht mehr mitzufahren, wenn sie am Steuer saß.

Er wollte dieses Leben nicht mehr. Zu dieser Einsicht war er schon so oft gekommen, dass nun endlich Taten folgen mussten. Er musste handeln, reagieren und wenn möglich flüchten. Doch eines war sicher: Wie auch immer seine Entscheidung aussehen würde, ihn erwartete ein Berg von Schwierigkeiten. Zu jener Zeit begann er wieder eine Psychotherapie, gewissermaßen um sein Immunsystem zu stärken, als leide er an einer Krankheit, die seine Muskeln, seinen Geist, sein Leben schwächte.

Der Therapeut sagte:

»Die einzige Hoffnung besteht darin, dass Ihre Frau eine Psychoanalyse oder eine Therapie macht, aber Sie wissen ja, dass nur sie allein das entscheiden kann. Niemand, weder ihre

Freunde, noch ihre Ratgeberinnen und noch weniger Sie, kann ihr den einzuschlagenden Weg weisen.«

Er lächelte und erklärte, dass der kulturelle Hintergrund seiner Frau ein solches Vorgehen nicht gerade leichtmachte. Im besten Fall würde sie sich von Scharlatanen beraten lassen, die ihr Sachen rieten wie, in einer Vollmondnacht Weihrauch zu verbrennen, Kräuter in die Ecken des Schlafzimmers zu legen, handgeschriebene Zettel in Wasser aus Mekka aufzulösen, Talismane ganz oben in einen hundertjährigen Baum zu hängen oder an seinen Wurzeln zu begraben, andere an einem stürmischen Tag ins Meer zu werfen …

Diese magischen Praktiken – verbreitet unter den Bewohnern der Bergregionen, Analphabeten, die die Traditionen ihrer Vorfahren ehrten – bestärkten sie in ihrer Irrationalität. Das war einer der Gründe, warum sie der Sekte ihrer Freundin beigetreten war, der berüchtigten Lalla, die weiterhin im Hintergrund agierte, um ihr Verhältnis zu ihrem Mann und vor allem zu dessen Familie zu vergiften. Sie ermutigte sie auch, immer mehr Scharlatane aufzusuchen, in der Nähe wie in der Ferne.

Eines Tages trank sie einen Kräutertee, den ihr Lalla gegeben hatte. Er wirkte sofort. Sie aßen gerade mit den Kindern zu Mittag, plötzlich war sie abwesend, wie jemand, der gleich in Ohnmacht fällt. Sie erhob sich, taumelte und warf sich auf das Bett, wo sie in tiefen Schlaf fiel. Die Kinder waren außer sich vor Angst, und er rief einen befreundeten Arzt zu Hilfe. Der untersuchte sie und stellte fest, dass sie wie jemand reagierte, der starke Schlafmittel genommen hat. Er sah sich die Kräuter an und wurde wütend.

Wir wissen nichts über diese Kräuter. Wer sagt uns, dass sie nicht giftig sind? Ich werde sie wecken und einen Einlauf machen.

Er schüttelte sie, sie öffnete mühsam die Augen, erhob sich und behauptete, sie sei in Ordnung. Sie kam auf die gute Idee sich zu übergeben. Danach fühlte sie sich besser, wollte aber auf keinen Fall zugeben, dass sie gefährliche Mittel eingenommen hatte.

Später gestand der Maler einem Freund gegenüber seine große Beunruhigung:

»Wie kann ich meine Kinder in der Obhut einer solch irrationalen und unverantwortlichen Person lassen?«

Diese Frage hatte eine zweifache Bedeutung. Einerseits hatte er recht, sich zu sorgen, andererseits war die Sorge um die Kinder wahrscheinlich eine Ausrede, um sich vor einer endgültigen Entscheidung zu drücken.

Wenn er sie in Gesellschaft sah, freundlich, schön, aufmerksam, von allen geliebt, von den Männern wegen ihrer Schönheit und ihrem Charme beglückwünscht, wenn er sie mit sanfter Stimme über Dinge des Alltags sprechen hörte, wenn er sie unbemerkt beobachtete, war er hin- und hergerissen zwischen Bewunderung und Zorn. Er bewunderte diese Frau, die so sanft zu anderen war, und er war zornig, dass diese Sanftheit und diese Aufmerksamkeit in ihrer Beziehung völlig fehlte. Eine Zeitlang hatte er geglaubt, sie habe eine doppelte Persönlichkeit, doch er irrte sich. Sie war nicht doppelt, es war die gleiche Person, die das Beste an sich für die anderen aufhob und das Schlimmste für ihren Ehemann. Sie ließ ihn für all die Jahre bezahlen, in denen sie unter den verächtlichen Blicken seiner Familie und einiger seiner Freunde gelitten hatte.

Einmal hörte sie, wie eine Frau zu ihrem Mann sagte: »Sie ist hübsch und jung, aber unser Freund verdient etwas Besseres, eine richtige schöne Frau aus seiner Schicht, auf seinem Niveau.«

Das tat natürlich weh. Dieses Paar wurde ohne weitere Erklärung von sämtlichen Einladungslisten gestrichen.

Eines Tages war ihr kleiner Bruder zu Besuch. Der Maler sah mit an, wie sie sich um sein Wohlergehen bemühte, ihm eine Vitamin-C-Tablette auflöste, nachdem er gehustet hatte, sein Hemd bügelte, das sie am Vorabend gewaschen hatte, sich nach seiner Arbeit erkundigte und am Ende einen großen Schein in die Tasche steckte. Als der Bruder weg war, sagte er zu ihr:

»Warum behandelst du mich nicht wie einen kleinen oder großen Bruder? Gib dir Mühe, sieh mich an, ich bin kein Ungeheuer, nein, ich bin nur anders als die anderen, ich bin ein Künstler, und ich brauche Unterstützung, Verständnis. Bewunderung verlange ich gar nicht, das wäre zu viel verlangt, außerdem kann man so etwas nicht erzwingen. Sei deinem alten Ehemann gegenüber einfach nur etwas aufmerksamer. Er ist nicht bösartig, er ist sogar gut. Ich kann noch so sehr husten, Grippe haben, du hast mir noch nie eine Vitamintablette aufgelöst, das ist keine große Sache, aber diese kleinen Aufmerksamkeiten würden mir Freude bereiten. In Wahrheit ist das die Achillesferse unserer Ehe: die Freude! Den anderen erfreuen, zusammen Freude haben. Unglücklicherweise haben wir von beiden Seiten viele Grenzen überschritten. Wir respektieren einander nicht mehr. Das tut mir leid, und ich bin dafür genauso verantwortlich wie du. Ich kann mich nicht erinnern, jemals jemandem meinen Respekt verweigert zu haben. Ich war ungeschickt, sicher, ich war oberflächlich, nicht aufmerksam genug, doch zu keinem Zeitpunkt wollte ich dir den Respekt verweigern. Doch wie oft haben mich der Zorn, die Grobheit deiner Reaktionen dazu getrieben, Worte auszusprechen, die ich nicht wirklich dachte, die nicht zu meinem Vokabular gehören. Es ist dir gelungen, das Schlimmste in mir zum Vorschein zu bringen, und ich habe dir gegenüber auch schlimm gehandelt. Ich mache niemandem Vorwürfe. Ich habe immer versucht, Streit zu vermeiden, doch unsere Ehe hat sich im Streit eingerichtet, als wäre er ein Nest der Liebe und der Leidenschaft. Eines Tages werde ich gehen. Und ich bitte dich, mich nicht aufzuhalten, denn ich werde dann am Rand des Abgrunds stehen, und wenn du mich stößt, werde ich stürzen. Noch eines sollst du wissen: An jenem Tag wirst du erkennen, dass du mit einem Fremden zusammengelebt hast, einem Unbekannten, jemandem, mit dem du nichts geteilt hast, nichts Gutes außer den Kindern. Wir haben uns gegenseitig getäuscht. Es ist weder dein Fehler noch meiner. Vielleicht ist meine Verantwortung größer. Ich hätte meiner Intuition folgen sollen, doch es stimmt: Liebe macht blind! Man entgeht dem Schicksal nicht, man lässt sich von seinen Illusionen überrumpeln. Aber sicher, es wird schon gehen, du wirst selbstsicherer und reifer werden. Die Differenzen zwischen uns sind groß, sie sind vor allem kultureller Art. Wir kommen von zwei sehr verschiedenen und weit entfernten Planeten. Das wusste ich, aber ich habe geglaubt, unsere Liebe könnte das überwinden. Im Grunde sind wir uns immer noch fremd. Ich habe diese Fremdheit bedauert, du hast gegen Windmühlen gekämpft. Eines Tages wirst du das feststellen, es wird zu spät sein, du wirst alles zerstört haben.«

Dieser Tag kam Mitte November 1999. Er war mitten in der Arbeit, als sie wie eine Furie in sein Atelier stürzte, ihm seinen Laptop an den Kopf warf, der in zwei Teile zerbrach, und dann mit einem bronzenen Briefbeschwerer auf seine linke Schulter zielte; sie brüllte Beschimpfungen in drei Sprachen, der Berbersprache, Französisch und Arabisch, und zwischen zwei Tiraden schrie sie: »Das wirst du bezahlen, du wirst es mir bezahlen, ich werde dich vernichten, du wirst nichts mehr haben, ich werde alle deine Scheißbilder verbrennen, ich werde sie in den Müll werfen, du bist nichts als ein Ungeheuer, ein perverses Schwein, ein erbärmlicher Ehemann, ein Versager als Vater, ein Verräter, genau wie dein Vater, dieser erbärmliche Blender …«

Es war ein regelrechter Schock, und sein Körper reagierte sofort: Er spürte, wie ein Fieber in ihm hochstieg, wie heißes Blut mit großer Geschwindigkeit in seinem Körper zirkulierte, sein Gesicht zuckte, als werde ihm die Haut abgezogen, der Pinsel fiel ihm aus der Hand, sein Arm erstarrte, alles wurde verschwommen vor seinen Augen, dann fiel er zu Boden, stieß mit dem Kopf gegen die Heizung, Blut floss, er hatte sich die Haut aufgeritzt. Doch es war schlimmer, seine Augen traten aus dem Kopf, und er konnte weder Arme noch Beine bewegen.

Sie geriet in Panik, rief einen Krankenwagen. Er wurde zur nächsten Klinik gefahren. Schlaganfall. Das war die Diagnose. Hirnschlag: Lähmung der linken Seite mit Beeinträchtigung der rechten Seite. Man musste abwarten, um einschätzen zu können, wie schwerwiegend der Anfall war.

Der Arzt sprach schnell, es ging ihm sichtlich nahe. Er kannte den Maler durch seine Werke. Ihm war es zu verdanken, dass die Sekretärin die Presse nicht benachrichtigte.

Seine Frau bat um ein Notbett, um neben ihm schlafen zu können. Der Arzt sagte: »Vorsichtshalber sollte er lieber alleine bleiben, wir sind ja da, machen Sie sich keine Sorgen, sobald er aufwacht, geben wir Ihnen Bescheid.«

Zum Glück erinnerte er sich nicht an jenen Tag. Er hatte alles vergessen, als sei es nie vorgefallen.

Doch er hatte dem Tod ins Auge gesehen. Er war blau, formlos, geruchlos, man hatte nur den Eindruck, in weißen, später bläulichen Dampf gehüllt zu sein. Er dachte nicht nach, sondern sah chaotische Bilder immer schneller vor seinem geistigen Auge ablaufen. Er hatte jegliche Kontrolle verloren, sein Körper war zu einer trägen Masse geworden, die seinen Befehlen nicht mehr gehorchte. Sein Gesicht war nicht länger sein Gesicht. Dort hatte sich jemand niedergelassen, der schlecht gezeichnet war. Er fragte sich, ob dieser lästige Mieter lange bleiben würde. Nur sein Gehirn funktionierte noch. Er hörte Worte, Geräusche, die er nicht mehr verstehen konnte durch den immer dichter werdenden Dampf, der sich dunkelblau verfärbte und schwarze Flecken bekam. Er öffnete die Augen, die Bilder verschwammen, er schloss die Augen. Wahrscheinlich dachte er, wenn er die Augen aufrisse, werde der Tod zurückweichen, an ihm vorbeigehen und ihm ein wenig Zeit lassen, eine Gnadenfrist. Merkwürdigerweise dachte er an sein letztes Bild und sagte sich inmitten dieses Wirklichkeit gewordenen Alptraums: »Ich werde nicht wie Nicolas de Staël sein, ich muss dieses Bild fertig malen, ich werde es zu Ende bringen. Ich werde nicht aus dem Fenster springen. Ich werde nicht auf dem Bürgersteig zerschellen.« Was zu Ende bringen? Diesen Wahn, der ihm auflauerte und ihm half, seine Arbeit weiterzuführen.

Er war in den Händen der Ärzte, die versuchten, ihn wieder zu Bewusstsein zu bringen.

Kapitel 14

Casablanca, 27. August 2000

»Versuche nicht, mich mit deinen Problemen weichzuklopfen. Hienieden muss jeder selbst zurechtkommen. Ich verspüre keinerlei Mitleid mit den Leiden der Seele«, antwortet Isak Borg seiner Schwiegertochter.

Ingmar Bergman, *Wilde Erdbeeren*

An jenem Tag besuchte ihn Imane in seinem Atelier. Er konnte noch nicht malen, doch er schaute sich die vielen Bilder an, die er durch seine Krankheit nicht hatte vollenden können und die er an der Wand hatte aufstellen lassen. Einige seiner Besucher gerieten beim Anblick dieser sogenannten unvollendeten Werke in Verzückung, andere achteten gar nicht darauf. Er sagte sich: »Sollte ich freiwillig aus dem Leben scheiden, werde ich vorher mein Atelier in Ordnung bringen, ich werde meinen Kindern klare Anweisungen hinterlassen, das werde ich tun, auch wenn ich nicht sicher bin, ob sie sich daran halten werden, aber man kann nie wissen. Danach werde ich mit einem Notar sprechen und verfügen, dass die Mädchen genauso viel erben wie die Jungen, ich bin gegen die Diskriminierung zum Nachteil der weiblichen Kinder, die nur halb so viel bekommen wie die männlichen. Das ist das islamische Gesetz, zu meinem Bedauern haben die Theologen diese zur Zeit des Propheten gültige Praxis, als die Frauen nicht arbeiteten, nicht abgeschafft. Jedenfalls, bevor ich mich verabschiede, werde ich alles regeln.« Er dachte genüsslich darüber nach, als sei ihm der Gedanke an Selbstmord nicht mehr fremd. Es amüsierte ihn, seine Nachfolge vorzubereiten, sich die Reaktionen der Leute vorzustellen. Am liebsten hätte er all das aufgeschrieben, doch seine Finger konnten den Stift noch nicht richtig halten. Da kam ihm die Idee, sich einer Kamera anzuvertrauen; das erinnerte ihn an einen hübschen amerikanischen Film, in dem Andy García einen ehemaligen Gangster spielt, der zurückgezogen in einer amerikanischen Kleinstadt lebt und eine Firma gegründet hat, die den letzten Willen sterbender Menschen filmt. Manche erzählen ihr Leben, geben Ratschläge, üben sich in Küchenphilosophie. Er erinnerte sich vor allem an ein sehr hübsches Mädchen, dem García den Hof macht. Er fragt sie: »Sind Sie verliebt?« Das war eine überraschende Frage. Eine Lektion in Sachen Verführung, die sich der Maler gemerkt hatte.

Er wollte mit Imane sprechen, konnte sich aber noch nicht richtig ausdrücken. Deshalb beschloss er, ihr zuzuhören, während sie ihn massierte. Sie trug einen weißen Kittel, durch dessen Öffnungen man Teile ihres Körpers sehen konnte. Es war heiß, und sie wollte es sich bequem machen. Ihr Patient war ein höflicher, respektvoller Mensch. Sie hatte nichts zu befürchten. Sanft strich sie mit der Hand über seinen rechten Arm, um ihn beweglicher zu machen, es war wie angedeutetes Streicheln, was ihm gefiel und ihn zum Lächeln brachte. Doch sein Lächeln verlieh seinem Gesicht noch immer einen unangenehmen Ausdruck, was ihn sehr störte. Er murmelte: »Danke, entschuldigen Sie, erzählen Sie mir Ihre Geschichte …« Sie verstand ihn nicht sofort. Sie wich zurück und sagte: »Heute nach der Arbeit habe ich Zeit. Zuerst kümmere ich mich um ihre Arme und Beine, das ist wichtig, ich wünsche mir so sehr, dass es Ihnen besser geht, dass Sie gesund und in Form sind. Wissen Sie, für mich sind Sie ein echter Freund. Ich kenne mich nicht mit Malerei aus, doch Ihre Farben, Ihre Formen sprechen mich an. Ich weiß nicht, was sie mir sagen, doch es macht mich glücklich. Sie stellen die Dinge besser dar als irgendein Fotograf, bei Ihnen ist das richtige Arbeit, man sieht, dass es Sie viel Zeit gekostet hat. Ein Fotograf jedoch drückt einfach nur auf einen Knopf … Gut, jetzt das rechte Bein, geben Sie sich Mühe, Sie können es bewegen, gut so, Sie machen mit!«

Als sie sich für die Fußmassage niederkniete, konnte er ihre Brust sehen. Er wusste nicht, ob sie sich dessen bewusst war, aber er sah sie gern heimlich an. Er hatte schon immer eine Schwäche für Brüste gehabt.

Als sie fertig war, schlug sie vor, Tee zu machen, setzte sich dann vor ihn und erzählte ihre Geschichte wie Scheherazade in 1001 Nacht:

»Es war einmal zu irgendeiner Zeit ein junges Mädchen, das die ganze Zeit träumte. Vom Leben kannte sie nur, was in ihren Träumen vorkam. In der Schule sah sie ihre erfundenen Figuren zwischen den Reihen entlangspazieren, sie sah sie deutlich vor sich und nahm doch am Unterricht teil. Sie hatte diese merkwürdige Gabe, gleichzeitig in zwei Welten zu leben, einer Fantasiewelt und der wirklichen. Doch sie wanderte ungehemmt zwischen beiden hin und her. Ihre Träume ähnelten in keiner Weise denen anderer Mädchen ihres Alters.

Sie träumte davon, die Pyramiden zu erklimmen auf einen ägyptischen König gestützt, den sie mit Lächeln und Zärtlichkeit pflegen würde.

Sie träumte davon, ein Symphonieorchester zu dirigieren, in einem großen Saal voll mit Familie und Freunden. Über jedem Musiker würde ein Stern erstrahlen, eine Gnade, die Engel allen Anwesenden zuteilwerden ließen.

Sie träumte davon, alleine den Atlantik zu durchsegeln, doch diesen Traum würde sie aufgeben müssen, denn sie konnte nicht schwimmen.

Sie stellte sich vor, sie sei ein weiblicher Imam, der das Gebet in einer großen Moschee leitete und in seiner Predigt an die Liebe des Propheten zu den Frauen erinnerte.

Sie träumte davon, ein Spatz zu sein, der von Zweig zu Zweig flog und den Fragebüschen Antworten gab.

Sie träumte davon, als Scheherazades Schwester bei der ersten Liebesnacht mit dem Prinzen dabei zu sein; sie würde sich ganz klein machen, aber keine Geste, kein Wort verpassen.

Sie träumte davon, ein Krankenhaus zu leiten und einen Zauberstab zu besitzen.

Sie träumte von fetten arabischen Datteln und einer Schale Ziegenmilch.

Sie träumte davon, am Ende eines langen Arbeitstages keine Rückenschmerzen mehr zu haben.

Sie träumte von langen Sommertagen im Schatten eines Baumes, umringt von ihren Figuren, Trauben und Früchte aus fernen Ländern essend.

Sie träumte davon, immer träumen zu können.

Dafür musste sie mehr arbeiten.«

Sie hielt inne und bemerkte, dass das Gesicht des Malers einen fast normalen Ausdruck angenommen hatte. Er hörte ihr zu und verschlang ihre Worte. Mit den Augen bedeutete er ihr fortzufahren. Sie flößte ihm ein paar Schlucke Tee ein, wischte seinen Mund ab und setzte sich an ihren Platz, um weiter zu erzählen:

»Es war einmal ein verärgerter Mann. Er war von natürlicher Güte, und das nutzten gewissenlose Menschen aus.«

Er unterbrach sie, indem er mit der Hand auf seinen Sessel schlug. Im Geiste bereitete er vor, was er sagen wollte: »Ich will deine Geschichte, nicht meine …« Das erstaunte sie, dann versprach sie ihm, beim nächsten Mal fortzufahren.

Doch beim nächsten Mal hatte sie es eilig. Ihre Großmutter war hingefallen und hatte sich den Oberschenkelhals gebrochen. Er dachte an seinen eigenen Vater, der zehn Tage nach einem Sturz von seinem Stuhl verstorben war. Es war im September gewesen, der Maler arbeitete gerade an einer Hommage für Giacometti, als das Telefon klingelte. Sein Freund, der Arzt, sagte: »In diesem Alter kann das sehr schnell gehen.« Große Trauer überfiel ihn. Dieser plötzliche Tod erzürnte ihn, er unterdrückte den Zorn und ließ seinen Tränen freien Lauf. Seine Frau hatte sich perfekt verhalten. Die ganze Familie, die sie unterschätzt hatte, war erstaunt, wie einwandfrei sie ihrer Traueraufgabe nachkam. Es gab keinen Anlass mehr, über ihre Herkunft zu scherzen oder zu lästern. Ihn freute, dass sie diese Prüfung so gut gemeistert hatte.

Imane hatte nur Zeit, ihm seine Spritze zu geben und ihn ein wenig zu massieren. Und sie sagte ihm noch, wovon sie wirklich träumte, nämlich, ihn wieder gesund zu sehen, und dass er ihr Porträt malte. »Während ich für Sie Modell stehe, werde ich Ihnen viel erzählen, Sie werden erstaunt sein.« Er nickte zustimmend.

Als Imane gegangen war, kamen seine zwei Gehilfen, um ihn zu waschen. Er artikulierte das Wort »Hamam«. Sie schauten sich überrascht an und fragten sich dann, ob das mit seiner Krankheit möglich wäre. Einer von ihnen rief den Arzt an, der ihnen riet, den heißesten Saal und die robusten Massagen zu meiden, die in den volkstümlichen Dampfbädern üblich waren. Sie mieteten den Saal mit der mittleren Hitze und fuhren den Künstler in seinem Rollstuhl dorthin. Er war glücklich, so eine Kindheitserinnerung neu erleben zu können.

Die Zwillinge waren effizient und sehr geschickt. Er fühlte sich wohl, wollte abgestorbene Haut loswerden. Ein Mann erschien und schrubbte ihn ab wie erdiges Gemüse. Ein anderer massierte ihn sanft. Er genoss es, vor allem nachher, als er sich im Ruheraum ausruhen konnte. Er nickte ein und schnarchte ein wenig. Am Abend beschloss er, kein Schlafmittel zu nehmen. Er war entspannt genug und konnte ohne chemisches Hilfsmittel schlafen. In seinen Träumen vermischte sich alles, seine Frau, Imane, Ava, die »Professorin«, der Direktor der Galerie und andere Menschen, sie alle wanderten die ganze Nacht lang durch seine Träume. Am Morgen bekam er Angst, als sei der Traum eine Vorahnung, die Ankündigung von Abschiedsbesuchen bei Sterbenden.

Wie alle Männer, die Frauen lieben, dachte er an den Reigen jener, die ihn geliebt und die er geliebt hatte. Er stellte sich sogar vor, er werde sie eines Tages in einem großen Haus versammeln und ihnen sagen, wie viel Freude und Glück sie ihm beschert hatten. Er würde ihnen danken, sie eine nach der andern zum letzten Mal küssen. Plötzlich fragte er sich: »Wird meine Frau dort sein? Ist sie eine von denen, die mir Freude und Glück bereitet haben?« Er wollte nicht ungerecht sein. Freude? Sicherlich. Er schlief gerne mit ihr, doch sie redeten nie darüber. Das machte man nicht. Er war überrascht, dass sie nie ein Wort zu ihrer sexuellen Beziehung gesagt hatte, nur einmal, voller Wut, als sie ihn anschrie: »Ich bin weder sexuell noch finanziell befriedigt. Du bist impotent!«

Es kam ihm seltsam und interessant vor, Sex und Geld in

einem Satz miteinander zu verbinden. Er hatte Freud gelesen und wusste viel über dieses Thema. Doch impotent genannt zu werden brachte ihn heimlich zum Lachen. Er konnte ihr nicht antworten, dass andere Frauen sich nicht über ihn beschwerten, ganz im Gegenteil. Doch dieser Satz hallte in seinem Kopf wider wie das Klingeln eines wild gewordenen Weckers. »Gut, einverstanden, vielleicht ist es wahr, sie ist nicht zufrieden, nicht befriedigt. Aber eigentlich weiß ich, dass es nicht stimmt, es sei denn, sie simuliert, und dafür kann ich dann auch nichts.«

Nach diesem Zwischenfall hatte er sich noch einmal die Frage gestellt: »Warum haben wir es nie geschafft, miteinander zu sprechen, zu diskutieren, ohne uns zu streiten, einen Dialog zu führen, ohne alles kaputtschlagen zu wollen, kurz: zu verhandeln und auf intelligente Weise zusammenzuleben? Bin ich so ein Ungeheuer und so ein perverses Schwein, wie sie sagt? Bin ich emotional unterentwickelt und – wie sie mir vorwirft – fühle mich nie betroffen von der Familie und dem, was zu Hause vorgeht? Ich weiß, dass das alles nicht wahr ist, doch wenn man ständig beschuldigt wird, glaubt man am Ende daran oder zweifelt zumindest. Vielleicht ist das ihr Ziel, mich dahin zu bringen, an mir selber zu zweifeln, an meinen Fähigkeiten, an meinen Taten. Mich in eine Situation zu bringen, wo ich ihr nicht mehr entkommen kann, ich ihr ausgeliefert bin, ihr Opfer, ihr Ding, mit dem sie tun kann, was sie will, während sie zugleich behaupten kann, ein Ayatollah würde sie in ihrem Haus gefangen halten!« Ayatollah, so nannte sie ihn oft. Wusste sie wenigstens, was das bedeutete? Für ihn war es ein Schimpfwort.

Die Niederlage beginnt, wo der Gegner es schafft, dass man an sich selber zweifelt, bis man sich schuldig fühlt und bereit ist, nach seinem Willen zu handeln, seinen Forderungen nachzukommen.

Einer seiner Freunde hatte ihm gestanden, dass seine Ehefrau ihn kratzte, wenn sie stritten. »Zwischen uns«, hatte er dem Maler gesagt, »herrscht ständig Krieg. Eines Tages werde ich die Waffen niederlegen. Schau es dir an, alle unsere Jugendfreunde haben vor ihren Frauen kapituliert, sie unterwerfen sich und leben in Frieden. Ich bin noch nicht so weit. Ich werde kämpfen, bis sie mich ins Grab bringt!«

Ein befreundeter Schriftsteller schien hingegen ein außerordentlich friedliches Zusammenleben mit seiner Frau zu genießen. Nicht nur, dass sie ihn nicht ärgerte, sie half ihm, kümmerte sich um ihn, verwöhnte ihn, sorgte dafür, dass niemand und nichts ihn störte. Der Maler fragte ihn nach seinem Geheimrezept. Mit einem tiefen Seufzer sagte ihm der Schriftsteller: »Ich habe kein Geheimrezept, ich habe ihr einfach alles überlassen. Sie kontrolliert alles. Ich kenne die Nummer meines Bankkontos nicht, ich reise nie ohne sie, ich treffe niemanden mehr außer einem kleinen Kreis. Sie liest meine E-Mails, kontrolliert mein Handy, meine Briefe ... Sie beantwortet alles an meiner Stelle. Die Journalisten haben Angst vor ihr, und ich bin die ganzen Unannehmlichkeiten los. Ich kann mich nicht erinnern, wann ich zuletzt eine andere Frau nackt gesehen habe. Deshalb sehe ich mir beizeiten einen Pornofilm an, wenn sie schläft, um die Leere zu füllen. Ich entferne mich auf Zehenspitzen aus dem Zimmer und gönne mir was fürs Auge, manchmal befriedige ich mich auch selbst. Das ist mein Geheimrezept. Wenn du in Frieden leben willst, kennst du nun den Preis, den man dafür zahlen muss.«

Kapitulieren? Da kann ich mich ja gleich umbringen! Warum soll man sich so klein machen, dass niemand mehr einen sieht? Eine Partnerschaft soll also nur möglich sein, wenn man zu einem Schatten wird? Der Maler las noch einmal eines der Werke seines Freundes. Es war seiner Frau gewidmet, erzählte die Geschichte eines Beamten aus dem Innenministerium einer Diktatur, der den ganzen Tag lang politische Häftlinge folterte, doch abends zu Hause der perfekte Vater und Ehemann war. Morgens brachte er die Kinder zur Schule, küsste sie, knöpfte ihnen die Hemdkragen zu, damit sie sich nicht erkälteten, und eine Viertelstunde später zog er die Jacke aus, krempelte die Ärmel hoch und begann im Keller seines Ministeriums mit der Folter. Er hatte ein gutes Gewissen.

Der Bezug zur persönlichen Situation des Autors war offensichtlich. Der Maler äußerte sich jedoch nicht dazu. Dennoch, für ihn war ein solches Leben unvorstellbar.

Kapitel 15

Casablanca, 28. August 2000

»Falls es ein todsicheres Rezept für Eheglück gäbe, würden die Menschen sofort aufhören zu heiraten.«

Sacha Guitry, *Donne-moi tes yeux*

An einem heißen Sommernachmittag hatte der Maler genug von den depressiven Gedanken, er schloss die Augen und entschied, die Frauen seines Lebens Revue passieren zu lassen. Wie in einem Traum verschmolz er zuerst mit dem Horizont und nahm die Farben der untergehenden Sonne an.

Plötzlich erschienen sie alle auf einmal. Er konnte sie sehen, ohne gesehen zu werden. Einige trugen Schwarz, andere Weiß, alle waren in Trauer. Dabei war er doch noch gar nicht tot. Vielleicht hatten sie diese geheimnisvolle Einladung als Abschiedszeremonie verstanden?

Einzig und allein Criss war bunt gekleidet. Ihre Augen waren mandelförmig, ihr Gesicht offen, die Arme voll mit Geschenken. Sie suchte ihn und fand ihn nicht. Als sie sich umdrehte, sah sie andere Frauen schweigend auf den Horizont zugehen. Sie wähnte sich in einem Traum, doch es war nicht ihr Traum, sondern der des Mannes, den sie geliebt hatte, ohne je mit ihm zusammenzuleben.

Es war eine ganz besondere Geschichte. Die Liebe war

plötzlich aufgeflammt und hatte genauso unvermittelt aufgehört. Sie hatte sich eine Sehnsucht, einen Wunsch erfüllt, denn sie liebte den Künstler, bevor sie ihn jemals getroffen hatte. Die Liebe war stark, aber dann eines Morgens beim Aufstehen verkündete sie: »Es ist vorbei!« Er sah sie an, machte eine abwehrende Geste. Doch sie meinte es ernst, ihr Gesicht hatte sich verändert, ihre Art sich zu bewegen auch. Sie war nicht wiederzuerkennen. Sie gestand ihm, dass sie Angst vor Männern hatte und dass er diese Angst bestätigt hatte, sie dankte ihm, als sei er ein Klempner oder Elektriker, der im Haus etwas in Ordnung gebracht oder repariert hatte.

Bevor sie die Tür hinter sich schloss, sagte sie: »Ich werde immer deine Freundin sein, das mit dem Sex ist vorbei, ich mag meine Einsamkeit, die ich manchmal mit einem Mann betrüge, am liebsten mit einem wie dir, schön, nicht sehr groß, berühmt. Danach kehre ich in mein einsames Leben zurück und zu meiner Arbeit, der ich mich leidenschaftlich hingebe und die mich befriedigt. Wenn ich Lust verspüre, streichele ich mich, und von Zeit zu Zeit benutze ich mein kleines Ding, das sehr gut vibriert und mir Orgasmen verschafft. Also, mein Lieber, du musst wissen, es war sehr schön, sehr intensiv. Leb wohl!«

Er war einige Augenblicke lang erstarrt, sehr beeindruckt davon, dass ein Mensch innerhalb einer Saison so schnell von einer Facette zur andern wechseln konnte. Criss hatte keinen Humor und keine reifen Beziehungen zu Männern. Vielleicht bevorzugte sie Frauen und konnte es sich selber nicht eingestehen? Doch sie hatte auch gesagt, mit ihm zu schlafen sei wunderbar gewesen. Er hielt sich nicht damit auf, zerriss die Fotos von den gemeinsamen Reisen und beschloss, ein neues Kapitel zu beginnen.

Dann näherte sich ihm Zina, seine erste Liebe. Sein ganzes Leben lang hatte ihn die Erinnerung an sie begleitet, ohne dass er sie je wiedergesehen hätte. Er hatte sie unaufhörlich gesucht in anderen Gesichtern, braunhaarig mit matter Haut, ein Körper geformt von Sinnlichkeit und Begehren. Ihre Leidenschaft hatte in einer Tragödie geendet und war der Grund der größten Frustration seines Liebeslebens. Mit Zina hatte er nie richtig geschlafen. Sie warteten auf die Hochzeit, die aus komplizierten Gründen nie stattfand. Zu jener Zeit war Jungfräulichkeit nicht verhandelbar, entweder man blieb bei Berührungen, oder die Körper rieben sich bis zur Ejakulation aneinander, die man dann mit Taschentüchern abwischen musste, die er zu Hause bei seinen Eltern im Waschbecken wusch. Sie küssten sich in finsteren Ecken in der Umgebung der Stadt, auf den Friedhöfen, bis zu dem Tag, als Wärter sie mit Steinen verjagten. Ein Stein verletzte sie, und sie hatte eine Schramme auf der Stirn. Bis die verheilt war, musste sie unter einem Kopftuch verborgen werden. Sie trafen sich bei einer Freundin, deren Eltern nach Mekka gereist waren. Diese Zeit, in der sie sich sicher fühlten, war wunderbar, doch er durfte nicht in sie eindringen. Mit der Naivität von Jugendlichen entdeckten sie Sexualität und Liebe. Diese Zeit und die Ausflüge in das Verbotene prägten ihn. Dann sah er sie eines Tages auf der Straße, Hand in Hand mit einem älteren Mann. Alles war zu Ende, es war mehr als eine Enttäuschung, es war eine Katastrophe. Als er jetzt daran dachte, musste er lächeln, denn die Eifersucht hatte ihn der Lächerlichkeit preisgegeben.

Dreißig Jahre später ging Zina erneut an ihm vorbei, in jenem weißen Raum, in dem der Künstler Bilanz zog. Sie war jetzt verschleiert und fingerte an einer Gebetskette herum. Sie war gläubig geworden, und man erzählte sich, sie gehöre zu den Sufi-Zirkeln des islamischen Mystizismus.

Dann sah er Angelika graziös aus der Gruppe heraustreten; eine griechische Akrobatin, schön, aber auch sehr kapriziös. Ihm gegenüber hatte sie die Naive gegeben, doch in Wahrheit handelte sie immer zielgerichtet. Angelika war ganz einfach eine von ihren Interessen geleitete Frau. Sie liebte den Maler nicht, doch sie ließ sich von ihm lieben. Sie hatte ihm vorgeschlagen, gemeinsam im Winter die entlegensten Gegenden ihres Landes zu erkunden. Er war verliebt und hatte das wenige Geld, über das er damals verfügte, ausgegeben, um zu ihr zu fahren. Ihre Schönheit war ein Rätsel, ihr Körper grazil, ihre Stimmung wechselhaft, doch ihre Stimme war immer sinnlich. Er verließ sie an dem Tag, als ein anderer Mann an ihre Tür klopfte, um seine Verlobte abzuholen. Der Maler hatte sich verraten gefühlt, benutzt, betrogen von einer Schauspielerin, die ihm ihre Liebe bloß vorgaukelte. Bis heute hat es einen bitteren Nachgeschmack, auch wenn es ihm gelungen war, die Erinnerungen auszumerzen. Er hatte sie nicht eingeladen, doch sie war dennoch gekommen, sie gab sich den Anschein, sowieso in der Nähe gewesen zu sein. Angelika hatte immer eine gute Nase gehabt.

Die einzige Blondine, die er in seinem Leben geliebt hatte, erschien ebenfalls, genauso schön wie am Tag ihrer ersten Begegnung. Ihre tiefblauen Augen, ihr Humor, ihr Lachen hatten ihn verführt. Er hatte sie zu sich nach Marokko eingeladen, zu einer Zeit, als er noch nicht verheiratet war. Er suchte nicht nach der idealen Frau, aber zumindest nach einer, mit der er gerne zusammenleben wollte. Er erinnerte sich an den Augenblick, als sie mit dem Schiff ankam und er sie strahlend inmitten der Menge der erschöpften Reisenden entdeckte. Er liebte solche Begegnungen auf Bahnhöfen oder in Häfen. Das war seine romantische Seite. Sie verbrachten einige verrückte

Tage. Dann fuhren sie nach Korsika und ihre Beziehung endete urplötzlich, ohne jede Erklärung, ohne Kommentar. Sie kam einfach nicht zum vereinbarten Treffpunkt. Er wartete in einem marokkanischen Restaurant auf sie, an die Einrichtung konnte er sich noch genau erinnern, ebenso an das besorgte Gesicht des Kellners, der gleich begriff, dass er versetzt worden war. Zum Trost sagte er: »Ich verstehe dich. Wenn mir eine Frau so etwas antäte, würde ich sie zusammenschlagen.« Er verdrehte die Augen und sagte: »Nein, das ist nicht meine Art, nicht mein Stil. Frauen muss man mit Sanftheit an sich binden, nicht mit Schlägen. Deshalb sind wir in Marokko im Vergleich zu vielen Gesellschaften im Rückstand.«

Während sie vor ihm her schritt, ohne ihn zu sehen, dachte die schöne Blondine intensiv an ihren Liebhaber, mit dem sie ein paar Wochen verbracht hatte, den sie »mein kostbarer Freund« nannte, und den sie von heute auf morgen verlassen hatte, um nur gute Erinnerungen an ihn zu bewahren.

Plötzlich riss eine Hand den Maler aus dem sanften Traum, dem er sich hingegeben hatte. Es war eine Krankenpflegerin, die ihm seine Spritze setzen wollte. Er war noch verwirrt von seinen Träumen, und glaubte, sie sei Teil seiner Kohorte von geliebten Frauen. Doch sie war wie ein Mann gekleidet, effizient und humorlos. Sie arbeitete schweigend, fragte ihn nicht einmal, wohin sie die Spritze setzen sollte.

Als sie weg war, überflutete ihn Angst. Bei Einbruch der Nacht war das Licht in seinem Atelier trist geworden. Jäh hatte ihn das Erscheinen der geliebten Wesen aus seiner Vergangenheit in Nostalgie gestürzt, ein Gefühl, das er um jeden Preis meiden musste. Dann übermannte ihn wieder die Erschöpfung. Er sah sich um und weigerte sich zu akzeptieren, dass sein Leben zu Ende war, dass seine Arbeit unvollendet bleiben würde. Er wollte sich bewegen, es gelang ihm aber nur sehr schwer. Er hasste sich, hätte am liebsten laut geschrien. Er glaubte, wenn es ihm gelänge, die Dinge um ihn herum zu zerstören, sei das zumindest eine Art, den Ruf des Todes zu beantworten, der sich unverschämterweise bei ihm niedergelassen hatte. »Der Tod, das ist die Krankheit«, wiederholte er.

Dann hörte er auf einmal eine Stimme: »Lass dich nicht unterkriegen. Nur Mut, es ist eine schwierige Zeit, aber sie geht vorbei. Los, das Leben ruft dich, es ist herrlich, glaub es mir …« Er versuchte herauszufinden, wo die Stimme herkam, drehte sich so gut er konnte. Es war sein Lieblingsneffe, ein Architekt, der Musik und Fußball liebte; er war auf einen Besuch vorbeigekommen. Sein Neffe brachte ihm einen iPod, auf den er Lieder aus den 1970er Jahren gespielt hatte. Er blieb nicht lange, stülpte ihm ganz einfach vor dem Weggehen den Kopfhörer über, schaltete das Gerät ein und ließ ihn in Gesellschaft von Bob Dylan zurück.

Der Maler schloss die Augen, lauschte der Musik und wartete darauf, dass der Reigen der Frauen seines Lebens erneut begann, als sei er im Kino und der unterbrochene Film werde auf wundersame Weise weiterlaufen. Plötzlich erschien in nur ein paar Metern Abstand die Journalistin, die er zum Lachen brachte, indem er sich über ihren Hintern und ihre Brüste lustig machte, die so hart waren wie die einer Schaufensterpuppe. Eine exzentrische Person, die sich damals aufteilte zwischen ihrer besten Freundin und ihrem offiziellen Verlobten. Sie hatte ihm von Anfang an gestanden, dass sie sich am liebsten auf vielerlei Art Lust verschaffte und sehr ehrgeizig war. Später hatte sie eine steile Karriere gemacht. Der Maler erinnerte sich an einen Abend, als er sie im Kostüm in einem Raum im Élysée-Palast gesehen hatte. Zusammen mit einem anderen Journalisten interviewte sie den Staatspräsidenten. Er vergnügte sich damit, sie sich nackt in den von ihr so geliebten ausgefallenen und komplexen Stellungen vorzustellen. Dadurch wirkte alles, was der Präsident sagte, sehr komisch.

Sie schritt elegant vor ihm her, doch sie sah ihn nicht. Er fragte sich, warum sie seiner Einladung gefolgt war. Vielleicht hatte sie eine versteckte Kamera mitgebracht, um einen letzten Scoop zu landen mit Bildern vom Begräbnis des Mannes, dessen Werk von nun an immer wertvoller wurde.

Dann kam die Frau, die ihn an Faye Dunaway in *Das Arrangement* von Elia Kazan erinnerte. Mit dieser Freundin war die Liebe unkompliziert und das Leben einfach. Sie hatte ihn aufgesucht, weil sie eine Doktorarbeit über die Gegenwartsmalerei Nordafrikas und deren Einflüsse schrieb. Sie war fleißig, hochgewachsen; sie hatte Humor, Leichtigkeit, was ihm sehr gefiel. Sie stammte aus einer Mischehe, ihr Vater war Tunesier, ihre Mutter Französin, sie war in beiden Kulturen zu Hause und sprach gern Arabisch mit charmantem Akzent. Sie lachten viel und schliefen oft und egal wo miteinander. Sie nahm ihn mit an Orte, die er nicht kannte, und gab sich ihm leidenschaftlich hin. Wenn sie bei ihm ankam und einen Rock trug, wusste er, dass sie kein Höschen anhatte. Er schob die Hand zwischen ihre Beine und stieß einen Freudenschrei aus. Er mochte alle ihre Röcke, selbst die für den Winter. Wenn sie eine Hose anhatte, bedeutete das, dass sie ihre Menstruation hatte oder auch keine Lust.

Ihre Beziehung endete an dem Tag, an dem sie in ihr Land zurückkehrte, um zu heiraten. Auch sie gehörte zu den Frauen vor seiner Ehe. Manchmal bereute er, ihr nie mehr in Aussicht gestellt zu haben als eine sexuelle Affäre. Sie hatte einen guten Charakter, war wirklich freundlich und sehr charmant.

Zur gleichen Zeit traf er sich auch mit einer marokkanischen Studentin mit außergewöhnlich schöner Haut. Sie war schließlich zum Studium nach Kanada gezogen und urplötzlich gestorben, kaum vierundzwanzigjährig. Die Erinnerung an sie verfolgte ihn, und ihr Tod hatte ihn getroffen, auch wenn er sie nicht sehr gut gekannt hatte. Sie hatte sich ihm ungestüm hingegeben und sich offenbar mehr erhofft als kurze Begegnungen zwischen zwei Kursen. Er jagte ihrem Schatten nach, vergebens.

In jenem Jahr hatte er auch eine andere Marokkanerin getroffen, die ihre Schönheit trug wie eine Bürde, wie eine kurz bevorstehende Tragödie. Sie hatte große graue Augen, und irgendetwas zehrte von innen an ihr. Sie konnte nicht glücklich sein, weinte oft, und ihr Körper erstarrte jedes Mal, wenn er sie streichelte. Sie war die erste frigide Frau, die er traf. Sie weinte, schmiegte sich an ihn, verlangte Liebkosungen, lange und zärtlich, was sie beruhigte und ihr half, an seiner Schulter einzuschlafen. Er begriff, dass sie ein Trauma hatte, aber er konnte kein Therapeut für sie sein. Sicher hatte ihr Vater sie missbraucht. Diese Wunde trug sie wie einen Mord. Sie gab es ihm indirekt zu verstehen, versteckte ihr Gesicht im Kopfkissen und schluchzte lange. Sie heiratete, und ihre Eltern organisierten ein großes Fest. Ihr Ehemann, ein freundlicher Mensch ohne jedes Charisma, schaffte es nicht, sich angemessen um sie zu kümmern. Er kam spät nach Hause und vernachlässigte sie. Eines Abends wandte sie sich hilfesuchend an einen Freund, aber der lag mit einer Grippe im Bett und konnte nicht aus dem Haus. Er telefonierte mit ihr und versprach, sie zu besuchen, sobald es ihm besser ging. Er wollte sie nicht anstecken mit seinen Viren, wie er sagte. Er versuchte, sie zum Lachen zu bringen, doch am anderen Ende der Leitung war die ferne Stimme einer verzweifelten Frau. Da sagte er:

»Warte auf mich, ich komme.« Als er dort ankam, war niemand zu Hause. Sie war mit dem Wagen zu einer Hütte am Strand gefahren, hatte eine Überdosis Schlaftabletten genommen und war eingeschlummert. Ihr Selbstmord hatte alle berührt, denn alle Jungs aus ihrem Umfeld waren verrückt nach ihr gewesen, weil sie so schön war, und alle Mädchen neidisch auf ihre Grazie und Eleganz.

Danach kamen jene, die er »die Studentinnen« nannte. Sie kamen zu ihm, weil sie eine Arbeit oder einen Vortrag über Malerei und Marokko vorbereiteten. Sie alle fühlten sich von seiner Offenheit angesprochen und zeigten sich empfänglich für seine diskreten Avancen. Manche kamen einige Monate lang immer wieder, andere verschwanden. Er bedauerte das, doch er vergaß sie sofort. Sie waren fast alle da, spazierten durch seinen Traum, glücklich, die gemeinsame Vergangenheit wieder aufzusuchen. Er konnte sich nicht mehr an die Namen erinnern, aber an ihren jeweiligen Duft, an ihre intimen Gesten. Unter ihnen war eine hübsche Asiatin, die sich zuerst von etlichen Männern verschlingen ließ, dann in ein Kloster ging und nicht mehr wiederkam. Er erinnerte sich an ihre feurige Art beim Liebesakt. Als er erfuhr, dass sie Nonne geworden war, erstaunte ihn das kaum.

Dann war da noch die, die Gedichte auf Arabisch verfasste und davon träumte, ein Buch über seine Bilder zu schreiben. Sie ging es auf intelligente, professionelle Weise an: Sie schickte ihm ein paar Gedichtbände mit der Kopie eines Porträts von ihr, das der Grieche Fassianos gemalt hatte. Eine schöne Frau auf einem schönen Bild. Bereits im ersten Moment, als sie sein Atelier betrat, wusste er, dass etwas zwischen ihnen geschehen würde. Es war eine Frage der Intuition und des Blickes. Sie war nicht groß, hatte aber prächtiges schwarzes Haar und grau-grüne Augen. Sie sprachen über Politik, sie kam aus einer Gegend, die bereits mehrere Jahre lang unter Krieg litt. Kein Wort über ihr Projekt. Beim Abschied bat sie ihn um einen Gefallen: Sie wollte ihn zum Abendessen einladen. »Ich bin es, der Sie nächste Woche einlädt.« »Auf keinen Fall, ich bestehe darauf, und nächste Woche bin ich sowieso in Griechenland«, sagte sie. Am nächsten Tag aßen sie in einem diskreten Restaurant zu Abend. Sie war es, die ihn fragte: »Sind Sie heute Nacht frei?« Er antwortete ausweichend: »Nachts schlafe ich, zumindest versuche ich es.« Sie nahm ihn am Arm und flüsterte in sein Ohr: »Heute Nacht habe ich keine Lust mit meinem Lebensgefährten zu schlafen, lieber mit Ihnen. Ich werde nicht neben Ihnen einschlafen, nach dem Sex gehe ich nach Hause.«

Diese sporadische Beziehung hatte zwei Jahre angedauert. Sie sahen sich selten in Paris, eher auf Reisen. Eines Tages stellte ihr Lebensgefährte sie vor die Wahl: »Er oder ich.« Sie entschied sich für die Sicherheit, und einige Monate später heirateten sie.

Merkwürdigerweise sah er sie in diesem Reigen in Begleitung ihres Mannes, der älter war als sie, ein wenig schwerfällig; er hatte wohl versteckte Vorzüge.

Dann war da noch die, die er den »Engel von Brasilia« nannte, eine junge Studentin der Kunstgeschichte, die eines Tages im Atelier auftauchte im Auftrag ihres Professors, der mit einer Marokkanerin, einer Cousine von ihm, verheiratet war. Ihre vollschlanke Schönheit erinnerte ihn an manch eine ägyptische Schauspielerin. Als er ihre Hand schüttelte, fiel sie in Ohnmacht. Es war das erste Mal, dass jemand in seiner Gegenwart ohnmächtig wurde. Er brachte sie so gut er konnte wieder zu Bewusstsein, dann, als sie aufgewacht war, bat sie um Entschuldigung und gestand: »Wenn mich ein Mann berührt, den ich bewundere, falle ich in Ohnmacht.« Er lächelte und versprach, sie nicht mehr zu berühren. Sie antwortete lachend: »Aber das ist ja eine Strafe!« Für den Zeitraum ihres Aufenthalts in Paris wurde sie seine Geliebte, dann trafen sie sich in Buenos Aires. Es war jedes Mal ein Fest, sie entspannte sich und sprach Arabisch mit ihm, Worte, die sie auswendig gelernt hatte. Aus Liebe wurde Freundschaft, Zärtlichkeit, die sie eifersüchtig in ihren Herzen bewahrten. Sie sagte, er sei der Mann, den sie am meisten geliebt habe. Er schwieg. Er mochte sie, konnte aber nicht behaupten, noch immer verliebt zu sein.

Er öffnete die Augen, sah sich um, rief nach den Zwillingen, indem er seine Klingel betätigte, bedeutete ihnen, er wolle nach draußen, auf einen Spaziergang. Er hasste sich, wollte sich nicht mit diesen Bildern zufriedengeben, die sich ihm aufdrängten, sobald er die Augen schloss.

Am Abend trank er einen Kaffee und hoffte, dem Reigen damit ein Ende zu machen. Doch seine Vorstellungskraft versetzte ihn auf einen Balkon, von dem aus er die Frauen bewunderte, die anmutig vorbeispazierten.

Da war Caroline, die Frau mit den perfekten Beinen, die er kennengelernt hatte, als sie gerade gegen einen Brustkrebs kämpfte. Sie war außergewöhnlich sensibel, zärtlich und klug. Er war glücklich, sie zu sehen, ihr zuzuhören, sie in die Arme zu nehmen, sich ihr anzuvertrauen. Diese Freundschaft sollte in eine diskrete Liebesbeziehung münden. Es fiel ihr schwer, sich ihm nackt zu zeigen, da man ihr eine Brust abgenommen hatte. Mit einem Körper Liebe zu machen, dessen Schönheit mit solch einem Makel entstellt war! Das war hart, schwer. Wie konnte sie es ihm sagen, wie konnte sie ihn warnen? Sie errötete und sprach es ganz direkt aus: »Sie haben mir die Unglücksbrust abgenommen, aber vor dem Sommer wollen sie sie ersetzen, denn ich will mit meinen Kindern zum Strand fahren.« Sie bat ihn, die Augen zu schließen, wenn sie sich entkleidete und auch das Licht zu löschen. Sie hatte einen Verband um die Brust. Er berührte sie sanft, streichelte sie vorsichtig. Er küsste ihr die Tränen von den Wangen und drückte sie an sich, ohne ihr weh zu tun. Sie brauchten etwas Zeit, um sich daran zu gewöhnen, und dabei half ihnen vor allem Humor. Sie lachten, scherzten, redeten über die Anpassung einer neuen Brust und malten sich aus, sie an einem schönen Strand vorzuführen. Lange Zeit verfolgte ihn die fehlende Brust. Er dachte an sie und geriet in Wut auf die Ungerechtigkeit, die dieser schönen Seele widerfahren war, einer so anmutigen, guten, zärtlichen Frau.

Sie würde nicht an den Strand gehen. Diese Frau hatte sehr gelitten. Sie war mutig und voller Hoffnung. Da sie sich nicht sehen konnten, schrieben sie sich Briefe. Ihr letzter Brief:

Ich schreibe Dir aus einem Wartesaal, er ist fürchterlich wie alle Krankenhauswartesäle. Ich trage einen Pyjama, ein Kopftuch, da ich kein einziges Haar mehr habe, ich fühle mich hässlich, vom Leben verlassen, aber ich habe Vertrauen, der Arzt ist ein Freund, ein älterer Herr, der trotz der Vorgaben der französischen Gesetze weiter praktiziert. Er hilft mir, optimistisch zu sein, er weiß, wie er mit mir sprechen, was er mir sagen muss. Ich bin hier, und ich denke an Dich, ich bin hier, und ich sehe Greise vor mir, abgemagert, vom Tod in einem Flur zurückgelassen, ich denke an Dich und flehe Dich an, zu kämpfen, damit niemand Deine Integrität als Künstler, als Mensch angreift, niemand hat das Recht, Dich mit Füßen zu treten, Dir das kostbarste Gut zu entreißen, Deine Arbeit, Deine Kunst, Deine Anmut. Ich sage es Dir, denn ich weiß, Dein Feingefühl ist schon oft vom Egoismus der Leute verletzt worden. Sei stark, sei gut, überrasche uns weiterhin, gib das Beste von Dir.

Ich bin hier, und ich warte, und ich weiß, ich will leben, am liebsten würde ich schreien, damit Gott, falls es ihn gibt, mich hört und mir ein wenig Zeit gibt, nur um noch etwas weiter zu lieben, mit Dir zu schlafen, ein Linsengericht zu essen, guten Wein zu trinken und mit Dir eine Zigarette zu rauchen. Auf diese Zeit warte ich, ich werde sie dort auskosten, wo sie sich versteckt, ich werde nicht zulassen, dass sie mir jemand wegnimmt.

Neben mir ist eine Frau, sie sieht mir beim Schreiben zu. Sie beugt sich über mich und sagt: »Was für ein Glück Sie haben, Sie schreiben an jemanden, eine geliebte Person denke ich? Ich habe niemanden, dem ich schreiben könnte. Meine Kinder haben mich verlassen, mein Mann ist gestorben, und meine Freundinnen sind alle im Hospiz und haben ihr Gedächtnis verloren. Also, sagen Sie diesem Herrn etwas Nettes. Sagen Sie ihm, Gisèle umarmt ihn. Dann wird er wissen, dass es auf dieser Welt eine dreiundachtzigjährige Frau gibt, die er nicht kennt und die ihn umarmt. Danke.«

Hiermit ist es getan, mein Liebster, mein Baum, meine Musik, meine schönste Verrücktheit. Jetzt bin ich an der Reihe, ich gehe zum Arzt hinein. Vergiss nicht, lass niemanden, erlaube niemandem, Deine Integrität zu verletzen.

Lange Zeit trug er unauslöschliche Trauer um diese Frau in sich, die er mit niemandem teilen konnte. Mit ihr hätte er leben können, denn sie gab ihm Gelassenheit; sie besänftigte ihn und liebte ihn. Mit ihr hatte er ausschließlich wunderbare Momente erlebt. Sie hatten sich bei einer Billy-Wilder-Retrospektive kennengelernt. Sie liebten das Kino jener Epoche, die Filme von Lubitsch und Capra. Ganze Abende lang besprachen sie diese oder jene Einstellung von Orson Welles in *Im Zeichen des Bösen*. Wenn sie die Krankheit nicht so jung, so schön, so lebendig dahingerafft hätte, wäre er mit ihr zusammengeblieben bis ans Ende seiner Tage. Das sagte er sich, um die

Erinnerung wachzuhalten. Als er erfuhr, dass ihre Asche in Afrika verstreut worden war, wo sie als Kind gelebt hatte, geriet er kurz in Aufruhr und Panik. Wie konnte sich dieser Körper, den er so oft umarmt hatte, in Asche vermischt mit dem Sand eines fernen Landes auflösen? Dieser Gedanke quälte ihn. Er verwarf ihn und dachte weiter an sie im Zusammenhang mit dem prallen Leben. Er konnte ihre sanfte Stimme hören, ihr schallendes Lachen. Eines Tages rief ihn ihre Tochter an und sagte: »Ich habe von Mama geträumt, sie ist glücklich, und sie bat mich, Sie anzurufen, um Ihnen zu sagen, Sie sollen auf sich aufpassen und dass sie Sie liebt.« Er war verwirrt, legte den Pinsel nieder und las wieder einmal ihren Brief, den er in einer abgeschlossenen Schublade aufbewahrte.

In seinem Traum hatte er ihr einen Ehrenplatz eingeräumt, doch sie kam nicht. Das tat ihm weh, und er vergaß die Erinnerung an ihre Gesichtszüge, was ihm häufig nach einem starken Gefühlsausbruch passierte.

Statt ihrer kam ihm Avas Bild in den Sinn. Zuerst ihre hellen grün-grauen Augen, ihre Löwenmähne, ihre hohe Statur, ihre natürlich sinnliche Stimme, und dann dieser feingliedrige Körper, der ihn in eine Erregung versetzte, die bei ihr Lachanfälle auslöste. Ava trat einige Monate nach dieser heimlich gelebten Trauer in sein Leben. Wie ein Sturmgewitter, eine Art schöner Regen, der ihn verzückte und vor ihr auf die Knie zwang. Eine Begegnung, wie sie Nabokov oder Puschkin hätten beschreiben können, eine Szene wie aus *Vom Winde verweht* oder der *Büchse der Pandora,* wo Ava von Ava Gardner gespielt werden würde. Doch die wirkliche Ava verursachte weder Unheil noch Zerstörung. Sie war ganz Liebe, sanfter Wahn, Reise. Ihr Blick war geheimnisvoll, ernst, doch sie war auch voller Lebenslust. Als er sie traf, wusste er sofort, dass ihnen eine intensive

Liebesgeschichte bestimmt war. Er war wie verwandelt, seit sie ihm ein Briefchen zugesteckt hatte, darin die Kopie einer Zeichnung von Matisse. Auf der Rückseite waren eine Telefonnummer und eine Unterschrift in Form einer Sternschnuppe. Das war ihre Art, sich ihm vorzustellen. Als er sie anrief, fing sie an zu lachen, als würden sie sich schon gut kennen, als hätten sie bereits eine gemeinsame Vergangenheit. Sie sagte: »Ihre Art zu malen tut mir weh, ich habe zu viele Wunden in meinem Leben, und Sie haben kein Recht, weitere hinzuzufügen!« Dann fügte sie hinzu: »Taratata, taratata…«

Ava begriff, dass sie zu einem Zeitpunkt in sein Leben trat, als mit seiner Frau nichts mehr lief. Er war gequält, traurig, erschöpft vom Kampf gegen den Gegenwind, bereit dem ein Ende zu machen und seine Freiheit wiederzuerlangen. Er sagte es seiner Frau, und sie antwortete: »Das ist nicht mein Problem, du hast Kinder in die Welt gesetzt, dann übernimm auch Verantwortung!« Er konnte ihr noch so oft erklären, dass man sich trennen kann, ohne dass die Kinder darunter leiden, dass man das Schicksal nicht bezwingen kann und dass alle Versuche der Versöhnung gescheitert seien, sie wollte so etwas nicht hören, blieb auf beharrliche Weise stur, und das machte ihn betroffen. Er war ganz allein mit seinem Kampf. Die Worte verloren sich, flogen davon, wie Staub in der Luft. Sie hörte sie nicht, wandte sich ab, bevor sie zu ihr durchdringen konnten. Das Einzige, was sie erreichte, waren vollendete Tatsachen. Aber hier witterte sie die Machenschaften eines Hexers oder die Intrigen einer Frau, die ihre Ehe zum Scheitern bringen wollten. Sie wurde krank, schloss sich in ihr Zimmer ein, vernachlässigte das Haus, erzählte den Kindern, sie leide, weil ihr Vater ein Ungeheuer sei, weinte, verlor an Gewicht, verbreitete eine Stimmung, in der man nicht mehr atmen konnte. Der Arzt nahm den Maler beiseite und sagte: »Sie erpresst dich mit einer Depression, gib acht, dass sie nicht wirklich depressiv wird. Vielleicht ist es schon so weit.« Sie nahm Medikamente, aber weigerte sich mit einem Psychiater zu sprechen.

Es war zu der Zeit, als seine Arbeiten auf der Biennale von Venedig gefeiert wurden; mehrere Galerien in Europa und Amerika wollten ihn ausstellen. Er musste malen, doch der Niedergang ihrer Ehe beschäftigte ihn. Seine Frau hatte herausgefunden, dass es da eine Frau gab, wusste aber nichts Genaues. Sie kannte weder ihren Namen, noch wusste sie, wo Ava arbeitete. Sie flehte ihn an, ihr zu sagen, wer seine Geliebte war. Er blieb standhaft, weigerte sich, etwas dazu zu sagen, spielte die Sache herunter, hatte nicht den Mut, alles zuzugeben, denn er befürchtete, größeres Unheil heraufzubeschwören. Sie war zu allem fähig, ihre Irrationalität konnte alles zerstören. Sie hasste ihn und schleudere alles in seine Richtung, was ihr in die Hände fiel, verfluchte ihn, damit er sich schuldig fühlte. Die Kinder erlebten diese melodramatischen Szenen und fragten sich, was ihr Vater verbrochen hatte. Er wollte sie nicht in ihre Krise hineinziehen, doch sie tat es und verunsicherte sie dadurch schrecklich. Sie fühlte sich verraten, trachtete mit allen Mitteln nach Rache, wollte ihm das Übel, das er ihr antat, zehnfach heimzahlen. Er blieb stumm, flüchtete und ließ sie zurück in ihrer Verzweiflung. Mit Ava redete er nicht darüber; sie hatten so wenig Zeit füreinander und wollten sie voll auskosten. Er hätte große Lust gehabt, seine Frau zu verlassen, doch seine Schwäche, die seine Ehefrau Feigheit nannte, hinderte ihn daran, eine Entscheidung zu treffen.

Zum Geheimnis der Nacht kam das Rätsel der Schlaflosigkeit hinzu, ein grausames Leiden, das seinen Körper und Geist beeinflusste. Er hatte erhöhten Blutdruck, den er trotz Tabletten nicht ganz in den Griff bekam. In manchen Momenten stieg er in beunruhigende Höhen, dann wurde er wieder normal. Er hatte Angst vor einem Atemstillstand in der Nacht. Er fürchtete sich vor dem Abend und dem Zeitpunkt, wo er zu Bett ging. Er versuchte, in seinem Atelier Schlaf zu finden, aber er litt unter einem nervösem Gliederzucken. Er stand auf, ging ein paar Schritte in diesem gut geordneten Raum, in dem er seine Gemälde, sein Material, eine Sammlung von Kunstbüchern und seine Arbeitsdokumentation aufbewahrte. Er trank einen Schluck Wasser, nahm ein weiteres Beruhigungsmittel, legte sich wieder hin und wartete. Nichts geschah. Durch eine Luke im Dach konnte er die Wolken beobachten, die am Pariser Himmel vorbeizogen. Gegen Morgen schlief er erschöpft ein und wachte nach ein oder zwei Stunden wieder auf.

Er hatte sich angewöhnt, Ava jeden Morgen um die gleiche Zeit anzurufen, kurz bevor sie zur Arbeit ging. Er wünschte ihr einen wunderschönen Tag und verbrachte die restliche Zeit damit, auf sie zu warten.

Das Versteckspiel gab ihren Treffen eine besondere Würze. Sie sagten: »Wir sind Diebe, unser Glück ist ein Geheimnis, unsere Liebe lässt uns überleben. Wir wollen keine Schiffbrüchigen sein. Wir leben diese Liebe und wissen, eines Tages werden wir untröstlich sein.«

Dann kam es zur Trennung. Brutal, definitiv, grausam. Sie verließ ihn, denn sie wusste, er würde seine Familie nie verlassen, um mit ihr zu leben. Ihre Intuition war richtig. Er hatte Angst vor der Rache seiner Frau. Eine unüberwindbare Angst. Er war wie erstarrt, unfähig sich zu bewegen, diesem elenden Leben den Rücken zu kehren, mit der Frau, die er liebte, an einem anderen Ort ein neues Leben zu beginnen. An jenem Punkt nahm er den Vorschlag eines Freundes an, der sich gut mit Hexerei auskannte. Er hatte ihm gesagt: »Lass mich machen, sag mir was geschieht, ich bitte dich, gibt mir dein

Einverständnis, und ich werde in deinem Namen einen sehr alten Mann aufsuchen, der zurückgezogen in den Bergen weit von der Stadt lebt und außerordentliche Kräfte besitzt. Er weiß, was zwischen den Menschen geschieht, das ist seine Gabe, er arbeitet nur mit dem Koran, keine Amulette, keine schwarze Magie, nur das Lesen des Korans und Zahlen.«

Er ließ ihn gewähren, was hatte er schon zu verlieren?

Die Diagnose des Alten war beeindruckend:

»Dieser Mann wird schon lange von seiner Frau bearbeitet, sie versucht ihn zu blockieren, damit sie ihn in Besitz nehmen kann und er zu ihrem unterwürfigen Sklaven wird, zu ihrem Ding. Er ist umgeben von jeder Art schadbringender Talismane. Es handelt sich um einen Künstler, jemand der Erfolg hat. Sie ist eifersüchtig und wird von mehreren Personen aus ihrem Kaff beraten. Er muss sie verlassen. Ich setze mich nie dafür ein, dass sich Frau und Mann trennen, doch in diesem Fall ist die Alternative gefährlich. Weshalb, kann ich nicht genau sagen. Sicher ist aber, dass sie ihn nie in Frieden lassen wird. Hier, geben Sie ihm diesen Talisman, den soll er bei sich tragen und jeden Abend vor dem Schlafengehen eine Seite aus dem Koran lesen. Das wird gegen seinen unruhigen Schlaf helfen. Wenn er bei seiner Frau und seinen Kindern bleiben will, muss er sich unterwerfen, sonst wird es die Hölle, denn sie arbeitet mit Männern zusammen, die alle seine Handlungen sabotieren können. Sobald er eine andere Frau trifft, wird alles unternommen, damit ihre Liebesgeschichte scheitert. Er wird nie leicht einschlafen können. Ein Fluch schwebt über diesem Mann. Gott erfülle unsere Herzen mit Güte! Sie wird ihn nie in Ruhe lassen.«

Diese Worte erstaunten ihn sehr, und der Maler begann, die Amulette zu suchen, die sie in seinem Atelier versteckt haben musste. Er fand ein paar unter dem Sofa, auf dem er gelegentlich schlief, im Bad, in der Küche und sogar in seiner Tasche. Er war tatsächlich umzingelt. Er, der nicht an solche Dinge glaubte, änderte seine Meinung und wurde misstrauisch. Er verstand, dass die gegen Ava eingesetzten Verwünschungen funktioniert hatten. Er sagte sich: »Jetzt, wo ich Bescheid weiß, werde ich alles tun, um wieder mit meiner Geliebten zusammenzukommen.« Er unternahm mehrere Versuche, aber vergebens. Ava war umgezogen, hatte offenbar eine neue Telefonnummer, er konnte ihre Spur nicht mehr finden. Zwei Jahre lang erhielt er keine Nachricht von ihr und litt schweigend. Er lebte weiterhin mit seiner Frau zusammen, in der Hoffnung, irgendwann endlich den endgültigen Absprung zu schaffen. Ihm blieb nicht genügend Zeit. Der Schlaganfall erwischte ihn nach diesem fürchterlichen Streit.

Kapitel 16

Casablanca, 12. September 2000

»Du bist furchtbar egoistisch. In deinen Augen zählt niemand. Du glaubst nur an dich, hörst auf keinen Rat. Natürlich merkst du es nicht, du gibst den alten Herrn. Zu Unrecht giltst du als Freund der leidenden Menschheit«, sagt die Schwiegertochter zu ihrem Schwiegervater.

Ingmar Bergman, *Wilde Erdbeeren*

Manchmal fielen ihm mitten am Tag kleine Kindheitserinnerungen ein, scheinbar unbedeutende Dinge. Sie tanzten vor seinen Augen wie Marionetten auf einem Jahrmarkt. Jedes Mal überraschte ihn das. So sah er zum Beispiel den Holzeimer klar vor sich, den sein Vater mit in den Hamam nahm. Ein alter Eimer, nichts Besonderes, in einem Braun, das mit der Zeit schwarz geworden war. Bevor er losging, legte sein Vater immer Seife, ein Badetuch und einen rauen Stein hinein, mit dem er die abgestorbene Haut abschrubbte. Warum dachte der Maler ein halbes Jahrhundert später an diesen Eimer? An einem anderen Tag sah er plötzlich genauso klar die alte Strohmatte vor sich, auf der seine Eltern beteten. Auch an ihr war nichts Besonderes. Doch da war sie, sie war wieder da, neben dem Eimer. Eine Bettlerin, der er Brot gegeben hatte und die ihm dafür ein Stück Zucker reichte, erschien ihm auf die gleiche

Weise, ihr Gesicht war ganz faltig, ihr Lächeln zahnlos, der Zucker auf ihrer Handfläche hatte die Form eines Sterns.

Einige Tage später erschien ihm der Krüppel, der vor seiner Schule falsch sang, dann der kranke Hund, der durch die Straßen von Fès streunte und den die Kinder mit Steinen bewarfen. Das arme Tier konnte kaum noch laufen, und der Maler fragte sich: Warum taucht plötzlich dieser Hund auf?

Die gleiche Frage stellte sich in Bezug auf die Golfhose, die am Knie kaputtgegangen war, als er von einer Schaukel fiel. Diese Erinnerung stammte aus der Zeit, als er sechs war und zum ersten Mal geschaukelt hatte. Sein älterer Bruder schubste ihn an, und mitten im Flug hatte er die Schaukel losgelassen, war auf den Boden gefallen und hatte sich das Gesicht aufgeschlagen. Merkwürdigerweise hatte ihn der Riss in der Hose mehr beeindruckt als sein blutiges Gesicht.

Eines Morgens erschien ihm unverhofft ein alter Pappkoffer, in dem sein Vater Ausgaben des *Life*-Magazins aufbewahrte, die sich alle um den Krieg drehten. In seiner Kindheit hatte er oft ein Exemplar herausgeholt und durchgeblättert. Warum erinnerte er sich jetzt an das Gesicht jenes sehr jungen amerikanischen Soldaten, der vor der Leiche seines toten Freundes weinte? Er hieß Salomon. Es war merkwürdig: Salomon auf den Knien, die Hände vor das weinende Gesicht geschlagen. Was war wohl aus diesem jungen Mann geworden? Er stellte sich vor, wie er nach Hause zurückgekehrt war, eine rothaarige Frau geheiratet hatte und Autoverkäufer geworden war.

Ein anderes Mal verfolgte ihn ein mottenzerfressenes Halstuch. Es war rot und zu nichts mehr zu gebrauchen, wie jene kaputten Glühlampen, die sein Vater in einer Schublade aufbewahrte, in der Hoffnung, sie würden sich von selbst reparieren. Er sah auch Nägel aller Größen in einer Papiertüte in einer Ecke der Küche, oder die schmutzige Krawatte voller Fettflecken, die sein Arabischlehrer trug. Seine damals jungverheiratete Lehrerin, die beim Sitzen auf ihrem Stuhl die Beine leicht spreizte, suchte ihn ebenfalls auf. Unerklärlicherweise sah er auch das Kennzeichen des Chevrolets seines Onkels, der damals der einzige Autobesitzer in der Familie war: 236MA2.

Eines Tages erinnerte er sich an seinen ersten Samenerguss, den er erlebt hatte, als er mit seiner Cousine spielte. Es war wie ein angenehmer Strom, der seinen Penis durchfuhr. Er war aufgestanden, hatte mit der Hand den Fleck auf seiner Hose verborgen. Er schämte sich, insbesondere da seine ein Jahr ältere Cousine ihn anschließend in das Zimmer ihrer verreisten Eltern einlud. Der starke unbekannte Geruch, der von seinem Unterleib aufstieg, und der brennende Wunsch, zu seiner Cousine, die auf dem Bett lag, zu gehen, kamen ihm wie neu ins Gedächtnis. Er sah sie vor sich, ihr rosafarbener Hintern bot sich ihm an, und sie sagte: »Los, steck dein Ding in meinen Arsch!«

Der Maler sagte sich, dass diese Invasion von Erinnerungen höchstwahrscheinlich mit der Lähmung seines linken Beins und seines linken Arms zusammenhinge. Eines Tages klingelte das Telefon laut inmitten eines dieser nostalgischen Momente. Einer seiner Gehilfen, die immer in der Nähe waren, reichte ihm den Hörer. Es war sein Agent, der ihn anrief, um zu erfahren, wie es ihm ging. Wahrscheinlich hatte er nur Angst um seine Prozente! Der Maler beruhigte ihn: Sein Zustand verbesserte sich. Aber man müsste Geduld haben, sehr viel Geduld.

Kapitel 17

Casablanca, 5. Oktober 2000

»Die Menschen aus dem gemeinen Volk sind weniger empfindsam. Denken Sie nur an einen verletzten Stier: zuckt nicht mit der Wimper«, sagt kurz vor der Tragödie eine Frau aus der Bourgeoisie zur anderen.

Luis Buñuel, *Der Würgeengel*

Nach dieser Invasion kleiner unbedeutender Erinnerungen, kamen Momente langer Träumerei, auf die furchtbare Alpträume folgten. Der Arzt hatte ihn gewarnt, doch der Maler war nicht auf etwas so Furioses vorbereitet. In seinem ersten Traum erschien seine Frau, so wie sie damals, als er in sie verliebt gewesen war, als er nur Augen für sie hatte. Er war sehr aufmerksam, sie war äußerst sanft und fürsorglich. Nie gab sie ihm Grund, sich zu ärgern, äußerte nie eine abweichende Meinung, fast hatte er Angst, sie sei nicht selbstsicher genug oder zu unterwürfig. Jeden Tag dankte er dem Himmel, dieses Mädchen kennengelernt zu haben, das so anders war als alle, die er vorher kannte. Er war lange Zeit Junggeselle geblieben, hatte sich nie wirklich auf die Frauen, die er traf, eingelassen, doch die Augen dieses Mädchens hatten ihn zutiefst berührt. Durch sie bekam er Lust, seriös zu werden. Auf keinen Fall wollte er mit ihrer Unschuld und Jugend spielen. Es lagen fast fünfzehn Jahre Altersunterschied zwischen ihnen, doch aus seiner Sicht war das kein Problem. Dieser traumhafte Zustand führte ihn durch die zwei Jahre nach der Hochzeit. Kein Streit, keine Meinungsverschiedenheit, keine Wolke am Himmel. Sie waren glücklich, reisten viel, amüsierten sich, lachten und planten ihre gemeinsame Zukunft. Es war wunderbar. Zu schön, um andauern zu können. Sie war unwiderstehlich mit ihrem prächtigen braunen Haar und ihrer hochgewachsenen Gestalt.

Aber der Maler hatte auch furchtbare Alpträume. Insbesondere den, in dem ihm ein kleiner linkischer Mann erschien, der ihn in eine Falle gelockt und ihm eine beträchtliche Summe sowie einige Bilder abgeluchst hatte. Er stellte sich als Kunsthändler vor, aber in erster Linie war er ein gescheiterter Maler, der Geschäfte machen wollte, besser gesagt krumme Geschäfte, zusammen mit seinem Bruder, der sich in den Luxushotels der Côte d'Azur prostituierte. Vor seinem Anfall hatte es der Maler geschafft gehabt, ihn zu vergessen, ihn in den Graben der Verachtung zu stoßen. Er fand es besser, ihn zu ignorieren, als Jahre in den Fluren der Gerichtsgebäude zu verbringen, insbesondere, da er nur gefälschte Quittungen besaß mit einer erfundenen Adresse und einer Unterschrift mit einem getürkten Stempel. Doch nun tauchte dieser kleine Mann wieder auf, um ihn zu foppen, nun, da er so wenig körperliche Kraft hatte. Er sah ihn um die Bilder herumstreichen, mit einer alkoholgetränkten Fackel, die jeden Moment einen Brand auslösen konnte. Der Maler schloss die Augen, doch der Teufel in Person tauchte wieder auf, lachte hysterisch. Er begann sich vorzustellen, wie er zu Tode kommen könnte. Er sah ihn von einer Betonwalze erdrückt, seine Innereien auf schlammigem Boden; er stellte ihn sich alleine, gelb und ausgehungert in einem Krankenhausbett vor, erstickend im Angesicht des Todes, der ihn nach langen Stunden des Leidens dahinraffen sollte.

Dann vertrieb er diese Bilder der Rache und bat Gott

darum, ihm eines Tages Gerechtigkeit widerfahren zu lassen. Mit einem Mal verschwand der vierschrötige Betrüger auf Nimmerwiedersehen.

Bei Einbruch der Nacht setzten ihn die Gehilfen in sein Auto, um ins Atelier zurückzukehren. Da seine Frau auf Reisen war, bat er sie jedoch, ihn in ihr Haus zu bringen, und ließ sie bei Imane anrufen, damit sie so schnell wie möglich zur Krankengymnastik dorthin kam. An diesem Ort, den er vor so langer Zeit verlassen hatte, hing der Duft seiner Frau, waren überall Spuren ihres Lebens zu erkennen, die überall hingeworfenen Kleider, das Bad mit einer Unzahl von Kosmetikutensilien. Er bat die Putzfrau, das Bett neu zu beziehen und im Zimmer aufzuräumen.

Mit den Jahren war ihm der Neid gleichgültig geworden, den viele Menschen ihm gegenüber verspürten. Er hatte sich damit abgefunden, eine Philosophie der Gleichgültigkeit entwickelt. Am neidischsten waren die Frauen, die er geliebt hatte, und die Künstler, die aus seiner Heimat stammten. Sie verstanden und akzeptierten seinen Erfolg nicht. Er hatte lange Zeit an sich gearbeitet und hatte festgestellt, dass es auf jeden Fall besser war, beneidet zu werden, als ignoriert zu bleiben oder talentlos zu sein. Doch der Neid, die Eifersucht seiner Frau, trafen ihn tief. Ihr gegenüber konnte er nicht gleichgültig bleiben. Wahrscheinlich war sie stärker als er, entschlossener als die anderen und ging ihren Weg, ohne sich umzudrehen, ohne die Schäden zu bemerken, die sie durch ihre wiederholten, fast wahnhaften Verdächtigungskrisen hervorrief. Es gibt mehrere Stufen des Wahns; der seiner Frau war nicht sehr hoch, gerade ausreichend, um sein Leben zur Hölle zu machen. In so einem Fall kann man nichts tun; durchleiden oder flüchten; ausweichen oder heftiger und grausamer reagieren. Er durchlitt die Hölle – aber er protestierte dagegen.

Eines Tages hatte er ihr gesagt: »Eifersucht ist eine Krankheit, die einen Charakterfehler und ein Identitätsproblem anzeigt.« Er versuchte, sie zur Vernunft zu bringen, ihr aufzuzeigen, dass es zwischen einem Mann und einer Frau Räume und Geheimnisse gibt, die man respektieren muss, sonst zerbricht, sonst explodiert alles. Sie hörte ihm nicht zu und befolgte weiter aufs Wort, was ihre Scharlatane ihr einredeten.

Geheimnisse. Ein Konzept, das sie nicht akzeptierte. Für sie durfte es zwischen Eheleuten keine Geheimnisse geben. Ein Ehepaar war eine Fusion, bei der eins plus eins eins ergibt. Das erinnerte ihn an eine Sendung im marokkanischen Fernsehen, wo eine Journalistin vier Frauen verschiedenen Alters und verschiedener Schichten zusammengebracht hatte, alle waren unverheiratet. Sie sollten diese »Anomalie« erklären. Die eine sagte, sie habe kein Glück gehabt, wäre mit einem Alkoholiker verlobt gewesen, die zweite meinte, sie habe es vorgezogen, an ihrer Karriere zu arbeiten, und sich deshalb keinen Mann gesucht, der sie ja sowieso nur ausbeuten oder am Arbeiten hindern würde, die dritte erzählte, dass sie nach der Scheidung ihrer Eltern beschlossen habe, sich nie zu verheiraten. Was die vierte betraf, so suchte sie einen Mann, mit dem sie alles teilen konnte, bis hin zur totalen Verschmelzung. Nicht eine von ihnen sprach von einem geheimen Garten, von Diskussionen, vom täglichen Arbeiten an der Ehe, von gegenseitiger Respektierung von Unterschieden, von einem Miteinander, das Meinungsverschiedenheiten nicht per se als böse ausschloss.

Er sah sich einen Film an und nickte ein. Seine Gedanken waren diffus und träge. Von weitem sah er die Silhouette eines Mannes, möglicherweise seines Vaters, der in einer weißen Djellaba auf ihn zukam, mit gestutztem Bart, strahlendem Gesicht, jung und lächelnd. Sein Vater war jünger als er. Er sah ihn aufmerksam an, erkannte ihn, doch wie in einem Stummfilm konnte man nichts hören. Sein Vater näherte sich, beugte sich über ihn, nahm seine rechte Hand und küsste sie. Diese Vision stellte die Welt auf den Kopf: Normalerweise war es immer er, der die Hand von Vater oder Mutter küsste. Der Wangenkuss zur Begrüßung war erst mit der Unabhängigkeit ins Land gezogen.

Nach diesem Handkuss wachte er vergnügt auf, hielt den Film an und verlangte nach Tee. Sie sagten ihm: »Imane kocht gerade welchen.« Er stotterte leise: »Hoffentlich ist das nicht auch eine Wahnvorstellung.«

Kapitel 18

Casablanca, 4. November 2000

»Der Zufall ist insofern außerordentlich, als er natürlich ist.«

Max Ophuls, *Madame de…*

In jener Nacht hatte er einen Traum, der zum Alptraum wurde und ihn mit starken Kopfschmerzen aufwachen ließ. Er war zu einem Staatsoberhaupt geladen. Es war Sommer, und auf der Einladungskarte hatte gestanden, dass er in weißem Hemd und weißer Leinenhose erscheinen solle. Auf dem Weg zum Palast landete ein senfgelber Vogelschiss auf seinem blütenweißen Hemd. Er musste sich umziehen, aber dafür blieb keine Zeit. Er bat einen Freund, ihm ein Hemd auszuleihen, doch der besaß nur farbige. Er fühlte sich unwohl. Die Zeit verstrich, und der Empfangstermin rückte näher. Er zog ein graues Hemd über, und als er das Haus seines Freundes verließ, wurde er von Polizisten in Zivil verhaftet: »Kommen Sie mit, Sie sind verurteilt worden, und wir fahren Sie direkt ins Gefängnis.« Er konnte noch so oft fragen, wessen man ihn beschuldigte, sie sagten bloß: »Machen Sie es nicht noch schlimmer, Sie wissen genau, was Sie getan haben.« Sie nahmen ihm sein Handy ab und sagten: »Im Gefängnis wird nicht gemalt, kein Papier und kein Stift. So lautet der Befehl.« Er versuchte zu schreien, aber kein Laut kam aus seinem Mund. Seine Frau stand auf der Türschwelle zusammen mit seinem besten Freund. Aber sie halfen ihm nicht. Er wollte seinen Rechtsanwalt anrufen, doch sein Gedächtnis versagte, und er konnte sich weder an seine Telefonnummer noch an seinen Namen erinnern. Er hatte Kopfweh. In diesem Moment wachte er auf. Am liebsten wäre er aufgesprungen und hätte das Fenster aufgerissen. Es war drei Uhr morgens. Alle schliefen. Er schaffte es, sich im Bett aufzusetzen. Die Augen hielt er geöffnet, damit der Alptraum nicht zurückkehrte.

Am Morgen war er vor Erschöpfung eingeschlafen. Als die Zwillinge mit dem Frühstück kamen, wachte er nicht auf. Sie stellten das Tablett auf den kleinen Tisch neben dem Bett und gingen.

Ein Krampf im linken Bein riss ihn aus dem Schlaf. Er schrie auf, dann schloss er die Augen, wartete, bis sich die Kontraktion löste. »Ein schlechter Anfang für diesen Tag«, sagte er sich. Besser, er arbeitete nicht im Atelier. Was er jetzt brauchte, waren Massagen und Aufmunterung.

Als Imane kam, war er mit seinen Gehilfen im Bad, sie wuschen ihn. Für ihn waren das peinliche und sehr entwürdigende Momente, in denen er seine Behinderung besonders stark spürte. Sich von einem Mann den Hintern abwischen lassen und von einem anderen gewaschen werden, kaum stehen zu können, während sie mit dem Waschlappen seinen Intimbereich wuschen, brachte ihn in große Wut. Aber er ließ sich nichts anmerken. Er sagte sich: »Eigentlich müsste das meine Ehefrau tun, aber das will ich auf keinen Fall. Sie soll mich bloß in Ruhe lassen und mir erlauben, dass ich meine Bewegungsfreiheit wiedererlange.«

Doch sobald er gewaschen, rasiert und umgezogen war, fühlte er sich etwas besser, und das half ihm, diese unerträglichen Momente zu vergessen. Als er Imane sah und vor allem als er ihr Parfüm Ambre Précieux roch, lächelte er. »Heute«, sagte sie, »werden wir den Tag zusammen verbringen. Ich habe eigentlich frei, aber ich werde Sie massieren, Ihnen Ihre Spritze geben. Es gibt etwas zu essen, was ich selbst frisch zubereitet habe, und danach werde ich Ihnen den Rest meiner Geschichte erzählen – es sei denn, Sie bevorzugen etwas anderes oder möchten, dass ich nach Hause gehe …«

Er war überglücklich. Imane war so feinfühlig, so empfindsam, dass sie ihm Hoffnung machte und zur Besserung seines Zustands beitrug. Langsam sagte er: »Wie kann ich Ihnen jemals danken?«

Etwas später massierte sie ihm das Bein, und ohne ihm in die Augen zu sehen, begann sie zu sprechen:

»Wissen Sie, Sie könnten mein Vater sein, und doch sehe ich Sie nicht als Vater. Zwischen uns gibt es fast dreißig Jahre Altersunterschied, doch in Ihrer Kunst, in Ihrer Art finde ich eine Menschlichkeit, die den jungen Leuten von heute vollständig fehlt, besonders in Marokko, wo alle schnell Karriere machen und viel Geld verdienen wollen, wo der äußere Schein wichtiger ist als das Grundlegende. Ich bin gerne in Ihrer Gesellschaft, ich will Ihnen das Leben leichter machen. Wenn meine Hände Sie massieren, versuchen sie Ihren Schmerz aufzunehmen, und ihn weit wegzuwerfen, daher sehen Sie mich nach jeder Sitzung meine Finger schütteln, damit der Schmerz, der in Ihnen ist, abgeworfen wird. Es ist, als wären meine Hände in schwarzes Wasser getaucht gewesen, und als müsste ich sie schütteln, um es loszuwerden. Ein indischer Meister hat uns das während einer Fortbildung in Rabat beigebracht.

Nach dieser Sitzung schlug sie ihm vor, sich auf sie zu stützen und einige Schritte zu gehen. Er sagte: »Aber es sind doch meine Gehilfen, die sich darum kümmern, ich bin zu schwer für ihre schmalen Schultern.« Sie half ihm aus dem Bett, gab ihm einen Stock, und sie gingen langsam im Zimmer hin und her. Er hielt inne und bat die Zwillinge, ihm seine Ausgehsachen anzuziehen. Er wollte elegant sein in Gegenwart dieser jungen Frau. Als Imane zurückkam, war sie überrascht ob dieser Veränderung. Der Künstler war ein schöner Mann. Sie ergriff seinen Arm. Er spürte ihren Körper an seinem und schämte sich, dass er einen Steifen bekam. Der Arzt hatte ihn beruhigt: »Erektionen sind medullär, sie kommen aus dem Knochenmark.« Sein linker Arm lag um ihre Taille, und sie näherten sich beim Gehen immer mehr an. Am liebsten hätte er sie fest umarmt, geküsst, sein Gesicht in ihrem Haar vergraben, doch er hielt sich zurück. In seinem Zustand konnte er ihr sowieso nicht alleine aufrecht gegenüberstehen. Er fragte sich, ob sie etwas mitbekommen hatte. Sie redete mit ihm, aber er achtete nicht auf ihre Worte, er war verwirrt und wollte, dass sie ihn in den großen Sessel setzte, damit er die Beine ausstrecken konnte. Sie setzte sich auf den Boden und legte den Kopf auf sein linkes Bein. So blieben sie eine ganze Zeit lang sitzen. Er hatte sich wieder etwas beruhigt und strengte sich nun an, mit der rechten, weniger beeinträchtigten Hand ihr Haar zu streicheln. Plötzlich erhob sie sich, machte ein paar Tanzschritte und sagte: »Zeit zum Mittagessen, lassen Sie mich machen, ich weiß, dass Ihre Köchin eine Meisterin ist, aber ich besitze ein paar außerordentliche Rezepte von meiner Großmutter.« Er hatte eigentlich keinen Hunger, aber er überwand sich und aß, was sie ihm mit den Fingern in den Mund steckte. Unter anderen Umständen hätte er ihre Gesten sehr erotisch gefunden, doch in diesem Fall waren sie nur pragmatisch. Sie fütterte ihn wie ein Kleinkind oder einen senilen Greis. Als sie einen Strohhalm in die Suppe steckte, schob er den Teller vorsichtig weg und sagte: »Nein, danke, keinen Hunger.« Dabei mochte er diese Art Brühe, aber vor dieser schönen Frau mit einem Strohhalm zu trinken erniedrigte ihn noch mehr.

Die Zwillinge brachten ihn in sein Atelier zurück. Imane folgte ihnen. Sie setzten ihn in den Rollstuhl.

»Imane, wollen Sie mir noch eine Freude machen?«

»Aber sicher, mein Kapitän.«

Es war das erste Mal, dass sie ihn so nannte, sicher hatte sie die Matrosenmütze in einer Ecke des Ateliers hängen sehen. Sie hatte einem Freund des Malers gehört, den er aus den Augen verloren hatte.

»Ich bin froh, dass Sie mich Kapitän nennen. Vor Ihnen hat mich meine älteste Tochter so genannt. Das machte ihr Spaß. Also, nehmen Sie den Band der Pléiade mit Baudelaires Werken, öffnen Sie die Seite, wo ein vergilbter Zettel steckt, dort wo er über Eugène Delacroix schreibt. Lesen Sie mir vor, ich liebe diesen Text.«

Sie trank ein Glas Wasser, um ihre Stimme aufzuhellen und begann. Der Kapitän schloss die Augen, um die Sätze besser genießen zu können. Imane hatte eine tiefe Stimme. Wenn sie daran arbeitete, konnte sie sehr schön werden.

Als sie mit dem Lesen aufhörte und schwieg, sagte der Maler:

»Sehen Sie, dieser Künstler hat 1832 nur wenige Monate in Marokko verbracht, doch er hat etwas von der Seele dieses Landes verstanden. Er hat viele Zeichnungen und Skizzen gemacht, doch er hat hier nichts gemalt. Er hat Marokko aus dem Gedächtnis gemalt, und das Ergebnis ist wunderbar. Ich finde es schade, dass er unserem Land nichts hinterlassen hat, damit meine ich, er hätte als Zeichen des Dankes und der Anerkennung einige Bilder als Geschenke zurücklassen können. Daran hat er nicht gedacht. In Algerien hat er die Frauen von

Algier in ihren Wohnungen gemalt, das ist unglaublich schön. So ist es, liebe Imane. Ich leihe Ihnen ein dickes Buch über diesen Maler. Schauen Sie es an, und Sie werden sehen, wie dieser begnadete Reisende Marokko neu interpretiert. Und sollten Sie eines Tages sein Tagebuch lesen, so werden Sie überrascht sein, was er über unsere Vorfahren sagt. Es ist nicht sehr schmeichelhaft! Doch damals waren solche Überzeugungen gang und gäbe.«

Kapitel 19

Casablanca, 6. November 2000

»Ich hasse Höflichkeitsschulden.«

Christian-Jaque, *Un revenant (A lover's return)*

Dann kam der Augenblick, an dem alles im Leben des Malers sich umzukehren und seinen Sinn zu ändern schien. Um ihn herum schrumpften die Wände, die Decke schien einzufallen, seine Stimme erlosch, entfernte sich dann, sein Körper erstarrte, er war von Schwindel erfüllt. Manchmal zitterte der Maler am ganzen Körper, ohne dass ihm kalt gewesen wäre. Er fühlte sich furchtbar alleine, obwohl seine Gehilfen nie weit entfernt waren. Er hatte das Gefühl, in einem dunklen Zylinder zu leben und im Kreis rennen zu müssen, um seine Haut zu retten. Mal wurde er von einem Schatten verfolgt, mal von einem Gerücht, mal von einer Hitzewelle, die von einem Feuerball ausging. Er lebte in einer Art Film, in dem er noch in seinem Körper von vor dem Anfall steckte, aber bereits die Gedanken des Schwerkranken hatte. Zwei Bewusstseinszustände schoben sich übereinander, der eine gebunden an einen behinderten Körper, gefangen, in Reparatur befindlich; der andere an einen jungen lebhaften Körper. Eine Unheilsahnung überkam ihn. Sicher hätte seine Frau gesagt, es sei der böse Blick oder ein Fluch, den die Nachbarin ihm geschickt hatte. Doch in seinem dunklen

Zylinder lief er immer weiter, fiel hin, erhob sich, fiel wieder hin, wurde von einem großen schwarzen Loch verschluckt. Sein ganzer Körper wurde bei dem Fall durchgerüttelt, doch sein Kopf hielt stand.

Es wird behauptet, die Depression sei ein wesentliches Element der Einsamkeit in ihrer grausamsten Form. In seinen schlimmsten Alpträumen fand sich der Maler in einem Keller wieder, dem Treffpunkt der Ratten des ganzen Viertels. Er hatte schon immer große Abscheu vor diesen Tieren verspürt, eine so irrationale Angst, dass er sie nicht einmal in einem Bilderbuch betrachten konnte. Wahrscheinlich kam das aus der Kindheit, als er einmal, als er auf der Hocktoilette saß, von einem Maulwurf in den Knöchel gebissen wurde. Gerettet hatte ihn ein junger Arzt, der ihm sofort eine Spritze gab. In seinem Alptraum war er dazu verdammt, mit den Ratten zu leben, und musste die Abscheu hinunterschlucken, die er ihnen gegenüber verspürte. Hier, unter ihnen, gehorchte ihm sein Körper nicht. Wer in aller Welt hatte ihn an diesen furchtbaren Ort, ohne Licht, gebracht, wo er nur die Geräusche dieser Tiere hörte, die als Überbringer der Pest eine ganze Stadt auslöschen konnten? Unter den Ratten war sein junger schlanker Körper verschwunden, nur der schwere kranke Körper war noch da. Die Ratten kletterten seine Beine hinauf, spazierten ruhig über ihn hinweg, stritten sich neben seinem Kopf, bissen ihn hier und da, zerrten überall an ihm. Dann kam plötzlich ein großer schwarzer Maulwurf auf ihn zu, biss sich in seinen Genitalien fest und riss sie ab. Er brüllte vor Schmerz, doch er konnte noch so heftig um Hilfe rufen, der Alptraum erstickte seine Stimme, niemand hörte ihn. Er fand sich damit ab, langsam und qualvoll zu sterben, als ein noch schmerzvollerer Biss ihn aufrüttelte und schließlich weckte. Er war schweißgebadet, Tränen liefen ihm übers Gesicht und wollten nicht versiegen. Er hatte genug,

Schluss mit diesem Zustand, Schluss mit diesem Haus, mit diesen Menschen um ihn herum, er konnte nicht mehr.

Mehr als alles andere fürchtete der Maler jene Augenblicke, an denen er von einem unbekannten Übel befallen wurde, gegen das er nicht kämpfen konnte. Er versuchte so gut es ging, nicht in Schlummer zu verfallen, tat sein Möglichstes, um wachsam zu bleiben, doch unglücklicherweise erschöpften ihn die Medikamente und die Langeweile, trotz all seiner Anstrengungen. Er ließ sich nicht unterkriegen, betätigte ständig seine Klingel, um nach Kaffee zu verlangen. »Ja, Kaffee! Auch wenn es mir der Arzt verboten hat. Ich will hellwach sein!«

Der Maler liebte Kaffee, guten Kaffee, italienischen Espresso. Er trank immer erst einen richtig starken Kaffee, dann einen zweiten, etwas schwächeren. Danach fühlte er sich besser. Dann hatte er den Mut, hinter sich zu blicken, da wo seinem Empfinden nach noch kurz zuvor der Zylinder gewesen sein musste. Er wusste, das Gespenst der Depression strich um ihn herum, und jederzeit konnte ihm das Gleiche passieren wie seinem Freund Antonio Tabucchi, der drei Jahre lang in einer tiefen Depression versunken war. Eines Tages, als Antonio wie gewöhnlich die Zeitung las, unmittelbar bevor er sich im angrenzenden Raum zum Schreiben hinsetzen wollte, konnte er einfach nicht aufstehen. Am Abend fand ihn seine Frau in dem Sessel, in dem sie ihn morgens zurückgelassen hatte. Dabei hatte er keinerlei Veranlagung zur Depression. Seine Frau und er waren ein glückliches Paar, verschworen, solidarisch. Der Arzt hatte ihm gesagt: »Depression ist eine Krankheit, es ist keine schlechte Laune, keine kleine vorbeiziehende Wolke. Es ist eine ernste Sache, man muss aufpassen. Schlaflosigkeit ist ein klares Anzeichen dafür.«

Seine wiederkehrenden Alpträume beunruhigten ihn derart, dass er seine Rehamaßnahmen umso ernster nahm. Jeden Morgen ließ er sich in die Stadt fahren. Die Zwillinge brachten ihn zum Strand, dort ging er auf sie gestützt spazieren, atmete die Seeluft und bestand darauf, seine Übungen bis zum Ende zu machen. Am Anfang wollte er nicht gesehen werden, wegen der Blicke der Leute oder des Risikos, Menschen zu treffen, die ihn bemitleideten. Eines Tages traf er dort zufällig Larbi, der die Rahmen für seine Bilder herstellte; er war ein talentierter Mensch, der den Beruf in Spanien gelernt hatte und ihn mit Leidenschaft ausübte. Er hatte sich immer gerne mit ihm unterhalten, denn dieser Mensch, der etwa zwanzig Jahre älter war als er, arbeitete weiter, in einem Alter, wo alle anderen sich im Ruhestand gehenließen. Er war geistreich und erzählte gern Witze. Der Maler lud ihn ein, in seinem Atelier vorbeizukommen, um wie früher miteinander zu plaudern.

Am nächsten Tag tauchte er mit Haschisch und zwei Pfeifen auf. Sie rauchten und tranken Tee. Larbi hielt ihm seine Pfeife hin und gab ihm zu trinken. Es war entspannt und unterhaltsam. Alte Freunde, die in unbeschwerten Zeiten miteinander gefeiert hatten. Larbi fragte ihn, ob »der Meister« noch »aktiv« sei. Er nickte und rollte mit den Augen, um darauf hinzuweisen, dass sich alle Frauen von ihm entfernt hatten.

»Da müssen wir was tun, wenn ›der Meister‹ jede Aktivität einstellt, besteht das Risiko, dass er nicht mehr aufwacht!«

»Das weiß ich.«

In diesem Moment erschien Imane in einer Djellaba mit passendem Kopftuch. Der Maler sah sie zum ersten Mal verschleiert. Sie erklärte ihm, dass sie so weniger von den Jungen auf der Straße belästigt wurde. Sie zog die Djellaba und das Kopftuch aus, sie trug eine enge Jeans und eine sehr schöne

Bluse, sie befreite ihr langes Haar und kramte das Öl für die Massage heraus. Larbi war voll Bewunderung für diese Schönheit, er entschuldigte sich und ging, nicht ohne den Maler daran zu erinnern, dass er sich um den »Meister« kümmern müsse.

»Kapitän, muss ich Sie jetzt ›Meister‹ nennen?«

Er lächelte.

»Kapitän gefällt mir gut.«

Er erinnerte sich an seine jährliche Angina – trotz Impfung verbrachte er zwei oder drei Wochen mit einer heftigen Grippe, die zu einer Angina wurde –, seine Frau ging am Abend aus, und er wartete einfach auf ihre Rückkehr. Er wurde immer nervöser, konnte erst schlafen, wenn sie zurück war, rief sie deswegen an und landete auf dem Anrufbeantworter. Er schaute auf die Uhr, zehn nach zwei, drei, fünf nach vier, da endlich, er hörte das Eingangstor, der Wagen fuhr herein. Er schloss die Augen, wollte nicht reden, wollte nicht wissen, wo sie herkam. Seine Frau würde ihm sowieso sagen: »Ich war mit den Mädels unterwegs, wir haben geredet und geredet, und ich habe nicht auf die Zeit geachtet …« Sie stank nach Alkohol. Er hasste diesen Atem, rollte sich zusammen und versuchte zu schlafen. Sie war bereits in dem Moment eingeschlafen, als ihr Kopf das Kissen berührte. Jetzt wo diese junge Frau sich um ihn kümmerte, begriff er erst den Abgrund, der ihn von seiner Frau trennte. Sicher, Imane war eine Angestellte, bekam ein Gehalt, doch da war noch etwas anderes – Freundlichkeit, Anmut –, das nichts mit der Arbeit zu tun hatte.

Er hatte Gefühle für sie, die ihn stark beherrschten. Wenn sie nicht kam, fehlte sie ihm. Wenn sie da war, lebte er auf. Er wollte seine Gefühle nicht in Worte fassen, er entdeckte darin eine diskrete Form des Glücks.

Einmal hatte eine Zeitschrift ihn nach seiner Definition

von Glück gefragt. Er hatte nicht überlegen müssen und sofort geantwortet: »Ein Mittagessen mit Freunden unter einem Baum im Sommer in der Toskana.« Freundschaft war ihm wichtig, trotz einiger Fälle von Verrat. Er liebte Italien und fühlte sich im Schatten eines riesigen Baumes wohl, denn es war, als stehe er dort unter Schutz, als sei es ein Segen; der seiner Eltern und einer spirituellen Kraft, der er sich manchmal nah fühlte.

Kapitel 20

Casablanca, 2. November 2002

»Für Katharina bin ich nur ein Haufen wabbeligen Gelees«, sagt Peter seinen Freunden Johan und Marianne beim Abendessen.

Ingmar Bergman, *Szenen einer Ehe*

Fast drei Jahre waren seit seinem Schlaganfall vergangen. Mit Hilfe der Ärzte und Imanes Geschick konnte der Maler seine Hand nun wieder bewegen. Er schaffte es, einen Pinsel zu halten und kleinformatige Bilder zu malen, ohne zu zittern. Sein Bein schmerzte nach wie vor, aber im Rollstuhl konnte er sich eigenständig bewegen. Er konnte auch wieder sprechen, artikulierte fast normal und war in der Lage, eine Unterhaltung zu führen. Eine Ausstellung seiner neuen Werke war geplant. Er bereitete sie sorgfältig vor, denn sie war besonders wichtig, für ihn bedeutete sie den Sieg über die Krankheit. Sein Stil hatte sich im Übrigen wieder verändert. Seine Bilder waren schlichter und drückten tiefe Gelassenheit aus. Das war den Experten aufgefallen.

Seine Frau hatte wieder Kontakt zu ihm aufgenommen. Sie hatten sich seit zwei Jahren nicht mehr gesehen, nun kam sie zu Besuch in sein Atelier, zuerst unregelmäßig, dann immer häufiger. Sie war die Erste, die ihn beglückwünschte und ermutigte, als er wieder anfing zu arbeiten und ein neues Bild fertig malte. Sie organisierte zu dieser Gelegenheit sogar ein kleines Fest. Eine Art gemeinsames Leben begann wieder zwischen Haus und Atelier. Am späten Nachmittag, nach der Arbeit im Atelier, kam der Maler in seinem Rollstuhl nach Hause zu seiner Frau. Er aß zusammen mit ihr und den Kindern, und sie verbrachten den Abend gemeinsam. Doch auch wenn es ihm körperlich sehr viel besser ging, merkte er schnell, dass ihre Ehe nicht mehr zu kitten war. Streit schlich sich wieder in den Alltag ein, und er begann sich nach der Zeit zu sehnen, als er gelähmt gewesen war und von ihr getrennt zwischen Rollstuhl und Bett lebte.

»Je älter du wirst, desto mehr ähnelst du deinem Vater!«

Aus dem Mund seiner Frau war das kein Kompliment.

»Was willst du damit sagen?«

»Du wirst immer bitterer, bösartiger, unwilliger und hinterhältiger.«

Seine Frau war ohne Ankündigung in sein Atelier gekommen, dabei mischte er gerade eine komplizierte Farbe für sein Bild. Er tat, als höre er sie nicht. Sie gab nicht auf.

»Genau, du reagierst nicht einmal …«

Er arbeitete weiter, sie verschwand und kam mit einer arabischen Zeitschrift wieder, in der er in Gesellschaft einer jungen libanesischen Schauspielerin abgebildet war. Sie warf die Zeitschrift auf seine Palette; die fiel ihm aus der Hand und landete auf dem Bild. Der Maler drehte sich um und sagte ruhig:

»Lass mich in Ruhe, bitte. Ich male gerade und kann nicht mit dir diskutieren. Ich muss an das Bild denken, einzig und allein an das Bild. Lass mich.«

»Du bist ein elender Feigling«, zischte sie und ging. Er schloss die Tür hinter ihr ab und kehrte zu seiner Arbeit zurück, doch nach kurzer Zeit gestand er sich ein, dass er keine Lust mehr hatte zu malen, er ließ sich in seinen Sessel fallen. Ihm war zum Weinen zumute. Er dachte an seinen Vater, mit dem ihn seine Frau verglichen hatte. Was für ein Irrtum, sie waren so unterschiedlich! Sein Vater hatte einen schlechten Charakter, doch er war alles, nur nicht bösartig. Seiner Mutter gegenüber benahm er sich nicht gerade aufmerksam, doch das war zu ihrer Zeit normal, und ihre Lebensweise hatte mit der des Malers nichts gemein; immer auf Reisen, immer beansprucht. Alles in allem liebten sich seine Eltern. Sie stellten es nicht offen zur Schau, doch etwas verband sie, vielleicht die Gewohnheit, die Tradition, oder ganz einfach Zuneigung, eine Art gegenseitiger Respekt. Wenn sie stritten, wurde es nie so heftig wie zwischen dem Maler und seiner Frau.

Um wieder etwas gelassener zu werden, rief er seinen Vertrauten und Freund Adil an, einen alten Weisen, der seit langem Yoga und Tai-Chi praktizierte. Er erzählte ihm von dem jüngsten Auftritt, den seine Frau hingelegt hatte. Adil sagte: »Am wichtigsten ist deine körperliche und geistige Gesundheit. Leg die Scheuklappen ab, begnüge dich nicht damit, den Schiffbruch zu beobachten, du musst dich entscheiden. Sei gelassen, bemühe dich, ruhig zu bleiben. Ich weiß, Trennung ist immer eine Wunde. Du musst dich selber davon überzeugen, dass es die richtige Entscheidung ist. Später werden dir deine Kinder danken. Auch der Tod reißt Wunden, doch er bringt uns auch dazu, die Dinge zu relativieren. Das Leben ist ein Augenzwinkern, ein Funke, er entzündet sich und erlischt. Zeit ist nur eine Illusion. Wir leben und richten uns in dieser Illusion ein. Wenn wir abtreten, sind alle diese kleinen Wehwehchen unwichtig. Nur Mut!«

Am nächsten Morgen kam Imane zu spät. Sie war schlecht gelaunt, entschuldigte sich beim Arbeiten ständig. Der Kapitän war nur noch ein Matrose. Diese plötzliche Veränderung erstaunte ihn, doch er ließ sie in Ruhe. Während sie ihn massierte, dachte er an das Bild, das er nach der Sitzung malen würde. Imanes Hände hielten an der linken Wade inne, sie hob den Kopf, in ihren Augen standen Tränen.

»Wenn ich etwas sage, ergießen sich die Tränen, nicht wahr?«

»Ja, ich bin unglücklich.«

»Möchten Sie mir sagen, was Sie so unglücklich macht?«

»Nein, Kapitän.« Sobald sie fertig war, ergriff sie ihre Tasche.

»Ich komme heute zum letzten Mal. Sie müssen jemand anderen finden. Ich kann Ihnen helfen, Ihnen Adressen geben ...« Sie weinte wieder.

»Nein, gehen Sie nicht. Lassen Sie uns Tee trinken und in Ruhe darüber reden.« Er ahnte, dass seine Frau dahinterstecken musste.

»Sie hat Sie aufgesucht ...«

»Ja, sie hat mir Geld angeboten, damit ich nicht mehr mit Ihnen arbeite. Sie war freundlich, nicht bedrohlich, nicht gewalttätig, aber sie war entschlossen. Sie hat mir gesagt: ›Er ist mein Mann, und ich will ihn wiederhaben, will ihn behalten, und daran wird mich niemand hindern.‹ Ich habe ihr Geld abgelehnt, doch ich habe ihr versprochen, mich fernzuhalten.«

»Ich werde mit ihr reden. Ich bin hier der Kranke, nicht sie, deswegen bitte ich Sie, tun Sie ihre Arbeit und ignorieren Sie diese Art von Einmischung.«

»Ja gut, aber ich habe mein Wort gegeben.«

»Ihr Wort – das liebe ich, das brauche ich. Sie werden mich nicht fallen lassen, für mich ist Ihre Pflege wichtig, Ihre Anwesenheit existentiell.«

Nach kurzem Schweigen sagte sie:

»Einverstanden, doch ich muss mit Ihnen reden. Ich halte mich lieber fern, denn ich bin nicht sicher, ob es gut ist, wenn ich Sie weiter pflege und angenehme Stunden mit Ihnen verbringe.«

»Ich weiß, ich weiß, da ist noch etwas anderes als die Pflege ... Doch was kann man schon tun? Wir sind auch nur Menschen. Ich verdanke Ihnen Fortschritte, von denen die Ärzte beeindruckt sind. Ich male, ich laufe, ich kann wieder sprechen, das alles haben Sie bewirkt. Auch wenn ich in Ihrer Abwesenheit Übungen gemacht habe – Sie sehen, ich kann nicht auf Sie verzichten. Was die Gefühle betrifft: Mir ist völlig klar, dass Ihre Zukunft nicht an meiner Seite ist, Sie verdienen eine wunderbare Liebesgeschichte mit einem guten Menschen Ihres Alters, Ihrer Wahl. Ich bin nur ein alter Mann, das ist alles. Doch ich musste Ihnen sagen, wie viel ich Ihnen verdanke, jetzt können Sie tun, was Sie wollen.«

Imane senkte den Kopf, nahm die Hand des Kapitäns und küsste sie wie zum Dank. Ohne ihm in die Augen zu sehen, erklärte sie:

»Ich denke die ganze Zeit an Sie, ich weiß nicht mehr, was ich machen soll. Mein Verlobter ist vor zwei Wochen aus Brüssel gekommen, damit wir die Papiere für die Hochzeit besorgen, doch je näher der Tag rückt, desto weniger möchte ich mich diesem Mann verpflichten. Er ist ein Migrant, der dort als Busfahrer arbeitet. Er ist groß, jung, stark und sogar nett. Doch ich habe keine Lust, die Frau eines Busfahrers zu werden, ich habe andere Träume. Ich habe ihm nichts vorzuwerfen, doch ich habe ihm auch nichts zu sagen. Ich will Bücher lesen, ins Museum gehen, mit Künstlern verkehren ... Ein Busfahrer kann mir diese ganzen überflüssigen Dinge nicht bieten. Er hat mich auch vorgewarnt, ich werde mit seiner

Mutter zusammenleben müssen, bei dem Gedanken wird mir jetzt schon schlecht. Das müssen Sie sich vorstellen! Überwacht, ausspioniert, verurteilt werden, nein, niemals! Eine meiner Freundinnen wurde von ihrem Mann dazu gezwungen, mit seiner Mutter zusammenzuleben, das nahm ein schlechtes Ende, Auseinandersetzungen, Polizei, Scheidung … Er sieht nicht schlecht aus, hat eine gute Figur, wir haben zwei- oder dreimal geflirtet. Weil wir nirgendwo sonst hingehen konnten, sind wir ins Kino gegangen. Wir haben uns geküsst, er ist stürmisch, doch das ist alles uninteressant. Ich will Sie.«

Er sah sie zärtlich an.

»Ach, meine arme Imane, ich bin weder jung, noch habe ich Muskeln. Sport habe ich schon immer verabscheut. Was wollen Sie denn mit einem Mann meines Alters? Ich kann Ihnen nichts bieten, zudem habe ich eine Allergie entwickelt gegen alles, was mit Ehe zu tun hat. Wissen Sie, was Tschechow zur Ehe gesagt hat? ›Wenn Sie Angst vor dem Alleinsein haben, sollten Sie nicht heiraten.‹ Für Sie wäre ich eher eine Last als ein Lebensgefährte. Sie wären mich und meine Marotten schnell leid, denn ich muss zugeben, ich bin ein Mann mit Marotten, eine Nervensäge. Für mich muss jedes Ding an seinem Platz sein, ich ertrage weder Unordnung noch Unpünktlichkeit, ich hasse Unaufrichtigkeit, Angeber, Usurpatoren, aber vor allem liebe ich das Alleinsein, das klingt unglaublich, doch es ist wahr, ich bin gerne allein und will nicht gestört werden. Ich schlafe alleine, aus Respekt vor meiner Ehefrau, meine Schlaflosigkeit soll meine Gefährtin nicht stören. Meine Frau hat immer geglaubt, ich flüchte vor ihr, während ich in Wahrheit um ihre Ruhe und ihren Schlaf besorgt war. Unser ganzes Eheleben war eine Folge von Missverständnissen. Wenn man sie aneinanderreiht, sind das mehrere Waggons voll mit Ärgernissen. Ich schweife ab, ich schlage Ihnen vor, dieses Gespräch bei Ihrem nächsten Besuch weiterzuführen. Aber ich bestehe darauf, ich möchte keine andere Pflegerin und Krankengymnastin haben. Ich hoffe, wir haben uns verstanden. Machen Sie sich keine Sorgen. Ich werde mit meiner Frau zu reden wissen.«

Imane strahlte und sah schöner aus als bei ihrer Ankunft. Sie schwieg und sagte dann: »Bis morgen.«

Kapitel 21

Casablanca, 20. November 2002

»Wir sind die Polizei Gottes. Wenn der Tod alles in Ordnung bringen könnte, wäre es zu einfach, auf diese Art ein Mensch zu sein«, sagen die beiden schwarzen Engel, die ihn in den Himmel bringen sollen, zu Liliom.

Fritz Lang, *Liliom*

An jenem Morgen setzten ihn die Zwillinge in die mit warmem Wasser gefüllte Badewanne und ließen ihn dort meditieren. Er sagte auf Arabisch: »Ich brauche eine knappe Stunde, ich will die Stille und die Hitze nutzen, um auf meine Knochen zu hören.« Früher, wenn er aus der Schule kam und seine Mutter im Wohnzimmer auf der Couch liegend vorfand, sagte sie: »Ich habe eure Abwesenheit genutzt, um mich auszuruhen und auf meine Knochen zu hören.« Diese Vorstellung brachte ihn zum Lachen. Wie konnte man das schaffen? Wo musste man das Ohr hinlegen, um sie zu hören? Was erzählten sie? Begannen die Knochen, sich zu bewegen, Versteck zu spielen, Höflichkeitsfloskeln auszutauschen? Sie begaben sich ganz einfach wieder jeder auf seinen Platz. Das warme Wasser half ihnen, sich zu entspannen, auch wenn es eigentlich die Muskeln waren, die davon profitierten.

Er liebte diese friedlichen Augenblicke, an denen nichts ihn störte. An jenem Tag dachte er wieder an Ava, die schöne

Ava, die seinen vierzigsten Geburtstag unvergesslich gemacht hatte. Sie hatten sich einige Tage gestohlen und waren in ein prachtvolles Hotel nach Ravello geflüchtet. Sie schwammen, redeten stundenlang über Literatur und Filme, aßen einfache Gerichte, tranken guten Wein, liebten sich mehrmals am Tag und schrien ihr Glück hinaus wie von allen Zwängen befreite Kinder. Am Abend nahmen sie gemeinsam ein heißes Bad, sie massierte ihn mit einem besonderen Öl, zündete Kerzen an und sagte: »Ich liebe dich, noch nie habe ich einen Mann so sehr geliebt …« Er antwortete, dass er seine Empfindungen nicht in Worte fassen könne. Stattdessen erzählte er ihr von Farben, von Sternen, deren Namen und Geschichte er kannte, sprach von Filmen, die sie nicht gesehen, von Opern, die sie verpasst hatte. Manchmal weinten sie vor Glück, sie wussten, es konnte nicht andauern, die Wirklichkeit würde sie einholen, vor allem ihn, der seine Frau betrog und sich nicht schuldig fühlte. Bei netten folgenlosen Affären kam es ihm nie so vor, als betrüge er seine Frau. Nun erlebte er zum ersten Mal eine große Leidenschaft und gehörte nur noch der geliebten Frau. Er hatte sich Ava ganz und gar hingegeben und war glücklich darüber.

Diese Liebe hatte den Stil seiner Malerei verändert. Neue Ideen strömten auf ihn ein, und er wollte sie alle so schnell wie möglich auf Leinwand bannen. Er machte Skizzen, schrieb mit Bleistift die Namen der Farben auf, doch vor allem spürte er, dass das Glück, dieser Zustand, den er schon so lange suchte, diese Liebe, diese Leidenschaft seine Kunst beeinflussen und sich in ihr niederschlagen würden.

Zurück in Paris, schloss er sich wochenlang in sein Atelier ein und arbeitete wie im Rausch. Ava besuchte ihn, sah ihm zu, bewunderte ihn, küsste ihn und brachte ihm Obst und Wein. Sie versteckten sich, lebten in der Angst, entdeckt zu werden und fürchteten vor allem, ihre Liebe werde zerbrechen.

Sie wollte ein Kind, er schob diese Möglichkeit beiseite, ohne explizit nein zu sagen. Sie war dreißig Jahre alt und wollte mit oder ohne ihn Mutter werden. Das war ihre erste Meinungsverschiedenheit. Sie begriff, dass es für ihn unmöglich war, seine Frau zu verlassen, dass er Angst hatte vor der Vergeltung, mit der sie drohte, am liebsten hätte er die Gegensätze versöhnt. Ava war klarsichtiger und mutiger als er. Seine Frau auch. Er wollte sich in gleicher Distanz zu beiden Beziehungen aufhalten. Das war sein unangenehmster Charakterzug. Er wollte immer jedem gefallen, die einen wie die anderen zufriedenstellen, ausschließlich Freunde haben, ein Friedensengel sein. Er verdrängte Konflikte, verbog sich, nur um keine Wahl, keine Entscheidung treffen zu müssen. Wahrscheinlich waren ihm diffuse langwierige Schmerzen lieber als ein starker heftiger, kurzer entscheidender Schnitt. Er focht nicht gerne Kämpfe aus. Von Macht verstand er nichts und auch nichts von denen, die bis auf den Tod kämpften, um sie zu erlangen. Das interessierte ihn nicht. Noch nie hatte er eine Frau verlassen, es waren immer die Frauen, die wütend wurden oder sich langweilten und gingen. Er wollte unbedingt weiterhin gute Beziehungen zu ihnen haben. Das Schlimmste war, dass es ihm gelang. Er freute sich, sie wiederzusehen, und nahm manche Affären auch wieder auf. Er war glücklich über die damit verbundene Flexibilität, doch im Grunde wusste er, dass es unmöglich war, ein ganzes Leben lang dieses künstliche und ungesunde Gleichgewicht aufrechtzuerhalten.

In einem kleinen Tresor, dessen Schlosskombination nur er kannte, bewahrte der Maler die Liebesbriefe von Ava auf. Von Zeit zu Zeit nahm er sie heraus und las sie erneut, wie ein Jugendlicher. Er sagte sich, das gebe ihm Kraft für die Malerei.

Es gibt Versprechungen und Spiegel auf dem Pfad des Bedauerns. Eine in der Umarmung der Nacht verschollene Liebe, eine von in den Wolken zurückgehaltenen Regenschauern durchnässte Liebe, eine sich in exaltierten Schmerz verwandelnde Liebe. Es ist ein unsicherer Stern, der sein Grab neben die vom Warten ruinierten Liebenden gräbt.

Heute früh war ich im Musée Pompidou, lange Zeit habe ich das einzige Bild von Dir, das bei der Gegenwartsmalerei hängt, angeschaut. Ich war stolz. Es ist das Gemälde, an dem Du gearbeitet hast, als wir uns zuerst begegnet sind. Du sagtest: »Es ist ein seltsames Werk, ein Glücksversprechen, doch die Farben sind nicht fröhlich!« Dieses Bild verströmt eine Energie, die fast schon Existenzangst ausdrückt. Erinnerst Du Dich, Du erzähltest mir von Deiner Existenzangst in Bezug auf Dein Denken, auf Deinen Körper. Ich habe Dir mit einem Satz von Kongoli geantwortet: »Sie war wie ich, unfähig sich umzubringen, und zu Lebzeiten genoss sie ihren Tod.«

Vielleicht kommt Dir das seltsam vor, doch dieser Satz ähnelt mir oder hat mir vor der Begegnung mit Dir sehr geähnelt. Heute mache ich mich daran, mein Leben zu genießen. Du bist in meinem Leben, meinem Leben in Liebe. Die Liebe und ihre Blüten: Begehren, Lachen, Zärtlichkeit, Lust, Hingabe, Teilen; dann ist da noch das Denken, die Butterblume.

Du bist mein Liebster, mein Alles, meine Freude.

Er hatte alles aufgehoben, auch den letzten Brief, nach der Trennung:

Ich bin glücklich in der Gewissheit, dass Du malst. Ich glaube an Deine hohen Ansprüche, die Du ernst nehmen und als alles entscheidend behandeln musst. Du fehlst mir. Ich weiß, wie sehr Du mich geliebt hast, daran habe ich nie gezweifelt, aber ich kann auch nicht vergessen, dass Du Dich nicht für uns entschieden hast. Ich bin ganz bei Dir, Zärtlichkeit und Erinnerung, Sanftheit und Lächeln. Ich teile weiterhin die großen Gefühle, die uns über die Zeit hinaus verbinden.

Manchmal erdrückt mich die Leere meiner Nächte. Ich werde erwachsen und versuche, nicht zu sehr zu altern. Ich kuschele mich an Worte. Ich warte auf das Erblühen der Blume, ich lerne meine Qual kennen. In meinem tiefsten Innern lagert sich Traurigkeit ab. Ich habe mich zurückgenommen, ich wage mich nicht mehr ans Licht aus Angst vor den Schatten, die es überlagern. Ich erinnere mich an Deine geschlossenen Lider. Ich streichele Dein Gesicht langsam, lange.

Auch er hatte Ava geschrieben, Briefe, Gedichte, er schickte ihr lustige Zeichnungen, Karikaturen oder manchmal die präzise, sorgfältige Zeichnung einer Blume. Sie hob alles auf wie einen Schatz. Wenn er es versäumte, ihr zu schreiben, schimpfte sie mit ihm: »So, so, heute morgen sind wir wohl faul?«

Sie war eine Romantikerin, und ihr Leben war nicht immer einfach oder ruhig gewesen. Sie war eine verletzte Seele, die sich in der Tiefe mit Fußtritten wehrte, sobald sie den Boden erreicht hatte. Sie tauchte wieder auf und kämpfte mit diesem Verlangen nach Liebe, dem Durst nach Leben und Glück.

Der Maler hatte sich untersagt, etwas zu bereuen, denn das hätte nichts genutzt. Er sagte: »Reue und Nostalgie sind Lumpen, die unsere Schwäche, unsere Ohnmacht umhüllen. Es sind Lügen, die wir mit Worten verkleiden, die uns beruhigen und uns besser schlafen lassen. So wirkt unsere Niederlage weniger grausam.«

Er hatte nicht entscheiden können. Dafür gab es Gründe, doch warum über diese glückliche Zeit in seinem Leben nachgrübeln? Manchmal stellte er sich vor, wie sein Leben mit Ava nach der Trennung von seiner Frau verlaufen wäre. Er malte sich Szenarien wie aus einem Horrorfilm aus. Ava sah er als männerverschlingende, untreue, bösartige Frau ... Stopp, er hielt den Film an. Unmöglich. Ava konnte keine so schlimme Doppelgängerin haben.

Er wusste, dass er sein wahres Leben verpasst hatte. Er hatte seine schönste Liebesgeschichte verpatzt. Lange Zeit würde Ava, Avas Schatten seine Tage und Nächte beherrschen, ihn leiten, ihn beraten. Er brauchte ihren Spürsinn, ihre Intelligenz, ihren Hang zur Romantik, auch wenn der ihn manchmal zum Lachen brachte. Ava war die Frau seines Lebens, doch sie war weitergezogen, und er war auf dem Bahnsteig zurückgeblieben, von seinen Schuldgefühlen beschwert, von der ehelichen Bindung gefesselt, vor Angst erstarrt. Ihm blieb nur seine Kunst, um nicht alles falsch zu machen. Als er seinem Therapeuten sagte, sein Eheleben sei zwar eine Katastrophe, doch sein Berufsleben ein Erfolg, erwiderte dieser: »Wir haben es nicht mit einem System kommunizierender Röhren zu tun, jede Phase Ihres Lebens hat ihre Bereiche, ihre Niederlagen und Erfolge. Das eine wiegt das andere nicht auf. Sonst wäre es zu einfach.«

Kapitel 22

Casablanca, 1. Dezember 2002

»Du ekelst mich körperlich an. Ich würde egal welchen Kerl bezahlen, um meine Vagina von dir freizuspülen«, sagt Katharina zu ihrem Mann Peter.

Ingmar Bergman, *Szenen einer Ehe*

Er, der besessen war von Labyrinthen, der das Thema nach der Lektüre von Borges' Werk immer wieder anschnitt, fand sich nun mitten in einem Labyrinth wieder, dessen Mauern sich nirgends auftaten, um ihn durchzulassen, sondern ihn immer weiter einengten, bis er fast erstickte. Die Krankheit schränkte ihn ein, doch seit kurzem beschäftigte ihn das weniger als vorher. Er machte sich nichts vor, sah sogar alles klarer. Seine Situation stand ihm deutlich vor Augen, ohne jeden Schnörkel. Eines war sicher: Er muste sich aus den Fängen seiner Frau und ihrer zerstörerischen Machenschaften befreien. Um das zu erreichen, musste er sich immunisieren. Er erinnerte sich an den Satz des Philosophen: »Das Herz muss brechen oder sich stählen.« Doch wie bekam man ein Herz aus Stahl? Wie konnte man es durch einen Stein ersetzen? Manche Menschen wurden mit einem Stück Metall anstelle des Herzens geboren, andere waren normal. Das war die Mehrheit, und sie wurden nicht selten zu Opfern.

Seine Frau hatte ein Herz, sie half Menschen in Not, vor allem, wenn sie aus ihrem Clan stammten. Sie war großzügig, bewirtete gern ihre Freunde, ging nie mit leeren Händen zu einem Abendessen, rief die Gastgeber am nächsten Tag an, um sich zu bedanken. Sie hatte ein Herz, aber wenn sie verwundet wurde, mobilisierte sich ihr ganzes Wesen, um Rache zu üben. Die andere Frau in ihr kam zum Vorschein. Sie wurde wieder primitiv, völlig irrational, zu allem bereit. Sie machte den Leuten nichts vor, sagte laut und deutlich, was sie tun würde, und tat es dann. Sie erinnerte ihn an eine arme Schneiderin, die einen Kaftan vermasselt hatte und weder die Anzahlung erstatten noch ihren Irrtum eingestehen wollte. Wäre seine Frau Schneiderin, sie hätte ihren Ruf innerhalb einer Woche ruiniert und damit ihre Lebensgrundlage zerstört.

Er begriff, dass er ihr jetzt nicht mehr entkommen konnte. Zu oft hatte sie ihm seine Irrungen, seine Abwesenheit verziehen. Ob er krank war oder nicht, er würde bis zum bitteren Ende leiden müssen.

Warum musste man das Ende einer Liebe so teuer bezahlen? Eine spanische Abgeordnete wollte ein Gesetz einbringen, dass das Ende der Liebe bestraft. Wenn also eine Frau oder ein Mann den Lebensgefährten nicht mehr liebte, müsste sie oder er eine Strafe zahlen oder, warum nicht, ein paar Jahre im Gefängnis verbringen. Wie viele Gefängnisjahre, wie hoch sollte die Strafe ausfallen? Das hätte seiner Frau gefallen. Sie fühlte sich verraten, gedemütigt, und am liebsten wäre ihr eine exemplarische Verurteilung jenes Mannes gewesen, der die Anmaßung besaß, seine Frau nicht mehr zu lieben und das Geld seiner Kinder mit anderen Frauen zu verschleudern. Als sie die Beweise für seine Untreue gefunden hatte, hatte er sich nicht entschuldigt. Fast hatte er es so eingerichtet, dass sie alles entdeckte. Warum sollte er sich entschuldigen, wenn die Sache zu seiner Befreiung aus einer Situation beitragen könnte, die er nicht mehr ertragen konnte, einer Situation, die aus Lügen, Scheinheiligkeit, Nervenzusammenbrüchen, Schreien und ungezügelter Wut bestand?

Er hörte, wie Caroline ihm immer wieder sagte: »Man darf es nicht widerstandslos ertragen. Welches Gesetz schreibt vor, dass man den anderen ertragen muss? Vergiss nicht, du bist dein einziges Kapital. Etwas anderes besitzt du nicht.« Sein Therapeut riet ihm ungefähr das Gleiche. »Es gibt keine Rechtfertigung dafür, dass Sie mit Füßen getreten werden.« Und seine Mutter sagte: »Niemand hat das Recht, seine Füße auf dir zu waschen.«

Sein nihilistischer Freund aus der Schweiz hielt ihm wie immer einen Vortrag: »Du bist ein Künstler, du verdienst Respekt, auch wenn du dich danebenbenimmst, wer benimmt sich nicht daneben? Hau einfach ab, du musst wissen, wir alle leben alleine, und wir sterben alleine. Manchmal entkommen wir dieser Einsamkeit durch Momente des Glücks, doch machen wir uns keine Illusionen, seien wir leicht, leicht, mein Freund! Mach es wie ich, wohne in Luxushotels, verschleudere dein Geld, schwimm in den schönsten Swimmingpools der Welt. Deine Kinder werden sich schon durchschlagen, sie werden arbeiten. Glaub ja nicht, dass sie an dein Krankenbett eilen werden, wenn du wie der arme Francis, die graue Eminenz der französischen Kultur, im Hospiz landest, von der Krankheit entstellt, im Rollstuhl, mit Speichel im Mundwinkel, ohne einen Schimmer, wer er ist und wer ihn besucht. Wir müssen unsere Freunde besuchen, die von Krankheit gezeichnet sind. Es ist eine gute pädagogische Übung. Danach ist man geradezu gezwungen, auf Leichtigkeit zu setzen.«

Mit jedem Tag spürte er, dass er Fortschritte machte, seine Form zurückgewann. Er freute sich auf Imane. Sie kam mit einem Strauß Rosen.

»Heute werden wir eine Stunde lang gehen, es ist gutes Wetter. Ihr linkes Bein reagiert wieder, Ihr Arm auch. Sie können aufrecht stehen, müssen sich nur auf eine Krücke stützen.«

Der Spaziergang tat ihm sehr gut. An der *Corniche* traf Imane ihre Mutter. Sie stellte sie ihm vor. Eine noch junge Frau. Sie dankte ihm für alles, was er für Imane tat.

Als sie weg war, blieb er stehen, sah Imane an und sagte:

»Wie meint sie das? Sie sind es, die mir guttut, Sie haben Geduld, heilende Hände …«

»Meine Mutter hat an etwas gedacht, das ich Ihnen noch nicht erzählt habe. Ich habe sie belogen und ihr erzählt, dass Sie einverstanden sind. Sie fragen sich sicher, worum es sich handelt? Also, es geht um meinen Bruder, er träumt davon, nach Europa zu gehen, um dort zu arbeiten. Meine Mutter meinte, mit Ihren Verbindungen und Ihrem Bekanntheitsgrad könnten Sie ihm helfen. Ich habe nicht gewagt, Sie darauf anzusprechen, Sie wissen ja, wie marokkanische Familien sind.«

»Ja, das weiß ich. Doch was ist schlimm daran, sich gegenseitig helfen zu wollen? Wir reden ein anderes Mal darüber.«

Nach kurzem Schweigen fügte er hinzu:

»Diese Idee, wegzugehen, Marokko um jeden Preis zu verlassen, ist neu. Unser Land hat alle Chancen vertan. Jetzt versucht die Jugend, es hinter sich zu lassen! Ich werde versuchen, eine Arbeit für Ihren Bruder zu finden, doch am besten hier, in Ihrer Nähe, das wird einfacher für mich sein, außerdem ist Europa nicht das Paradies, das er sich vorstellt.«

Während sie weitergingen, überlegte er, wie er Imane in seiner Nähe behalten konnte.

Er fragte sich, ob sie wohl eine gute Assistentin wäre, zugleich hatte er Angst vor der Vermischung von Gefühlen und Arbeit.

Wieder zu Hause angelangt, massierte sie seine Beine, dann setzte sie sich zu seinen Füßen, wie sie es gerne tat, und begann zu erzählen:

»*Es war einmal ein kleines Mädchen, das schneller groß werden wollte als die Zeit und sich für den Südwind hielt, stark und heftig. Sie tauchte auf wie ein Wirbelsturm und riss alles mit. Sie wurde ›Fitna‹ genannt, ›inneres Chaos‹ oder im weiteren Sinne ›Panik‹.*

Doch als es älter wurde, beruhigte sich das kleine Mädchen und wurde zur ›Abendbrise‹. Dann nannte man sie ›Gemurmel des Mondes‹. Auf allen Wegen, abends an den wärmenden Feuern, an den Ufern der Flüsse, sammelte sie Geschichten, die sich die Menschen von Generation zu Generation erzählten, dann schüttete sie diese in Weingläser, die die Dichter tranken, vor allem die Taugenichtse unter ihnen.

Als es erwachsen war, zog das Mädchen in die Berge und ward nicht mehr gesehen. Zwischen Steinen und wilden Pflanzen wurde eine Legende geboren. Das junge Mädchen war zur Göttin der Einsamkeit geworden. Es herrschte über die härtesten Felsen, dank seiner Macht versperrte es den Weg für Epidemien aus den infizierten, ungeliebten Ländern.

Man erzählt sich auch, dass diese Frau drei Söhne aus Begegnungen mit dem Satan geboren hat. Als sie erwachsen waren, richteten sie viel Böses an, stahlen, töteten, folterten, ohne jemals zur Rechenschaft gezogen zu werden. Im Gegenteil, ihre Geschäfte blühten, und sie wurden als Honoratioren der Stadt angesehen. Eines Nachts kam ihre Mutter aus den Bergen und aß sie auf. Am frühen Morgen fand man am Haupttor der Stadt den aufgeblähten Kadaver einer Stute. Als man ihn aufschlitzte, waren darin drei Männer, grün angelaufen und augenlos …«

Imane hielt inne und als sie das verblüffte Gesicht des Kapitäns sah, sagte sie:

»Keine Sorge, ich erfinde das alles. Nur keine Angst!«

»Sind Sie sicher, dass Sie keine sanftere Geschichte haben, die Sie mir erzählen können, bevor Sie mich alleine zurücklassen?«

»Ja, ich liebe Sie.«

»Und das soll eine sanfte Geschichte sein!«

Kapitel 23

Casablanca, 19. Dezember 2002

»Warum erleben sie die Hölle? Sie sprechen nicht die gleiche Sprache. Sie brauchen eine Mittlersprache. Sie sind zwei in interplanetarischer Stummheit programmierte Aufnahmegeräte.«

Ingmar Bergman, *Szenen einer Ehe*

Auf Veranlassung seines Therapeuten sprach der Maler eine Liste der Gründe, die zum Ende der Liebe geführt hatten, auf ein Diktiergerät. Er zählte sie in mehreren Etappen auf. Er wollte so genau wie möglich sein, die ganze Wahrheit sagen, so wie er sie sah. Möglicherweise hatte er nicht mit allem recht, aber diese Liste war ohnehin in erster Hinsicht ein Ventil für ihn und keine Anprangerung seiner Frau.

Er drückte auf »Aufnahme« und begann mit einer kleinen Einleitung:

»Das hier ist die Liste der Gründe, welche die Schlussfolgerung erlauben, dass wir uns seit langem nicht mehr lieben. Ich kann mich irren, diese Gründe sind natürlich subjektiv und vor allem nicht vollständig. Also los:

Meine Frau tut ausschließlich, was sie will.

Meine Frau ist eine heftige Hochwasserwelle, eine Flut an Worten, ein in alle Winde verstreuter Sturm.

Meine Frau ist ein ungeschliffener Diamant.

Meine Frau glaubt an Dinge, die sie nicht sieht. Sie glaubt an Gespenster, verhexte Häuser, den bösen Blick, negative Energien, zerstörerische Strahlen.

Meine Frau ist verliebt in die Liebe und den Märchenprinzen.

Meine Frau liebt schöne große Autos. Sie erträgt es nicht, Beifahrerin zu sein. Sie fährt immer auf der linken Spur, alle anderen Autofahrern haben in ihren Augen unrecht.

Meine Frau macht keine Zugeständnisse, kennt keine Kompromisse.

Meine Frau hat keinen Zeitbegriff. Doch ihr Orientierungssinn ist sehr ausgeprägt. Hingegen die Zeit, die Zahlen ...

Meine Frau glaubt, sie sei aufrichtig. Aber sie sagt nur die Wahrheit, wenn sie lügt.

Meine Frau ist eine Wilde, die noch nach harter Erde und Mangel an Brot riecht.

Meine Frau ist eine Furie, wenn sie verletzt ist, ein Tier, dessen Verletzung zur Waffe und zur Beweiskette wird.

Meine Frau verfolgt eine Logik, die kein Mathematiker vorausgesehen hat. Sie ist die Einzige, die sie beherrscht und benutzt.

Meine Frau ist fähig, sich selbst zu zerstören, um nachzuweisen, dass der andere schuld ist.

Meine Frau ist Überzeugt, dass sie unterdrückt wird und von meiner Familie aufs Übelste angegriffen.

Meine Frau wird durch Wein fröhlich und wahnhaft. Sie behauptet, sie habe nie zu viel Alkohol zu sich genommen und sei nie betrunken gewesen.

Meine Frau glaubt, die Ehe schließe Geheimnisse zwischen Eheleuten aus. Sie glaubt, sie sei eine langsame, sanfte Harmonie, eine totale Fusion, eine blinde Verschworenheit.

Meine Frau hat ein äußerst selektives Gedächtnis, Charme, eine originelle Art von Klugheit, eine gefährliche Entschlossenheit und einen berechnenden Wahn, der nicht so irre ist, sich selbst zu verraten.

Meine Frau mag keine Analyse, kein Sich-in-Frage-Stellen, keinen Zweifel, keinen Gedanken an Irrtum.

Meine Frau ist keine Hexe, doch sie vertraut allen Hexen der Welt, glaubt lieber an einen Scharlatan als an einen Wissenschaftler.

Meine Frau ist wie ein Haus ohne Fundament.

Meine Frau ist liebreizend zu aller Welt, außer zu ihrem Mann.

Meine Frau ist der Vater ihres Vaters und die Mutter ihrer Mutter.

Meine Frau verwechselt Drama und Tragödie.

Meine Frau träumt davon, mich am Boden zu sehen, damit ich ihr ausgeliefert bin.

Meine Frau hat keinen Gerechtigkeitssinn, sondern versteht sich als Rächerin.

Meine Frau ist krankhaft eifersüchtig.

Meine Frau hat sich nie bei mir bedankt.

Meine Frau hat mir nie gesagt, dass sie mich liebt.

Meine Frau empfindet nur Zärtlichkeit für die Kinder, ihre Brüder und Schwestern und ihre Eltern.

Meine Frau glaubt, andere Ehepaare hätten keine Probleme.

Meine Frau ärgert mich mindestens einmal am Tag.

Meine Frau zeigt unbeirrt und triumphierend ihren schlechten Willen.

Meine Frau verwechselt »wahr« mit »gut« und »falsch« mit »schlecht«.

Meine Frau hat mich nie gefragt, bevor sie eine Entscheidung traf.

Meine Frau behauptet, sie habe nie einen Liebhaber gehabt. Daran zweifle ich. In ihrer Gegenwart gebe ich vor, ihr zu glauben: Man soll untreuen Frauen keine Unterstellungen machen.

Meine Frau hat geglaubt, mich zu lieben – genauso wie ich sie.

Ich liebe sie nicht mehr, und sie zahlt es mir ordentlich heim …«

Einige Tage nachdem er seine Liste fertiggestellt hatte, unmittelbar vor seinem Termin mit dem Therapeuten, hörte er sich die Aufnahme an. Der Maler hatte das Gefühl, er habe das Wesentliche vergessen. Er drückte also wieder auf Aufnahme und sagte: »Ich bin der einzig Verantwortliche für diese Niederlage. Der Unterschied zwischen uns war nicht nur ein Unterschied im Alter oder in der sozialen Schicht. Der Unterschied war tiefer und schwerwiegender: Während der ganzen Zeit unseres gemeinsamen Lebens haben wir nicht die gleiche Geschichte gelebt, und das haben wir uns nie zugestanden.«

Kapitel 24

Casablanca, 4. Januar 2003

»Sterben, das ist einfach, doch leben, das schafft man nicht«, sagt Frau Menu zu Julie.

Fritz Lang, *Liliom*

Noch nie hatte er die Initiative ergriffen und eine Frau verlassen. Seine Ehefrau würde die erste sein. Er war fest entschlossen. Es hatte ihn Zeit gekostet, so weit zu kommen, doch der Hirnschlag hatte ihm am Ende mehr geholfen als alle seine Freunde und sein Therapeut. Er hatte bis nach Weihnachten gewartet, seine Rede vorbereitet, seine laufende Arbeit beendet, sich ausgeruht, dann, an einem Tag, als sie verhältnismäßig ruhig wirkte, hatte er sie am späten Nachmittag in sein Atelier bestellt.

Als er ihr seine Entscheidung ankündigte, sich von ihr zu trennen, ihr vom Ende ihrer Liebe sprach, tat sie, als habe sie es nicht gehört, und fragte ihn, wohin er an dem Abend essen gehen wollte. Er antwortete nicht. Es gab ein langes Schweigen. Plötzlich ging sie zum Angriff über: »Aber was wird aus dir ohne mich? Du verdankst mir alles, deine Karriere, deine Erfolge, dein Vermögen. Ohne mich bist du nichts mehr, nur eine jämmerliche Gestalt in einem Rollstuhl. Es sind nur meine Anwesenheit, meine jugendliche Energie, meine Intelligenz, die bewirkt haben, dass du bekannt bist und gefeiert wirst, dass deine Bilder Hunderttausende von Dollar wert sind. Ohne mich wird das alles zusammenbrechen. Dazu kommt, dass du es mir teuer bezahlen wirst! Du hast keine Vorstellung davon, wozu ich fähig bin. Du hast Kinder mit mir gewollt, eine Familie aufbauen, das wirst du verantworten müssen. Ich werde keinen Finger krümmen, um dir zu helfen, eines schönen Morgens wirst du die Grausamkeit in Gestalt einer Frau vor dir sehen. Ich habe dich aufgebaut, ich weiß, wie man dich zerstört!« Damit verließ sie das Atelier und warf die Tür hinter sich zu. Der Maler war nicht erschüttert, er würde es durchstehen.

Als sie einige Tage später merkte, dass er es ernst meinte, dass es nicht einfach so dahingesprochen war und er sie wirklich verlassen wollte, übernahm sie die Initiative und überreichte ihm eines Abends den Brief eines Rechtsanwalts, der den Maler aufforderte, ihm seine Rechtsvertretung zu nennen. Er schlug eine Scheidung im Einvernehmen vor. Da er seine Frau kannte und ihre Drohungen angehört hatte, überraschte ihn das. Er las den Brief immer wieder und sagte sich dann: »Alles in allem ist es besser so, das wird die Dinge vereinfachen, und alles kann schneller über die Bühne gehen.«

In den folgenden Wochen musste er seine Illusionen aufgeben. Seine Frau hatte keinesfalls die Absicht, einen Kompromiss anzunehmen. Sie kannte kein Erbarmen, krank oder nicht, behindert oder nicht, sie hatte entschieden: Dieser Mann musste zahlen für die Anmaßung, sie verlassen zu wollen. Der Maler konnte nicht mehr schlafen. Zwischen ihnen war Krieg, nichts würde ihn aufhalten. »Einvernehmliche Scheidung!« Der Idiot, der diese Worte geschrieben hatte – eine Standardformel wie viele andere –, konnte sich nicht vorstellen, dass das Wort »Einvernehmen« dieser Frau fremd war.

Freunde schlugen vor, mit ihr zu reden, wollten sie zur Vernunft bringen, denn sie kochte vor Wut. Sie wollten ihnen helfen, eine gute Lösung für beide Teile zu finden, ohne dass alles zerstört, ohne dass die Kinder mit hineingezogen wurden. Die armen Freunde! Sie verbrachten Stunden in Gesprächen mit ihr, doch alles war umsonst. Sie hörte ihnen zu, lächelte, bedankte sich für ihre Freundschaft, für ihre Geste. Doch sie hatte da etwas, vielleicht war es angeboren, eine Art Mixer zwischen den beiden Ohren, der die Worte zermalmte und vernichtete. Manchmal versprach sie, ihren Rechtsanwalt anzurufen, die Scheidungsprozedur rückgängig zu machen, doch wenn sie wieder zu Hause war, missbrauchte sie die Kinder als Zeugen: »Euer Vater will sich scheiden lassen, er will uns verlassen, er hat ein Mädchen gefunden, das ihn umgarnt und unser Geld stiehlt. Er hat einen Rechtsanwalt und will mir keinen Cent für Einkäufe geben. Jetzt muss ich die Mädels wieder um einen Kredit bitten.«

Wenn eines der Kinder anmerkte, dass es doch der Fahrer war, der seit ewigen Zeiten die Einkäufe erledigte und das Geld von ihrem Vater bekam, wich sie aus: »Ich weiß, aber von jetzt an will er das einstellen ... Außerdem, der Zustand, in dem er ist, welche Frau wollte so einen, das frage ich mich? Eine Jammergestalt. Er vegetiert vor sich hin, ist zu nichts zu gebrauchen, er malt nicht mehr, sein Agent hat mir gesagt, er sei besorgt, in letzter Zeit ist sein Marktwert gefallen!«

Alles war erlaubt, um das Ziel zu erreichen.

Eines Morgens nach einer langen schlaflosen Nacht, schlief der Maler endlich ein und hatte einen hübschen erotischen Traum, was ihm schon lange nicht mehr passiert war. Er war bei einer Abendeinladung und lernte dort eine junge Frau kennen, niedlich, mit lachenden Augen, einem schmalen Körper, wohlproportioniert, verheiratet, mit zwei Kindern. Sie war ohne ihren Mann dort, der im Sportministerium arbeitete und auf einer Auslandsreise war. Als er nach Hause gehen wollte, kam sie nach und sagte: »Sind Sie mit dem Wagen hier? Nein? Ich habe einen Wagen und kann Sie nach Hause fahren …« Um sich zu bedanken, schob er ihr seinen Hut auf den Kopf, er stand ihr gut. »Behalten Sie ihn.« Im Aufzug öffnete sie ihre Hemdbluse und schmiegte sich an ihn. Unten angekommen, zog sie ihn in eine dunkle Ecke neben den Kellern und schlüpfte aus ihrem Rock. Sie trug keine Unterhose. Sie waren beide sehr erregt und liebten sich im Stehen, der Hut fiel herunter, rollte auf der Erde, eine Ratte lief darüber. Als er das sah, schrie er und wachte mit einem Ruck auf. »Verdammte Ratte!«, entfuhr es ihm.

Wer war diese junge Frau, wo hatte er sie schon gesehen? Woher kommen die Gesichter, die unsere Träume bevölkern? Sie sah aus wie eine französische Schauspielerin, deren Namen er vergessen hatte. Vielleicht hatte er sie im Fernsehen in einem Film gesehen, vielleicht anderswo. Er lächelte, doch als er den zerknüllten Brief mit dem Antrag auf einvernehmliche Scheidung sah, auf dem Nachttisch inmitten eines Haufens von Medikamenten, verzog er das Gesicht. Er rief sofort seinen Rechtsanwalt an, um sich mit ihm zu beraten und ihn zu bitten, die Prozedur zu beschleunigen.

Als der Maler gewaschen und angezogen war, rief er die Zwillinge, um mit seiner Rehasitzung zu beginnen. Jetzt musste er abwechselnd Gymnastik machen und laufen. Seine Gehilfen führten ihn in einen Sportraum und blieben bei jeder Übung dabei. Er wollte ein wenig plaudern und fragte einen von beiden:

»Bist du verheiratet?«

»Ja, Monsieur.«

»Bist du glücklich?«

»Sagen wir, es geht.«

Dann fragte er den anderen:

»Und du, bist du verheiratet?«

»Nein, Monsieur.«

»Warum nicht?«

»Haben Sie bemerkt, wie sich die Marokkanerinnen entwickeln? Freiheit, Gleichheit, sie führen das große Wort. Das sehe ich bei meinen Brüdern, den Armen, wie sie leiden ...«

»Aber nicht alle sind so. Außerdem hat eine befreite Frau doch etwas Gutes, sie arbeitet, sie trägt zum Vermögen der Familie bei ...«

»Eines Tages bat meine Mutter, die darunter litt, dass mein Vater nicht mehr mit ihr sprach, um eine Unterhaltung. Sie langweilte sich. Mein Vater hielt den Blick auf den Fernseher gerichtet und sagte: ›Morgen, morgen werde ich mit dir reden.‹ Am nächsten Tag wartete meine Mutter voller Vorfreude. Mein Vater schwieg weiter. Sie fragte ihn: ›Woran denkst du?‹ Nach einer Zeit antwortete er: ›Ich denke an Folgendes: Wenn ich vor achtzehn Jahren den Mut gehabt hätte, dich umzubringen, müsste ich jetzt nur noch zwei Jahre im Knast absitzen!‹«

»Aber das ist eine furchtbare Geschichte!«

Der Maler hatte Verbrechen aus Leidenschaft immer abstoßend gefunden. Er verstand nicht, inwiefern der Tod der anderen Person die Dinge verbessern könnte. Das hatte er sich nie vorstellen können. Er machte sich Sorgen um seine Frau, wenn sie zu spät nach Hause kam oder wenn sie Auto fuhr, er ertrug es nicht, wenn sie krank war, kümmerte sich um sie, gab ihr Ratschläge. Wenn sie die ganze Zeit krank gewesen wäre, hätten sie vielleicht eine glückliche Ehe geführt. Auch wenn er sie nicht mehr liebte, empfand er doch ein wenig Zärtlichkeit für sie, eine Zuneigung, die er sich nicht erklären konnte. Eines Tages war sie auf dem Schnee ausgerutscht und hatte sich den Arm gebrochen. Sie waren in der Schweiz. Wie ein Verrückter war er um Hilfe gelaufen, hatte sie natürlich in die Klinik begleitet und auf einem Feldbett neben ihr geschlafen. Doch am Morgen hatten sie einen Streit gehabt, bei dem sie ihm fast brennend heißen Kaffee ins Gesicht geschüttet hätte. Nein, er hatte ihr nie weh tun oder schaden wollen, sie daran hindern, sich zu verwirklichen und Dinge zu vollbringen. Er hatte ihr geholfen, einen Musikabend in ihrem Dorf zu organisieren, obwohl er Folklore doch so hasste. Er hatte dafür einen Organisator und einen Raum gefunden. Ein ganzes Jahr lang hatte sie mehrere Künstlergruppen der Berber vertreten und für sie in Frankreich, Belgien und der Schweiz Werbung gemacht. Er hatte seine Kontakte zur Verfügung gestellt, Freunde herbeigerufen, die sie unterstützen und die Initiative zum Erfolg führen sollten. Sobald sie arbeitete, ließ sie ihn in Ruhe. Deshalb hatte er sich gesagt: »Am besten, sie ist die ganze Zeit beschäftigt.« Nach der Sache mit der Musik schlug er ihr vor, eine Ausstellung mit Kunsthandwerk aus ihrer Heimatregion zu organisieren. Das hatte weniger gut geklappt. Sie überschüttete ihn erneut mit Vorwürfen. Danach beschloss er, einen Wohltätigkeitsverkauf zu organisieren, er bat ein paar befreundete Maler, jeweils ein Gemälde zu spenden. Das war schwierig, denn sie mussten zuvor einen Verein gründen. Schließlich war einer bereit, diese Veranstaltung unter dem Schutzschirm seiner Stiftung laufen zu lassen. Seine Frau nahm genug ein, um ihr Dorf zu verschönern, eine Schule zu bauen und vor allem die Lebensbedingungen der Bewohner zu verbessern.

Ihre größten Tugenden waren ihre Willensstärke und ihre Aufrichtigkeit; ihre Schwäche war, dass sie Begonnenes nicht zu Ende führte. Es wurde ihm zu viel, und er gab auf, sie ständig beschäftigen zu wollen. Vielleicht war das ein Fehler. Eines

Tages sagte er zu ihr: »Liebling, denkst du nicht, wenn du einen Jungen aus deinem Dorf geheiratet hättest, einen netten Kerl, jemanden, der deine Sprache spricht und dein Schweigen versteht, dass du glücklicher geworden wärest?«

Er war davon fest überzeugt. Aufgrund seiner Erfahrungen vermied er es inzwischen, Mischehen positiv hervorzuheben, er glaubte nicht mehr an die Bereicherung durch den Kontakt zwischen unterschiedlichen Welten und dachte, ohne in dumpfe Endogamie zu verfallen, dass es keine Erfolgsgarantie gab, wenn man außerhalb seines Clans heiratete.

Er sagte oft, es gibt keinen Widerstreit der Zivilisationen, nur einen Widerstreit der Ignoranzen. Sicherlich wusste er nichts über diese Berberkultur, aus der seine Frau stammte. Er hatte sich nie dafür interessiert. Sie wiederum kannte von Marokko nur ihre Heimatregion. Dieser Widerstreit, dieses Aufeinanderprallen, konnte nur heftig sein und Schaden in der Ehe und in den Familien anrichten. Er hatte nicht daran gedacht oder hatte die Folgen seiner Entscheidung heruntergespielt. Denn er war verliebt. Und die Liebe, sei sie blind oder hellsichtig, ist nicht schuld an dem, was menschliche Wesen sonst so tun.

Der Maler dachte an Imane und überlegte, wie er sie endgültig bei sich behalten konnte. Ihre Anwesenheit vertrieb den Nebel, der manchmal in seinem Kopf herrschte. Für ihn war sie ein Gemälde, oder vielleicht eher ein Modell, das das Atelier nicht mehr verlassen wollte. Das war ihm im Übrigen einmal passiert, als er noch figurativ malte, mit einer jungen Frau, die Modell saß, um ihr Studium zu bezahlen. Sie war anmutig, professionell, konnte ruhig sitzen bleiben und redete nicht. Eines Abends, nach der Pose, bat sie ihn um ein Glas Wein. Er ließ sie zwischen Weiß und Rot wählen. Als sie ausgetrunken hatte, näherte sie sich ihm und küsste ihn auf den Hals. Er schob sie sanft zurück. Er hatte sich zum Prinzip gemacht, nie etwas mit seinen Modellen anzufangen. Doch die junge Frau bot sich ihm an. Er wies sie ein zweites Mal zurück und erklärte ihr, das Bild sei noch nicht fertig, und wenn er sie berührte, würde das alles kaputtmachen, für ihn war es eine prinzipielle Sache. Sie ging und schlug die Tür hinter sich zu. Sie kam nie mehr zurück. Ein Jahr später traf er sie auf dem *Marché Daguerre*, sie war in Begleitung eines älteren Mannes, den sie ihm vorstellte: ihr Ehemann. Er sagte zu ihr:

»Kommen Sie im Atelier vorbei, Sie haben Ihr Honorar ja nie abgeholt, ich werde die Gelegenheit nutzen und das Bild fertigmalen.«

»Ich komme gerne, aber ich werde vorher anrufen.«

Am nächsten Tag war sie da.

»Ich bin nicht mehr Ihr Modell.«

»Doch, das sind Sie noch, denn ich habe das Bild nicht fertiggemalt, wir werden es vollenden, und wenn wir das geschafft haben, werden wir feiern.«

Er malte das Bild zu Ende, und sie wurde seine Geliebte. Das dauerte eine Saison lang. Sie sprach wenig, und er stellte keine Fragen. Auf fast natürliche Weise hatte sich zwischen ihnen ein Ritual etabliert. Sie kam an einem Nachmittag pro Woche, küsste ihn und zog sich aus. Manchmal war er mitten in der Arbeit. Sie wartete im Bett auf ihn, wenn es ihr zu lange dauerte, sagte sie: »Ich fange schon mal alleine an.« Wenn er fertig mit der Arbeit war, ging er zu ihr, und sie verbrachten eine gute Stunde mit Wollust, ohne Sentimentalität, ohne Kommentar, reine Lust, weil sie es brauchten und es Freude machte. Sie wusch sich nie im Atelier, zog sich schnell wieder an, küsste ihn hinters Ohr und ging. Er blieb zurück, müde, aber zufrieden. Die Sonne war schon untergegangen. Er duschte und ging nach Hause. Niemand konnte ihn verdächtigen. Solange er mit seiner Frau schlief, hatte sie keine Ahnung, oder zumindest ließ sie sich nichts anmerken.

Eines Tages bekam er Besuch von dem Mann, den sie als ihren Ehemann vorgestellt hatte. Er war ermattet, vorzeitig gealtert. Er entschuldigte sich, ohne Vorankündigung vorbeigekommen zu sein, senkte seine traurigen Augen und sagte:

»Sie hat uns verlassen. Ich wusste, dass sie Sie besucht, sie erzählte mir von Ihren Schäferstündchen. Ich war eifersüchtig, aber ich bemühte mich, es nicht zu zeigen. Dreißig Jahre Altersunterschied. Das ist viel. In meinem Alter konnte ich keine Bedingungen stellen. Sie hat uns für eine italienische Schauspielerin verlassen: sehr hässlich, mager wie eine Bohnenstange, ohne Charme, ohne Humor. Nun gut, ich wollte es Ihnen sagen, ich hoffe, ein wenig von meinem Kummer mit Ihnen zu teilen.«

Der Maler bot ihm etwas zu trinken an und gab ihm zu verstehen, er solle nicht traurig sein:

»Sie ist frei, sie tut genau, was sie will. Wir können nur hoffen, dass sie glücklich wird mit dieser Frau!«

Kapitel 25

Casablanca, 25. Januar 2003

»Wenn in einer Ehe einer von beiden weise ist, sind beide glücklich.«
Überlegung von Paquita, der Kammerzofe von Celia in
Fritz Langs *Geheimnis hinter der Tür*

Er hatte immer Angst vor dem, was er »die Hölle« nannte. Er hörte Leute sagen, ihre Ehe sei eine Hölle, Scheidung sei eine Katastrophe, nicht mehr lieben sei ein brutaler Akt der Gewalt gegen den anderen …

Zufällig erfuhr er bei einem Abendessen, dass einer seiner Freunde sich hatte scheiden lassen. Der Freund lebte in Südfrankreich, und er sah ihn selten, da dieser Musiker sich nur ungern von seinem Hof entfernte. Er rief ihn an, um Näheres zu erfahren.

»Ja, ich habe mich scheiden lassen«, sagte der Freund. »Ich habe alles verloren, ich habe alles gegeben, ich habe keinen Cent mehr, doch ich habe etwas gewonnen, was man nicht mit Geld aufwiegen kann: meine Freiheit. Ich bin mittellos, aber ich atme auf. Übrigens suche ich gerade eine kleine Einzimmerwohnung in Paris und bitte alle meine Freunde um Hilfe. Ich werde wieder Geld verdienen. Für das kommende Jahr sind Konzerte geplant, doch ich habe kein Haus mehr, kein Boot, kein Auto. Sie hat eine Art Kompensation verlangt, ich wusste nicht einmal, dass es so etwas gibt, abgesehen den monatlichen Zahlungen muss man eine große Summe zahlen, um zu kompensieren, was sie wegen der Trennung an Anerkennung, an Status verliert. Und wer kümmert sich um meinen Status?

Jedenfalls ist es endlich zu Ende, ich sehe meinen Sohn jedes zweite Wochenende, und ich lebe wieder auf. Ich könnte dir stundenlang von der Hölle erzählen. Und lass dir gesagt sein: Es ist besser, alles zu verlieren und der Hölle zu entrinnen, als zu versuchen, daran festzuhalten und sich weiterhin schlagen zu lassen. Ich bin ein geschlagener Mann. Doch niemand nimmt mich ernst. Ich habe körperliche und psychologische Schläge eingesteckt, und trotzdem wird mir nicht das Recht zugestanden, mich zu beklagen. Also, mein Freund, du bist doch Maler, entwirf uns ein Fresko über geschlagene Männer, das wäre mal was! Jetzt, wo ich daran denke, noch nie habe ich einen Film über geschlagene Männer gesehen. Diese Realität müsste man doch auch mal zeigen, denn niemand spricht darüber. Und du, wie geht es dir mit deiner schönen Rebellin?«

Der Maler sagte, er habe sich entschlossen, sie endgültig zu verlassen. Auch sie würden sich scheiden lassen, doch die Rechtsanwälte hatten noch keinen Kompromiss gefunden. Als er das erzählte, stieg in ihm eine plötzliche Angst auf, er spürte eine Art Kugel im Brustkorb. Sobald er aufgelegt hatte, schluckte er eine Vierteltablette Lexomil und wählte dann die Nummer seines Rechtsanwalts. Der beruhigte ihn, bat ihn um ein wenig Geduld. Er dachte, er habe die Situation im Griff.

Doch einige Tage später kamen ohne Vorwarnung Gerichtsvollzieher in sein Atelier.

»Wir sind gekommen, um Ihr künstlerisches Vermögen zu schätzen. Wir müssen alle Bilder zählen und auflisten, die Sie hier und anderswo haben. Ihre Gattin hat uns beauftragt. Doch Sie sollen wissen, dass wir Sie sehr bewundern, wir sind stolz auf Sie! Wir bitten Sie um Entschuldigung, wir tun nur unsere Arbeit.«

Er ließ sie gewähren. Die meisten Bilder waren unvollendet oder nicht gelungen. Er begleitete sie in den Keller, wo Bilder lagerten, die ihm seine Freunde geschenkt hatten. Sie schrieben alles auf und versprachen, wiederzukommen, falls …

Am Abend versuchte er mit seiner Frau über diesen Vorfall zu sprechen. Da er gerade unter Hochdruck eine Ausstellung für seinen Galeristen in Monaco vorbereitete, begnügte er sich damit, den Beleidigten zu spielen, und bat seine Frau, sich zu beruhigen. Er konnte es nicht ertragen, sich erneut mit ihr zu streiten.

»Ich traue dir nicht«, sagte seine Frau, »ich muss Maßnahmen ergreifen. Falls du morgen mit irgendeiner Hure abhaust, stehe ich ohne alles auf der Straße. Das werde ich auf keinen Fall zulassen. Neulich habe ich gesehen, wie du geifernd vor dieser künstlichen Blonden gestanden hast, die einer deiner lieben Freunde geheiratet hat, obwohl es ein halbes Jahrhundert Altersunterschied gibt! Alles ist möglich. Daher treffe ich Vorbereitungen …«

»Mach dir keine Sorgen. Lass mich einfach malen, ich brauche nur meine Ruhe, um diesen Haufen Arbeit zu Ende zu bringen. Im Moment arbeite ich hart.«

»Ruhe wirst du nie haben!«

Der Maler und seine Frau lebten wie Feinde, die sich gegenseitig beäugen. Sobald er aus dem Haus ging, durchwühlte sie seine Sachen und kopierte alle Papiere, die ihr in die Hände fielen. Dann gab sie sie an ihren Rechtsanwalt weiter. In diesen Wochen veränderten sich die Bilder des Malers, sie wurden grausamer, tiefsinniger. Er kam sich vor wie ein zum Tode Verurteilter in den letzten Tagen vor der Vollstreckung. Angesichts dieser schwierigen Situation wuchs seine Kunst. Er wusste das und plante nach dieser Phase einen Urlaub, er würde mit Imane irgendwohin verreisen, vielleicht auf eine Insel. Er hatte keine Fantasievorstellungen über eine verlassene Insel, doch er glaubte, in einer solchen Ferne ein wenig aufatmen und über sein Werk nachdenken zu können. Doch musste er dafür bis ans Ende der Welt reisen?

Kapitel 26

Casablanca, 3. Februar 2003

»Es gibt Dinge, die im Verborgenen bleiben müssen ... Mit diesen Wahrheiten quälen wir uns unnötigerweise.«

Ingmar Bergman, *Szenen einer Ehe*

Am Nachmittag erschien Imane umhüllt von einer blauen Djellaba. Sie kam aus dem Hamam. Sie legte ihre Sachen ab, gab ihm seine Spritze, massierte ihn lange Zeit. Sie roch sehr gut, es war kein Parfüm, es war der natürliche Duft ihres Körpers, der ein paar Stunden im Dampfbad verbracht hatte.

»Ich werde Ihnen eine Liebesgeschichte erzählen«, sagte sie und räumte ihre Sachen weg. »Ich habe sie nicht erfunden, ich habe sie heute im Hamam in meinem Viertel gehört. Auch wenn die Frauen alles Mögliche erzählen, an jenen Orten, wo die Hitze, der Dampf und die Nacktheit die Vorstellungskraft und den Geist entfesseln, so denke ich doch, dass an der Geschichte, die ich Ihnen erzählen werde, etwas Wahres dran ist. Hören Sie gut zu, und urteilen Sie selbst.

Das ist die Geschichte von Habiba, der Frau, die ihren Mann verschlang.

Am Tag nach ihrer Hochzeit beschloss Habiba, ihren Mann zu essen, um ihn auf ewig bei sich zu behalten. Zuerst schnüffelte sie an ihm wie eine Katze an ihrer Beute, dann knabberte sie ein wenig an ihm, danach begann sie, ihn aufzuessen und achtete darauf, keinen Verdacht zu erwecken.

Am ersten Tag suchte sie sich die leicht hinunterzuschluckenden Teile aus. Am zweiten Tag schläferte sie ihn ein, indem sie seinen Körper lange streichelte, seine Achseln und Genitalien ableckte. Trotz des Schlafmittels, das sie ihm in Mandelmilch verabreicht hatte, reagierte ihr Mann von Zeit zu Zeit. Er ließ sie gewähren, lächelte, die Lider halb geschlossenen, er hatte einen permanenten Ständer. Habiba war so erregt, dass sie vor sich hin sang. Sie genoss es, mit ihrem Mann zu tun, was sie wollte, sie konnte ihre Heldentat gar nicht fassen.

Ihre Freundinnen hatten ihr Horrorgeschichten über ihre Hochzeitsnächte erzählt, und sie hatte Angst vor der Gewalt des sexuellen Aktes. Die Vorstellung von dem Blut auf dem Laken ließ sie geradezu erstarren. Dies umso mehr, als sie sich seit ihrer Kindheit selbst streichelte und der Arzt entdeckt hatte, dass ihre Jungfernhaut gerissen war. Sie hatte sich geweigert, sie zunähen zu lassen, denn sie hatte nie mit einem Mann geschlafen.

In der Hochzeitsnacht gab sie sich wie eine traditionelle Frau ihrem Mann hin, unterwürfig, glücklich, scheu, mit gesenktem Blick, sie ließ ihn die Situation beherrschen. Aber in Wahrheit hatte sie einen Plan: Sie würde ihn in Sicherheit wiegen, um den nächsten Tag vorzubereiten. Ihr Mann zerriss ihren seidenen Saroual, spreizte ihre Beine und drang brutal in sie ein. Sie hatte Schmerzen, zog ihn an sich und behielt ihn eine ganze Zeit in sich, hinderte ihn an jeder Bewegung. Er kam ziemlich schnell und zog zurück, stolz auf seine Großtat. Sie wechselten kein einziges Wort. In diesem Zusammenhang tut man das nicht. Als sie aufstand, um ins Bad zu gehen, sah er sie in ihrer ganzen Pracht, bekam wieder eine Erektion, warf sich auf sie, schmiss sie aufs Bett. Erneut nahm er sie, ohne jede Zärtlichkeit, ohne Kuss und kam mit einem röchelnden Laut, bei dem sie zu verstehen glaubte, dass er Gott und seiner Mutter dankte, ihm diese

Frau gegeben zu haben. Da tat sie das weiße Pulver in ein großes Glas Mandelmilch, das er mit einem Zug austrank. Als sie wieder zurückkam, schlief er tief und fest.

An jenem zweiten Tag also betrachtete Habiba lange ihren schlafenden Mann. Der Gedanke, ihn Stück für Stück zu verschlingen, erregte sie. Ihr Begehren nach ihm wuchs. Ihr brach der Schweiß aus, sie zitterte. Sie näherte sich ihm, streichelte seine Arme, und machte sich dann an die Hände. Sie saugte an einem Finger nach dem anderen und knabberte an ihnen, innerlich jubelnd. Am dritten Tag nahm sie die Arme in Angriff. Am vierten verschlang sie seine Füße und einen Teil seiner Beine. Am fünften Tag löste sie den Kopf ab und tat ihn in ein Kristallgefäß, ein Geschenk ihres Onkels, der in den Golfstaaten sein Vermögen gemacht hatte. Am sechsten Tag aß sie die Reste und achtete darauf, die Genitalien nicht zu verletzen. Die legte sie in einen magischen Kasten. Am siebten Tag war nichts mehr übrig von dem Mann, den sie geheiratet hatte. Oder vielmehr blieb er ganz allein ihr überlassen. Habiba hatte nicht einmal zugenommen. Sie war zufrieden und stolz auf sich.

Endlich eine erfolgreiche Ehe. Sie und er waren nun vollkommen eins. Niemand hat etwas gemerkt. Das Fest lief auf vollen Touren, während sie ihn aß, ihn sich systematisch und sorgfältig einverleibte. Dabei befolgte sie gewissenhaft die Ratschläge, die ihr ihre Mutter einmal vor langer Zeit gegeben hatte. ›Meine Tochter, einen Mann muss man für sich behalten, man darf ihn nicht mit einer anderen teilen. Das beste Mittel, ihn für sich zu haben, ist, ihn zu essen! Es nützt ja nichts, mit ihm zu sprechen, ihn vorzuwarnen oder ihm zu drohen: Wenn du mich betrügst, schneide ich dir die Eier ab oder wenn ich dich mit einer anderen sehe, bringe ich euch beide um … Man muss vorher handeln, nachher ist es zu spät, die Männer gewöhnen sich daran, über uns verfügen zu können.‹

Habiba hatte sich immer gesagt: Mein Mann wird mir gehören, und ich ihm. Zwischen ihm und mir wird nicht einmal ein seidener

Faden Platz haben. Wir werden eins sein, und zwar für die Ewigkeit. Eine vollständige, vollkommene, über jeden Verdacht erhabene Verbindung. Niemand wird sie auflösen oder anfechten können. Das ist die Liebe, die große Liebe. Das lehren die Mütter ihre Töchter. Es gibt nicht so viele Männer. Deshalb muss man alles tun, damit sie bei ihren Ehefrauen bleiben und nicht von anderen Frauen in Versuchung geführt werden.

Habibas Ehemann ist nicht vom Erdboden verschwunden, weil sie ihn verschlungen hat. Jeden Tag spuckt sie ihn aus, damit er seine Angelegenheiten erledigt, arbeitet, Geld verdient, dann nach Hause kommt, ohne nach rechts oder links zu sehen. Er ist ferngesteuert und gehorcht dem Willen seiner Frau, die ihn, wann immer sie es beschließt, in seine menschliche Form zurückverwandelt. Wenn er wiederkommt, küsst er ihre Hand, schenkt ihr einen Blumenstrauß und ab und zu Schmuck oder einen schönen Stoff. Nie kehrt er mit leeren Händen nach Hause zurück. Wenn er spricht, senkt er leicht den Blick und erhebt nie die Stimme. Er verlangt nicht nach seinem Abendessen. Er verrichtet sein Gebet und wartet auf ein Zeichen seiner Frau, die so glücklich ist, ihn wiederzusehen. Sie essen, ohne miteinander zu reden, er wählt die besten Stücke für sie aus und bietet sie ihr an. Er macht das anmutig und zart. Sie mag seine Gesten und sein Schweigen. Gegen Ende des Essens spürt sie, wie das Begehren in ihr aufsteigt. Es braucht nur einen Blick, und der Mann erhebt sich und geht vor ihr ins Schlafzimmer. Er ist da, steht seiner Schönen zur Verfügung, stellt keine Fragen, wartet auf sie und spürt, wie auch in ihm ein starkes Begehren erwacht. Die Frau gibt sich ihm nicht sofort hin, sie lässt ihn gerne schmachten, streicht um ihn herum, streift seinen Penis, misst die Qualität seiner Erektion und amüsiert sich mit ihm. Er ist zu ihrem Spielzeug geworden. Der Mann gehorcht ihr und küsst ihre Hand, den Mund, die Genitalien. Er ist für sie da, ausschließlich für sie. Seine ganze sexuelle Energie gehört seiner rechtmäßigen Ehefrau.

Doch eines Abends ist er ein wenig zerstreut, ejakuliert, bevor sie einen Orgasmus gehabt hat. Habiba verpasst ihm eine mächtige Ohrfeige. Seither ist er noch aufmerksamer, wenn er mit Habiba schläft, er konzentriert sich voll und ganz auf sie. Sein Geist beteiligt sich am Geschlechtsverkehr, regt ihn an und bereitet ihn vor. Er lässt sie ihren Duft riechen, den Duft ihres Körpers, ihrer intimsten Stellen, den natürlichen Duft ihrer Achseln, ihrer Haut und ihrer Falten. Einmal stellt er sich vor, er komme in der Nacht in der Wüste in einem Zelt zu ihr, sie ist verschleiert. Sie kriecht über den Teppich und verliert ihren Schleier, mit der Zunge sucht sie nach seinen Eiern, die sie ableckt und manchmal ganz in den Mund nimmt, auch wenn sie daran zu ersticken droht. Ein anderes Mal überrascht er sie in der Hocke, als sie gerade ihre Genitalien wäscht. Er nimmt sie von hinten. Sie lässt ihn gewähren und stöhnt wie eine Frau, die es braucht. Manchmal vermischen sie sich, spielen mit ihren Gliedern, bis sie eine perfekte Eintracht erlangen. Während sie Sex haben, sprechen sie wenig, handeln, lieben sich und schlafen eng umschlungen ein. Sie sind eine einzige Person. Zu keinem Zeitpunkt versucht er, sie zu beherrschen. Er weiß, dass sie das nicht zulassen würde. Jedes Mal, wenn sie ihn ausspuckt, unterrichtet sie ihn über ihre Gelüste und Fantasien. Sobald Habiba Lust auf ihren Mann hat, wacht er auf und erfüllt ihre Wünsche. Manchmal bittet Habiba ihren Mann, nach dem Geschlechtsverkehr zum Schlafen in ein anderes Zimmer zu gehen. Er protestiert nicht, wohl wissend, dass seine Schöne ihre Gründe hat. Ihr Mann gehört ihr, und das kann ihr niemand mehr nehmen.

Habiba und ihr Mann führen eine Vorzeigeehe. Ihre Freundinnen beneiden sie so sehr, dass sie sie eines Tages nach dem Geheimnis ihres perfekten Zusammenlebens fragen. Habiba antwortet: ›Er liebt mich, das ist das Geheimnis. Wir lieben uns, das ist alles.‹ Doch auch wenn ihre Freundinnen ihr zustimmen, streiten sie sich die ganze Zeit mit ihren Männern. Sie sind überzeugt, dass ihre Männer sie betrügen, dass sie das Geld der Familie in Spielkasinos verschleudern oder dass sie es in den Bars oder mit Prostituierten verschwenden. Sie kommen wieder zu Habiba und bitten um mehr Einzelheiten. Da antwortet sie: ›Wenn ihr eure Männer behalten wollt, dürft ihr nicht warten, bis sie euch entwischen, ihr müsst euch vom ersten Abend an um sie kümmern. Ein Mann, der ausgeht, ist für seine Frau verloren. Man darf ihn nie loslassen, so dass er sogar außerhalb des Hauses nur euch gehört und niemand anderem.‹

Lamia, eine von Habibas Freundinnen, verdächtigt sie, einen Hexer aufgesucht zu haben. ›Ganz und gar nicht‹, protestiert Habiba. ›Hexer sind Scharlatane. Es ist nicht nötig, absurde lächerliche Dinge zu unternehmen. Mein Rezept ist todsicher. Es hat sich bewährt. Ich habe es von meiner Mutter. Mein Vater war ein äußerst liebender und unterwürfiger Mensch. Er liebte meine Mutter und hatte zu Hause nichts zu sagen. Ich habe genau getan, was sie mir geraten hat. Ohne Skrupel und ohne Zögern. Er oder ich: Da ist es doch besser, wenn ich gewinne, oder, liebe Freundinnen? Ich bin ziemlich stolz auf meine Heldentat.

Die erste Nacht ist entscheidend, das sage ich euch. Man darf nicht bis zum nächsten Tag warten. Sobald er die Dekhschuscha, das Hochzeitszimmer, betreten hat, habe ich trotz seines hohen Wuchses und seiner Korpulenz sofort das Lamm gesehen, das mir in die Hände gelegt wurde. Dieser Mann würde mir gehören. Doch er könnte Widerstand leisten. Ich habe ihn fest angesehen und es geschafft, dass er den Blick senkte. Der Rest war einfach. Ein Mann, der den Blick senkt, ist ein Mann, den man nur noch aufheben muss. Er gehört dir auf immer und ewig. Dazu braucht man keinen Zaubertrank, keinen Weihrauch, keine bekritzelten Zettel. Es ist allein eine Frage des Willens. Das hat mir meine Mutter gut beigebracht. Ein Glas Mandelmilch mit ein wenig weißem Pulver kann allerdings hilfreich sein …‹

›Was ist das für ein Rezept?‹, rief Fatéma. ›Du musst solidarisch mit uns in unserem Unglück sein. Du kannst ja nicht die Einzige sein, die davonkommt, während wir wie Fußabtreter darauf warten, dass unsere Männer nach Hause kommen, in der Hoffnung, dass sie nicht nach Alkohol stinken und keine andere Frau ihnen bereits die Eier aus der Hose geholt hat.‹

›Ich habe es euch immer wieder gesagt, ich kann nichts für euch tun, dafür ist es viel zu spät. Ihr hättet bereits am ersten Tag der Viper den Kopf abschneiden müssen.‹

›Von welcher Viper sprichst du? Wir haben doch Männer geheiratet und keine Schlangen!‹

›Ihr seid verloren, daran kann ich nichts ändern …‹

Doch die Freundinnen ließen nicht locker und umringten Habiba.

›Wir lassen dich hier nicht gehen, bevor du uns nicht dein Geheimnis verraten hast.‹

›Einverstanden, da ihr darauf besteht, werde ich euch sagen, was ihr hättet tun sollen. Ihr hättet eure Männer essen müssen, verschlingen, sie euren Körpern einverleiben und für immer behalten müssen. Das habe ich getan, es ist mir gelungen. Doch was euch betrifft, ist es zu spät. Eure Ehemänner sind zu zäh geworden, ungenießbar, unverdaulich. Man kann das Rad nicht zurückdrehen.‹

›Du hast ihn gegessen, wirklich gegessen?‹

›Ich habe ihn verschlungen. Ja, mit Haut und Haar verschlungen. Er ist hier, in mir, er kommt nur auf Befehl heraus. Ich hatte keine Wahl. Entweder das, oder man wird zu ihrer Hündin, die sie nach Belieben herumkommandieren können, immer bereit, sich von ihnen beackern zu lassen, wann immer es ihnen passt. Und mit ihnen gibt es dann nie einen Orgasmus.‹

›Willst du denn Kinder mit ihm haben?‹

›Jetzt noch nicht. Im Moment beute ich ihn aus, so gut ich kann, später wird man sehen. Nach der Geburt der Kinder besteht die Gefahr, dass er mir entwischt. Dann muss ich ein anderes Mittel finden, um den Zustand seiner völligen Unterwerfung aufrechtzuerhalten.

Ich werde meine Mutter fragen, sie wird ihre Mutter fragen, ich muss mich bald darum kümmern, denn sie liegt im Sterben.‹

Ein paar Tage später besucht Habiba ihre Großmutter. Sie ist über neunzig, klein, schmächtig, dürr, mit lebhaften Augen, sie nimmt kein Blatt vor den Mund und verkündet: ›Die Männer sind alle Halunken und Feiglinge. Wenn du sie nicht kontrollierst, bringen sie schlimmes Elend über dich. Eine Hochzeit ist nichts anderes als eine musikalisch untermalte Kriegserklärung, mit gutem Essen, Düften, Weihrauch, schönen Kleidern, Versprechungen, Liedern usw. Wenn du deinen Mann kontrollieren willst, gibt es nur eine Möglichkeit: Du musst ihn verschlingen.‹ Das letzte Wort unterstrich sie mit zwei ausgestreckten Fingern, die sie zum Munde führte. ›Manchmal ist das unmöglich. In dem Fall darf man vor allem nicht aufgeben, es gibt andere Methoden. Dein Großvater zum Beispiel war ungenießbar. Er war hart wie sonst was, man konnte unmöglich irgendeinen Teil seines Körpers verschlingen. Deshalb habe ich monatelang so getan, als sei ich seine Sklavin. Ich tat alles, was er wollte, ich hockte mich auf allen vieren vor ihn hin, ich verweigerte nichts, was er von mir verlangte oder was ihm meiner Meinung nach gefiel. Nach ein paar Jahren hatte ich ihn so weit ausgebildet, dass er nur noch mit mir Lust empfinden konnte. Das nenne ich einen Mann unter Kontrolle haben. Er hat mich nie betrogen. Das weiß ich, denn ich hatte meine Spione, die ich gut bezahlte. Vom Laden zum Haus. Vom Haus zum Laden. Nicht ein einziges Mal hat er einer dieser untreuen Frauen einen Besuch abgestattet, die ihre Männer betrügen. Nein, er war geimpft. Als er im Sterben lag, hat er die ganze Nacht geweint und mir gesagt, wie unglücklich er ohne mich im Paradies sein werde. Ich weiß nicht, ob ihn Gott ins Paradies geschickt hat, doch wo immer er jetzt ist, ich weiß, dass er mich erwartet. Ich habe es nicht eilig, mit ihm vereint zu werden, ich habe noch ein paar Jahre zu leben und ein paar Reisen zu unternehmen. Sicher wird Gott ihm Geduld beibringen.

Meine Tochter, du sollst wissen, nur so lässt sich eine glückliche Ehe führen, anders geht es nicht. Und vergiss nicht, sobald deine Wachsamkeit nachlässt, nutzt dein Mann es aus. Es ist ein kleiner Krieg, den man schweigend gewinnt, denn sobald man anfängt zu schreien, hat man keine Argumente mehr und schon beginnt die Niederlage. Um mich herum sehe ich nur Niederlagen. Die Frauen weinen, die Männer triumphieren. Das ist nicht gerecht. Es müssen nur alle meinem Beispiel folgen, und das ist für immer vorbei.‹

Habiba hat ihrer Großmutter gut zugehört und sich die Lektion gemerkt. Nach einem Jahr jedoch spürt sie eine Art von Erschöpfung, Langeweile. Ihr gehorsamer Ehemann hat an Anziehungskraft verloren. Habiba braucht nur ein Zeichen zu geben und schon macht er sich bereit, sie zu befriedigen. Ihr wird schon ganz übel davon. Dabei ist sie nicht schwanger, es ist der Überdruss. Ein allzeit bereiter Mann, ein ihr ausgelieferter Mann, ein Mann ganz alleine für sie, das ist wie ein Gericht ohne Würze, ohne Überraschung.

Habiba entscheidet sich zu reagieren, etwas zu verändern in der wunderbaren Welt der Frau, die ihren Mann verschlungen hat. Ihre Mutter schlägt ihr vor, ihn ein wenig zu erbrechen. Sie meint, man müsse jetzt in eine andere Phase übergehen: ihm ein wenig Freiheit geben, ihn anderswo hingehen lassen, vielleicht sogar eigens für ihn kleine Eskapaden organisieren, ihm irgendein Mädchen zuführen, das ihm ein wenig Elan und Fantasie zurückgeben kann.

Habiba hört auf die Ratschläge ihrer Mutter und erbricht den ganzen Tag. Am Abend fühlt sie sich leichter. Nach ein paar Tagen steht ihr Mann vor ihr, ganz und gar frei, doch sie sieht ihn nicht an, er interessiert sie nicht mehr. Sie fühlt sich besser, wenn sie ihn los ist. Sie sagt ihm, er könne gehen, sie würde ihn nicht mehr zurückhalten.

Habiba entschließt sich, einen neuen Mann zu verschlingen. Sie macht sich an den Ehemann ihrer kranken Cousine heran. Vor ihrem Tod sagt die Cousine zu Habiba: ›Ich warne dich, er ist ungenießbar. Er ist grob. Versuche nicht, ihn am ersten Abend zu verschlingen, du könntest dir schwere Verdauungsstörungen zuziehen. So habe ich mir diese schlimme Krankheit zugezogen, die mich von innen auffrisst. Ich vertraue ihn dir an, aber gib auf dich acht!‹

Doch Habibas legendäre Schönheit überwindet jeden Widerstand des jungen Mannes. Sie verschlingt ihn und macht ihn zu ihrem Spielzeug, solange sie ihn gebrauchen kann. Andere Frauen folgen ihrem Beispiel, und so entsteht der Clan der männerverschlingenden Frauen. Und bis zum heutigen Tag herrscht Frieden in jener Gegend, wo die verschlungenen Männer nichts mehr zu sagen haben.

Nach einem kurzen Schweigen, brach Imane in Gelächter aus. Der Kapitän auch.

»Haben Sie diese Geschichte wirklich im Hamam gehört?« fragte er sie. »Ich glaube eher, Sie haben sie sich selbst ausgedacht. Sie sollten Sie aufschreiben, sie entwickeln und einen Roman daraus machen. Ich bin sicher, Sie hätten Erfolg damit.«

Schon als ganz kleines Kind hatte Imane davon geträumt Geschichten aufzuschreiben. Sie wagte nicht, darüber zu sprechen, doch sobald sie die Gelegenheit hatte, erzählte sie. Nachts, wenn sie nicht schlief, ließ sie ihrer Vorstellungskraft freien Lauf. Sie sah vom Fenster aus auf den Himmel, zählte die Sterne, taufte die Wolken und sah in ihnen Figuren, denen sie Rollen zuschrieb.

Beim Abschied beugte sie sich über den Kapitän und sagte:

»Sie haben recht, ich habe diese Geschichte nicht im Hamam gehört, aber ich habe auch nicht alles erfunden. So gehen doch Künstler, Schriftsteller vor, oder? Bis morgen, Kapitän.«

Sie hinterließ ihren Duft. Er verfiel in eine träumerische Melancholie.

Die Gefühle, die er dieser jungen Frau entgegenbrachte, waren für ihn völlig neu. Er hatte immer andere Frauen begehrt, alles getan, um eine Affäre zu haben, hatte sich einige Tage verliebt, manchmal einige Wochen lang, doch mit Imane war alles ganz anders. Er brauchte sie, nicht nur im medizinischen Sinne. Er musste sie sehen, ihren Geschichten zuhören, wissen, was sie ihm anvertraute. Er verlangte nichts anderes.

Kapitel 27

Casablanca, 12. Februar 2003

»Wir könnten unsere Ehe kitten, eine andere Art des Zusammenlebens finden. Gib mir eine Chance. Können wir diese Katastrophe nicht gemeinsam schultern?«

Ingmar Bergman, *Szenen einer Ehe*

Als der Maler endlich Besuch von seinem Rechtsanwalt erhielt, der ihn über den Fortgang der Scheidung unterrichten wollte, steckte er mitten in der Arbeit. Er malte eine Tischdecke aus zerknittertem weißem Leinen, die auf einem Tisch ausgebreitet war, und das mit außerordentlicher Genauigkeit und Präzision. Es war beeindruckend.

»Sie könnten die Falten ja auch nicht so genau wiedergeben. Niemand würde das merken, schließlich haben Sie ja das Original zerknittert«, meinte der Rechtsanwalt.

»Stimmt, aber ich würde es merken. Es wäre Betrug, und dazu bräuchte ich ja nicht mal eine Vorlage. Ich könnte irgendeine Tischdecke zeichnen, doch ich zeichne genau diese, und sie ähnelt keiner einzigen anderen Tischdecke auf der ganzen Welt. Wenn es fertiggemalt ist, wird man auf dem Bild nicht eine Tischdecke sehen, sondern mehr als das.«

»Ich verstehe. Sie könnten es *Dies ist keine Tischdecke* nennen!«

»Das ist nicht gerade originell.«

»Entschuldigen Sie meine Unverschämtheit.«

»Nein, das ist in Ordnung, Sie sind nicht der Erste, der mir so etwas sagt. Aber es wäre so, als würden Sie in einem Prozess einfach ein Plädoyer halten, mit dem Sie in einem anderen ähnlich gelagerten Fall einen Freispruch erreicht haben. Das würde nicht funktionieren, oder?

»Nein, das würde es nicht.«

»Wie sieht es denn nun aus? Ich bin bereit, alles zu hören, die schlechten wie die guten Nachrichten.«

»Nun, ich glaube, in Wahrheit möchte Ihre Frau sich gar nicht scheiden lassen.«

»Das fehlte noch!«

»Wenn ich mir ansehe, was ihr Rechtsanwalt fordert, kann ich mir nur vorstellen, dass sie glaubt, dies werde Sie derart schockieren, dass Sie auf die Scheidung verzichten. Die in ihrem letzten Schreiben formulierten Ansprüche sind unverschämt hoch. Sie verlangt alles, im Namen Ihrer Kinder, alles, was Sie besitzen. Und darüber hinaus noch eine Kompensation von mehreren Millionen Dirham. Sollten Sie sich damit einverstanden erklären, wäre das Einzige, was Ihnen übrigbliebe, ein kleines Zelt zu kaufen und sich eine windgeschützte Stelle zu suchen, um dort bis an Ihr Lebensende zu bleiben.«

»Glauben Sie, mir bliebe tatsächlich genug, um mir das Zelt zu kaufen und noch ein paar Kleinigkeiten, damit ich im Winter nicht vor Kälte umkomme?«

»Ich vermute, das könnte ich gerade noch aushandeln. Aber genug gescherzt, wir müssen reagieren. Ich sehe nur eine Lösung. Wenn Sie mir vertrauen, können wir hier in Marokko die Scheidung einreichen, denn hier sind Sie im Vorteil. Sie müssen schnell handeln, denn der Erste, der die Scheidung einreicht, erzielt damit, dass das Gesetz jenes Landes angewandt wird, in dem er den Antrag gestellt hat. Er bekommt Priorität. Seit der neuen Moudawana wird die marokkanische Rechtsprechung international anerkannt, was das Juristische betrifft, riskieren Sie also nichts. Machen Sie sich nicht zu viele Sorgen. Ich kenne Sie ja und weiß, dass Sie Ihrer Frau, der Mutter Ihrer Kinder, eine sehr komfortable Rente sowie ein Haus und sogar eine ordentliche Kompensation anbieten werden. Das Gericht wird sehen, dass Ihre Vorschläge mehr als annehmbar sind.«

»Lassen Sie mir ein wenig Zeit. Ich muss zuerst dieses Bild zu Ende malen. Ich denke, wenn ich die Kraft habe, morgen den ganzen Tag daran zu arbeiten, wird es fertig. Dann wird Imane, meine Pflegerin und Krankengymnastin, entscheiden, ob es gelungen ist oder nicht. Meine Entscheidung wird von diesem Bild abhängen, und nun kann ich ihm auch einen Namen geben: Ich nenne es *Trennung*.«

Der Rechtsanwalt verstand nicht wirklich, warum der große Maler der Meinung einer einfachen Krankenpflegerin vertraute, aber er ließ sich nichts anmerken. Er senkte die Stimme und murmelte:

»Beruhigen Sie mich: Zwischen Ihnen und diesem Mädchen läuft doch hoffentlich nichts, oder?«

»Absolut nichts. Sie arbeitet gut, und ich vertraue ihrem Geschmack, denn sie ist keine Kunstkritikerin. Sie ist einfach ein Mädchen aus dem Volk, sie ist bezaubernd und effizient. Seit sie sich um meine Genesung kümmert, lebe ich wieder auf.«

»Weiß Ihre Frau Bescheid?«

»Natürlich, sie hat schon zweimal versucht, sie zu entlassen.«

Als er wieder an seinem Bild arbeitete, fühlte er sich kämpferischer als je zuvor, besonders da er einen Namen dafür gefunden hatte. Er war ihm einfach so eingefallen, ohne darüber nachzudenken. Das gefiel ihm. Jede Falte war ein Ärgernis, das er erlebt hatte. Jeder Schatten war ein Moment der Traurigkeit und der Melancholie. Er projizierte Dinge in das Bild hinein, die nur er allein kannte.

Wie immer machte er einen kurzen Mittagsschlaf. Am liebsten döste er mit einem Buch oder einer Zeitschrift ein. Plötzlich hörte er deutlich, wie ihm jemand ins Ohr flüsterte: »Du hast deine Ehe vermasselt ... sieh zu, dass du wenigstens eine ordentliche Scheidung hinkriegst!« Er wachte sofort auf, sah sich um, es war niemand da. Er klingelte nach seinen Gehilfen. Sein linkes Bein tat weh. Er bat die Zwillinge, ihn auf den Stuhl vor der großen Staffelei zu setzen, damit er an seinem Bild weitermalen konnte.

Als er am späten Nachmittag des folgenden Tages endlich das zerknitterte Tischtuch fertig hatte, rief er Imane und bat um ihre Meinung. Als sie das Bild anschaute, leuchteten ihre Augen derart, dass er sofort wusste, es war ein Meisterwerk. Er erinnerte sich, dass er seinem Rechtsanwalt eine Antwort versprochen hatte. Er rief ihn gegen sieben Uhr abends an:

»Legen Sie los, ich vertraue Ihnen. So oder so, egal, was ich entscheide, ich werde immer der Schuldige sein, und nichts wird mich aus dieser Geschichte befreien.«

Als Imane nach Hause gegangen war, bekam er plötzlich Lust, seiner Frau einen Brief zu schreiben, einen Brief, den er nicht abschicken würde. Er wusste jedoch nicht, wie er anfangen sollte. Sollte er sie mit »Liebe ...« ansprechen oder etwa nur »Guten Tag« schreiben? Er verzichtete auf eine Anrede und kam sofort zur Sache:

Ich möchte, dass Du weißt, wie sehr mir leidtut, was uns widerfährt. Ich möchte mich dafür entschuldigen, dass ich Dich heute verlasse, und Dir sagen, dass es weder meine noch Deine Schuld ist. Es ist ganz einfach so, dass wir das Schicksal herausgefordert haben. Ich habe an die Liebe geglaubt, ich habe so sehr daran geglaubt, dass sie für mich unlösbare Probleme lösen sollte. Doch zu lange hat mir der Mut, die Entschlussfreudigkeit gefehlt, und nun machen wir uns gegenseitig vor unseren entsetzten Kindern schlecht. Mir wäre so viel lieber gewesen, wir hätten uns einigen können, ohne diesen ganzen Schaden anzurichten, ohne unsere schmutzige Wäsche in aller Öffentlichkeit zu waschen, und jetzt über Rechtsanwälte zu korrespondieren.

Ich hoffe, dass wir wenigstens einen herzlichen, zivilisierten Kontakt aufrechterhalten können, denn wegen der Kinder müssen wir uns wiedersehen, und wie Du weißt, sind sie das Wichtigste in meinem Leben und sicher auch in Deinem.

Sei vernünftig, ich bitte Dich, akzeptiere die Realität, gib zu, dass wir uns nicht mehr lieben. Liebe ist weder ein Entschluss noch ein Willensakt. Sie richtet sich bei uns ein, wie sie uns verlässt. Wir können nichts dazu …

Kapitel 28

Casablanca, 18. Februar 2003

»Liebe mich, im Namen unserer Freundschaft.«
»Das kann ich nicht. Ich sollte lieber meinen Koffer packen.«

Ingmar Bergman, *Szenen einer Ehe*

An jenem Morgen war der Maler früh aufgewacht. Normalerweise kam Imane gegen acht Uhr, doch heute war sie verspätet. Er versuchte, seine Ungeduld zu zügeln und sich einzureden, irgendetwas habe sie aufgehalten. Als sie schließlich zwei Stunden später erschien, sah er sofort, dass sie geweint hatte. Ohne ein Wort begann sie zu arbeiten. Nach einiger Zeit fragte er sie sanft, ob sie sich ihm nicht anvertrauen wolle:

»Wir sind Freunde, wir können miteinander reden, uns gegenseitig sagen, was wir auf dem Herzen haben. Was ist passiert, Imane?«

»Ich muss Marokko verlassen, zu meinem Verlobten ziehen.«

»Ich dachte, diese Sache sei geregelt?«

»Ja, aber er hat wieder damit angefangen, er hat zudem angeboten, sich um die Papiere meines kleinen Bruders zu kümmern, ihm Arbeit in Belgien zu besorgen. Für meine Familie ist das wichtig. Trotz seines abgeschlossenen Studiums findet mein Bruder keine Arbeit. Wobei man dazu sagen muss, dass er auch nicht ernsthaft sucht, er ist verzweifelt über die Art, wie sich die Leute hier benehmen, überall Korruption, ohne Schmiergeld oder Beziehungen läuft nichts.«

»Lieben Sie diesen Mann?«

»Ich weiß es nicht, ich kenne ihn ja kaum. Er ist mit einem neuen Wagen gekommen, einem Mercedes, und Sie wissen ja, hier ist ein Mercedes wie ein ›Sesam, öffne dich‹, ein Symbol für Reichtum. Ich möchte meinen Verwandten keinen Kummer bereiten, vor allem nicht meinem Bruder, der so sehr hofft, aus dieser Klemme herauszukommen.«

»Aber Sie opfern sich!« Sie senkte den Blick, um nicht erneut in Tränen auszubrechen.

Dem Maler war klar, wie sehr ihn dieser Abschied berühren würde. Er hatte diese junge Frau liebgewonnen mit ihrer überschwänglichen Fantasie, ihrem wohltuenden Charme und ihren Händen, welche die Fähigkeit besaßen, Gutes zu tun. Er wusste, in Belgien würde sie unglücklich sein. Der mit seinem dicken Auto angekommene Verlobte hegte sicher ungute Absichten. Er hatte so viele Mädchen gesehen, die einem Ehemann gefolgt waren und vor Ort feststellen mussten, dass er bereits eine andere Familie hatte. Danach kehrten sie weinend zu ihren Eltern zurück und warteten darauf, dass ein anderer Mann sich ihrer erbarmte. Manche waren sogar an Rauschgifthändler geraten, die ihre Frauen als Drogenkuriere missbrauchten.

Der Maler bat Imane, ihm zu versprechen, ihn nicht zu vergessen, ihn zu besuchen und vor allen Dingen auf dem Laufenden zu halten. Sie war gerührt, fiel ihm in die Arme, legte ihren Kopf an seine Schulter und drückte ihn fest an sich. Er wollte sich nicht aus dieser Umarmung befreien, doch er zog es vor, eine gewisse Distanz zu wahren, denn er hatte ihr nichts zu bieten. Seine Gedanken wurden jedoch von einer plötzlichen harten Erektion unterbrochen. Das entzückte ihn, und zugleich war er enttäuscht. Er würde keinen Geschlechtsverkehr haben, vor allem nicht mit Imane, nein, er hielt sich zurück, versuchte sie sanft wegzuschieben, doch sie schmiegte sich immer fester an ihn, er spürte ihren warmen Körper, ihre kleinen Brüste, roch den Duft ihres Haares. Er wollte mit ihr sprechen, gab es dann auf. Sie kniete schon über ihm, bereit ihn zu reiten. Sie erhoben sich, sie half ihm auf das Bett, verschloss und verriegelte die Tür des Ateliers, zog die Vorhänge zu, löschte die Lampen, und glitt neben ihn, nachdem sie ihr Kleid abgelegt hatte. Sie war nackt, warm, zitterte vor Begierde. Er ließ sie gewähren. Sie massierte seinen Bauch, dann seinen Unterleib, ergriff seinen Penis und küsste ihn lange, sie stieg auf ihn und nahm ihn langsam in sich auf, sie wiederholte die gleichen Gesten zärtlich, beugte sich über ihn und streichelte sein Gesicht mit ihrem langen Haar. Die Erektion blieb. Sobald sie merkte, dass er zu erschlaffen drohte, gaben ihm ihre Lippen Kraft und Festigkeit. Als er ejakulierte, schrie sie vor Lust, denn sie erwartete diesen Augenblick seit langem und kam gleichzeitig mit ihm.

Eine ganze Zeit lang blieben sie eng aneinandergeschmiegt liegen, sie streichelte sein Gesicht, er dachte an das Glück, das er wiedergefunden hatte. Dennoch wusste er, dass dies nicht noch einmal passieren würde, dass es ihr Abschiedsgeschenk war. Schweigend sammelte sie ihre Sachen auf und zog sich an. Dann beugte sie sich über ihn und küsste ihn lange. Er spürte ihre Tränen, sie vermischten sich mit seinen, die er zu verbergen suchte.

»Ab morgen wird sich eine andere Frau um Sie kümmern. Sie ist gut, kompetent, sanft und sehr professionell. Ich habe sie ausgewählt. Adieu. Ich werde Ihnen schreiben, oder, wenn Sie das vorziehen, werde ich Sie von Zeit zu Zeit anrufen.«

Sie ging ohne sich umzudrehen. Er nahm ein Schlafmittel und legte sich ohne Abendessen ins Bett. Er bewahrte alle Düfte jenes Paradieses in sich auf, in dem er haltgemacht hatte, auf dem langen Weg der Genesung.

Kapitel 29

Tanger, 23. September 2003

M. zu seiner Frau:
»Ich habe dir ein hübsches Dach geschenkt …«
»Aber es riecht nach Farbe! Deine Bilder stapeln sich im Eingang.
Räum sie weg, oder ich werfe sie auf den Müll; dazu bin ich fähig.
Du und deine Bilder! Leg die Zeitung weg und spüle das Geschirr ab.«

Fritz Lang, *Straße der Versuchung (Scarlet Street)*

Auf Empfehlung eines seiner Ärzte verreiste er zusammen mit den Zwillingen, um sich ein paar Tage im Haus seines Freundes Abdelslam außerhalb von Tanger auszuruhen. Es war Ende September, vor mehr als zehn Monaten hatte er seiner Frau gesagt, dass er sie verlassen würde.

Wenn es in Tanger regnet, ist der Ostwind immer beteiligt. Er pfeift und bringt die Hügel der *Vieille Montagne* zum Zittern. Sogar wenn der Regen aufhört, lässt der Wind nicht nach, er erschüttert die höchsten, die kräftigsten Bäume. Die Leute erzählen, er schüttle sie, um die Krankheiten zu entfernen und die Moskitos auszumerzen. Wieder andere behaupten, dass er die Menschen verrückt mache und dass die Verrückten den Wind brauchen, um sich zu erregen, zu singen, zu tanzen und zu lachen.

Das Haus seines Freundes widerstand, auch wenn die Türen

und Fenster knarrten und die kalte Brise dieses ungestümen Besuchers hineinließen. Alles wurde durchgerüttelt und erwachte aus der Lethargie, die den Einwohnern der Stadt zur zweiten Natur geworden war. Die Liebhaber warmer Getränke hüllten sich in dicke Djellabas und tranken Minztee. Die Fischer fuhren nicht aufs Meer, der Fischmarkt blieb geschlossen. Die Kneipen füllten sich mit Menschen, die auf das Nachlassen des Windes warteten. Sobald er nicht mehr blies, erstarrte alles wieder, und man hörte die Stille, man genoss sie. Nach dem Sturm ruhte sich alles aus und schlief ein. Der Maler liebte diese wiedergewonnene Stille, die er die Mozartstille nannte.

Der Maler verglich seine Frau mit diesen Naturkräften. Sie war gewaltsam, grob, bedrohlich, dann wurde sie plötzlich sanft, wie durch ein Wunder, ruhig, freundlich. Der endgültige Abschied von Imane im Februar hatte ihn nach und nach in eine seltsame Melancholie verfallen lassen. »Sie ist meine letzte Frau«, sagte er sich, da er überzeugt war, in seinem geschwächten Zustand keine neuen Begegnungen mehr haben zu können. Seither hatte er sich nie mehr wohl gefühlt. Körperlich hatte er den Eindruck, wieder schwer zu werden, wie am Anfang seiner Genesung. Sein Herzrhythmus hatte sich verlangsamt. Es ging bergab mit ihm.

Er schaute auf das Meer und fragte sich zum hundertsten Mal, wie er den Fängen seiner Frau entkommen könne, die sich nicht scheiden lassen wollte und alle Schachzüge seines Rechtsanwaltes hatte parieren können. Er konnte noch so viele Pläne schmieden, damit sie die Trennung akzeptierte, ihm war klar, sie würde nie aufgeben. Sie war unermüdlich. Er musste seine Taktik radikal verändern, doch ihm fiel nichts mehr ein, außer sich in Schweigen zu hüllen. Wenn seine Freunde ihn in Casablanca besuchten, bestand er darauf, mit ihnen allein zu sein.

Während er zu ihr kein Wort mehr sprach, fand er mit seinen Freunden die Sprache wieder und erklärte ihnen, er werde hier gefangen gehalten. Niemand nahm ihn ernst. Seine Freunde versuchten, ihn zu besänftigen. »Was stellst du dir nur vor? Du hast doch Glück, dass sie an deiner Seite ist, sie opfert sich für dich auf. Sieh nur, sie hat abgenommen, sie ist erschöpft. Was würdest du denn tun, wenn du allein wärst? Du bist dir nicht im Klaren über deine Situation.« Doch, er war sich völlig im Klaren und träumte ständig davon, allein zu leben, umringt von Menschen, deren Gesellschaft er genoss und die ihm wirklich halfen. Doch er hatte weder Kraft noch Lust, seinen Freunden seine Konflikte mit seiner Frau zu erläutern, weshalb er am Ende immer nickte und schwach lächelte, als würde er ihnen recht geben.

Seine Frau hörte hinter der Tür mit. Wenn sie dazu aufgelegt war, erschien sie mit Erfrischungen, mit gebeugtem Kopf und gesenktem Blick, klar aufzeigend, wie sehr diese Situation sie bedrückte. Manchmal wischte sie sich sogar einige Tränen weg. Manche bedauerten sie, andere zollten ihr Respekt dafür, dort zu sein, ihre Jugend, ihre Zeit zu opfern, um sich um einen impotenten Ehemann zu kümmern, einen Behinderten mit schlechtem Charakter, einen launischen Künstler, einen Lebensgefährten, der davon ausging, sein Schatten genüge, um seine Frau zu befriedigen.

Seit er die Scheidung eingereicht hatte, war sie zugleich stark und zerbrechlich. Denn sie weinte wirklich, wenn sie alleine in ihrem Zimmer war, weit weg von ihm. Sie stellte fest: Ihr Leben war gescheitert, ein einziges Schlamassel. Sie verlor tatsächlich an Gewicht, vernachlässigte sich und ging fast nicht mehr aus. Nur Lalla, ihr Guru, besuchte sie und ermutigte sie, sich ihrem Mann um jeden Preis zu widersetzen, sie drängte sie, sich für alles zu rächen, was er ihr die ganzen Jahre lang angetan hatte und dafür, dass er sie verlassen wollte. In Lallas Blick lag etwas Heimtückisches, sie gab sich, als sei sie selbst das Opfer. Sie erzählte ihr von einem neuen Hexer aus dem Senegal, einem jungen Mann, der Kräuter benutzte, die man in Marokko nicht kannte. Er hatte so viel Erfolg, dass man tagelang warten musste, bevor man ihn treffen konnte.

Leider kam es nicht in Frage, den Maler allein zu lassen, nicht einmal eine Stunde lang. Lalla war bereit, die Reise bis nach Salé, wo der Hexer seine Kunden empfing, mit ihr zu machen, doch sie lehnte ab. Alles in allem brauchte sie das nicht mehr. Ihr Mann war da, er konnte ihr nicht mehr entkommen, und das war das beste Mittel, ihn zu bestrafen. Nun bekam sie von ihm alles, was sie wollte. Sie brauchte nicht einmal mehr seine Unterschrift, um Geld bei der Bank abzuheben. Heimlich hatte sie sich eine Vollmacht erschlichen, die ihr faktisch freie Hand gab.

Sie hatte über ihn triumphiert, doch die Situation war weniger komfortabel, als sie glaubte. Sicher, er war ihr ganz und gar ausgeliefert, doch er betrog sie mit seiner Krankheit. Er war stumm, eiskalt und sah sie kaum an. Das war ihre Tragödie: Was auch immer sie tat, er würde ihr nie ganz gehören, wie sie es sich erträumt hatte. Er gab sich seiner Kunst, seinen Freunden, seiner Familie, seiner Krankheit hin, doch nie mehr ihr. Ihre Frustration schmerzte ihn. Nun gab es nichts mehr zu retten, nichts mehr zu heilen. Es war das Ende, ein jämmerliches Ende für alle beide.

Er lag auf der Seite, hatte den Kopf in Richtung Garten des Hauses seines Freundes gedreht und beobachtete stundenlang einen unglückseligen Feigenbaum, der seit langer Zeit keine Früchte mehr trug. Er starrte auf diesen gedrungenen grauen

Baum mit seinen nackten Zweigen, der hätte gefällt werden müssen, und empfand tiefen Kummer bei dem Gedanken, dass sein Schicksal dem dieses alten Baums ähnelte, der zu nichts mehr zu gebrauchen war. Er sagte sich: »Wenn ich noch die Kraft hätte, würde ich ihn malen und das Bild ›Selbstbildnis‹ nennen.« Ihm liefen Tränen über die Wangen, das Kopfkissen wurde feucht. Er konnte nicht aufhören zu weinen. Es erleichterte ihn und kündigte den Beginn einer Befreiung an, zugleich hasste er die Berührung seiner Wange mit dem tränengetränkten Stoff. Das erinnerte ihn an seinen Vater in der Klinik, der angefangen hatte, still zu weinen, als er begriff, dass er noch am selben Tag sterben würde. Er hatte dem Gesichtsausdruck des Arztes angesehen, dass er erledigt war und dass sie nichts mehr machen konnten. Diese Szene hatte den Maler zutiefst berührt. Den von ihm so sehr bewunderten Vater zum Greis herabgewürdigt zu sehen, der nur noch den angekündigten Tod erwartete, hatte in seinem tiefsten Inneren grollenden Zorn ausgelöst. Er hatte sich über ihn gebeugt und die Wangen dieses Mannes abgetrocknet, der weinend wie ein kleiner Junge aus dem Leben schied.

Die von Michel Simon in Jean Renoirs Film *Die Hündin* gespielte Figur eines alten verarmten Malers, der auf der Straße lebt, kam ihm in den Sinn, als er von der Terrasse des Hauses von Abdelslam aus das Meer betrachtete. Er hatte diesen Film als sehr junger Mann gesehen und die Geschichte damals lächerlich gefunden. Später hatte er auch die amerikanische Fassung gesehen, die 1945 von Fritz Lang unter dem Titel *Straße der Versuchung* gedreht worden war, mit einem von ihm sehr geschätzten Schauspieler, Edward G. Robinson. Aber er hatte sich nicht mehr für das Schicksal dieses Künstlers interessiert, der seiner Leidenschaft und seiner Leichtgläubigkeit zum Opfer gefallen war. Doch die Übereinstimmung war auffallend. Sicher, im Gegensatz zur Figur im Film hätte er sicher nie akzeptiert, die Fußnägel des sein Talent stehlenden Luders Kitty zu malen. Er hatte sich sein Werk nicht entreißen lassen, er wurde bloß daran gehindert, es fortzusetzen. Er war auch kein Obdachloser geworden, der den Schlag eines Wagens öffnet, dessen Besitzer eines seiner Werke gekauft hat. Doch mit seiner Ehefrau und in seinem Rollstuhl lebte er wie ein fest verschnürtes Paket, das auf seine Lieferung wartet. Nunmehr war es unmöglich, sich loszureißen, die Schnur zu durchschneiden, seine Glieder zu befreien, sich zu erheben, um aus diesem Gefängnis zu fliehen und wie ein wild gewordenes Pferd wegzugaloppieren.

Seit Monaten redete er nicht mehr mit seiner Feindin. Ab jetzt würde er sie nicht einmal mehr ansehen. Er würde sie ignorieren, die Augen schließen und sich entfernen, sobald sie sich ihm näherte. Wenn sie ihn nach seinem Zustand fragte, würde er sich nicht bewegen, keine Geste machen, nichts, nicht einmal das Gesicht verziehen. Er würde in seiner Welt leben, völlig eingerollt in sich selbst, seinen Wunsch unterdrücken, ihren Krieg mit einem anderen Krieg zu beantworten. Sein Sieg würde vollständig sein an dem Tag, wo er, obwohl er sie nicht verlassen konnte, weder Hass noch Verachtung für diese Frau verspürte. Sie würde ganz einfach nicht mehr existieren.

Eine Fliege kreiste um ihn herum. Er hob den rechten Arm, bewegte die Hand, machte eine kleine Bewegung. Die Fliege entfernte sich. Er nahm eine Zeitung und wartete auf ihre Rückkehr, um sie endgültig zu verjagen.

ZWEITER TEIL

Meine Sicht der Dinge

Antwort auf »Der Mann, der die Frauen zu sehr liebte«

Prolog

Es ist eine fixe Idee, erregend, amüsant, teuflisch. Ich bin eine Fliege. Nervös und entschlossen. Naschhaft und hartnäckig. Eine Fliege ist gar nichts wert. Man verjagt sie ohne Rücksicht, man zerdrückt sie, wenn man sie erwischt. Man verachtet sie, doch man hat Angst vor ihr. Schön ist sie ja nicht, die Fliege. Kein Grund, stolz zu sein. Sie ist keine Königin, wie die Biene. Schwarz, grau, schamlos, ohne jede Moral. Sie ist frei und trickst jene aus, die hinter ihr her sind. Ihr ist alles egal. Sie hat weder Haus noch Heimat. Sie kommt, getragen von bösen Winden, und lässt sich nieder, ohne irgendjemanden um Erlaubnis zu fragen. Allein Regen und Kälte entmutigen sie. Sie wagt alles. Sie dringt in elegante Wohnzimmer ein, in saubere Moscheen, in Alkoven, in intime, geheime Orte, in Toiletten, in Küchen, in Waschküchen, überall, wohin ihr Instinkt sie führt. Sie behindert die Waschung der Toten, setzt ihren Saugrüssel auf die tote Haut und fliegt davon, um sich anderswo herumzutreiben. Sie beißt in die sanfte Haut der Babys und saugt sich voll. Sie kommt überall hin, und nichts kann sie zurückhalten. Frei und hartnäckig. Heute Morgen sehe ich mich als Fliege. Das amüsiert mich. Ich mag diesen Zustand ohne Angst, ohne Scham. Ich werde zur Fliege, um meinen Mann zu ärgern. Das kann ich sehr gut. Wenn ich mich auf seiner Nasenspitze niederlasse und er sich nicht bewegen kann, um mich zu verjagen, bin ich zufrieden. Ich lache in mich hinein und klammere mich fest. Ich kitzele ihn, ich kratze an ihm, ich bedränge ihn, und das gefällt mir. Meine kleine Rache. Oder sagen wir besser: ein winziger Anfang meines Programms.

Es ist verrückt, wie sehr die Männer sich vor der Einsamkeit fürchten. Das ist eine Sünde! Mir jagt die Einsamkeit keine Angst ein. Ich bin es sogar, die sie schafft, die sie erfindet, einführt. Ich bin nicht besessen von ihr. Wie die Fliege habe ich einen unabhängigen Geist, der keinen Kompromiss duldet. Mein Mann fand mich stark. Stimmt sicher, doch ich mag dieses Wort nicht. Es erinnert mich an den Tod. Was die Einsamkeit betrifft, so kann ich mich sehr gut in ihr einrichten. Man sollte nicht jammern, sich bei den anderen beklagen, die im Grunde ziemlich froh darüber sind, einen verachten zu können. Die Einsamkeit, das bin ich. Ich bin eine Fliege, die sich wohl fühlt und sich nicht mehr rührt. Ich bin diese Einsamkeit, die sich in der Haut meines Mannes einnistet. Ich will ihn nicht mehr so nennen. Er ist noch nie »mein« Mann gewesen, sondern immer schon der Mann all der anderen, angefangen bei seiner Mutter und seinen Schwestern, den beiden Hexen.

Heute bin ich eine Fliege. Die Einsamkeit ist schon lange da, seit seinem Anfall. Sagen wir, ich verstärke sie ein wenig, ich dramatisiere sie so sehr ich kann. Ich habe keine Wahl. Ich sauge Blut auf dieser dicken Nase. Ich störe ihn, ich werfe ihn aus der Bahn, ich beschimpfe ihn, ich bespucke seinen Körper, er kann nichts tun, kann weder Arm noch Hand noch Finger bewegen. Er ist zur Geisel seiner Krankheit geworden, und ich tue alles, damit keine Kleinigkeit vergessen wird. Ich bin nur eine Fliege, eine gewöhnliche, dumme, hartnäckige Fliege. Ich bin stur. Das liegt in meinen Genen. Es ist meine Daseinsweise. So und nicht anders sind die Dinge. Es ist idiotisch, aber so ist es. Da kann man nichts machen. Mein Mann ist durchgedreht, weil ich so stur bin. Der Arme! Er versuchte, diesen grundlegenden Aspekt meines Charakters auszumerzen, und schaffte es nicht. Ich war stärker als er, ich bin es immer gewesen. Wie die Fliege. Ich habe Augen überall, ich vertraue niemandem, und ich glaube nur an das, was mir passt. So ist es, und nichts wird meine Meinung dazu ändern. Eine Fliege, ich bin eine gefährliche Fliege.

Meine Version

Bevor ich meine Sicht der Dinge darstelle, muss ich Sie warnen: Ich bin ein schlechter Mensch. Ich war es nicht von Geburt an, doch wenn man mich angreift, verteidige ich mich, und zwar mit allen Mitteln, ich gebe jeden Schlag zurück. Genau genommen begnüge ich mich nicht damit, zurückzuschlagen, ich verteile neue, grausamere Schläge. So ist es, ich bin nicht nett, ich hasse nette Menschen, sie sind weich, schwammig und austauschbar. Ich mag direkte, offene Beziehungen, ohne Scheinheiligkeit, ohne Kompromisse.

Ja, ich bin starr. Die Flexibilität überlasse ich den Vipern, den Diplomaten. Ich schäme mich nicht, zu sagen, was ich tue, denn ich bin eine ehrliche Frau. Ich lüge nicht. Ich gehe direkt auf das Ziel los. Ich laviere nicht herum. Ich bin Steinen und Stacheln entsprungen. Ich stamme aus einer ausgedörrten Landschaft, ohne Wasser, ohne Schatten. Bei uns zu Hause gibt es weder Bäume noch Vegetation. Aber es gibt Tiere und Menschen. Verfluchte Tiere und resignierte Frauen. Dagegen habe ich mich aufgelehnt. Der Dürre habe ich meine Härte entgegengesetzt. Soweit ich weiß, gehen Tiere nicht höflich miteinander um. Ich bin hart, weil die netten Menschen umkommen und sich immer noch fragen, warum die anderen so böse zu ihnen sind.

Ich kenne keine Angst. Ich habe noch nie Angst gehabt. Ich kenne keine Scham. Derjenige, der mich beschämen könnte, ist noch nicht geboren. So ist es einfach. Weder Angst noch

Scham. Ich fürchte niemanden. Ich bin bereit, egal wo, egal wie zu sterben. Ich stürme voran und schaue nicht zurück.

Ich habe Hunger gelitten, großen Hunger. Ich hatte Durst. Mir war kalt. Niemand hat mir geholfen. Sehr früh habe ich begriffen, dass das Leben keine Folge von Galaabenden ist, bei denen jeder jeden liebt.

Ich bin aufrecht, halte mich aufrecht. Ich lasse es nicht zu, dass man versucht, mich zu beugen oder zu verraten. Für mich ist Verrat das Schlimmste. Ich bin fähig, den oder die, die mich verrät, umzubringen. So ist es einfach. Ich verstecke meine Absichten nicht. Genau genommen habe ich gar keine Absichten. Ich verfolge meinen Entschluss bis zum Ende. Ich komme aus der Nacht, aus einer grausamen Welt, in der nichts verziehen wird.

Ich frage mich, warum ich Sie unbedingt warnen wollte. Das sieht mir nicht ähnlich. Ich rede nicht. Ich handele. Nun habe ich geredet. Vielleicht werde ich nicht handeln.

Ich heiße Amina, dieses Buch ist meine Geschichte. Ich bin hochgewachsen, 1,76 Meter groß. Mein Haar ist kastanienbraun, das ist seine natürliche Farbe. Ich liebe das Leben, ich fühle mich wohl in meiner Haut und helfe gern anderen. Ich habe nicht studiert, aber ich bin neugierig und lerne ständig dazu, indem ich lese, indem ich nachforsche. Ich beschreibe alles ganz genau, denn ich möchte, dass Sie wissen, wer ich wirklich bin. Mein Gatte hat die Wahrheit derart entstellt.

Ich komme aus einem ausgedörrten Kaff, einem vermoderten Landstrich, wo nichts wächst, wo es nur Steine gibt und stechende wilde Gräser. Es ist kein Dorf, nicht einmal ein Douar, sondern ein von Lebenden bewohnter Friedhof. Der Staub ist mal grau, mal ockerfarben. Das kommt auf den Tag an. Er klebt an den wilden Gräsern, auf den Gesichtern der Kinder, an den ausgehungerten Katzen und Hunden. Es interessiert keinen, wo sich mein Dorf befindet. Es ist ein verlorenes Kaff ohne Namen. Manche nennen es Bled el Fna, Dorf der Leere. Nicht ein Heiliger, nicht ein Prophet hat dort haltgemacht. Wozu auch? Für wen? Für elende Bauern, für Tiere, die nichts zu essen finden? Das Nichts, die Leere, ja, das Dorf der Leere.

Mein Vater wollte aus mir eine Hirtin machen. Ich habe ihm gehorcht, bis ich eines Tages die Schule entdeckt habe. Statt Holz zu sammeln und die Kühe zu hüten, bin ich meinem Vetter in die Schule gefolgt, die eine Wegstunde vom Dorf entfernt lag. Ich habe ein graues Tuch auf meinen Kopf getan und mich unter die anderen Kinder gemischt. Da immer Schüler fehlten, hat der Lehrer nicht auf mich geachtet, bis ich mich mit meiner Banknachbarin stritt, die mir weder Stift noch Papier leihen wollte. Ich bin gewalttätig, ich nehme, was man mir nicht gibt, so ist es einfach. Ich habe ihr den Schulranzen entrissen und mich bedient, sie hat geschrien, der Lehrer ist eingeschritten, und nun musste ich den ganzen Morgen in der Ecke stehen. Mein Vater erfuhr von meiner Eskapade. Er wollte auf keinen Fall, dass seine Tochter zusammen mit Jungen in die Schule ging. »Wozu sollst du lesen und schreiben lernen?«, fragte er mich. »Besser du lernst, wie man einer Kuh oder einem Schaf beim Entbinden hilft.« Meine Mutter war nicht seiner Meinung, sie wollte, dass ich zur Schule ging, um der Finsternis zu entfliehen, die mich manchmal so traurig machte. Doch sie hatte nichts zu sagen. Mein Vater war nett zu ihr, sagte ihr jedoch, es sei besser, jeder bliebe an seinem Platz. Er hat mir verboten, zur Schule zurückzukehren und mich meinem Onkel Boualem anvertraut, der in Marrakesch einen Krämerladen führte und mich wie eine Dienstmagd ausbeutete. Boualem war geizig, sehr geizig. Er verbrachte seine Tage im Krämerladen, zählte die Sardinendosen, räumte sie um, zählte sie noch einmal. Er wusch sich nicht oft, begnügte sich mit den Waschungen vor dem Gebet – es war seine Art der Frömmigkeit. Seine Kleider rochen nach Schweiß. Er war mager, hatte nicht ein Gramm Fett am Leib. Man sagt, dürre Menschen leben länger. Meine Tante schrie ihn an. Einmal hat er sie heftig geschlagen. Sie weinte. Ich weinte. An jenem Abend bekamen wir kein Abendessen. Ich hatte immer Hunger. Ein anderes Mal habe ich mich in den Krämerladen geschlichen, der mit dem Haus verbunden war, und habe ein Glas Marmelade gestohlen. Ich hatte noch nie Marmelade gegessen. Am nächsten Tag hat er mir nicht mal eine Frage gestellt, sondern mir sofort eine so kräftige Ohrfeige verpasst, dass es mir fast den Kopf abgerissen hat. Ich habe mir gesagt: »Das ist der Preis für die gestohlene Marmelade.«

An dem Tag, als mir mein Onkel sagte, er werde mich nun Fremden anvertrauen, bekam ich Angst, zugleich fühlte ich etwas wie Erleichterung. Er setzte mich vor einer Villa ab, deren Einfahrtstor sich automatisch öffnete. Auf einem Schild stand: »Bissiger Hund«. Ich bin langsam weitergegangen, mit meinen zerknitterten Kleidern in einem Plastiksack. Eine Dame kam mir entgegen, die kaum gehen konnte. Sie sagte: »Komm, Kleine, komm, ich werde dir dein Zimmer zeigen.« Am Anfang verstand ich nicht, was ich dort tun sollte. Sie waren sehr nett zu mir, hatten mir neue Kleider gekauft (ja, das war das erste Mal, dass ich neue Kleider trug, normalerweise ließ mich meine Mutter altes Zeug aus der Familie auftragen), gaben mir zu essen und luden mich ein, mit ihnen am Tisch zu sitzen. Ich wusste nicht, wie ich mich benehmen sollte, mit Messer und Gabel konnte ich schlecht umgehen, ich aß mit den Fingern, was sie schockierte. Ich musste lernen, das Fleisch zu schneiden und es vorsichtig mit der Gabel aufzunehmen. Sie erzählten mir von fernen Ländern, von Reisen. Sie sagten, sie seien glücklich, meine neuen Eltern zu sein. Ich verstand nicht alles, doch Zanouba, das Dienstmädchen, übersetzte ihre Worte. Ich habe geweint, mein blaues Kleid zerrissen. Sie haben mir andere Kleider gekauft und mich bei einer Privatschule angemeldet, an der es nicht viele Schüler gab. Sie haben mich im Auto dorthin gefahren, mir einen Imbiss mitgegeben, eingewickelt in weißes, sehr glänzendes Papier. In der Schule brachte ich kein Wort heraus. Ich verzog das Gesicht, machte Gesten, sperrte die Ohren weit auf und lernte Französisch. Ich merkte mir alles; ich hatte ein gutes Gedächtnis. Am Abend trug ich vor, was ich am Tag gelernt hatte. Ich brachte Worte und Dinge durcheinander. Wenn ich mich zu sehr nach meinen Eltern sehnte, flüchtete ich mich in die Arme von Zanouba, die mir freundliche Worte zuflüsterte und mich tröstete. Sie sagte mir immer wieder, ich habe Glück. Ja, Glück von meinen Eltern, meinen Brüdern und Schwestern getrennt zu sein. Das Dorf fehlte mir nicht, doch ich konnte meine Großmutter nicht vergessen. Mein Rückstand in der Schule machte die Dinge komplizierter. Das französische Paar bezahlte einen jungen Mann, der mir Nachhilfe gab. Er war schön. Ich glaube, ich habe mich in ihn verliebt. Er war in der Sekundarschule. Ich wagte nicht, ihn offen anzusehen. Ich muss zugeben, er hat mir sehr geholfen. Mit ihm habe ich lesen und schreiben gelernt. Ab diesem Zeitpunkt hat sich alles in meinem Leben verändert. Eines Tages hatte ich Blut in der Unterhose. Ich schämte mich. Zum Glück hat mir Zanouba alles erklärt und sich um meine Hygiene gekümmert. Ich war verliebt und begann plötzlich, auf meine Kleidung zu achten. Ich wollte die Aufmerksamkeit des jungen Mannes erregen. Doch als der Sommer kam, ging er weg, und ich sah ihn nie wieder.

In drei Jahren habe ich meine Eltern zweimal gesehen. Sie kamen und brachten mir meinen Anteil an Öl und Honig, den die Vettern im Dorf verteilten.

Eines Tages haben mir meine neuen Eltern erklärt, dass sie nach Frankreich zurückkehren mussten. Wir sind ins Dorf gefahren. Ich fühlte mich seltsam und fremd in diesem Kaff, wo es nicht einmal Wasser gab. Die Kinder spielten mit einer toten Katze und waren über und über mit Fliegen bedeckt. Ihre Nasen liefen, und niemand kümmerte sich um sie. Mein Vater kam mir entgegen, ich dachte, er werde mich umarmen, wie es meine ausländischen Eltern taten, doch stattdessen musste ich den Rücken seiner dicken Hand küssen, die nach vertrockneter Erde roch. Ohne mich direkt anzusehen, sagte er: »Meine Tochter, wir werden uns bald wiedersehen.« Dann sprach er von einer Reise und von zu unterzeichnenden Papieren. Ich sah, wie Bündel von Geldscheinen aus den Händen des Franzosen in die meines Vaters übergingen. Auf einen Schlag begriff ich, was los war. Mein Vater hatte mich verkauft! Ich fing an zu weinen. Die Dame tröstete mich. Sie hat mir gesagt, mein Vater werde immer mein Vater bleiben. Sie hatten mich nicht adoptieren können, deswegen brauchten sie einen Brief von meinem Vater, damit ich mit ihnen ausreisen konnte. So erhielt ich meinen ersten Pass. Er war grün. Der Kerl von der Wilaya sagte mir in einschüchterndem Ton: »Achtung, das ist ein kostbarer Gegenstand, wenn du ihn verlierst, geben wir dir keinen neuen, du wirst dein ganzes Leben lang keinen Pass mehr haben und nirgendwohin reisen können.« Als ich aus dem Büro gehen wollte, kam er hinter mir her und flüsterte mir ins Ohr: »Du hast Glück, dass sich Franzosen um dich kümmern, also mach uns keine Schande. Vergiss nicht, mit dem kleinen grünen Heft vertrittst du Marokko!« Er irrte sich, ich vertrat niemanden, nicht einmal meine Mutter, die regungslos zusah, wie ich mich entfernte, vielleicht weinte auch sie. Ich habe die Augen geschlossen und entschieden, nie mehr an dieses Unglückskaff zurückzudenken.

Einige Wochen später bin ich mit den Franzosen auf einem Schiff nach Marseille gereist. Während der Reise redeten sie nicht miteinander. Es gab dicke Luft, und die Frau weinte heimlich. Sie hatte mir gesagt, dass sie dieses wunderbare Land nicht verlassen wollte, dass ihr Mann aber zurück nach Hause musste, um sich um seine sehr alten kranken Eltern zu kümmern. Ich habe mir gesagt, dass er ein guter Sohn war. Doch da war noch etwas anderes, was bei diesem Paar nicht klappte, das nie hatte Kinder kriegen können. Ich spürte die Dinge und konnte sie doch nicht benennen. Aus dem geringsten Anlass stritten sie sich. Die Frau wollte den Ton angeben, der Mann protestierte, und ich beobachtete diese Szenen und dachte an meine Eltern, die nie ein lautes Wort zueinander sagten.

Wir sind in eine nicht besonders große Wohnung gezogen. Die Nachbarn waren Armenier und haben uns willkommen geheißen, indem sie uns Kuchen aus Mandelpaste brachten. Sie hatten eine Tochter, ein sehr schönes, großes, braunhaariges Mädchen, das mit siebzehn Jahren so aussah, als wäre es schon über zwanzig. Sehr bald wurde sie meine Freundin. Sie lud mich oft zu sich ein, um mir Fotos zu zeigen, auf denen sie posierte. Sie wollte Schauspielerin werden. »Und was ist mit dem Studium?«, fragte ich sie.

»Das braucht man nicht, um Rollen zu spielen!«, antwortete sie lachend.

Sie trat auf Modenschauen auf und hatte ziemlich viel Erfolg. Da wir ungefähr die gleiche Größe hatten, sagte sie mir: »Weißt du, wenn deine Eltern einverstanden sind, solltest du auch mal dein Glück versuchen. Zurzeit werden Mädchen wie wir gesucht; wir sind an der Reihe, berühmt zu werden. Schneid dir ja nicht die Haare, lass sie wachsen und plustere sie auf wie eine Löwin.« Ich fand das komisch. Ich mochte mein Haar und pflegte es, mit Henna bekam es eine schöne rote Farbe mit braunen Schattierungen. Meine Freundin hat sich ausgezogen, mich gebeten, das Gleiche zu tun, und hat unsere Maße verglichen, Taille, Brust, Becken … Sie hat behauptet, wenn ich mir nur die Mühe geben wollte, könnte ich in der Modewelt Karriere machen.

Ich besuchte das Gymnasium und lernte ernsthaft. Meine marokkanischen Eltern gaben mir kein Lebenszeichen mehr. Die Franzosen ihrerseits hatten oft Sehnsucht nach Marokko. Dann, nach dem Tod der Eltern meines französischen Vaters, verirrten sie sich in eine komplizierte Erbschaftsgeschichte. Sie ließen mir die meiste Zeit viel Freiheit und vertrauten mir völlig. Ich nutzte das aus, um meine armenische Freundin zu den Modenschauen zu begleiten. So kam es, dass ein Kerl mit rot gefärbtem Haar mich bat, vor ihm her zu laufen, als hätte ich einen Krug voll Wasser auf dem Kopf. Ich habe versucht es mir vorzustellen und mich vorsichtig bewegt. Er schrie: »Achtung, der Krug fällt herunter und zerbricht in Tausend Stücke!« Ich habe durchgeatmet und mich wieder normal bewegt. Eine Frau hat mich an der Hand genommen, mich entkleidet und aufgefordert, ein merkwürdiges Kleid mit Löchern überzuziehen; es war vollkommen durchsichtig. Ich wollte dieses Teil, das mich nackt zeigte, nicht tragen. Deshalb gab sie mir ein anderes salonfähigeres Kleid und bat mich, im Raum hin und her zu gehen.

Mit siebzehneinhalb Jahren war ich in nur wenigen Minuten zum Modell geworden! Es war eine mehr als angenehme Arbeit, jedes Mal ging ich mit den Armen voller Geschenke nach Hause. Meine Eltern sahen nicht hin. Sie stellten nur eine Bedingung, ich musste das Abitur schaffen. Doch ich habe nicht auf ihre Warnung gehört und wurde schließlich im Sommer gebeten, die Abschlussprüfung im Herbst zu wiederholen. Das war eine Ohrfeige. Noch nie hatte ich mich als Schülerin gesehen, die es eventuell nicht schaffte. Ich bemerkte gar nicht, wie groß meine Wissenslücken inzwischen waren. Ich war so eingebildet und überzeugt davon, dass ich meinen Rückstand in kürzester Zeit aufholen könnte. Alles in allem war es ja nicht mein Fehler, dass ich eine chaotische und turbulente Einschulungsgeschichte hatte. Ich wusste nicht mehr, wer ich war: die Tochter von Lahbib Wakrine oder die von Monsieur und Madame Lefranc? War ich eine Araberin oder eine Berberin? Eine Französin oder eine Belgierin? Madame Lefranc stammte aus Flandern …

Ich machte die Nachprüfungen und bestand ganz knapp mein Abitur. Meine französischen Eltern haben nichts gesagt. Ich habe mich an der Uni eingeschrieben, bin aber kaum hingegangen. Ich zog es vor, mich mit sehr viel oberflächlicheren Dingen zu beschäftigen und war ständig auf Modenschauen und Fotoshootings. Ich war volljährig, und ich merkte nicht, wie die Zeit verrann.

Dann traf meine armenische Freundin irgendwo einen Produzenten, der sie einwickelte und mit ihr gewagte Szenen drehte, in Filmen, die man nicht in den großen Kinosälen von Marseille sehen konnte. Sie stritt sich mit ihren Eltern und verschwand. Diese tragische Geschichte ließ mich aus meinem Tagtraum erwachen. Ich ließ dieses schmutzige Milieu hinter mir und begann ernsthaft, Kunstgeschichte zu studieren.

Doch ganz plötzlich von einem Tag auf den anderen war ich ganz allein. Meine französischen Eltern hatten sich getrennt, ohne dass ich etwas gemerkt hätte, schließlich war ich ja auch so gut wie nie zu Hause. Sie haben alle ihre Besitztümer aufgeteilt, und ich stand zwischen beiden. Madame Lefranc hat mich gefragt, ob ich mit ihr wegziehen oder bei ihrem Exmann bleiben wollte. Ich war betreten. Doch durch Zufall arrangierte sich alles. Per Dekret wurde eine Familienzusammenführung erlaubt. Mein Vater, der sich in Clermont-Ferrand niedergelassen hatte, beschloss, seine Frau und seine beiden anderen Kinder zu sich zu nehmen. Ich vergaß meine Trauer von früher und den Schmerz, den ich empfunden hatte, als sie mich weggeschickt hatten, und hatte plötzlich Lust, zu ihnen zu ziehen. Die misslungene Adoption war nur ein Rahmen gewesen, der es mir ermöglicht hatte, eine mehr oder weniger normale Schullaufbahn zu absolvieren. Meine Eltern waren immer noch meine Eltern. Ich hieß Amina Wakrine, auch wenn mich die Lefrancs Nathalie genannt hatten. Ich habe im Übrigen nie verstanden, warum sie diesen Vornamen ausgewählt hatten. In der Schule nannten mich alle Natha. Der Kerl mit dem roten Haar hingegen wollte mich Kika nennen. Warum auch nicht? Auch wenn ich meinen Vornamen die ganze Zeit geändert hatte, ich war doch die gleiche geblieben, die Tochter meiner Eltern.

Als ich in Clermont ankam, überfiel mich Panik. Diese Stadt kam mir wie ein Gefängnis vor. Hässlich, grau, erdrückend. Ich wollte ihr nur noch entfliehen, sie verlassen und nie mehr zurückkehren. Als mein Vater mich in diesem Zustand sah, war er so weise, nichts zu sagen, und er akzeptierte, dass ich nach Paris ging, um das in Marseille begonnene Studium fortzusetzen. Er eröffnete ein Bankkonto für mich und hinterlegte dort einen Teil des Geldes, das die Franzosen ihm gegeben hatten. Es war eine dicke Summe, dazu kamen noch die Überweisungen, die mir Madame Lefranc seit der Scheidung schickte. Dieser Umzug nach Paris war für mich ein Wendepunkt. Endlich war ich unabhängig und hatte keine Gewissensbisse meinen Eltern gegenüber mehr. Ich war entschlossen, das Beste daraus zu machen. Nie im Leben hätte ich an den großen Reinfall gedacht, der mich einige Jahre später mit dem Maler erwartete.

Ich gebe zu, in Paris hatte ich sehr schnell Bewunderer, Flirts. Doch ich blieb keusch, ich wollte als Jungfrau in die Ehe gehen. Schwer zu verstehen, warum ein rebellisches Mädchen wie ich, das schwierige Zeiten durchlebt hatte, so sehr darauf bedacht war, seine Jungfernhaut unberührt zu behalten. Die Tradition, die Bräuche waren stärker als ich.

All das hat mein zukünftiger Ehemann nie gewusst. Ich wollte es ihm nicht erzählen, und er stellte selten Fragen zu jener Zeit in meinem Leben. Vielleicht ging er davon aus, dass alles, was vor unserer Begegnung passiert war, der Urgeschichte angehörte, der *Jahilia* (Unwissenheit), wie man die Jahrhunderte, die vor der Entstehung des Islam liegen, bezeichnet?

Madame Lefranc habe ich nur ein einziges Mal wiedergesehen. Sie war in einem Altersheim. Eigentlich war sie noch gar nicht sehr alt, doch sie hatte niemanden, der sich um sie kümmern oder ihr Gesellschaft leisten konnte. Sie umarmte mich, und ich spürte, dass sie weinte. Als ich ging, vertraute sie mir einen kleinen Koffer an. Sie sagte: »Den sollst du am Tag deiner Hochzeit öffnen.« Ich konnte nicht widerstehen. Sobald ich zu Hause war, habe ich ihn geöffnet. Ich war beeindruckt: Darin lagen Schmuck, Fotos, ein Adressbuch mit einigen durchgestrichenen Adressen, ein marokkanisches Kleid, das sie in der *Kissaria* von Rabat gekauft haben musste, und schließlich ein geschlossener Umschlag für Maître Antoine, Notar, 2, Rue Lamiral, usw. Ich habe ihn nicht aufgemacht. Ich bewahre ihn immer noch in einem Hefter auf. Eines Tages werde ich Maître Antoine aufsuchen …

Das geheime Manuskript

Sie fragen sich sicher, wie ich von dem Manuskript erfahren habe, das Sie gelesen haben, und auf das ich Punkt für Punkt antworten möchte? Ich habe es gestohlen. Ja, gestohlen. Ich wusste, sein bester Freund, der ab und zu schreibt, bereitete etwas vor. Doch mir war klar, sie würden das Ergebnis ihrer Arbeit verstecken. Deshalb habe ich sie geduldig ausspioniert und dafür gesorgt, dass sie nichts merkten. Sie sind folgendermaßen vorgegangen. Etwa sechs Monate lang hat ihn sein Freund heimlich ganz früh am Morgen besucht. Jedes Mal unterhielten sie sich lange, dann fuhr der Freund seinen Laptop hoch und gab der Unterhaltung literarische Form. Wenn er zufrieden war, druckte er die Seiten dieser merkwürdigen Biografie sofort aus und legte sie in einen Tresor im Atelier, dessen Kombination und Schlüssel ich natürlich nicht besaß. Vor einem Monat habe ich einen Tag genutzt, als mein Mann für Untersuchungen in die Klinik musste, und einen Schlosser geholt, der den Tresor für mich geöffnet hat. Klar, es ist mein Zuhause, kein Schlosser der Welt würde sich weigern, einen Tresor zu öffnen, dessen Schlüssel wir verloren oder dessen Zahlencode wir vergessen hatten. Ich habe alles an mich genommen, was ich finden konnte, eine echte Razzia. Bevor er ging, habe ich den Schlosser gebeten, einen neuen Zahlencode festzulegen. Ich bin jetzt die Einzige, die den Tresor benutzen kann. Das Manuskript war in einem Hefter, auf dem in Rot »vertraulich« stand; es war mir ein Vergnügen, ihn zu öffnen. Ich habe in einer Nacht alles gelesen und Anmerkungen gemacht. Ich war blind vor Wut, doch zum ersten Mal waren meine Rachegelüste wirklich legitim. Sein Freund ist nicht wiedergekommen. Ich glaube, er ist schwer krank geworden. Meine Gebete haben Früchte getragen.

Als mein Mann mitbekommen hat, was ich getan hatte, hat er nicht reagiert. Ich meinte, ihn einsam vor sich hin protestieren zu hören. Da habe ich ihm einen Kräutertee gebracht. Er hat ihn mit einem Blick abgelehnt, und mir bedeutet, ihn allein zu lassen. Beim Hinausgehen habe ich ganz bewusst einen Topf Farbe auf ein unvollendetes Bild fallen lassen. Ich gebe zu, ich habe diese schäbige Geste bedauert. Dadurch habe ich ein Werk beschädigt, das mir eines Tages eine hübsche Summe Geld hätte einbringen können. Doch genug davon. Wir tun nicht immer, was wir tun sollten. In meinem Fall ist der Instinkt oft stärker als die Vernunft.

Foulane besaß eine Sammlung seltener arabischer Manuskripte. Er war stolz darauf, zeigte sie den Besuchern und erklärte sie wortreich. Eines Morgens, als er zu einer Kontrolluntersuchung in der Klinik war, habe ich sie gestohlen. Ich habe sie Lalla anvertraut, die selbst einen großen Tresor besitzt. Eines schönen Tages werde ich sie als Tauschobjekt benutzen. Ich habe es so eingerichtet, dass er ihr Verschwinden bemerkt hat, das hat ihn in einen völlig aufgelösten Zustand versetzt. Er ist rot angelaufen, sein ganzer Körper hat gezittert, als habe er einen epileptischen Anfall. Ich habe mich vor ihn gestellt, meinen Sieg ausgekostet und ihm gesagt:

»Jetzt wirst du bezahlen. Ich werde dich nie gehen lassen. Das ist nur ein Vorgeschmack meiner Rache. Du wirst deine geliebten Schätze niemals wiedersehen. An dem Tag, an dem ich sie in Brand stecke, werde ich dich mitnehmen, damit du ihre Zerstörung erleben kannst! Du wirst an deinen Stuhl gefesselt sein und nichts tun können.«

Ich werde die Dinge nacheinander anführen, wie in einem Polizeibericht. Keine Befindlichkeiten, keine Gefühle und keine Rücksichtnahme. Das Lesen dieses Textes hat mir eine Energie gegeben, von der ich nichts ahnte. Krieg ist für mich ein guter Zustand. Ich fühle mich lebendig. Ich töte und schärfe unentwegt meine Waffen. Es ist ein Kampf um Leben und Tod. Das ist normal, seit ich alles gelesen habe, was er getan und gesagt hat, hege ich keinerlei Skrupel mehr, seinen Tod zu beschleunigen. Ich bin nicht sehr kultiviert, ich habe keine großen Diplome, bin kein Teil der feinen Gesellschaft; ich bin natürlich, direkt, aufrichtig. Ich hasse Scheinheiligkeit. Ich wickele die Dinge nicht in Samt und Seide ein. Das überlasse ich seiner Familie. Aber nun zu den Tatsachen.

Ich hoffe, es ist Ihnen aufgefallen, dass ich in diesem Manuskript an keiner Stelle beim Vornamen oder beim Namen genannt werde. Für ihn bin ich ein Nichts, Wind, Dunst auf einer Fensterscheibe, nichts, nicht einmal ein Gespenst. Vor ihm hat auch sein Vater bereits seine Frau nie beim Namen genannt. Er nannte sie ganz einfach »Frau«, und sie kam herbeigeeilt. Nun gut, ich werde das auch tun. Von nun an werde ich meinen Mann »Foulane« nennen, mit diesem Wort bezeichnet man auf Arabisch ein »x-beliebiges Individuum«. Ich weiß, es ist ein wenig verächtlich, sagen wir negativ. »Foulane« – das ist irgendjemand, der Erstbeste, ein Mann unter vielen, ohne besondere Eigenschaften. Wenn man schnell spricht, verschluckt man das »ou« und sagt »Flane«, einer, von dem man weder Namen noch Herkunft kennt. Dabei ist es doch gerade seine Herkunft, die alles verdorben hat. Oft sprach er von der Bedeutung der Wurzeln, er nahm die Pose eines Philosophen ein: »Unsere Wurzeln verfolgen uns überall hin. Sie lüften den Schleier und entlarven unsere Versuche, als etwas aufzutreten, das wir nicht sind.«

Eines Tages habe ich begriffen, dass hinter diesem Gewäsch ein Angriff gegen meine bäuerliche Herkunft steckte: gegen mich, als die Tochter armer Analphabeten und Emigranten. Er mochte die Armen nicht. Er gab zwar Almosen, aber er wirkte dabei oft angeekelt. Er gab seinem Fahrer Geld, damit er auf den Friedhof fuhr, wo seine Eltern begraben sind, und dort Geld an die Bettler verteilte. Freitags bat er die Köchin, einen großen Topf Couscous für die Bedürftigen zu kochen. So tat er seiner Pflicht als guter Moslem Genüge. Danach konnte er mit gutem Gewissen Bilder malen, auf denen er Fotos nachahmte und die er anschließend schamlos »Bidonville I« (Elendsviertel I), dann »Bidonville II« nannte, usw.

Dieser Roman – die Seiten, die ich gelesen habe, bilden anscheinend einen Roman, zumindest haben das er oder sein Freund, der Schreiberling, auf die erste Seite hingeschrieben unter diesen lächerlichen Titel, *Der Mann, der die Frauen zu sehr liebte* –, dieser Roman also, was wollte er eigentlich damit machen? Ihn veröffentlichen? Doch wozu? Wer soll denn ein solches Lügengewebe lesen, ein solch langatmiges Sonstwas? Alles darin ist verfälscht, angefangen mit dem Titel, eine grobe Parodie von Truffauts Filmtitel *Der Mann, der die Frauen liebte*. Foulane hat nur seinen Senf dazugegeben, indem er »zu sehr« hinzugefügt hat, um sich wichtig zu machen. Was seinen Freund betrifft – er ist definitiv kein großer Schriftsteller. Seine Bücher veröffentlicht er auf eigene Kosten, niemand kauft sie, und er stapelt sie in seiner Garage. Das Manuskript ist nur eine lange Aneinanderreihung von Unwahrheiten und unzulässigen Behauptungen, eine schlimmer als die andere. Wer es bis zur letzten Seite durchliest, muss zu der Überzeugung kommen, dass einzig und allein ich verantwortlich bin für seinen Hirnschlag, nicht wahr? Es ist furchtbar, eine solch unglaubliche

Behauptung in die Welt zu setzen. Das ist unverantwortlich und kriminell, oder etwa nicht? Ich bin gerissen, vielleicht intelligent, auch wenn er mir das nie zugestehen wollte, aber kriminell, nein, das sicherlich nicht!

Als ich ihn kennenlernte, litt er bereits unter Migräne, erhöhtem Blutdruck, Herzrhythmusstörungen und anderen Problemen des Nervensystems. Das ist erblich, dafür kann ich nun wirklich nichts. Es wird Ihnen aufgefallen sein, dass er mir vor der Szene unmittelbar vor seinem Hirnschlag – einer Szene, die nur in seiner Fantasie eines vom Erfolg berauschten Künstlers existiert, das will ich hier betonen – einige schöne Seiten widmet. Er geht sogar so weit zu sagen, dass er mich liebt. Glauben Sie ihm bloß nicht, er war unfähig, mir auch nur das geringste Kompliment zu machen, kein nettes Wort am Morgen, keine zärtliche Geste am Abend, nichts, er lebte in seiner Welt, und ich musste in seinem Schatten existieren, mich ganz klein machen in seinem Schatten. Ach, dieser allgegenwärtige Schatten, erdrückend, schwarz, er verfolgte mich überall hin, setzte mir zu, beugte sich über mich, und ich gefror zu Eis. Er ließ mich in meiner Ecke erstarren. Ein Schatten spricht nicht. Er schwebt, bedroht und erdrückt. Am Morgen stand ich erschöpft, entleert auf. Der Schatten hatte mich die ganze Nacht verfolgt. Ich konnte mich niemandem anvertrauen, und wer hätte mir auch geglaubt? Von einem Schatten geschlagen! Die Leute hätten mich für eine Verrückte gehalten, das hätte ihm in den Kram gepasst. Es fiel ihm wohl schwer, ein liebes Wort an mich zu richten. Deshalb verzichtete er darauf, zog sich in sich zurück, und wenn er mit mir schlafen wollte, streckte er die Hand aus und kratzte an meinem Knie. Das war das Zeichen, seine zärtliche Art zu fragen, damit ich mich darauf vorbereitete, ihn zu empfangen, als stehe ich ihm zur Verfügung, allzeit bereit, immer verfügbar, denn Foulane musste sich beeilen, aus Angst, seine Erektion werde schwinden. Ja, er hatte es eilig, seine hygienische Pflicht zu erfüllen. Er drang mit ein wenig Gewalt in mich ein, kam und ging in mir wie eine auf einige Minuten programmierte Mechanik, dann ging ihm die Puste aus wie einem Spielzeug, dessen Batterien leer sind.

Er hat mir nie Rosen geschenkt. Blumen schenken, das ist einfach, bereitet Freude, es bedeutet etwas. Er – keine Blumen. Das war nicht seine Sprache. Nicht die geringste Aufmerksamkeit. Manches Mal, wenn er von einer Reise zurückkam, schenkte er mir ein Schmuckstück, eine Kette oder eine Uhr, als wolle er um Verzeihung bitten. Doch irgendwie richtete er es so ein, dass ich den Preis erfuhr. So war er, schäbig, kleinlich. Er lebte in seiner Welt, in seiner Käseglocke des erfolgreichen Künstlers, doch er vergisst zu erwähnen, dass der Erfolg sich erst ab dem Moment einstellte, als wir uns kennenlernten. Er hat nie zugegeben, dass sein Leben und seine Karriere nach unserer Hochzeit aufgeblüht sind. Ich habe ihm Stabilität, Inspiration gebracht, und ich behaupte sogar, einen großen Einfluss auf die radikale Veränderung seines Stiles gehabt zu haben. Vor unserer Begegnung zeugten seine Bilder von plattem Realismus, waren seelenlos, fantasielos. Er imitierte, was er sah. Es war so etwas wie bessere Fotografie. Doch, wie Sie wissen, durfte man ihm das bloß nicht sagen, sonst wurde er wütend. Unter meinem Einfluss hat er es gewagt, sich von diesem Stil und diesen Techniken zu entfernen. Seine Bilder wurden lebendig, verrückt, reich, menschlich. Nie hat er die Ehrlichkeit besessen, anzuerkennen, was meine Anwesenheit ihm gab, was meine Empfindsamkeit ihm schenkte. Als wir in Paris lebten, kümmerte ich mich um das Haus, die Kinder, alles. Er schloss sich in sein Atelier ein, in einem anderen Viertel der Stadt. Atelier? Ja und nein. Ich habe immer gewusst, dass er diesen Ort nutzte, um sich mit Frauen zu treffen, Huren oder jungen unschuldigen Mädchen, die vor seinen Bildern in Verzückung gerieten. Einmal habe ich ihn gefragt: »Warum hast du ein Bett in dein Atelier gestellt?« »Damit sich der Künstler ausruhen kann, selbstverständlich«, hat er geantwortet. Doch er ruhte sich nicht alleine aus. Unter seinen Bekanntschaften waren immer eine oder zwei Frauen, die jederzeit bereit waren, in ein Taxi zu springen und zu ihm zu fahren, um gemeinsam das zu treiben, was er Mittagsschlaf nannte. Das alles wusste ich, und es kostete mich übermenschliche Anstrengungen, nicht dorthin zu gehen und den Skandal auszulösen, wie es jede normale Ehefrau getan hätte. Ich war dusselig, blauäugig. Ich hatte keine Angst vor dem, was ich entdecken würde; ich habe nie Angst, das ist ein Gefühl, das ich nicht kenne. Nein, ich wollte ihn ganz einfach nicht stören. Ja, so aufmerksam war ich, ich wusste, er arbeitete viel, und ich wollte mich nicht in seinem Atelier aufdrängen, da ich wusste, mein Zorn würde furchtbar und nur schwer zu bändigen sein. Doch eines Tages, als er auf Reisen war, habe ich bemerkt, dass er die Schlüssel in seiner Tasche vergessen hatte. Ich konnte der Versuchung nicht widerstehen, mir diese Höhle anzusehen, in der er mich jahrein, jahraus betrog. Ich schloss die Tür auf, ich fühlte mich unwohl, ich zitterte ein wenig, ich bereitete mich darauf vor, die Spritzer einer Wirklichkeit voll ins Gesicht zu bekommen, die ich nicht sehen wollte. Das Bett war zerwühlt, da stand ein kaum angefangenes Bild, auf dem kleinen Tisch eine halbleere Weinflasche, zwei Gläser, das eine mit rotem Lippenstift am Rand. Kurzum: klassisch, banal, Ehebruch in seiner ganzen Herrlichkeit, als Zugabe ein Fläschchen meines eigenen Parfüms, mit dem er sein Opfer wohl mit dem Ziel beträufelte, auf bekanntem Territorium zu bleiben. Ich bin schnurstracks zum Mülleimer gegangen, mein Instinkt leitete mich, dort fand ich zwei benutzte Kondome. Der Idiot, statt sie in die Kloschüssel zu werfen oder sie in Papier gewickelt mitzunehmen und außerhalb des Ateliers zu entsorgen, nein, er musste unwiderlegbare Beweise hinterlassen. Am liebsten hätte ich ein wenig von dem Sperma in ein Fläschchen getan, um es einem meiner Hexer zu geben, doch wie nur? Sperma von Monsieur! Ideal für einen Zaubertrank, der impotent macht. Dann habe ich seine Schubladen geöffnet. Geradezu pornografische Liebesbriefe, Fotos jeder Art, Geschenke, getrocknete Blumen zwischen zwei Blättern mit dem Abdruck eines Kussmundes und dem Duft von Chanel N°5. Ich habe mich in seinen Sessel gesetzt, mir eine Zigarette angezündet, eine Flasche Wein geöffnet (sehr viel besser als das Zeug, das er mit nach Hause brachte), und ich habe angefangen zu überlegen. Ich konnte nicht so tun, als hätten dieser Besuch und diese Entdeckungen nicht stattgefunden, ich würde ihm nicht verzeihen, vergessen, was ich gesehen hatte und mit einem Mann weiterleben, der sein wahres Leben in diesem verrotteten Loch führte. Reagieren. In aller Ruhe. Reagieren, um dieser anomalen Situation ein Ende zu setzen. Er machte sich über mich lustig, und das seit dem ersten Tag. Ich hatte es gewusst, aber nun wurde mir angesichts all dieser Beweise speiübel. Ich musste so schnell wie möglich handeln. Ich sagte mir: »Dieses eine Mal werde ich planvoll und rational vorgehen. Der Wein ist gut, ich bin ruhig, ich muss ganz genau entscheiden, was ich unternehme. Ich sehe schon, wie er zurückkommt, mit seinem schiefen Lächeln, vorgestrecktem Wanst, unverschämter Miene, stolz wie Oskar, und ich bekomme Lust, ihm die Augen auszukratzen oder besser noch, ihm die Hände abzuhacken, wie sie es in Saudi-Arabien mit den Dieben tun. Ein Maler ohne Hände, nicht schlecht! Nein, ich sollte mir lieber seine Genitalien vornehmen. Da gibt es zwar nicht viel abzuhacken, aber es soll ihm weh tun. Gut, Schluss mit den Wahnvorstellungen, ich werde kein Blut vergießen.

Am besten, ich verschweige, was ich entdeckt habe, um ihn besser zerstören zu können, wenn ich dafür die Bedingungen geschaffen habe. Ich weiß nicht, ob ich es fertigbringen werde zu schweigen. Ich habe heißes Blut. Doch eins ist sicher, er wird mich nicht mehr anfassen. In einem ersten Schritt werde ich ihm Angst einjagen, er wird mit dieser Angst leben, die ihn von innen auffrisst, er wird vor Angst ein Leben voller Löcher haben. Ich habe die ersten zehn Jahre meines Lebens damit verbracht, mich von jeglicher Angst zu heilen. Es war eine Frage von Leben und Tod, mit Angst kenne ich mich also aus, sie ist sogar meine Spezialität. Ich habe Dürre kennengelernt, Durst, Hunger, Überleben in schwüler Hitze, Überleben in Eiseskälte, Überleben im Kampf mit Schlangen, Skorpionen, Hyänen … ich hatte keine Wahl. Ich habe meine Angst gezähmt, und jetzt kann ich sie auf Tiere wie auf Menschen übertragen.

Ich habe alles zusammengerafft, was ich finden konnte, und bin zu einem Rechtsanwalt gegangen, um zu fragen, ob es ausreichte, um die Scheidung zu beantragen. Ich habe auch meine Mutter angerufen, die mir vorgeschlagen hat, bis nach Südmarokko zu reisen, um mit einem unserer Vorfahren Zwiesprache zu halten, der mit außerordentlichen Kräften ausgestattet war. »Er wird wissen, wie man Foulane bestrafen kann. In unserer Familie ist Solidarität das Wichtigste.« Alle wussten Bescheid. Die Kränkung, die Schande musste gesühnt werden. Er musste zahlen. Einer meiner Brüder schlug vor, seine Bilder zu zerschneiden, ein anderer wollte ihm zwei Kerle auf den Hals schicken, die ihm eine Lektion erteilen sollten. Ich habe das abgelehnt. Ich, ich ganz allein musste mich um diese Sache kümmern!

Als er von seiner Reise zurückkam, tat Foulane, als sei er erschöpft, ach, seine berüchtigte Migräne. Ich habe ihn gefragt, wo er gewesen sei, und er hat geantwortet: »Das weißt du doch genau, in Frankfurt, um mit der Galerie Impact über die nächste Ausstellung zu reden. Es war sehr hart, die Stadt ist nicht schön, die Menschen sind freundlich, doch ich habe mich beeilt, denn ich hatte Lust, nach Hause zurückzukommen. Nun, was gibt es zum Abendessen?«

Ohne zu zögern habe ich geantwortet: »Kondome in verfaulter weißer Soße, mit Engelshaar vermischt mit Schweiß und ein paar Tropfen Chanel N°5.«

Er hat nicht gelacht. Er ist in seinem Sessel erstarrt. Dann nahm er eine Zeitschrift, die am Boden lag, und begann, darin zu blättern. Da habe ich ihm ein großes Glas Wasser über den Kopf gegossen, ich hätte ein Glas Essig vorgezogen, doch ich hatte gerade keines zur Hand. Ich hasse es, wenn man nicht reagiert. Er ist aufgestanden, hat sich das Gesicht ruhig abgewischt und das Haus verlassen. Fünf Minuten später ist er wiedergekommen, immer noch ruhig und schweigsam, hat ein paar Sachen eingesammelt, sie in seinen noch nicht ausgepackten Koffer gestopft und ist erneut weggegangen.

Später habe ich ihn in seinem Atelier angerufen, ich habe ihn tränenreich beschimpft und habe ihm gedroht, ich werde ihn rechtlich belangen. Genau genommen habe ich egal was gesagt. Es tat weh, sehr weh. Verrat ist etwas Furchtbares, eine unerträgliche Erniedrigung. Unannehmbar. Die Kinder haben gehört, wie ich schrie und weinte. Sie sind in mein Bett gekommen und haben an meiner Seite geschlafen; sie flüsterten: »Mama, wir lieben dich.«

Er hat drei Monate lang in seinem Atelier gelebt, genauer gesagt, in seinem Bordell. Mein Rechtsanwalt hat ihm einen Brief geschickt, der ihm Angst machen sollte. Auch das erwähnt er natürlich nicht in seinem Manuskript. Und dann, eines Tages, weil ich ihn noch liebte, ja, das gebe ich zu, habe ich nachgegeben und bin in seinem Refugium aufgetaucht, ich bin in sein Bett geschlüpft. Ich erinnere mich genau, er sah gerade einen Film im Fernsehen, er wies mich nicht zurück, wir liebten uns ohne ein Wort, und am nächsten Tag war er wieder bei mir, er zog wieder zu Hause ein, und alles fing wieder an zwischen uns. Das war ein schwerwiegender Fehler. Meine Mutter war nicht einverstanden. Sie musste in die hinterste Ecke Marokkos reisen, um den großen Vorfahren zu bitten, seine Kräfte doch nicht anzuwenden. Es war von Vorteil, diesen Ehemann in gutem Zustand zurückzubekommen, sagte sie mir.

Ich dachte, Foulane hätte nun endlich ein Einsehen und würde sich nunmehr korrekt verhalten. Doch er nahm sehr schnell seine Junggesellengewohnheiten wieder auf, ohne einen Gedanken an meine Gefühle zu verschwenden. Er verreiste, ging abends zu »Arbeitsessen« aus. Er kam spät nach Hause, nach dem Parfüm anderer Frauen stinkend. Ich sagte nichts, schluckte viele Kröten. Ich sah meine Kinder an und weinte stumm. Wenn er mit einer anderen Frau geschlafen hatte, eilte er immer direkt ins Bad und nahm eine Dusche. Normalerweise duschte er sich wie alle Welt am Morgen. Wenn ich versuchte, mich ihm zu nähern, bekam er keinen hoch. Seine ganze Energie war von einer anderen in Anspruch genommen worden. Seine Eier waren schlaff, sein Schwänzchen in jämmerlichem Zustand. Er hatte sich entleert, vollständig entleert. Das war unzumutbar! Jahrelang habe ich das ertragen. Ich konnte nicht mehr. Meine Moral, meine Prinzipien, meine Erziehung erlaubten mir nicht, ihn zu betrügen. Bei uns hat eine Frau, die ihren Mann betrügt, keinerlei Rechte mehr, sie wird schlecht angesehen, selbst wenn sie das Opfer eines gewalttätigen lügnerischen Ehemannes ist. In unserem Dorf kannte jeder die Geschichte von Fatna, der einzigen Frau unseres Clans, die es gewagt hatte, sich einen Liebhaber zu nehmen.

Sie wurde aus dem Dorf gejagt. Ein paar Jahre lang lebte sie als Bettlerin in den Straßen von Marrakesch, bis sie sich in der Nähe des Jemaa el Fna-Platzes vor einen Bus warf. Arme Fatna! Gott nehme sich ihrer Seele an und vergebe ihr!

Auch ich hätte gerne Abenteuer erlebt, viele Liebhaber gehabt, doch zu keinem Zeitpunkt erlaubten mir das meine Seele, mein Stolz, mein Hochmut. Meine Freundinnen ermutigten mich dazu, drängten mich zur Rache, meinten, ich solle ihm jeden Verrat fünffach heimzahlen, doch ich widersetzte mich. Andere Männer interessierten mich nicht einmal. Ich liebte meinen Mann und wollte mich keinem anderem hingeben. Schöne, interessante, freie, großherzige Männer warben um mich. Ich lehnte ab, wies sie zurück und war zugleich stolz, eine derartige Anziehungskraft zu besitzen. Sie sagten mir: »Du bist sehr verführerisch, du bist schön, und dein Ehemann vernachlässigt dich. Das ist ein Verbrechen, das man mit den Mitteln der Liebe bestraft, mit der Liebe zu einem anderen.«

Ich liebte ihn und zeigte es ihm nicht; es war eine Frage der Schamhaftigkeit. Meine Eltern haben sich nie vor uns umarmt, sich nie zärtliche Worte gesagt. Worin besteht denn jetzt diese Liebe? Er war der erste Mann in meinem Leben. Die Zeit in Marseille zähle ich nicht, denn da spürte ich mich selbst nicht. Davor hatte ich mit Freunden geflirtet, mehr nicht. Er schüchterte mich ein, beherrschte mich. Ich musste das Machtverhältnis zwischen uns umkehren, deshalb habe ich gewagt, ihn herauszufordern, ihn von seinem Sockel zu stoßen. Was ich an ihm liebte, war seine Reife, seine Erfahrung, seine Prominenz. Ich wollte ihn ganz für mich allein, das ist normal, keine Frau akzeptiert es, ihren Mann teilen zu müssen. Für mich ist eine fremde Frau, die mit einem verheirateten Mann schläft, pervers, eine Hure, eine Schlampe. Ich erkenne sie, und ich verachte sie. Gegen diese Art Frauen habe ich bereits mit der

Unerbittlichkeit eines Serienmörders Pläne geschmiedet, bis in alle Einzelheiten die verschiedenen Etappen des Verbrechens ausgeheckt. Ja, ich werde mir Zeit lassen, ich werde sie in eine Falle locken, eine nach der anderen, und sie entstellen. Gerne malte ich mir die Szene bis in die kleinsten Details aus, wie ich mich ihnen annähern, ihr Vertrauen gewinnen und vor allem, wie ich keinerlei Spuren hinterlassen würde. Das perfekte Verbrechen. Ein weiblicher Serial Killer! Ich habe davon geträumt, aber natürlich habe ich es nie in die Tat umgesetzt.

Vielleicht glauben Sie es mir nicht, doch ich habe Foulane nie betrogen. Er weiß das, und es ist seltsam, dass er in seinem »Roman« Zweifel an meiner Treue aufkommen lässt. Ganz schön unverschämt, mich zu verdächtigen! Es stimmt, dass ich oft mit meinen Freundinnen ausging, und da er ständig auf Reisen war, hätte ich jede Gelegenheit gehabt, ihn zu betrügen. Doch ich habe diese Grenze nie übertreten. Heute gestehe ich, dass mir das leidtut. Ich war in Prinzipien gefangen, die mich selbst bestraften. Ich dachte an Fatna, doch wir lebten nicht im Dorf der Tugend. Damals lebten wir in Paris, gingen oft aus, er war sehr bekannt, ich folgte ihm, war der schöne Gegenstand an seiner Seite. Bei einem Empfang im Élysée-Palast wusste er nichts Besseres zu tun, als mir den Rücken zuzukehren, genau in dem Moment, als er mit dem Präsidenten sprach. Unerwartet unterbrach François Mitterrand plötzlich ihre Unterhaltung und wandte sich mit einem breiten Lächeln an mich. Er fragte mich, wo ich herkäme, was ich studiere. Als ich ihm sagte, ich sei die Ehefrau des Künstlers, mit dem er gerade sprach, sagte er: »Ach! Jetzt verstehe ich, Sie sind seine Muse!« Ja, genauso war es. Ich war seine Muse, seine Sklavin, sein Ding, sein hübsches kleines Ding, das er auf Empfängen vorzeigte. Zu Anfang störte mich das, dann wurde es zur Gewohnheit. Niemand konnte mir Minderwertigkeitskomplexe einreden. Ich wusste, wer ich war und was ich wert war. Dazu muss man nicht Theater spielen, sich wie eine Scheinheilige aufführen, wie seine Schwägerinnen, alle aufgetakelt, unwohl in ihrer Haut, dick, fett, ohne Charme. Ich sah, wie sie sich auf Hochzeiten aufführten, und ich, ausgegrenzt in meiner Ecke, war die Fremde, das schadhafte Element, vor dem man sich hüten musste. Ich war der hässliche Fleck auf der makellosen Fassade einer Gesellschaft, in der Scheinheiligkeit und äußerer Schein alles beherrschten.

Die Liste der Erniedrigungen, die ich über mich ergehen lassen musste, ist lang. Ich erzähle Ihnen alles, ich erfinde nichts, im Gegensatz zu ihm schreibe ich keinen Roman. Ich lasse die Katze aus dem Sack, und der war voll und hatte bereits begonnen zu stinken. Er liebt es, die Wirklichkeit zu arrangieren, nur kein Skandal, kein Lärm, wir müssen ruhig und flexibel sein. »Ein Auge, das sieht, und das andere, das wegschaut«, wie Foulane sagte. Doch ich habe schon immer weit geöffnete Augen gehabt. Ich bin nicht flexibel, das werde ich nie sein. Denn was bedeutet Flexibilität: alles akzeptieren und den Kopf senken? Nein, niemals!

Unsere Hochzeit

Zurück zum Anfang. Unsere Hochzeit. Was für eine Katastrophe! Ach, an jenen Freitag im April werde ich mich mein Leben lang erinnern. Alle Bräute erinnern sich beglückt an diesen Tag, ich nicht. Jener Freitag wird auf ewig ein schwarzer Tag bleiben, ein Tag der Trauer, ein Tag, an dem ich so viel geweint habe. Frischgebackene Ehefrauen weinen aus Tradition, weil sie ihre Familie verlassen, um in eine andere einzutreten, ich weinte, weil ich meine Familie verließ, um einen unvorhersehbaren Abstieg in die Hölle anzutreten.

Ich beschreibe die Szene.

Meine Eltern hatten einen Festsaal im Umland von Casablanca gemietet. Sie hatten dafür viel Geld ausgegeben. Sie wollten gut dastehen vor der Familie des Bräutigams, deren städtische Wurzeln sie einschüchterten. Die Leute aus Fès glauben, sie stünden über allen anderen Marokkanern. Von oben herab sehen sie auf den Rest des Landes, als gäbe es nur ihre Kultur, als müssten alle ihre Traditionen annehmen, als müsse ganz Marokko so kochen wie sie, sich so kleiden wie sie, reden wie sie. Sie besitzen eine natürliche Intoleranz, sie tragen ihren Hochmut zur Schau. Sie sind nicht bösartig, aber zynisch. Aus all diesen Gründen waren meine Eltern gegen diese Ehe. Mein Vater, der wenig sagte, sprach mit meiner Mutter, die es mir weitergab: »Wir gehören nicht zu ihnen, und sie gehören nicht zu uns.« Er fügte hinzu: »Ich bin nicht sicher, dass unsere Tochter in dieser Familie glücklich wird, der Ehemann ist älter als sie, das kann noch angehen, doch seine Familie macht mir Sorgen, ich werde nie wissen, wie ich sie empfangen, wie ich mich benehmen soll, es sind Menschen aus einer anderen Welt, und wir sind einfache und bescheidene Leute. Man könnte sich fragen, ob wir an den gleichen Gott glauben! Also, sag ihr, sie soll tun, was sie für richtig hält. Sag ihr, dass ich traurig bin.«

Ich erinnere mich an dieses Gespräch mit meiner Mutter, ich konnte ihr nicht komplett widersprechen, denn ich wusste, sie hatte ein wenig recht. Doch es war zu spät: Ich war verliebt. Was bedeutet es, verliebt zu sein, für ein junges Mädchen, das sehr früh mit allen Formen des Elends konfrontiert gewesen ist? Wenn ich an ihn dachte, glaubte ich, ein modernes Märchen zu erleben. Die Fehler, die ich an ihm sah, radierte ich aus und überhöhte ihn in jeder Weise. Die Liebe ist in Wahrheit nichts als eine romantische Erfindung. Ich hatte mehrere Romane gelesen, die im 19. Jahrhundert in Schottland spielten. Ich träumte von diesen verregneten Landschaften, von diesen feinsinnigen Figuren, von diesen poetischen vielversprechenden Anträgen. Ich hielt mich für eine dieser Heldinnen und glaubte daran. Der Kontrast zur Wirklichkeit war hart. Sehr hart.

Ich erinnere mich, wie er mich einen Tag vor unserer Verlobung in seiner Wohnung in der Rue Lhomond in Paris erwartete. Ich hatte den Zug genommen, und als ich an der Gare Saint Lazare ankam, spürte ich einen riesigen Stein auf meiner Brust lasten. Zum ersten Mal in meinem Leben hatte ich Angst. Ich bin in ein Café gegangen, habe einen Tee bestellt und stundenlang rauchend davor gesessen, alleine, ich dachte nach und sah den Film meines künftigen Lebens vor mir ablaufen. Ich besaß eine gewisse Fähigkeit, meine Zukunft vorauszusagen. Auch wenn ich verliebt war, ich hatte keine Illusionen. Ich sah, wie seine Familie keine Gelegenheit ausließ, mich an meine Herkunft zu erinnern und daran, dass ich nicht ins Familienbild passte. Ich wusste, er würde mich nicht verteidigen, er akzeptierte die Haltung seiner Familie voll und ganz. Ich sah ein, dass es ein Fehler war, doch ich sagte mir ganz einfach, wenn es geschrieben stand, dass ich ihn heiraten sollte, würde ich ihn heiraten. Ich war jung, sehr jung, hatte keine Erfahrung mit Männern. Ich hatte auch französische Romane gelesen und identifizierte mich mit jenen Figuren aus dem provinziellen Kleinbürgertum. Und genau wie sie führte ich ein intensives inneres Leben.

Foulane wartete auf mich, aber ich rief ihn nicht an, um meine Verspätung mitzuteilen, ich hatte keine Lust zu diesem Stelldichein zu gehen, ich wusste, wenn ich diesen Schritt tat, war ich verloren. Als meine Zigarettenschachtel leer war, bin ich aufgestanden, habe die Abfahrtzeiten der Züge für die Rückfahrt angesehen. Es ging kein Zug vor 22:10 Uhr, es war gerade 20:00 Uhr. Ich bin losgegangen, habe den 21er-Bus genommen, bin am Boulevard Saint Michel ausgestiegen und zu seiner Wohnung gelaufen.

Es war kalt, ich trug einen leichten Mantel, ich fror. Er umarmte mich, küsste mich, wärmte mich, bereitete einen köstlichen Fisch zu, und dann haben wir uns geliebt. Es war das erste Mal, dass ich mich ihm hingab. Mitten in der Nacht bekam ich Lust zu rauchen, er ist mit dem Auto losgefahren und hat mir Zigaretten geholt und gleich noch süße Brötchen für unser Frühstück mitgebracht. Am nächsten Tag hatte ich ein Seminar der Universität. Ich bin zu spät gekommen, der Philosophieprofessor bat mich, nach dem Kurs noch kurz zu bleiben. Er gab mir zu verstehen, dass er es sehr schätzen würde, wenn ich mit ihm zu Abend äße, an egal welchem Tag der Woche, außer Samstag und Sonntag, da kämen seine Kinder, denn er war geschieden. Es war eine Herausforderung, und ich war neugierig, ich nahm die Einladung für einen Freitag an. Sein Plan war klar, er wollte mich als Mätresse haben. Er war ein schöner Mann, klug und ziemlich anziehend. Ich habe seine wiederholten Annäherungsversuche zurückgewiesen, dann bin ich aufgestanden, um zu gehen, unter dem Vorwand, meinen Zug nicht verpassen zu dürfen. Er erhaschte meine Hand, küsste sie und sagte: »Mach dir keine Sorgen, ich fahre dich zurück.« Ich konnte ihm noch so oft erklären, dass es weit war, dreißig Kilometer von Paris entfernt, er bestand darauf, denn er wollte mich während der Fahrt davon überzeugen, meine geplante Hochzeit abzusagen. Alle wussten, dass ich einen sehr bekannten Künstler heiraten wollte. Es stand sogar in der Zeitung.

Einen Monat später tauchte Foulane in Clermont-Ferrand bei meinen Eltern auf, mit sechs seiner engsten Freunde, um offiziell um meine Hand anzuhalten. Es war an einem Samstag, mein Vater arbeitete nicht. Die Dinge sind gut gelaufen, ich würde sagen, besser als die Hochzeit selber. Seine Freunde haben zum ersten Mal mit eigenen Augen gesehen, wie Migranten leben. Sie haben klar gesehen, dass wir bescheidene Leute waren. Das war nie ein Problem zwischen Foulane und mir gewesen. Er wusste, wo ich herkam, doch ich wusste nicht, woher er kam oder was er erlebt hatte, bevor er mich traf.

Eine Woche später hat er mich in einem berühmten Pariser Restaurant seinen Eltern vorgestellt. Er hatte ihnen Flugtickets geschickt, hatte einen Freund im französischen Konsulat in Casablanca angerufen, der ein Liebhaber seiner Malerei war und ihnen sehr schnell ein Visum hatte besorgen können. Ich habe gehört, wie seine Mutter hinter meinem Rücken sagte: »Das kann sie doch nicht sein, nein, doch nicht dieses halbe Kind … Und sie ist nicht einmal weiß …« Ich tat so, als hätte ich nichts gehört. Ich habe matte Haut, die jedoch schnell von der Sonne gebräunt wird. Ich habe gelächelt. Sein Vater war sympathischer. Sofort hat er mir Fragen zu meinem

Dorf gestellt, zu Haus und Land meines Vaters, zu unseren Traditionen. Hat sogar gesagt: »Stimmt es, was man sich erzählt, dass ihr sehr begabt in magischen Dingen seid?« Ich habe gelacht und geantwortet: »Davon weiß ich nichts.« Im Grunde war auch er gegen diese Heirat. Ich sah es in seinen Augen, auf seinem Gesicht; so etwas kann man nicht verstecken. Ich weiß nicht, ob er sich auf mich bezog, aber ich habe ihn mehrmals *media mujer* sagen hören, was Spanisch ist und »halbe Frau« bedeutet, ein Ausdruck, den er in Bezug auf den kleinen Wuchs seiner Frau benutzte. Ein anderes Mal hörte ich das Wort *Khanfoucha*, Arabisch für Käfer. Bezog sich das auf mich? Ich hatte es mit einer Familie von Durchgedrehten zu tun! Leute, die mit Unterstellungen, mit Metaphern arbeiteten. Ich war diese Art von Scherzen nicht gewohnt. Meine Eltern beleidigten niemanden, redeten über niemanden schlecht. Die Frauen, die für meine Schwiegermutter arbeiteten, nahmen mich zur Seite und warnten mich, es werde schwierig werden, es war eine Art Klassensolidarität. Eine von ihnen sagte: »Weißt du, meine Kleine, die Fassi mögen uns nicht. Da kann man nichts machen, sie halten sich für etwas Besseres und nehmen keinerlei Rücksicht auf andere! Deshalb sieh dich vor, dein Mann ist gut, er ist ein netter Kerl, doch seine Schwägerinnen sind furchtbar!«

Ich hätte den Rückwärtsgang einlegen können, die Verlobung annullieren und zurück nach Hause fahren. Alles war möglich. Heute verstehe ich nicht, was mich wirklich dazu bewegt hat, mich auf dieses gefährliche Abenteuer einzulassen. Die Liebe natürlich. Doch bis heute frage ich mich, ob ich ihn wirklich geliebt habe. Er gefiel mir, ich fand ihn anziehend, charismatisch. Und dann war er auch noch Künstler, ich habe schon immer diese magische Welt kennenlernen wollen, die der Musiker, der Schriftsteller, der Maler. Das hat nichts mit dem künstlichen Kosmos der Mode zu tun. Es war wie ein Traum. Trotz dieser beunruhigenden Zeichen, habe ich auf meiner Wahl bestanden und mich Hals über Kopf in die Ehe gestürzt.

Damals war Foulane ganz sanft, süß wie Honig, aufmerksam, fröhlich, verliebt. Er wollte, dass ich mich freute, rannte bis ans Ende der Stadt, um mir ein Geschenk zu besorgen. Er hatte abgeschlossen mit seinem Junggesellenleben, mit seiner Existenz als Frauenschwarm. In seiner Wohnung gab es noch ein paar Spuren davon. Ein Büstenhalter, ein Nachthemd, teure Damenschuhe. Bei der ersten sich bietenden Gelegenheit habe ich das alles in den Mülleimer der Nachbarn geworfen. Foulane hat nicht einmal gemerkt, dass diese Gegenstände verschwunden waren. Jedenfalls hat er nie etwas gesagt.

In einer Schublade habe ich Hunderte von Fotos gefunden, einige zu seinem Werk, andere zeigten ihn in den Armen von Frauen: blonde, rothaarige, braunhaarige, große, kleine, Araberinnen, Nordeuropäerinnen … Ich habe mir gesagt: »In welche Patsche bin ich da hineingeraten? Warum ich? Was zeichnet mich den anderen gegenüber aus? Ah ja, nun verstehe ich, der Typ ist um die vierzig, muss eine Familie gründen, seiner Mutter gehorchen und Kinder produzieren, das ist es, ich werde zur Leihmutter. Bis er mich gegen eine andere, jüngere auswechselt.«

Meine Eltern hatten alles der Tradition gemäß eingerichtet. Die Heirat fand im Festsaal statt. Als seine Familie ankam, natürlich mit Verspätung, waren sie schockiert, insbesondere die Frauen. Wie war es möglich, dass ihr geliebter Sohn, der bekannte Künstler, in einem gemieteten Saal heiratete, wie es die Migranten bei der Rückkehr ins Heimatland tun? Sie sahen sich auf diese verschworene Art an, deren vorrangiges Opfer ich lange Zeit sein sollte, verzogen das Gesicht, dann gingen sie meine Mutter und meine Tanten begrüßen. Die Männer stellten sich auf die andere Seite, dort wo die *Adoulen* die Urkunde ausstellen sollten. Foulane trug eine weiße Djellaba, Pantoffeln, die er immer wieder verlor. Er war verlegen, fühlte sich unwohl. Er spürte, dass es zwischen diesen beiden Welten niemals klappen könnte. Es tat ihm leid, leid, dass seine Familie rassistisch war, leid, dass meine Familie so wenig gebildet war, leid, dass ich zu diesem Clan gehörte, der die guten Manieren von Fès nicht kannte, denn in ihren Augen waren unsere guten Manieren keine guten Manieren.

Ich gebe zu, die Kleider der Frauen aus seiner Familie – seine Mutter, seine Schwester, seine Tante, seine Schwägerin, seine Cousinen – waren sehr schön, prächtig und einzigartig. Die auf unserer Seite konnten damit nicht konkurrieren. Wir waren bescheiden, und wir waren stolz. Warum sollten wir uns schämen? Die zu sein, die wir waren? Niemals. Ich glaube, diesen Charakterzug unseres Clans hat er nie verstanden. Wir strotzen vor Hochmut. Wir haben unsere Würde und unseren Stolz. Ihr Getue verunsicherte uns keineswegs.

Dann kam der Moment, als die Urkunde ausgestellt wurde. Ich musste »Ja« sagen und dann unterzeichnen. Wir befanden uns in zwei verschiedenen Räumen. Durch eine Tür getrennt. Ich drückte den Arm meiner Mutter so fest, dass ich ihr weh tat, ich weinte wie ein kleines Kind, dem man die Puppe gestohlen hat. Ich sah, wie Foulanes Vater das Gesicht verzog, als wolle er seine Ablehnung ausdrücken. Einer seiner Freunde hielt ihn am Ärmel seiner Djellaba fest, damit er keinen Skandal auslöste. Ich wünsche mir so sehr, sein Vater hätte diesen Skandal provoziert! Er hätte mich gerettet, und ich glaube ehrlich, er hätte auch seinen Sohn gerettet.

Ich habe mir die Nase geputzt, meine Tränen getrocknet

und mit leiser Stimme ein kleines »Ja« gemurmelt. Ich musste es wiederholen, dann habe ich meinen Kopf bedeckt und das Dokument meiner Sklaverei, meiner Gefangennahme, meiner Erniedrigung unterzeichnet.

Die Männer haben gebetet, damit dieser Junge und dieses Mädchen von Gott und seinen Propheten gesegnet werden, damit sie auf dem rechten Weg des Islam bleiben, damit sie ihren Glauben bewahren, ihre Seele von jeglicher Unreinheit befreien und sich des Glückes würdig erweisen, das Gott ihnen gewährt!

Sie haben sich an den Händen gefasst, sie zum Himmel gereckt, Koranverse zitiert und anschließend den jeweiligen Eltern ein glückliches und reiches Leben gewünscht.

Das Orchester unseres Dorfes spielte nahezu alle unserer traditionellen Lieder. Die Menschen aus meiner Familie sangen und tanzten. Die aus seiner Familie steckten in ihren schönen Kleidern fest. Seine Tante bedeutete mir, zu ihr zu kommen, und fragte: »Warum spielen sie immer wieder das Gleiche?« Wie konnte ich ihr begreiflich machen, dass die Musiker mindestens zwanzig verschiedene Lieder gespielt hatten? Dann befahl sie mir, mich neben sie zu setzen und sagte: »Weißt du, mit wem du das Glück hast, dich zu vermählen? Weißt du, in welche Familie du hineinheiratest? Warum sprichst du nicht gut Arabisch, was ist das für ein Akzent? Bist du Marokkanerin oder zur Hälfte Französin? Gut, du musst mich in Fès besuchen, ich werde dir das Kochen beibringen, dich lehren, welche Haltung du einnehmen musst und wie du antworten musst, wenn man dich anspricht.«

Ich war wie versteinert. Ich brach in Lachen aus, nervöses Lachen. Ich lachte, bis mir die Tränen kamen und wusste nicht mehr, ob vor Glück oder vor Bedrücktheit. In mich hinein gestopfter Zorn. Beherrschte Wut. Ich antwortete nicht, ich senkte den Blick und starrte auf den Boden, wie eine Verrückte, eine Verirrte.

Das Abendessen wurde spät serviert. Die Frauen mochten unser Essen nicht. Kaum angerührte Gerichte gingen wieder zurück in die Küche. Die Männer aßen normal. Mein Vater hatte keine Zeit gehabt, sich umzuziehen, und war sehr erschöpft. Meine arme Mutter war unglücklich. Meine Tanten sahen mich bedeutungsvoll an, als wollten sie sagen: »Das geschieht dir ganz recht!« Von weitem beobachtete ich meinen Mann und bemerkte seine Traurigkeit. Er lächelte nicht, aß nichts. Vielleicht war ihm nach Flucht zumute. Er hätte uns einen Dienst erwiesen.

Gegen vier Uhr morgens hat er mich entführt, wie es der Brauch will. Sein Freund hat uns in unserem Hotel abgesetzt. Das Zimmer war lieblos vorbereitet. Es gab weder Blumen noch Schokolade noch kleine Glückwunschzettel. Diesmal war es nicht Foulanes Schuld, sondern eindeutig die des Hotels, das seine fünf Sterne nicht verdiente. Unsere Hochzeitsnacht begann unter schlechten Vorzeichen. Es lagen sogar Zigarettenstummel in der Toilettenschüssel. An wen konnte man sich um diese Zeit wenden? Am nächsten Tag hat er dem Direktor des Hotels einen wütenden Brief geschrieben. Das Fest war zu Ende. In Wahrheit hatte es nie ein Fest gegeben, nur eine Zeremonie, um sich dieser Pflicht zu entledigen.

Ein befreundeter Fotograf hatte den ganzen Abend und die ganze Nacht Fotos von uns gemacht. Mein Mann ließ einige vergrößern. Wir haben sie im Wohnzimmer unserer ersten Wohnung in Paris aufgehängt. Unsere Besucher waren begeistert: »Oh! Es sieht aus wie *1001 Nacht*! Wie schön die Braut ist! Wie jung sie aussieht! Meine Liebe, Sie sind zauberhaft, es muss eine herrliche Zeremonie gewesen sein, warum waren wir nicht eingeladen? Wie schade! Eine große marokkanische Hochzeit! Was für ein Fest! Und das Glück in Ihren Augen!«

Nicht jeder kann ein Foto interpretieren. Wie oft hätte ich am liebsten zu ihnen gesagt: »Sie irren sich ganz und gar! Es war kein Fest, es war eine lästige Pflicht, allgemein herrschte Unbehagen, es war ein Abend, an dem niemand zufrieden war, niemand sich am rechten Platz fühlte, an dem mit den Trommeln und Flöten der Berber ein schwerer Fehler, ein ungeheuerlicher Irrtum gefeiert wurde. Was Sie in unseren Augen sehen, ist unermessliche Trauer, tiefste Reue, ein auf uns lastendes Verhängnis.«

Wir haben immer den Eindruck vermittelt, eine glückliche Ehe zu führen. Wer uns nicht gut kannte, hielt uns für ein Vorzeigepaar. Ich habe unter diesem Bild gelitten, das mit der Wirklichkeit nichts zu tun hatte. Mein Mann hatte sich angewöhnt, mich zum Schweigen zu bringen, wenn ich bei Tisch mit Besuchern sprach. Er erlaubte sich Dinge, die er nie einer anderen Person gegenüber gewagt hätte. Eines Tages, als seine Nichten und ihre Ehemänner bei uns zu Besuch waren, besaß er die Unverschämtheit, meine Worte in gutes Französisch zu übersetzen, er behauptete, er versehe meine Sätze mit Untertiteln! Die Leute lachten, das amüsierte sie, zu sehen, wie er mich behandelte. Und wie eine dumme Kuh ließ ich ihn gewähren.

Ein anderes Mal erlaubte er sich im Beisein eines englischen Malers, der von der gleichen Galerie wie er vertreten wurde, zu behaupten, er reise nie mit mir, denn er wolle sich ohne Gepäck frei bewegen, ohne eine Frau zur Last zu haben, die ihm notwendigerweise tausend Probleme bereiten würde. Der Maler bemerkte gar nicht, wie sehr er mich beleidigte. Und da er es wie einen Scherz darstellte, begnügte der Gast sich mit einem höflichen Lachen. Ein anderes Mal, im Beisein eines befreundeten Musikers, der gekommen war, um uns seine Hochzeit anzukündigen, machte er dumme Witze über die Ehe, zitierte finstere Aphorismen von Schopenhauer, als wären es die seinen.

Nicht nur, dass er mir in der Öffentlichkeit keinen Respekt zollte, er verteidigte mich auch nie, wenn seine Familie mich attackierte. Vielleicht verstärkte er sogar ihre Feindseligkeit, nährte ihre Ablehnung, um nicht zu sagen ihren Hass.

So hatte unsere Ehe schlecht begonnen, sie ist schlecht weitergegangen und hat schlecht geendet.

Das Geld

Das ist ein kompliziertes, schmerzliches Thema. Sobald ich von Geld rede, gerät Foulane in Wut. Das ist ein typischer Reflex bei Geizhälsen.

Nach all dieser Zeit und den Erfahrungen kann ich klar sagen, dieser Künstler, der viel Geld verdient, ist geizig. Vorher nannte ich das »sparsam«. Heute sage ich »geizig«. Ich habe mein ganzes Leben lang gespart, die billigsten Dinge gesucht, auf den Schlussverkauf gewartet, um Kleider für die Kinder zu besorgen. Wir hatten zwar ein gemeinsames Konto, aber er tat gar kein Geld oder lächerlich wenig darauf. Ich war immer in den Miesen. Mit Vorliebe schwenkte er den Brief der Bank herum, in dem stand, dass das Konto leer oder überzogen sei. »Sieh nur, deine Ausgaben treiben uns in den Ruin!« Welche Ausgaben? Nur das Notwendigste, nichts Überflüssiges, kein Luxus. Meine Freundinnen kauften sich Markenkleider zum vollen Preis, ich mogelte mich im Schlussverkauf durch. Ich habe nie das Kleid eines Designers getragen, nie wertvollen Schmuck besessen.

Jedes Mal, wenn wir verreisten, gab er mir eine kleine Summe und sagte, als rede er mit einem seiner Kinder: »Gib darauf acht!« Er selbst musste nie für irgendetwas zahlen, er wurde ja immer eingeladen. Doch mir verbot er, mich an der Minibar zu bedienen, aus Angst, er werde Extras bezahlen müssen. Auch noch kleinlich. Wenn wir das Hotel verließen, machte er mir jedes Mal seine altbekannte Szene wegen meiner vielen Koffer.

Ich konnte ihm noch so oft erklären, dass man seine Kinder schließlich kleiden muss. Er antwortete bloß: »Hör damit auf, bitte, ich weiß ganz genau, dass deine Koffer wieder voll sind mit Geschenken für deine Familie, ich bin es leid!«

Foulane ist kein freigiebiger Mensch. Ich sage das und Sie werden es mir nicht glauben, denn er hat es geschafft, sich einen gegenteiligen Ruf zuzulegen. Doch er zählt alles. Keine Ausgabe wird dem Zufall überlassen. In seinem Herzen ist bestimmt ein Taschenrechner. Nichts entgeht ihm. Er beschuldigt mich, einen Kaufzwang zu haben, die Scheine nicht unterscheiden zu können, die Kreditkarte für eine unversiegbare Geldquelle zu halten. Er meint, da ich ja sowieso wenig gearbeitet hätte, würde ich den Wert des Geldes nicht kennen und hätte nie rechnen gelernt.

Er meint auch, wenn ich einen Mann aus meiner Schicht geheiratet hätte, jemanden, der genauso arm ist wie ich, wäre ich glücklicher, erfüllter geworden. Was weiß er schon davon?

Wie oft ist er verreist, ohne Geld dazulassen. Ich musste mich an einen unserer Freunde wenden, damit er mir etwas für die Einkäufe und das Essen für die Kinder lieh.

Er hat überall Bankkonten. Er hat es so eingerichtet, dass der Erlös aus dem Verkauf seiner Bilder auf Konten fließt, auf die ich keinen Zugriff habe. Eines Tages habe ich durch Zufall entdeckt, dass er in Gibraltar ein Konto besitzt. Er hatte nicht aufgepasst und einen Überweisungsbeleg liegenlassen. Ich habe ihn fotokopiert und behalten, wie ich auch schon Kontoauszüge, Scheckhefte, Rechnungen und andere Zahlungsformulare weggelegt habe. Ich habe auch alle Dokumente fotokopiert, die sich auf seine in Frankreich, Marokko, Italien und Spanien erstandenen Güter beziehen. Ich verdächtige ihn sogar, etwas in New York gekauft zu haben, doch ich habe keinen Beweis.

Mein Berater hat mir geraten, alles in einem Hefter zu sammeln, falls es mal brenzlig wird. Es bräuchte nur einen Brief von mir an den marokkanischen Fiskus, und Foulane würde auf Jahre in den Bau wandern. Ich habe einen weiteren Tresor gefunden, dessen Passwort ich nicht habe. Daraufhin habe ich den Schlosser noch einmal gerufen und ihm gesagt, der Code funktioniere nicht. Es hat eine halbe Stunde gebraucht, bis er ihn aufhatte. Darin habe ich unzählige Dinge gefunden, die er versteckt hielt, Geld, Schmuck, Kauf- und Verkaufsunterlagen, Schachteln mit Präservativen und sogar Medikamente, um einen steifen Schwanz zu bekommen. Ich war verblüfft. Ich habe alles herausgenommen und in ein Versteck gebracht. Wie kann man mit einem Mann leben, der so viele Geheimnisse hat? Wie kann man dieses Doppel- oder Dreifachleben verdauen? Was Ehebruch angeht, war ich ja schon lange bedient, ich musste nur noch seine geheimen wirtschaftlichen Geschäfte aufdecken. Da ich ihm von Anfang an nicht getraut hatte, habe ich sehr früh damit begonnen, Geld auf einem Sparbuch zur Seite zu legen. Ich wusste, er war fähig, sich von mir zu trennen und mich ohne einen Cent sitzenzulassen. Deshalb erfand ich Arbeiten am Haus, Dinge, die ich für die Kinder kaufen musste, und zweigte einen Teil des Geldes für das Sparbuch ab. Einmal hat er sich geweigert, mir ein Schmuckstück zu kaufen, das ich haben wollte. Am gleichen Abend gab er seiner älteren Schwester eine hohe Summe, damit sie sich die Brüste und den Hintern operieren lassen konnte. Ich erfuhr auch, dass er sein Erbteil seinem jungen Bruder überlassen hatte, der mit einer Hexe verheiratet war, die mich hasste, und die mir mit allen Mitteln schaden wollte, sogar indem sie mich verhexte. Das hat mir mein Taleb bestätigt. Jahre später unterstützte Foulane seinen Bruder und seine Schwestern immer noch, diesmal beim Kauf einer prächtigen Wohnung am Mittelmeer.

Foulanes Geiz richtete sich einzig und allein gegen mich und meine Familie. Ich muss zugeben, was die Kinder betrifft, knauserte er nicht, doch eines Tages sagte unser jüngster Sohn zu ihm: »Papa, wir sind doch reich, wir könnten uns so viel leisten, warum verzichtest du darauf? Sieh nur meine Freunde, ihre Väter sind weniger reich als du, und sie haben die neuesten Videospiele!« Ich weiß, aus Prinzip war er dagegen, dass unsere Kinder zu Sklaven der virtuellen Maschinen wurden, und damit war ich immer einverstanden, doch es war nicht nur eine Frage des Prinzips …

Geld war die Ursache unserer wichtigsten Konflikte. Eines Tages wollte ich ihm ein Bild stehlen und es verkaufen. Doch leider war keines vollendet. Ich verdächtigte ihn, sie bewusst nicht fertigzustellen und sie erst in letzter Minute zu signieren. Er war vorsichtig. Ich verglich mich mit anderen Frauen unseres Umfelds, unter anderem mit der Ehefrau eines spanischen Musikers, der ihr alles überließ, was mit Geld zu tun hatte, mit Verträgen, mit Verkäufen, mit Tantiemen. Wie er uns eines Tages sagte: »Ich gebe Konzerte, und sie nimmt die Kohle ein!« Wir hatten einen anderen Freund, einen berühmten reichen Schriftsteller. Auch er vertraute seiner Ehefrau alles an. Er hatte nie Geld dabei; es war immer seine Frau, die die Rechnungen bezahlte.

Zu Anfang wollte ich mich nicht um seine Geschäfte kümmern, ich wollte nur nicht in die letzte Reihe verbannt werden, auf einen Notsitz, als sei ich niemand, als zähle ich nicht für ihn. Doch er vertraute eher seinem Agenten (der ihn bestahl) als seiner Ehefrau. So sah ich das Erbe meiner Kinder sich in Luft auflösen. Ich musste reagieren, die Blutung stoppen. Seine Familie, sein Agent und seine Freunde lebten sozusagen auf unsere Kosten. Das konnte ich nicht akzeptieren. Foulane ist schwach, naiv und hat sich immer vom erstbesten Dahergelaufenen hereinlegen lassen. Wie oft habe ich ihn vor einem seiner sogenannten Freunde gewarnt, der ihm schmeichelte, ihn mit Worten und Gesten verführte, deren versteckte Absicht, deren schändliches Ziel er nicht sah. So hat ihm einer von ihnen nicht nur Bilder, sondern auch Geld gestohlen – es war dieser kleine Mann, den er in Halluzinationen in seinem Manuskript zu sehen vorgibt. Später stellte sich heraus, dass er ein bekannter internationaler Betrüger war, ein hinterhältiger, abgefeimter Typ mit hysterischem Lachen und glänzenden Augen, die sich manchmal vor Neid und Eifersucht röteten. Denn dieser Typ hatte den Anspruch, Künstler zu sein, er malte, aber niemand kaufte sein Geschmiere. Deshalb hat er in Casablanca eine Galerie eröffnet, er hat Foulane dort ausgestellt und alles verkauft. Kurz darauf hat er Konkurs angemeldet, und mein Mann wurde nach allen Regeln der Kunst betrogen. Diese Geschichte wurde sogar in der Presse erwähnt, doch der Betrüger hatte den Beruf gewechselt und ein Reisebüro eröffnet, das sich auf Pilgerfahrten nach Mekka und die Omra, eine kleine Pilgerfahrt während des Jahres, spezialisierte. Den Armen verkaufte er organisierte Reisen, und sobald die Leute vor Ort waren, entdeckten sie, dass sie betrogen worden waren, keine der versprochenen Leistungen verfügbar war. Nach der Rückkehr konnten sie sich nicht beschweren oder rechtliche Schritte einleiten, denn entweder war das Reisebüro geschlossen, oder es war dort inzwischen eine Metzgerei oder ein Krämerladen. Dieser Hochstapler war sein Freund, und er merkte nicht, dass er etwas plante. Wenn ich daran denke, dass mein Mann ihm das Geld vorgestreckt hat, um die Galerie zu eröffnen! Ich habe diesen Typen immer misstraut, doch Foulane hörte nicht auf mich, er sagte: »Du bist eifersüchtig auf meine Freunde, du versuchst, mich von ihnen zu trennen«, usw.

Deshalb stritten wir uns um Geld. Eines Tages habe ich ihm

gesagt: »Du hast ein ernstes Problem mit Geld, du solltest dich behandeln lassen.«

Er antwortete mit einem Satz, wegen dem ich oft geweint habe: »Mir ist lieber, dieses Geld landet in den Taschen meiner Freunde als bei deiner Familie!«

Als ob meine Familie seine Kohle bräuchte. Was für eine Schande! Da habe ich endgültig begriffen, dass er krank war und dass seine wirkliche Familie – also ich und die Kinder – hinter den Freunden, Brüdern und Schwestern, Nichten und Neffen, Vettern und Cousinen zurückstehen musste.

Als ich vor einigen Monaten die Scheidung eingereicht habe, war ich tatsächlich entschlossen, mich zu rächen, ein Maximum für meine Kinder herauszuschlagen, bevor eine dahergelaufene Frau uns alles entreißen konnte. Er ist unfähig, den Familienbesitz zu verwalten, deshalb wollte ich die Dinge selbst in die Hand nehmen, ein für alle Mal.

Ach, ich habe eine Kleinigkeit vergessen: Wenn er mir etwas schenkte, hat er es selten selber bezahlt. Den goldenen Gürtel, den viele marokkanische Ehefrauen besitzen, hat er mir nicht gekauft, seine Mutter hat mir ihren gegeben. Ich wollte einen modernen Gürtel, den ich selber aussuchen konnte, in meiner Größe, passend zu meinen Kleidern. Aber nein, er hat seine Mutter gebeten mir ihren zu schenken, da sie ihn seit ihrer Krankheit nicht mehr trug und nicht mehr an Hochzeiten und anderen Festlichkeiten teilnahm. Ich habe ihn nie getragen. Wir haben nie eine Hochzeitsreise gemacht. Auch aus finanziellen Gründen. Er sagte, wir hätten ja das Glück, häufig ins Ausland eingeladen zu werden, das sollten wir als permanente Hochzeitsreise ansehen. Es kam sogar vor, dass er ein Business-Class-Ticket für seinen zarten Hintern kaufte und wir, die Kinder und ich, reisten Economy, weil er das Geld für diesen Komfort für uns nicht ausgeben wollte. Er sagte, wir seien ja im gleichen Flugzeug und kämen am gleichen Ziel an. »Ihr seid noch jung, ich bin es nicht mehr.« Er sagte nie »ich bin alt« oder »in die Jahre gekommen«, er war kokett und abergläubisch.

Als mein Onkel und seine Frau in einem unserer alten Häuser unterkamen, das nicht mehr genutzt wurde, wollte er ihnen Miete abknöpfen. Was für eine Schande! Welcher Mangel an Respekt! Von meinem armen Onkel Geld verlangen, wo er doch selbst Millionen verdiente. Er tat uns doch einen Gefallen, indem er ein Haus bewohnte, das leerstehend an Wert verloren hätte, und doch forderte er klingende Münze von einem Migranten, dessen Gehalt kaum über dem Mindestlohn lag.

Im Restaurant hinderte er mich daran, gute Weine zu bestellen unter dem Vorwand, das werde meinen aufkommenden Alkoholismus verstärken. In Wahrheit war es wieder sein Sparfimmel. Zudem war er als guter Marokkaner überzeugt von der Überlegenheit des Mannes über die Frau und ertrug nicht, wenn ich etwas trank, er hielt das für ein Zeichen des Ungehorsams, eine Geste der Befreiung. Deshalb übertrieb ich ein wenig, genug, um ihm Unbehagen zu bereiten und sein wahres Gesicht zum Vorschein zu bringen: das eines Ayatollah, der sich europäisch kleidet.

Zum Personal war er sehr freigiebig, er zahlte mehr als alle anderen, gab ihnen Geschenke, kaufte unserem Hauswart sogar das Schaf für den *Aid el Kebir*. Doch sobald es um mich ging, fing er an zu rechnen. Keine meiner Freundinnen hat solche Geldprobleme mit ihrem Ehemann. Ich habe kein gutes Los gezogen. Doch das ist mein Schicksal. Immer musste ich bitten; er richtete es in Wahrheit so ein, dass ich abhängig von ihm war, von seiner Freigiebigkeit, als sei ich eine Fremde oder eines seiner Kinder. Er schrieb alles auf in ein kleines Heft, und jedes

Mal, wenn ich ihn um Geld bat, zückte er das Heft und rief: »Letzten Monat hast du soundsoviel ausgegeben … Das ist zu viel, viel zu viel, insbesondere wenn man bedenkt, dass es dir an nichts fehlt …« Eines Tages habe ich ihm das Heft aus der Hand gerissen, es zerrissen und in den Müll geworfen. Er starrte mich entsetzt an, als hätte ich gerade Banknoten zerstört.

Ich habe mich nie bemüht, ihm die Dinge einfach zu machen. Ich tat alles, um ihn zu ärgern, ich suchte die heikelsten Momente aus. So erschien ich beispielsweise, wenn er arbeitete, in seinem Atelier und forderte Geld. Er unterschrieb einen Scheck, um seine Ruhe zu haben. Einmal hat er vergessen, die Summe einzutragen. Ich hatte einen Blankoscheck in der Hand. Ich war verrückt vor Freude. Nun konnte ich sein Konto abräumen. Ich machte Pläne. Sofort lief ich zur Bank und fragte die junge Frau am Schalter, ob etwas auf dem Konto war. Sie antwortete, ich könne bis zu 100 000 Dirham abheben. Ich bin mit meiner Tasche voll Geldscheinen herausgekommen. Da fühlte ich mich leicht, denn meine Tasche war schwer mit Kohle, seiner Kohle! Ich habe meinen Eltern die Reise nach Mekka geschenkt und mir eine schöne Uhr und einige andere Kinkerlitzchen geleistet.

Es ist auch vorgekommen, dass ich einen Raumausstatter bestellte, sehr teure Stoffe kaufte und ihn bat, meinem Mann die Rechnung zu schicken. Der Raumausstatter arbeitete sehr gut, aber seine Preise waren schwindelerregend hoch. Deshalb hasste ihn mein Mann, doch am Ende zahlte er immer die geforderten Summen.

Trotz Foulanes Misstrauens gegenüber allen möglichen Händlern, gelang es einem seiner Vettern, ihn auszunehmen. Foulane hatte einen mexikanischen Sammler gefunden, der eines seiner schönsten Werke kaufen wollte. Der Mexikaner hatte sogar als Garantie einen Vorschuss gezahlt. Der Vetter transportierte das Bild, der Mexikaner zahlte, und Foulane sah diesen Vetter nie wieder! Das war ein schlauer Schachzug! Foulane misstraute meiner Familie, doch von seiner ließ er sich hereinlegen: Das ist die Wahrheit.

Der Sex

Ist Ihnen aufgefallen, dass Foulane so gut wie nie von unserer Sexualität spricht? Sollten Sie ihn fragen, warum, würde er vorgeben, es sei aus Schamhaftigkeit. Doch wenn er eine splitternackte Frau malt, nicht selten in aufreizender Pose, hat ihn seine Schamhaftigkeit noch nie beschäftigt. Nur wenn es um unser Intimleben geht, verstummt er. In seinem Manuskript führt er die Liste seiner Eroberungen auf, beschreibt die Frauen in vielen Einzelheiten, gibt sich als Casanova oder Don Juan aus der Provinz, und dann, ganz plötzlich, beklagt er sich über das Schwinden seiner Libido, wegen mir und wegen des Anfalls.

Er zieht es vor, nichts zu sagen über das, was in unserem Geschlechtsleben passierte oder eher nicht passierte. Wir liebten uns selten, er war brutal, wollte es schnell zu Ende bringen, spritzte ab, ohne auch nur zu fragen, ob ich gekommen war. Es konnte ein Monat vergehen, ohne dass er mich anrührte. Dazu muss man sagen, dass auch ich ihn nicht begehrte. Wir legten uns schlafen, sagten gute Nacht, er las ein Buch oder schaute einen Film, stand mehrmals in der Nacht auf, aß ein Stück Obst oder einen Joghurt, knipste die Lampe an, fluchte, weil er nicht einschlafen konnte, wechselte die Position. Manchmal schaltete er sogar das Radio ein, was der Gipfel der Rücksichtslosigkeit war. Ich legte mich zu den Kindern schlafen, ließ ihn mit seiner Schlaflosigkeit allein. Am Morgen wachte er schlecht gelaunt auf, trank ohne ein Wort zu sagen, ohne ein Lächeln seinen Kaffee, nahm das Auto und fuhr zu seinem Atelier, wo er behauptete, Ruhe zu finden.

Ich weiß, dass diese Ruhe in Begleitung stattfand, dass er diese Momente, wenn ich weit weg und mit den Kindern beschäftigt war, nutzte, um sich mit Mädchen von der Straße zu vergnügen. Am Abend kam er mit erschöpfter Miene nach Hause. Ich wusste intuitiv, dass er Sex gehabt hatte, wo ich doch hätte glauben können, er sei impotent. Aber nein, er sparte seine Energie, sein Begehren für andere auf, es waren mal verheiratete Frauen, mal Junggesellinnen, doch sie alle hofften, ihn sich eines Tages schnappen zu können.

Zumindest einmal ging das schief, mit einer Marokkanerin, die in Paris an der École des Beaux-Arts studierte. Irgendwie war sie von Seiten seiner Mutter mit ihm verwandt, eine Verwandte dritten Grades der jüngeren Generation. Sie war kaum zweiundzwanzig und noch Jungfrau. Zwei Monate nach ihrem ersten Treffen war sie schwanger. Um den Schein zu wahren, musste sie sofort abtreiben, und um die Sache zu vertuschen, musste sie in einer Spezialklinik ihre Jungfernhaut nähen lassen. Foulane erzählte mir von der Sache, doch er hütete sich, mir zu sagen, dass er dafür verantwortlich war. »Ich muss ihr helfen«, sagte er mit aufrichtiger Miene, »denn ihre Eltern sind sehr altmodisch, sie wären außer sich. Und ihr Freund, von dem sie schwanger ist, besitzt keinen Cent und ist sowieso abgehauen …«

Foulane hat alles bezahlt. Nach dem Aufenthalt in der Klinik war es, als sei nichts geschehen. Ich habe einen guten Monat abgewartet, dann habe ich sie angerufen und besucht. Ich habe eine Flasche Wein mitgenommen, ich wusste, dass sie Rotwein mochte. Wir haben getrunken, und sobald sich ihre Zunge etwas gelöst hatte, hat sie mir alles gestanden, bis in die kleinsten Details: wie er sie bestieg, wie er ihr Positionen zeigte, bei denen man schneller zum Orgasmus kommt, wie sie ihn lutschte, ihm die Füße leckte und ich denke auch den Hintern. Sie hat mir sogar erzählt, dass sie Geschlechtsverkehr zu dritt hatten, mit einer Italienerin auf der Durchreise, einer Journalistin, die wegen der Kunstmesse da war.

Beim Weggehen habe ich ihr gedankt und sie um einen Gefallen gebeten: »Wenn du dich das nächste Mal mit ihm triffst, sag mir Bescheid.«

Leider hat es kein nächstes Mal gegeben. Foulane hatte sich von ihr getrennt und nahm ihre Anrufe nicht mehr an. Ich wollte ihn in flagranti erwischen und zur Rechenschaft ziehen. Doch brauchte ich noch mehr Beweise?

Welche Frau würde eine solche Situation zugeben? Bei der Ehefrau verschanzt er sich hinter Migräne, bei den anderen gibt er den Zuchthengst!

Es stimmt, dass ich ihm eines Tages eine SMS geschickt habe, in der ich ihm sagte, dass ich *finanziell und sexuell frustriert* sei. Er hat nie geantwortet.

Meine Freundinnen erzählten mir oft von ihren Nächten mit ihren Männern, und ich blieb stumm, wagte nicht, die Wahrheit zu sagen. Ich schluckte meinen Frust hinunter und schämte mich. Meine Freundin Hafsa wurde von ihrem Mann enthaart, anscheinend ist das sehr erregend. Maria ließ sich lange am ganzen Körper küssen. Khadija zog teure Reizwäsche an und spielte die Fremde, um sich von ihrem Mann verführen zu lassen; die meisten hatten mehrmals in der Woche Sex. Ich musste immer darauf warten, dass Monsieur Lust darauf bekam. Wenn er sich doch nur Zeit gelassen und sich wirklich um mich gekümmert hätte!

Zum Glück habe ich meine Nachbarin Lalla kennengelernt. Er hasst sie und hat versucht, uns auseinanderzubringen. Lalla hat mich gerettet. Sie hat mir die Augen geöffnet; sie hat mir Waffen gegeben, um mich zu verteidigen; sie ist eine außergewöhnliche Frau, gesund, selbstlos, großherzig, schön, gut, eine Künstlerseele, die Kompromisse ablehnt, das genaue Gegenteil von Foulane.

Lalla hat mir klargemacht, was Sexualität wirklich bedeutet. Sie hat mir gesagt, eine Frau meines Alters habe absolut das Recht, mindestens einmal am Tag befriedigt zu werden. So viel hatte ich nicht erhofft, doch sie hatte recht, ich musste dieses egoistische Ungeheuer verlassen, dieses perverse Schwein, das mich fast in den Wahnsinn getrieben hatte. Ich verstehe, dass Foulane Lalla nicht ausstehen kann. Sie hat mir geholfen, sein Vorgehen zu entlarven, er hat versucht, mich zu destabilisieren, um mich loszuwerden, damit er alles behalten und ein neues Leben anfangen kann.

Lalla verdanke ich den Beginn meiner Befreiung. Er wurde eifersüchtig, sehr eifersüchtig. Er schrie, brüllte, scheinbar weil er mich liebte! Wie scheinheilig! Sein ganzes Leben lang hat ihn nur eines interessiert, sein Ego, und wenn jemand mir hilft, klarzusehen, kann er es nicht ertragen. Er dachte, er hätte eine kleine Hirtin geheiratet, stumm, mit ständig gesenktem Blick, die alle Kröten schluckt! Er hat sich geirrt, hat nicht gewusst, was die kleine Bäuerin für ihn auf Lager hat.

Was meine Sexualität betrifft: Ich bin noch jung, sie sagen, ich sei schön und anziehend, ich hoffe, ich treffe endlich den Mann, der mich diesen ganzen Frust vergessen lässt, diese Erniedrigungen und diesen ständigen Mangel an Respekt.

Die Eifersucht

Ja, ich gebe es zu, ich bin eifersüchtig, sehr eifersüchtig. Ich war nie eifersüchtig auf meine Freundinnen, nur auf Foulane. Er hatte eine fiese Art, das Schlimmste in mir hervorzubringen, dieses fürchterliche, aber legitime Gefühl, das Paare verrückt macht. Seine Perversität drückte sich selbstverständlich auf hinterhältige Weise aus. Wenn wir Gäste hatten, machte er schlecht frisierten, schlecht gekleideten Frauen Komplimente, nur um mich aufzuregen. Er interessierte sich für ihr Leben, für ihre Kinder, fragte nach ihren Vorlieben beim Lesen, ihren Hobbys. Er benutzte einen mir verhassten honigsüßen Ton. Ich hielt mich zurück, sagte nichts. Einmal waren wir bei Leuten aus dem Showgeschäft eingeladen. Unter den Gästen war ein kleines Filmsternchen mit skandalösem Dekolleté. Foulane stierte unentwegt auf ihre Brüste und unterhielt sich den ganzen Abend mit ihr. Ich habe ihn sogar dabei erwischt, wie er ihre Telefonnummer einspeicherte. Doch ich ließ ihn gewähren. Dann habe ich sein Handy gestohlen und alle Nummern von Frauen gelöscht, angefangen mit der des Filmsternchens. Sie nannte sich Mariline »mit zwei i«, wie sie sagte. Am nächsten Tag machte er mir eine Szene, schwafelte etwas von Respekt, Vertraulichkeit seiner Angelegenheiten, verpasste mir eine Moralpredigt, die nach ekelerregender Kotze roch. Tatsächlich war meine Eifersucht nicht Ausdruck verborgener Zärtlichkeit oder zu erobernder Liebe. Nein, sie war eine Reaktion auf seine Versuche, mich öffentlich schlechtzumachen.

Ein anderes Mal rief seine Russin oder Polin bei uns zu Hause an. Ich weiß nicht mehr, ob sie Malerin oder Musikerin war, jedenfalls gab sie sich als Künstlerin. Mit ihrem fürchterlichen Akzent sagte sie: »Isch wollen die Kinda meines frieheren Liebhabas besucht, du wissen, isch ihn kennen früha …« Was für eine Unverschämtheit! Ich habe sofort aufgelegt. Am Abend hat Foulane lakonisch kommentiert: »Vergiss es einfach, sie ist balla balla!« So behandelte er Frauen, die er vorgab, geliebt zu haben!

Einmal bat er mich, ihm zu helfen, eine Halskette auszusuchen, die er der Ehefrau seines Galeristen schenken wollte. Das war eine sympathische Geste, denn jedes Mal, wenn sie uns besuchten, brachten sie uns ein Geschenk. Wir haben eine herrliche antike Halskette aus Korallen und Silber nach Berberart gekauft. Ich habe sie in Geschenkpapier eingepackt. Ein paar Monate später sah ich sie am Hals der Direktorin einer Galerie aus Madrid, einer hübschen Frau, die mit Sicherheit seine Mätresse war. Als ich ihn darauf ansprach, fing er an zu stammeln, wie ein auf frischer Tat ertappter Lügner. Von Zeit zu Zeit riefen Frauen bei uns zu Hause an. Ich gab ihnen die Nummer des Ateliers. Oft sagten sie nach einem Moment des Staunens: »Sind Sie denn nicht seine Sekretärin, seine Assistentin?« Dann brüllte ich: »Ich bin seine Frau!!« Sie legten auf, und er gab mir nie eine Erklärung. Er sagte immer nur das Gleiche: »Ich bin nicht verantwortlich für die Briefe oder Anrufe, die ich bekomme.« Dann fuhr er fort: »Wenn du deine krankhafte Eifersucht pflegen willst, sei doch lieber eifersüchtig auf die wichtigen Dinge, nicht auf das Unbedeutende, mit dem ich nichts zu schaffen habe!« Was sind denn diese »wichtigen Dinge«? Eine ernsthafte Beziehung, eine starke Liebe, eine perfekte Übereinstimmung? Er gestand, ohne irgendetwas preiszugeben. Das nenne ich schlechten Willen, und das ist mir ein Graus.

Foulane beherrschte die Kunst, mich in meinem Stolz zu treffen, er spürte versteckte Wunden aus meiner Kindheit auf und drehte das Messer darin, um mir weh zu tun, sehr weh; er spottete über meine Erfahrung als Modell, behauptete, ein hoher Wuchs sei keine Garantie für Talent; er nutzte Dinge, die ich ihm anvertraut hatte, um mich zu verletzen, um mich an meine Herkunft als Tochter analphabetischer Migranten zu erinnern. Man kann sich kaum vorstellen, dass er ein den Migranten gewidmetes Fresko gemalt hat! Was für ein Schmierenkomödiant, was für ein Usurpator! Er hat es der Stadt Saint-Denis geschenkt, und einige Monate später haben sie ihm zwei große Bilder abgekauft, die sie im Büro des Bürgermeisters und in der Eingangshalle der Gemeinde aufgehängt haben.

Ich war eifersüchtig auf einige seiner Freunde. Für sie war Foulane immer verfügbar. Verfügbar und großzügig. Da waren zwei wirklich unzertrennliche politische Exilanten aus Chile. Ihre Ehefrauen hatten nichts dagegen, sie akzeptierten die Situation: Zuerst kommt der Freund, dann die Gattin und die Familie. Foulane bewunderte sie aus irgendeinem Grund, wenn er von ihnen sprach, sabberte er vor Eifer. Ich vermutete eine homosexuelle Beziehung, doch das war es ganz und gar nicht. Die beiden Chilenen hatten eine tiefe Freundschaft, und da war kein Platz für irgendetwas anderes. Eines Tages während eines Abendessens bei uns in Paris, hat einer von beiden eine Bemerkung gemacht: »Gib acht auf unseren Freund Foulane, er ist ein großer Künstler, du musst nett zu ihm sein, er ist uns sehr lieb, und wir verehren sein enormes Talent!« Da konnte ich mich nicht zurückhalten, meine ungezähmte Seite hat sich zu Wort gemeldet, und ich habe ihn geohrfeigt. Ihm blieb vor Staunen der Mund offen stehen. Das Abendessen war damit zu Ende, und ich habe die beiden nie wiedergesehen. Selbstverständlich hat Foulane mich wüst beschimpft, mir alle möglichen Beleidigungen an den Kopf geworfen; unser Streit nahm neue Proportionen an.

Ganz einfach, meine Eifersucht war nichts anderes als Zorn, zum äußersten getriebener Ärger. Nichts mehr. Heute ist Foulane nur noch ein Schatten seiner selbst und vegetiert in seiner Ecke. Er kann mich nicht mehr treffen. Er braucht mich, um aufzustehen, um sich hinzusetzen, um zu essen, sogar um zu scheißen. Foulane ist mir ausgeliefert. Meine Eifersucht hat keinen Grund mehr.

Der Fehler

Auch ich erinnere mich an die außerhalb von zu Hause verbrachte Nacht, die Foulane in seinem Manuskript beschreibt. Am Nachmittag hatte ich Freundinnen getroffen, die befanden, ist sehe schlecht aus, traurig, unglücklich. Sie haben beschlossen, mit mir auszugehen. Wir sind in ein gutes Restaurant essen gegangen und haben die Nacht in einem angesagten Night Club verbracht. Ich habe getanzt wie eine Besessene, sogar mit einem blonden Typen geflirtet, morgens habe ich noch extra Croissants besorgt und bin nach Hause gefahren. Foulane erwartete mich mit dem Autoschlüssel in der Hand. Er hat mich gefragt, wo ich war. Ich habe geantwortet: »Tanzen.« Er hat die Tür zugeschlagen und ist die Treppe hinuntergerast. Erst später habe ich erfahren, dass er zu meinen Eltern gegangen ist, um sich zu beklagen, wie man das in traditionellen Familien tut. Das Mädchen bleibt, auch als verheiratete Frau, minderjährig. Die Eltern verbünden sich mit dem Ehemann, sie können sie bestrafen, schlagen, einsperren! Doch da ist er auf Granit gestoßen. Meine Eltern vertrauen mir mehr als ihm. Sie haben ihm nicht geglaubt, ein paar Sätze gemurmelt und mich dann heimlich angerufen, um mich über seinen ungeplanten Besuch zu informieren. Sie mochten ihn nicht, fanden ihn arrogant, verächtlich. Sie wussten, er machte mich nicht glücklich, doch bei uns lässt man sich nicht scheiden, das ist eine Tradition. Meine Mutter hat mir mehrmals vorgeschlagen, Hajja Saadia die Sache regeln zu lassen. Sie konnte Gutes tun, wie sie auch jemanden ins Unglück stürzen konnte. Ich habe abgelehnt. Das nicht. Noch nicht. Wie oft hatte ich ein Mittel in seinem Kaffee aufgelöst, um ihn willfährig zu machen! Es ist ein Rezept, in dem anscheinend ein Pulver aus dem Gehirn von Hyänen mit anderen Gewürzen aus Afrika und sogar aus Brasilien vermischt wird...

Es stimmt, an jenem Tag hätte ich nicht nach Hause gehen sollen. Doch da war unser sechs Monate altes Kind, ich konnte nicht weggehen und es zurücklassen. Nach diesem Zwischenfall hatte ich häufig Lust, meinen Mann zu verlassen, doch jedes Mal revidierte ich meine Position und sagte mir: »Er wird sich ändern, er ist ein alter Junggeselle, der das Leben zu zweit und seine Verpflichtungen nicht kennt. Irgendwann wird er aufwachen und seine Verantwortung übernehmen, er wird verstehen, dass er nicht mehr alleine ist, dass er eine Familie gegründet hat und dass er dazu stehen muss.« Ich gab ihm eine Frist, eine Chance, damit er seine Eigenarten, seine alten Gewohnheiten eines alleinlebenden Mannes ablegte.

Kurze Zeit danach bekam er einen großen internationalen Preis, verbunden mit Reisen und Ausstellungen. Er nahm mich überallhin mit, nach Ägypten, nach Brasilien, nach Italien, in die Vereinigten Staaten, nach Mexiko, nach Russland, usw. Ich liebte diese Reisen, ich liebte die Luxushotels, das gute Essen, und ich entdeckte Schmuck und feine Stoffe für mich. Wenn wir auf Reisen waren, lief es zugegebenermaßen besser zwischen uns, sogar in sexueller Hinsicht. Doch sobald wir wieder zu Hause waren, wurde er schlecht gelaunt und verbrachte wahnsinnig viel Zeit in seinem Atelier, wo es ihm schwerfiel zu arbeiten, weil alle diese Ortsveränderungen ihn durcheinandergebracht hatten.

Dann kamen die 1990er Jahre und seine aufeinanderfolgenden Krankenhausaufenthalte, die langsam, aber sicher zu seinem Hirnschlag führten. Er fiel mir auf die Nerven, denn er war sehr beunruhigt, blass, verängstigt, gestresst. Ich war nicht freundlich zu ihm, ich glaubte, das sei das Richtige, ich dachte, es würde ihm helfen, stark zu bleiben angesichts der Schmerzen, umso mehr, als die Testergebnisse nicht alarmierend waren. Er verbrachte schlaflose Nächte und hinderte mich am Schlafen, als sei ich verantwortlich für den Parasiten, den er in China aufgegabelt hatte, wohin er mich nicht hatte mitnehmen wollen. Das war seine gerechte Strafe! Während seines Krankenhausaufenthalts schickte ich ihm Essen dorthin, ich kümmerte mich um seine Post, annullierte seine Termine und Einladungen. Sein amerikanischer Agent kam zu Besuch. Der hatte keineswegs Angst um seinen Schützling, im Gegenteil, er stellte Kalkulationen an: Sollte Foulane plötzlich sterben, würde sein Beliebtheitsgrad mit einem Schlag in die Höhe schnellen. Mit einer am Flughafen gekauften Schachtel Pralinen tauchte er am Krankenbett auf. Sobald er sich über den Zustand seines Künstlers informiert hatte, nahm er sofort das Flugzeug zurück, um in aller Ruhe den Besitzern der Galerien, mit denen er arbeitete, Bericht zu erstatten.

Foulane war ganz gerührt, dass sich der Agent extra aus New York herbemüht hatte, nur um ihn zu sehen. Als ich Zweifel an den Gründen dieses Besuches äußerte, wurde er wütend, dabei hing er doch an einer Sauerstoffmaske. Drei Tage nachdem er aus dem Krankenhaus entlassen worden war, verlor er einen seiner engen Freunde, einen von jenen, die mit ihm gekommen waren, als er um meine Hand anhielt. Er war unerwartet an einer seltenen Krankheit gestorben. Das ging Foulane sehr nahe, hatte er doch selber dem Tod ins Auge gesehen. Er wunderte sich, dass ich seinen Kummer nicht teilte. Doch es ist nicht meine Art, eins draufzusetzen, nette Worte zu sagen, zärtliche

Gesten zu machen, usw. So bin ich nun einmal. Als ich drei oder vier war, hat mein Vater aufgehört, mich zu umarmen.

Monatelang habe ich einen eingebildeten Kranken ertragen, der sich wie ein Greis bewegte, sich weigerte, abends auszugehen, seine Zeit damit verbrachte, auf einem Block herumzukritzeln. Er malte nicht mehr. Sein Galerist hat ihn angerufen und ihm einen Vorschuss auf die nächste Ausstellung gezahlt. Da er in Geld vernarrt ist, hat er wieder angefangen zu arbeiten; keine Krankheit mehr, keine Erschöpfung mehr. Er stand früh auf und ging ins Atelier. Am Abend erzählte er mir, was er geschafft hatte. Ich sagte mir, schon wieder Geld, das man uns unter der Nase wegschnappen wird. Ich wusste, er wollte jemandem aus seiner Familie helfen, dessen Geschäft pleite gemacht hatte. Ich habe den amerikanischen Galeristen angerufen und darum gebeten, dass die Tantiemen in Zukunft an mich überwiesen würden. Er hat mir klar und deutlich geantwortet: »Wir haben eine genaue schriftliche Anordnung von Foulane, Ihnen zu seinen Lebzeiten nichts zu überweisen.«

Das hat mich erschüttert, ich habe eine Entschuldigung gestammelt und angefangen zu weinen.

Mein Fehler hat darin bestanden zu glauben, man könne Menschen verändern. Niemand ändert sich und vor allem kein Mann, der sein Leben schon eingerichtet hat. Ich bin in dem Augenblick aufgetaucht, als er sich nicht länger amüsierte und beschlossen hatte zu heiraten, denn die Existenzangst angesichts der verstreichenden Zeit und dem Tod begann ihn zu überkommen. Ich war die kleine Blume, die die anderen ablösen sollte, doch was mich betrifft, hat er sich meine Jugend und Unschuld einverleibt.

Wir waren nicht dazu bestimmt, aufeinanderzutreffen. Das ist mein Fehler, unser Fehler.

Die Familie meines Mannes

Foulanes Gleichgültigkeit und der Krieg, den seine Familie gegen mich führte, hatten zum Ziel, mich in den Wahnsinn zu treiben. Manchmal wachte ich nachts auf, zitternd, schweißgebadet, fröstelnd, obwohl das Zimmer gut beheizt war. Das waren Anzeichen dafür, dass sie mir einen bösen Fluch aufgeladen hatten. Er sagte, er glaube nicht an so etwas. Das mag sein, doch ich habe Beweise, dass Frauen aus seiner Familie Hexerei gegen mich eingesetzt haben. Mein Taleb hat mir alles gesagt, alles erzählt, ich weiß, was sie tun wollten, wo und wann. Zuerst haben sie versucht, unsere Ehe zu beeinflussen, damit wir uns trennten. Mein Mann fasste mich nicht mehr an, schlief nicht mehr mit mir. Dann ließ ihn meine Anwesenheit kalt, er reagierte sogar allergisch auf meine Haut. Mir gegenüber spürte er keinerlei Begehren. Das war nicht normal. Später habe ich erfahren, dass sie es mit Hilfe eines Haarbüschels von mir und meiner Monatsbinden bewerkstelligen konnten. Ich litt Qualen, hatte plötzliche Angstanfälle, lief Amok im Haus und war unfähig, um Hilfe zu rufen. Ich verlor meine Kraft, meine Gesundheit. Foulane arbeitete währenddessen, ging aus, verreiste. Er hatte seine Ruhe. Ich habe mich an die Anweisungen des Taleb gehalten und einen großen Hausputz veranstaltet. Meine Freundinnen halfen mir, und wir fanden viele kleine in Alupapier eingewickelte Päckchen in den Ecken jedes Zimmers, unter den Betten, auf den Toiletten. Das Haus war vollgestopft mit Dingen, die mich krank machen sollten.

An jenem Tag habe ich begriffen, dass ich bedroht und überwacht wurde, und dass ich auf jeden Fall reagieren musste, um mich zu schützen. Mein Taleb war hierfür nicht kompetent genug. Er verwies mich an eine Frau in Marrakesch, eine sehr mächtige alte Dame, die mir mit Sicherheit helfen könne. Er hat mir auch gesagt, dass ich sofort vor der Tür des Hauses ein Tier opfern und schützenden Weihrauch verbrennen müsse.

Ich bin nach Marrakesch gereist; habe tagelang gewartet, bis ich einen Termin mit Wallada bekam (man nannte sie so, weil sie als junge Frau Hebamme gewesen war). Als sie mich sah, sagte sie: »Mein armes Mädchen, zum Glück bist du zu mir gekommen. Gut, setz dich her vor mich und gib mir etwas, damit ich die Sitzung eröffnen kann.« Ich habe einen Zweihundert-Dirham-Schein genommen und neben sie gelegt. Sie ist eine sehr starke Frau, sie ist keine Hellseherin, doch sie kann auf Gesichtern und auf Handtellern lesen. Sie hat mir alles bis in jede Einzelheit dargelegt. Man hätte meinen können, sie habe mit uns zusammengelebt. Sie wusste alles, beschrieb exakt die böswilligen Personen. Ich war beeindruckt von ihrem Talent, denn als sie mich ansah, sich auf mich konzentrierte, entdeckte sie, was hinter meinem Leiden stand. Wallada war eine Frau vom Lande, sie konnte nicht lesen, doch sie schrieb mit magischen Kräften unverständliche Zeichen auf. Während sie mit mir sprach, sah ich ihr beim Arbeiten zu. Sie tauchte ein Schilfrohr in Sepiatinte und malte ihre Zeichen, die eines rätselhafter waren als das andere und meinen Gegenangriff unterstützen sollten.

Die Sache hatte mich tausend Dirham gekostet, aber ich war erleichtert. Ich kehrte zurück, ausgerüstet mit Waffen, die alles zunichtemachen würden, was Foulanes Schwägerinnen gegen mich im Schilde führten. Seither habe ich mit der Familie meines Mannes abgeschlossen. Wenn ich sie zufällig treffe, bin ich höflich, speise sie mit scheinheiligen Floskeln ab. Die Frau aus Marrakesch und mein Taleb haben weiter an meinem Schutz gearbeitet. Ich bleibe sehr wachsam. Ständig trage ich die Schriftzeichen der weisen Frau bei mir. Alle sechs Monate erhitzt mein Taleb ein Bronzestaubgemisch in einem Kessel, gießt es mit Wasser auf, in dem Kräuter verschiedener Herkunft gekocht wurden, und gibt mir eine Flasche mit diesem gelblichen Sud, mit dem ich meinen Körper vor dem Duschen einreibe. Während der schlimmsten Phase der Verschwörung der Schwägerinnen bin ich fast verrückt geworden. Ich fühlte, wie mich das Böse umzingelte, eine starke Kraft, die mir schaden wollte, mich zerstören. In den Augen Zoulekhas, seiner neidischsten, bösartigsten Schwägerin, sah ich den gesammelten Hass der Welt. Es sah aus, als werfe sie Flammen, um alles zu verbrennen, was ich unternahm. Einmal hat sie mir einen Ring aus Gold und Silber geschenkt. Als der Taleb ihn gesehen hat, befahl er mir, ihn auszuziehen und ihm zu geben. Der Ring war eine Falle, voll Hexerei, die den Schutz aufheben sollte, den er mir verschaffte. Als ich ihr den Ring zurückgab, tat sie überrascht. Ich habe behauptet, er drücke an meinem Finger und ich sei allergisch gegen Gold. Sie hat gelächelt und das Gesicht verzogen, als wolle sie mir sagen: Warte nur ab.

So habe ich mich mit allen Kräften gegen seine Familie gewehrt.

Ja, Foulane hat recht, wenn er erzählt, dass mich meine Familie oft besuchte, das war mein Schutz, meine Unterstützung. Ja, junge Mädchen aus meinem Clan sind zu uns gezogen, um mir mit den Kindern zu helfen. Ja, ich habe meine Familie immer vorgezogen. Nein, ich mag niemanden aus seiner Familie. Ich habe meine Gründe, und er will sie nicht verstehen. Ich weigere mich, das Haus voll zu haben mit seinen Nichten und

Neffen, die alle sehr schlecht erzogen sind und mich nicht respektieren. Einmal, als ich eine seiner zahlreichen Nichten aufgenommen hatte, ein dummes, übergewichtiges Mädchen, das sein Studium verpatzt hatte, wollte ich nicht, dass sie nur im Haus herumhängt. Ich habe sie aufgefordert, sich nützlich zu machen und mir zu helfen, das Kinderzimmer zu säubern. Sie hat sich geweigert. Ich habe sie rausgeschmissen. Da hat sie mir geantwortet: »Dazu hast du kein Recht, ich bin hier zu Hause, im Haus meines Onkels, ich gehe nicht.« Ich habe ihre Sachen auf die Straße geworfen, und sie ist zu ihrem Onkel gerannt, um sich in seinen Armen auszuweinen. Am Abend hat Foulane mich verflucht.

Seine Familie hat mich immer gehasst. Doch am Ende ist das mir egal. Es berührt mich nicht; er will den wahren Charakter der Mitglieder seiner Familie nicht sehen. Er glaubt mir nicht, wenn ich ihm sage, was ich entdeckt habe, als ich den großen Hausputz machte. Er hat mir gesagt: »Das hast du alles erfunden, du bist krank.«

Unsere Freunde

Wir hatten nicht die gleichen Freunde, nicht nur aus Altersgründen, sondern auch wegen des Klassenunterschieds. Meine Freunde stammen fast alle aus dem Migrantenmilieu. Seine sind Intellektuelle, international bekannte Künstler, Schriftsteller, Politiker, alle sehr von sich eingenommen. Sie betrachten mich entweder herablassend oder mit der Freundlichkeit, mit der man Kinder behandelt, die sich unter die Erwachsenen mischen.

Ich erinnere mich, wie mir ganz am Anfang unseres Zusammenseins eine Algerierin oder Tunesierin – hässlich und vulgär, mit einem viel älteren Franzosen verheiratet – mit verzogener, sie noch hässlicher machender Miene sagte: »Du hast das große Los gezogen!«

»Du bist eine dumme Kuh!«, habe ich geantwortet. »Das große Los! Ja, ein großes Los voll Probleme und Verachtung.«

Ich konnte die Leute, die um ihn kreisten, immer intuitiv einschätzen. Doch er hat sie immer gegen mich verteidigt, sie mir vorgezogen. Wenn sie ihn übers Ohr hauten, kam er zu mir und beklagte sich, und dann habe ich ihn genüsslich zum Teufel gejagt.

Nach all diesen Ehejahren hatten wir doch einige gemeinsame Freunde. Es sind nicht viele, ich fühlte mich nicht immer wohl unter ihnen, denn sie hegten große Bewunderung für den berühmten Maler, dem der König einen Orden verlieh, nachdem er ihm ein Dutzend Bilder zu einem hohen Preis abgekauft hatte. Mir missfällt daran, dass niemand weiß, dass ich immer da war, hinter ihm stand, ihn zum Arbeiten angehalten, alles organisiert habe, damit er in aller Ruhe malen konnte und sich nicht um irgendein materielles Problem kümmern musste.

Ich habe die Kinder alleine erzogen. Ich habe ihnen erklärt, dass ihr Vater arbeiten müsse und dass man ihn nicht stören dürfe. Ich habe ihm jegliche Sorge erspart. Deshalb behaupte ich seinen Freunden, den wahren und falschen, gegenüber, dass ich einen großen Anteil an seinem Erfolg habe, der aber leider unsichtbar bleibt, das ist das Schicksal der Frauen berühmter Männer.

Da wir nicht die gleichen Freunde hatten, hatte ich durchgesetzt, dass er mich hin und wieder mit meinen Freundinnen und Freunden ausgehen ließ. Im Allgemeinen waren wir nur Frauen, das war amüsanter, wir plauderten, erzählten uns Dummheiten, machten oberflächliche Witze, kurz und gut – wir amüsierten uns und merkten nicht, wie die Zeit verging. Doch Foulane rief mich ständig an, sagte, ich solle nach Hause kommen. Ich bat ihn, mich in Ruhe zu lassen: »Ich komme nach Hause, wenn es mir passt.« Er hasste diese Antwort. Wenn ich zu Hause ankam, schlief er nicht und machte mich für seine Schlaflosigkeit verantwortlich. Dann legte er sich ins Wohnzimmer schlafen unter dem Vorwand, ich würde nach Alkohol stinken.

Seine Freunde mischten sich oft in unsere Angelegenheiten ein. Sie riefen mich an, baten mich, sie aufzusuchen, da sie mir etwas Wichtiges zu sagen hätten. Sie hielten mir Moralpredigten: »Weißt du eigentlich, was du für ein Glück hast, mit einem so großen Künstler zusammenzuleben? Er ist ein bewunderter, von vielen beneideter Mensch, man muss ihm das Leben erleichtern, ärgere ihn nicht mit deinen Geschichten. Er verfällt leicht in Depressionen, dabei möchte er nur eines: ein wenig Ruhe zum Arbeiten. Du musst verstehen, deine Familie, die ständig dort ist, das hält er nicht mehr aus.«

Bei einer Gelegenheit habe ich als Antwort nur gebrüllt. Ich wollte nicht mehr, dass sie sich in unser Leben einmischen.

Danach wurde ich von ihm gemaßregelt: »Wie konntest du meine Freunde so behandeln, Menschen, die mir helfen, Jugendfreunde?«

Das Missverständnis war total, sei es ihm oder ihnen gegenüber.

Bis zu dem Tag, als meine Begegnung mit Lalla alles veränderte. Foulanes Eifersucht ihr gegenüber nagte an ihm, machte ihn wütend, bösartig, gewalttätig. Bei Tisch sprach er nicht, erteilte Befehle mit der Hand. Das alles nur, weil ich endlich jemanden gefunden hatte, der mich verstand, mir half, alles zu ertragen, was er mir antat, was seine Familie mir antat, was seine Freunde mir antaten. Ich hatte es satt, wie eine Leihmutter angesehen zu werden. Ich wollte mich verwirklichen, existieren, Dinge unternehmen und alle Niederlagen meines Lebens wieder wettmachen. Als ich Lalla traf, hatte ich sofort das Gefühl, eine verwandte Seele gefunden zu haben, eine Verschworene, die in meinem Herzen, in meinem Gewissen lesen konnte. Sie besaß eine natürliche Sanftheit, die sie in Indien erworben hatte, als sie bei einem Meister, dessen Namen ich vergessen habe, in die Lehre ging. Sie hat mir seine Bücher gegeben. Wir haben lange darüber diskutiert. Sie hat mir die Augen geöffnet und den Weg gezeigt, sie hat in mir ein empfindsames Wesen erkannt, mit unglaublichem Potential, das mein Mann immer erstickt hatte. Sie hat mir geholfen, den Finger auf die Wunden unserer Ehe zu legen. Sie hatte eine breite, reiche Vorstellung vom Leben. Mir eröffneten sich neue Horizonte. Bei ihr fühlte ich mich wie ein Kind, das die Schule des Lebens besucht. Mir wurde bewusst, wie viel Zeit ich damit verloren hatte, zu einer Einigung zu kommen. Lalla reichte mir die Hand. Das werde ich nie vergessen. Endlich jemand, der sich für mich interessierte, ohne im Gegenzug etwas zu verlangen. Ich verbrachte Stunden bei ihr, wir diskutierten, dann dösten wir ein. Foulane hat in Bezug auf unsere Beziehung sofort von Homosexualität gesprochen. Männer sind Narren! Sobald zwei Frauen zusammen sind, halten sie es für eine erotische Geschichte. Nein, Lalla ist nicht lesbisch. Sie mag Männer, das sagt sie ganz offen. Ich glaube sogar, sie hat Liebhaber, doch darüber reden wir nie. Ihr zweifelhafter Ruf hat in keiner Weise etwas mit ihrem wirklichen Wesen zu tun. Die Leute sind neidisch auf ihre Freiheit, ihre Schönheit und Großzügigkeit. Sie ist eine Frau, die sich die ganze Zeit um andere kümmert.

Foulanes Eifersucht war natürlich verständlich. Ich verbrachte mehr Zeit mit Lalla als mit ihm und den Kindern. Aber das war eine vollkommen verständliche Tatsache, denn wann immer ich zu Hause war, fing er an zu brüllen und Lalla zu beschimpfen, was ich nicht ertrug. Er war wie alle diese Großbürger, die um uns herumstrichen und Vorurteile gegen diese mutige Frau hegten, die gewagt hatte, ihren Mann zu verstoßen, weil er sie nicht befriedigte und weil er zu oft weg war. Das ging ganz ruhig über die Bühne, ohne Geschrei, ohne Krise. Sie sind Freunde geblieben. Auch ich hätte eine solche Lösung vorgezogen. Doch mein Mann ist pervers, er fühlt sich wohl in einer Konfliktsituation, will alles kontrollieren, alles auf egozentrische Weise regeln. Lalla hat alles verstanden. Besser als jeder Psychoanalytiker hat sie das Rätsel unseres grundlegenden Irrtums aufgelöst: Unser Fehler lag darin, auf dieser Beziehung bestanden zu haben, wo sie doch ab dem Tag der Hochzeit zum Scheitern verurteilt war.

Ich war nicht die Einzige, die Lalla verehrte. Da gab es fünf andere Frauen, alle von der Ehe enttäuscht, vom Machismus ihrer Männer verletzt, von der kleinbürgerlichen Gesellschaft Casablancas schlecht angesehen. Wir trafen uns, tauschten unsere Erfahrungen aus und versuchten, sie zu analysieren. Lalla verbrannte Weihrauch, spielte uns hübsche indische Musik vor, und wir gefielen uns in dieser warmen schönen Freundschaft.

Lalla war die Tochter einer großen Familie aus dem Stammbaum des Propheten, sie hatte die Gabe, gut sprechen zu können und unsere Sinne zu berühren. Wir umringten sie und hörten ihr schweigend zu, ihre Worte gingen uns ein wie Honig. Das Offensichtliche, das aus ihren Vorträgen sprach, durchdrang uns:

Wir sind hier, um unseren Energien zu ermöglichen zu fusionieren, unserer kollektiven Seele das Beste von uns zu geben, damit wir Hand in Hand auf dem Weg der primären Weisheit schreiten, der Weisheit unserer Menschlichkeit, berührt von der Grazie unseres Geistes, der sich nicht mehr quälen muss. Wir sind hier in unserer Reinheit, um nicht länger das Gewicht des Egoismus der anderen tragen zu müssen, derer, die in uns nur eine zu beackernde Scholle sehen, Leihkörper, minderwertige Wesen, unterwürfig und resigniert. Meine Schwestern, die Zeit unserer Befreiung ist gekommen, und wir müssen auf ihren Rhythmus hören, auf ihr Lied. Wir sind Energie, unsere positiven Wellen entfernen uns von den negativen Wellen, die aus den Augen unserer Feinde dringen. Wir sind nicht länger die Objekte ihrer Lust, wir sind keine Objekte mehr, wir sind lebendige Energie, die zu den Gipfeln der höchsten Berge strebt, wo die Luft rein ist, rein wie unsere Herzen, wie unser Geist. Wir sind auf dem richtigen Weg, wir werden nicht länger dem Manne, der sich stark glaubt, untertan sein. Seine Vermessenheit, seine Ambitionen, die uns opfern und mit Füßen treten, werden uns nicht länger ernied-

rigen können. Die Befreiung unserer grundlegenden Energie liegt in unseren Händen, die Sinnlichkeit unserer Energie liegt in unseren Händen, die Schönheit des Offensichtlichen liegt in unseren Händen, ergreifen wir sie also, und vorwärts zur Ausmerzung der Angst, der Scham, der Unterwerfung, der Resignation, des Konformismus. Unsere Energien treffen aufeinander, kommunizieren miteinander und verbünden sich in einer Befreiungsbewegung. Ja, wir haben uns befreit, endgültig befreit. Schreiten wir voran, ohne rückwärts zu schauen, denn diese Männer, die uns ausbeuten, wissen, dass wir nunmehr stärker sind als sie, entschlossen, unser Schicksal, unser Leben und unsere Energien in die eigenen Hände zu nehmen.

Ersteigen wir den Gipfel unserer positiven Energien. Überlassen wir ihnen die negativen. Dahinter werden sie, um sich etwas vorzumachen, ihre Gesichter verstecken. Wir hingegen haben nichts mehr zu tun mit jenen, die auf unseren Schatten treten, um uns ins Straucheln oder zu Fall zu bringen. Wir sind nicht verrückt, wir sind Weisheit, Philosophie, geleitet vom Echo unseres Urschreis, unseres Auftauchens ins Licht, wir sind Transparenz, Klarheit, unergründliches Meer, wir schöpfen unsere Energie im Feuer des Lebens, im Baum und im Wald des Lebens. Wir sind stark, vereint, und nie mehr werden wir Opfer sein.

Das ist die ganze Wahrheit. Und diese Wahrheit hat mir geholfen, mich von diesem Mann zu befreien, einem wahren Fürsten unter den Egoisten. Das verdanke ich Lalla, der einzigen Freundin, die immer an meiner Seite sein wird, wenn ich jemanden brauche, der mich unterstützt. Danke, Lalla. Danke, dass du mich gerettet und mir die Augen geöffnet hast.

Mein Mann ist …

Er hat tausendundeinen Grund gefunden, warum wir uns nicht mehr lieben, hier sind meine Gründe:

Mein Mann hat viele Tugenden, doch ich habe nur seine Fehler kennengelernt.

Im Grunde ist mein Mann ein alter Junggeselle, eigen und egoistisch.

Mein Mann isst schnell, und das geht mir auf die Nerven.

Mein Mann fährt schon drei Stunden vor Abflug zum Flughafen.

Mein Mann ist cholerisch und nervös, wenn er bei mir ist, aber immer sehr freundlich zu allen anderen.

Mein Mann ist ungeduldig.

Mein Mann schnarcht und bewegt sich ständig, wenn er schläft.

Mein Mann fährt nicht gerne Auto und erträgt meine Art des Autofahrens nicht.

Mein Mann mag die Menschen nicht, er zieht Einsamkeit vor.

Mein Mann ist naiv, schwach und hat keine Autorität.

Mein Mann ist der Ewig-Geprellte. Seine besten Freunde haben ihn alle verraten (etliche Frauen haben ihn mit einem Lächeln ausgenommen, und seine Agenten haben ihn bestohlen).

Mein Mann hasst Sport, macht keine Übungen und hat einen Bauch.

Mein Mann liebt Schwarzweißfilme. Er hat eine Marotte, zitiert Dialogfetzen aus seinen Lieblingsfilmen, und das nervt mich.

Mein Mann ist ein falscher Fuffziger (ich liebe diesen Ausdruck, der so gut auf ihn passt und ihn ausrasten lässt).

Mein Mann ist ein Loser, wenn er einmal gewinnt, ist es Zufall.

Mein Mann kämpft nicht gerne, er behauptet, er möge keine Konflikte.

Mein Mann ist (sehr oft) ein abwesender Vater.

Mein Mann lässt sich zu keiner Verrücktheit, zu keinem Traum hinreißen (seine Malerei belegt das ziemlich gut).

Mein Mann hat nie Haschisch geraucht oder Wodka getrunken. Er ist noch nie betrunken gewesen, hat noch nie den Kopf verloren.

Mein Mann attackiert mich, wenn ich Alkohol trinke oder eine Zigarette rauche.

Mein Mann ist ein Araber, mit den Fehlern und dem Atavismus der Araber.

Mein Mann singt falsch.

Mein Mann glaubt nicht an Geister, an die Seele, an durch Wellen übertragene Energien.

Mein Mann ist nicht großzügig; wenn er mal ein Bild verschenkt, ist es klein und nicht signiert.

Mein Mann ist ein Hypochonder.

Mein Mann ist ein schwächlicher Macho.

Mein Mann ist wie ein Baum mit einem hohlen, abgestorbenen Stamm.

Mein Mann ist so ungeschickt, dass eine meiner Freundinnen eine Liste seiner Ausrutscher führt.

Mein Mann tut so, als lese er, wenn er nicht malt (beim Lesen döst er ein).

Mein Mann hätte gerne einen Mittagsschlaf, bei dem er einen alten Film anschaut, den er bereits mehrmals gesehen hat.

Mein Mann ist ein schlechter Lügner.

Mein Mann ist ein unbegabter Verräter.

Mein Mann ist kein Ehemann.

Mein Mann behauptet, die Frauen zu sehr zu lieben. Das ist falsch, er ist ja nicht einmal fähig, seine Frau zu lieben.

Der Hass

Es wird behauptet, um jemand zu hassen, müsse man ihn sehr geliebt haben. Das trifft möglicherweise auf mich zu. Ich habe Foulane geliebt, doch gegen meinen Willen. Meine Mutter sagte mir: »Meine Kleine, die Liebe kommt mit der Zeit, ich habe deinen Vater erst am Abend meiner Hochzeit kennengelernt. Ich habe gelernt, mit ihm zu leben, ihn zu entdecken, und nach und nach haben wir gemerkt, dass wir füreinander bestimmt sind. Also, Geduld, meine Tochter, Liebe ist Leben, und das Leben soll doch ruhig und angenehm verlaufen.« Wie alle Mädchen in meinem Alter habe ich daran geglaubt. Ich habe meinen Gatten idealisiert, für mich war er ein Fürst, ein Prinz, ein starker Mann, auf den ich zählen, an den ich mich anlehnen konnte. Zu Anfang hatten wir eine angenehme Zeit miteinander. Er kümmerte sich um mich, war aufmerksam, besonders als ich schwanger wurde. Er war wunderbar. Das sind die schönsten Erinnerungen unseres gemeinsamen Lebens. Er war treu, ließ mich nicht eine Minute allein, erledigte die Besorgungen, wenn die Putzfrau nicht kam, spülte er das Geschirr ab, brachte die Wäsche in die Reinigung, saugte den Boden, während ich mich ausruhte. Ich sah ihm zu und sagte mir: »Donnerwetter, ein großer Künstler, der den Boden reinigt, man müsste ein Foto machen von ihm mit seiner Schürze und es einer Zeitung schicken.« Das war nur ein Scherz. Er war ein anderer Mensch. Später sollte ich begreifen, dass er mich so vorsichtig behandelte, weil ich für ihn und seine Familie eine

Leihmutter war. Seine Familie behandelte mich im Übrigen wie eine Fremde. Ich habe gehört, wie seine Schwägerin erklärte: »Wir müssen sie auszahlen und dann wegschicken, wir werden uns sehr gut um den Kleinen kümmern.« Am liebsten hätte ich ihr Säure ins Gesicht geschüttet. Doch ich habe mich beruhigt. Ich sagte mir: »Das geht vorbei.« Ich sagte mir nicht: »Das wird sich ändern.« Nein, ich wusste, es würde sich nie ändern. Er hat ihnen zugestimmt, mich nicht verteidigt. Da bin ich mir sicher.

Ich gebe zu, heute hasse ich ihn. Ich will ihm nicht nur Böses, ich will noch mehr. Ich bin nur ruhig, wenn er nicht da ist. Sobald er anwesend ist, spüre ich, wie meine Nerven mit mir durchgehen, trotz seines jetzigen Zustands. Einmal hat er zu mir gesagt: »Hass ist ein einfaches Gefühl. Liebe ist komplizierter, man muss gegen seine Schutzmechanismen ankämpfen und sich gehenlassen.« Das ist alles Gewäsch. Er hat sich immer hinter solchen klugen Sprüchen versteckt, um mich zu erniedrigen, als wolle er mich daran erinnern, dass er Philosophie studiert hat und ich nicht. Das ist wie die Sache mit dem bestickten Tischtuch, das er mir für den runden Tisch im Wohnzimmer aufzwingen wollte. Ich bin doch nicht so dumm, wie er denkt. Ich habe es weggenommen, weil ein so seltenes und kostbares Stück eingerahmt und nicht dazu benutzt werden sollte, einen Tisch zu bedecken, wo es beschmutzt oder zerrissen werden kann. Er sollte mal in der großen Truhe in unserem Zimmer nachsehen, dann würde er feststellen, dass ich das Tischtuch überaus sorgsam aufgehoben habe.

Ab und zu habe ich mir gewünscht, er wäre tot. Wir alle haben irgendwann im Leben diese Art von Wunsch, und sei es nur ein paar Sekunden lang. Während einer Abendeinladung, bei der er unentwegt um eine Blondine von provozierender Schönheit herumstrich, konnte ich ihn plötzlich einfach nicht mehr ertragen. Ich habe meine Tasche genommen und das Fest verlassen. Er verfolgte mich bis zum Parkplatz, klammerte sich an den Türgriff des Autos, doch ich bin sofort losgefahren. Er ist hingefallen, ich habe nicht angehalten, ich bin einfach weitergefahren. Wenn hinter uns ein Auto gewesen wäre, hätte es ihn erwischt. Er ist mit blutigem Gesicht aufgestanden; es war eigentlich nichts Schlimmes, nur Kratzer, das habe ich später erfahren. Ich erinnere mich noch an diesen Abend bis in die kleinsten Details. Er hat es mir lange übelgenommen und mir vorgeworfen, jede Hilfeleistung unterlassen und ihn allein zurückgelassen zu haben. Doch nach allem, was er mir angetan hatte, wollte ich ihm die Autotür nicht öffnen und mit ihm reden, als sei nichts geschehen. Ich habe ungefähr das Gleiche empfunden, als ich mich weigerte, bei seiner Rückkehr aus China für ihn Taxi zu spielen. Ich wollte ihn bestrafen dafür, dass er mich nicht mitgenommen hatte. Ich verdächtige ihn, mit einer anderen gereist zu sein. Deshalb konnte ich einfach nicht für ihn den Fahrer spielen, gleichgültig ob er krank war oder nicht. Ich gebe es zu, ich bin brutal. Das weiß er genau. Aber warum provoziert er mich dann unentwegt?

Er wirft mir vor, ihn nicht zu bewundern. Er hat recht. Wie kann man einen Maler bewundern, der zugleich ein Mensch mit schäbigem Verhalten ist, ein jämmerlicher Ehemann? Den Künstler habe ich nicht gewollt, denn er nutzte mir nichts. Foulanes Ehefrau zu sein, das ist vielleicht ein Glück in den Augen der anderen, für mich ist es eine Qual. Er identifizierte sich mit Picasso und dessen grobem Verhalten gegenüber seinen Eroberungen. Wir haben sogar einmal zusammen einen Film gesehen, in dem das offen thematisiert wurde. Ich bewundere Foulane nicht, ich hasse ihn, und ich gebe zu, dass selbst sein jetziger unwürdiger Zustand in mir keinerlei Mitleid weckt. Ich schaue ihn an und sehe in ihm vor allem den Verräter und das

Ungeheuer, das mir meine jungen Jahre gestohlen und mich dann fallen gelassen hat. Er sagt, das sei alles meine Schuld. Es ist einfach, mich für seinen Anfall verantwortlich zu machen. Der Arzt hatte ihn beschworen, Diät zu halten, nicht mehr so viel zu trinken und mit dem Rauchen aufzuhören. Doch er hat weitergelebt, als sei er noch dreißig. Er war schon immer ein Mensch gewesen, der zu Stress neigte, extrem unruhig, extrem unter Druck, wenn wir auf Reisen gingen. Er wollte immer ganz früh am Flughafen sein, hasste es, Gepäck mitzunehmen, ertrug es nicht, in einer Schlange zu warten, drängelte sich beim Boarding vor, als könne jemand ihm seinen Sitz wegnehmen. Seinen Stress hatte er schon lange, bevor er mich kennenlernte. Also der Stress sowie die ungesunde Lebensführung, die Trinkgelage mit seinen Freundinnen, die Abende mit seinen Kumpeln, die ihn so mochten, weil immer er die Rechnung übernahm, alle diese Dinge zusammen haben zu seinem Hirnschlag geführt. Ich wäre froh, wenn auch ich dazu beigetragen hätte. Aber ich glaube, mein Wille hat die Dinge zumindest beschleunigt. Mittlerweile hat er sich ein wenig erholt, vorgeblich dank Imane, die sich als Krankenpflegerin ausgab, dabei schlief sie trotz seines Zustands mit ihm. Ich habe gespürt, was sie trieben, wenn ich nicht anwesend war. Und Lalla hat Imane alles vom Gesicht abgelesen. Sie war jung und ehrgeizig und versuchte, einen geschwächten Mann auszunutzen. Ich habe mich persönlich um diesen Fall gekümmert. Heute wird sie das bestimmt bitter bereuen.

Ich werde Foulane nicht loslassen. Von mir wird er niemals seine Ruhe haben. Er muss seine Verantwortung tragen. Seine Gesundheit, seine Launen, seine Seelenzustände interessieren mich nicht. Solange meine Rache nicht gestillt ist, werde ich ihn weiterhin verabscheuen. Eines Tages werde ich ein neues Leben beginnen, doch nicht bevor er bezahlt hat. Solange er nicht bereut, was er mir angetan hat, solange er sich nicht vor allen entschuldigt, werde ich nicht klein beigeben! Ich bin so stolz, zu hochmütig, um aufzugeben. Ich bin hasserfüllt, und wenn Sie mich schütteln, regnet es Gifttropfen.

Ich verabscheue seinen Geruch.

Ich verabscheue seinen Gang.

Ich verabscheue seinen Atem.

Ich verabscheue seinen Mund.

Ich verabscheue sein ironisches Lächeln.

Ich verabscheue seinen bösen Willen.

Ich verabscheue seine Freunde.

Ich verabscheue seine Art, schnell zu essen und sich dabei zu bekleckern.

Ich verabscheue seinen Stress und seine Angstzustände.

Ich verabscheue seine Schlaflosigkeit, die meine Nachtruhe stört.

Ich verabscheue seine Schwäche und seine Reaktionsunfähigkeit.

Ich verabscheue sein fettes Lachen.

Ich verabscheue seinen Single Malt Whisky.

Ich verabscheue seine kubanischen Zigarren, die er so sorgfältig aufhebt.

Ich verabscheue seine Sammlung von Luxusuhren.

Ich verabscheue seine Art, mit einer Frau zu schlafen.

Ich verabscheue sein vielsagendes Schweigen.

Ich verabscheue seine Gleichgültigkeit.

Ich verabscheue seinen scheinheiligen Bezug zur Religion.

Ich verabscheue seine langen Abwesenheiten.

Ich verabscheue seinen Egoismus.

Ich verabscheue seine Fettpolster um die Taille.

Ich verabscheue seine Leidenschaft für Filme.

Ich verabscheue die Jazzmusik, die er auf voller Lautstärke hört.

Ich verabscheue alle Frauen, die er vor mir gekannt hat.

Ich verabscheue und verachte alle Frauen, die er neben mir geliebt hat.

Ich verabscheue seine stumme Gewalt.

Ich verabscheue seine Marotten (wenn er verärgert ist, beißt er auf seine Unterlippe).

Ich verabscheue seine Telefonanrufe, um mich zu beruhigen, unmittelbar bevor er mit einer anderen schläft (er ruft auf dem Festnetz an, um sicherzugehen, dass ich auch zu Hause bin).

Ich verabscheue sein Atelier, seine Malerei, sein Bett, sein Sofa, seinen Pyjama, seine Zahnbürsten, seinen Kamm, seinen Rasierapparat, ich verabscheue alle seine Kulturbeutel, seine Koffer, insbesondere den kleinen Lederkoffer, von dem er sich nie trennt.

Ich träume davon, ihn zu zerstören, ihn in meiner Gewalt zu haben, auf Knien, schutzlos, nackt, bereit in das Leichentuch zu gleiten, das ich ihm zum Hochzeitstag geschenkt habe.

Auch ich habe manchmal schlaflose Nächte. Darauf hat der Künstler kein Monopol. Dann denke ich über mein Leben nach und ordne die Dinge. Danach unterhalte ich mich damit, mir verschiedene Möglichkeiten vorzustellen, wie ich ihn treffen, ihm weh tun kann. Meine Rachegelüste sind stark und in den schlaflosen Nächten doppelt heftig:

Seine Sammlung alter Manuskripte verbrennen, die ich aus dem Atelier gestohlen habe. Ich weiß, das ist ein Verbrechen, doch das Wesentliche ist, dass er darunter leidet.

Eine Strategie zur Belästigung seiner Mätressen entwickeln, deren Kontaktadressen ich gefunden habe, und ihn über meine

Handlungen und die Reaktionen dieser Rivalinnen informieren, die mein Leben zerstört haben.

Einen Moment der Unaufmerksamkeit ausnutzen und ihn eine (bereits verfasste) Vollmacht unterschreiben lassen, die mir ermöglicht, seine Ersparnisse auf mein Konto zu überweisen. Da er am Geld hängt, wird ihn das verrückt machen.

Ärztliche Gutachter kommen lassen, die ihn für unmündig erklären und ihn anschließend unter meine Vormundschaft stellen lassen.

Er wird pinkeln, wenn ich es entscheide. Er kann mich noch so oft rufen, ich werde nicht mit ihm zur Toilette gehen. Die Vorstellung gefällt mir, wie er spürt, dass der warme Urin an seinen Beinen entlangläuft. Das wird ihn erniedrigen.

Ich habe noch mehr Ideen. Doch ich will etappenweise vorgehen. Nur nichts überstürzen, nichts improvisieren.

Die Liebe

Bis heute stelle ich mir die Frage: Habe ich diesen Mann geliebt? Vielleicht habe ich ihn nicht gut genug geliebt, doch heute, nachdem ich mir alles von der Seele geschrieben habe, nachdem ich geredet und nachgedacht habe, kann ich sagen, allein die Liebe hat mich motiviert. Nicht irgendeine Liebe. Keine vernünftige und auch keine verrückte Liebe. Etwas anderes. Wahrscheinlich habe ich ihn geliebt, weil ich nicht anders konnte. Ich komme von weit her, aus einer Welt, die nur wenige Leute kennen. Einmal, während einer Verlobungsfeier in meiner Familie, langweilte ich mich. Ich sah mich um, und alles schien mir fremd im Vergleich zu dem Leben, das ich mit Foulane führte. Ich fühlte mich weit entfernt von diesen Leuten, von diesen zufriedenen Frauen, von diesen glücklichen, satten Männern, von diesen in einem staubigen schmutzigen Hof sich selbst überlassenen Kindern. Ich starrte auf meine Tante, deren Tochter gerade ein Kind bekommen hatte, und fragte mich: »Existiert denn Liebe zwischen ihr und ihrem Ehemann?« Ich beobachtete sie, jeden in seiner Ecke, sie war mit den Vorbereitungen zum Mittagessen beschäftigt, er spielte mit den anderen Männern Karten. Die Liebe, die wahre, die große, die, wenn sie auftaucht, alles hinwegfegt, diese Liebe sah ich nirgends und sicherlich nicht um mich herum in diesem Haus im Kaff, wo alles an seinem Platz war, ordentlich verstaut. Nicht die geringste Spur von Streit … Die Frauen in einer Rolle, die Männer in der anderen. Tradition und Natur erledigten ihre Arbeit. Und ich kam mir überflüssig vor in dieser Versammlung, wo Freude und Glück herrschten. In alledem durfte man nur nichts in Unordnung bringen. Ich habe mich zur Seite gesetzt und beobachtet, wie sich das Glück nach einem für mich nichtssagenden Rhythmus und Ritual entfaltete. Ich war auf meinem Heimatboden zu einer Fremden geworden. Dabei hat mir mein Vater doch so oft gesagt, dass unsere Wurzeln uns nie verlassen. Ja, aber meine sind mir nicht gefolgt, ich würde sogar sagen, sie haben mich verlassen; manchmal suchte ich nach ihnen, und ich fand nur lächerliche Spuren einer armen kargen Bauernschaft.

Die Liebe habe ich aus den Romanen gelernt und aus Filmen, die ich mir in Marseille angeschaut habe. Ich identifizierte mich mit der Heldin, sah mich triumphierend, glücklich in den Armen des Hauptdarstellers. Ich konnte nicht wirklich unterscheiden zwischen gespielter und gelebter Liebe.

Noch mit achtzehn Jahren fragte ich mich: Wen soll ich lieben? An wen soll ich mich wenden? Um mich herum fand ich niemanden anziehend. Ich war bereit, mich zu verlieben und wartete darauf, dass der Mann, mein Mann, wie auf einer Theaterbühne erschien. Ich hoffte auf ihn, ich begehrte ihn, ich erfand ihn, ich stattete ihn mit großen blauen Augen aus, mit hohem Wuchs, Eleganz, Schönheit und auch Güte. Ich stand zur Verfügung. Mühsam verfolgte ich mein Studium und wartete darauf, dass mein Geliebter meine Nächte heimsuchte.

An dem Tag, als ich Foulane traf, war ich zerstreut, ich sah anderswo hin, er war es, der mich zu sich lockte und mir viele Fragen über meine Herkunft, mein Leben, meine Zukunft stellte. Er nahm meine rechte Hand und tat so, als lese er darin, dann die linke, für das gleiche Spiel. Er sagte mir richtige Dinge. Er hatte eine starke Intuition. Lange sprach er über Marokko, Frankreich, Kunst, seinen Wunsch, Ferien zu machen, lange

Ferien. Ich fand ihn schön, und zugleich gab es da etwas an ihm, das mich störte. Er schaute die anderen Frauen an, auch während er mit mir sprach. Sein Blick wanderte in diesem Ausstellungsraum herum und ließ sich auf den Körpern der Frauen nieder. Mir fiel auf, dass einige von ihnen auch ihn ansahen. Ich sagte mir: »Das ist ein Frauenheld, vergiss es.« Da fragte er nach meiner Telefonnummer, wo er mich erreichen könne, denn er müsse mir etwas Wichtiges zeigen. Als ich mehr wissen wollte, gestand er, er wolle mein Porträt malen, auf diese Weise locke er Frauen in sein Atelier. Ich wusste nicht, ob er scherzte oder es ernst meinte. Ich lehnte höflich ab, und durch Zufall kreuzten sich unsere Wege erneut eines Abends bei meinem Professor für moderne Kunstgeschichte. Er klebte den ganzen Abend an mir. Er begleitete mich nach Hause, in meine kleine Einzimmerwohnung in einem Vorort von Paris.

Die Liebe war geboren. Ich sah sein Bild ständig vor mir und überraschte mich mehrmals dabei, auf ein Zeichen von ihm zu warten, einen Telefonanruf, eine Postkarte oder einen unangekündigten Besuch.

Existieren

Also, nun habe ich mir alles von der Seele geschrieben. Im Gegensatz zu ihm war ich kurz und direkt. So oder so weiß ich, dass Sie seiner Version Glauben schenken werden, nicht meiner, denn es ist sein Werk, das überleben wird, und nicht unsere elende Liebesgeschichte. Ich bin ja nur eine in sein Leben eingedrungene Bäuerin, für die alles aus den Fugen geriet.

Er hat mich nicht glücklich gemacht, und doch glaube ich, mich sehr bemüht zu haben, ihm das Leben angenehm zu gestalten. Ich bereue, dass ich oft die Augen verschlossen habe. Heute sitzt er in seinem Sessel, die Hälfte seines Körpers ist gelähmt. Foulane erregt mein Mitleid. Mitleid, das ist kein sehr gutes Gefühl, trotzdem habe ich keinerlei Lust, ihn aufrecht bei guter Gesundheit zu sehen, bereit, mich erneut zu verraten. Von nun an werde ich mich um ihn kümmern, ich werde seine Krankenpflegerin sein, seine kleine Mutti, seine Gattin, vielleicht seine Freundin. Ich mache den Antrag auf Scheidung rückgängig. Ich verändere meine Taktik und mein Verhalten, er wird überrascht sein, und Sie werden sehen, er kann nicht mehr auf mich verzichten. Ich werde ihn lieben wie am ersten Tag, ihn lieben und für mich behalten. Ich werde meine bösartigsten Triebe loswerden; ich verzichte auf meine Rache. Ich werde Gutes tun, ich werde mich ihm zur Verfügung stellen. Ich werde mich nicht mehr fragen, ob ich ihn liebe oder nicht, ich weiß, er ist unfähig zu lieben, zu geben, auch anzunehmen. Ich bin kein Unmensch, auch wenn alles, was er erzählt, mich als die Ursache für Krankheit und Tod darstellt.

Als Erstes werde ich ihm eine Brühe bringen, ihn dann lange massieren, wie es die schöne Imane immer tat. Heute lebt sie ein paar Kilometer weg von hier. Anfang August habe ich sie einmal besucht, ich habe ihr ein Geschenk gebracht, ein hübsches Kleid, das ich nicht mehr trage. Ich habe mich bei ihr eingeladen, in die in einem bescheidenen Viertel gelegene winzige Wohnung, in der sie mit ihrer Mutter und ihrem Bruder lebt. Ich habe offen mit ihr geredet und ihr gesagt: »Ich will mich um meinen Mann kümmern, er braucht mich, ich wünsche mir so sehr, dass er gesund wird, dass er dank meiner Unterstützung – der Unterstützung seiner Ehefrau – wieder malen kann. Er ist ein großer Künstler, daher bitte ich Sie, kümmern Sie sich nicht länger um ihn, ich spüre, dass ihn das durcheinanderbringt, sein Blutdruck schwankt, das ist gefährlich. Ich weiß, das ist fast ein Gefallen, um den ich Sie damit bitte, deshalb schlage ich Ihnen ein Geschäft vor: Ich besorge ein Visum für Ihren Bruder, damit er nach Spanien kann, und Sie bezahle ich bis zu Ihrer Abreise nach Belgien. Die Dinge sind sehr einfach: Sie bringen mir bei, wie man eine Spritze setzt und auch ein wenig Krankengymnastik, das ist alles. Sie müssen ihn auch beruhigen, und ihm erklären, dass Sie heiraten und dass Ihr Verlobter bald für die Vorbereitungen eintrifft. Ich werde mich um Ihre Papiere kümmern, ich denke, das ist nicht kompliziert, denn Ihre Situation hat ja mit Familienzusammenführung zu tun. Was Ihren Bruder betrifft, wird es einfach sein, ich kenne den spanischen Konsul sehr gut, Javier kann mir keine Bitte abschlagen. Er ist auch ein Freund meines Mannes.«

Zuerst war Imane schockiert über meinen Besuch und meine Vorschläge, doch sie hatte ein reines Herz und fand es berechtigt, dass sich eine Ehefrau um ihren kranken Mann kümmern wollte. Sie hat mir gesagt, Foulane sei für sie wie ein Onkel oder ein Vater, sie habe immer nur ihre Arbeit gemacht und sei in ihren Verlobten verliebt. Ich tat so, als würde ich ihr glauben, und wandte mich den praktischen Fragen zu. Sie hat mir gezeigt, wie man Spritzen setzt, hat mir auch Massagetechniken zur Stärkung der Muskulatur erklärt. Ich habe einen sehr lehrreichen Nachmittag verbracht. Sie gab mir den Pass ihres Bruders Aziz und ihre Papiere für den Aufenthalt in Belgien, die vom Konsulat abgelehnt worden waren. Wir haben uns umarmt, und als ich ging, war ich erfüllt von Stolz wegen meines Erfolges.

Jetzt ist meine Kriegslist umgesetzt, die Falle wird über ihm zuschnappen. Ich muss nur noch Foulane und dem Arzt ganz sanft und zärtlich vortragen, wie ich mir sein neues Leben vorstelle. Lalla hilft mir, die Rede einzuüben. Sie spielt den Ehemann, ich spiele mich selbst. Es ist amüsant. An einem Punkt haben wir uns vor Lachen geschüttelt. Sie hat mir sogar gesagt, dieser Plan sei noch erfolgversprechender als sämtlicher Weihrauch des Talebs aus den Bergen. Um das zu feiern, haben wir eine gute Flasche aufgemacht.

So werde ich ihm Tag und Nacht zu Diensten sein. Ich werde ihm vorschlagen, mit Rücksicht auf die Kinder Frieden zu schließen. Das ist das beste Mittel, damit er mir nie mehr entkommt, damit er endlich zu dem Mann wird, von dem ich geträumt habe. Ich werde ihn pflegen, so nützlich für ihn sein, dass ich unentbehrlich werde. Ich werde ihn lieben, so wie er ist. Ich werde nicht mehr versuchen, ihn zu verändern. Ich bin kein Ungeheuer. Ich habe Gefühle. Ich bin ein wenig wild, ein wenig brutal, das ist meine »natürliche« Seite. Ich hasse die in seiner Familie so verbreitete Sich-Ziererei und Scheinheiligkeit. Ich werde ihn lieben, ihm geben, was ich ihm die ganzen

Jahre voller Missverständnisse nicht bieten konnte. Ich werde ihn bewundern, ich, die ich mich immer so anstrengte, ihm nicht zu zeigen, wie stolz ich auf ihn war. Ich will, dass er weiß, dass ich ihn liebe, dass er sich darüber klarwird, dass ich nicht seine Feindin bin, sondern die einzige Frau, die ihn liebt, gerade jetzt, wo er ein Krüppel ist, wo die Krankheit und ihre Auswirkungen sein Leben einschränken. Ich habe mich erkundigt, was seinen Schlaganfall betrifft, anscheinend wird er wieder gesund, das haben sie mir versichert. Doch wird er im Vollbesitz seiner Kräfte sein? Wird er genauso meisterlich malen können wie vorher? Das kann kein Arzt genau vorhersagen. Wir können nur seine Fortschritte registrieren und uns glücklich schätzen, dass er den Pinsel wieder in der Hand hält. Ich werde ihn für mich behalten, keine andere Frau wird sich ihm nähern, ich werde da sein, und er wird sich nicht mehr aus seinem Sessel rühren. Die Zwillinge, wie er sie nennt, werden mir helfen, wenn es um den Transport ins Bad oder um Ausflüge geht. Doch von nun an werde ich ihn waschen, ich will ihn in meinen Händen halten, wie ein Kind, ohnmächtig, er wird sich nicht beschweren können, mich nicht bedrohen oder beschimpfen wie vorher. Ich werde außer Reichweite sein. Ich werde neben ihm schlafen, ihm seinen Kräutertee bereiten, ihm seine Medikamente und auch seine Schlafmittel verabreichen, damit er lange schläft. Die Zeit ist gekommen, ihm zu beweisen, dass ich eine gute, uneigennützige Frau bin, bereit, ein zweites Mal ihre Jugend oder was davon übrig geblieben ist zu opfern, damit er ein gutes Leben hat. Ich werde aufmerksam sein und ihn nie mehr alleine lassen. Ich habe mit seinen Ärzten geredet, die den Plan gutheißen. Immerhin sind wir verheiratet in guten wie in schlechten Zeiten, wie es die christliche Kirche formuliert. Bei uns sagen sie, dass man sich im Krankheitsfall gegenseitig helfen und unterstützen muss. Ich tue beides.

Ich reiße die Macht an mich, doch ich werde dies mit für ihn erstaunlicher Sanftheit tun, das wird es mir leichter machen, ihn zu lenken. Ich habe seine Angelegenheiten bereits geordnet. Nicht ein Dokument, nicht eine Unterschrift wird ohne meine Zustimmung durchgehen. Einige Bilder habe ich im Keller versteckt, und ich habe den Schlüssel für die Tür und den Zahlencode für die Schlösser. Schluss mit dem Verschenken von Bildern. Ich habe seinen Agenten angerufen, der sofort zugegeben hat, dass sein Wert seit dem Anfall gestiegen ist und dass es am besten ist, im Moment nichts zu verkaufen. Er hat mir erklärt, dass jedes einzelne umso teurer wird, je weniger Bilder im Umlauf sind. Seltenheit treibt die Preise hoch. Also, egal was Foulane dazu denkt, mit der Malerei ist es zu Ende. Auf jeden Fall wird er nie mehr diese großen Bilder malen können, die zu so hohen Preisen verkauft wurden. Schluss. Basta! Jetzt ist er mein Ding, und mit diesem Ding tue ich, was ich will. Ich will, dass dieses Ding ruhig ist, verträglich, ich würde fast sagen glücklich.

Ein wichtiges Detail: Ich muss noch überprüfen, ob er nicht woanders Kinder hat. In seinem Panzerschrank habe ich das Foto eines kleinen Jungen in den Armen einer blonden Frau gefunden …

Die nette Ehefrau, die man ohrfeigen kann – mit der ist es vorbei. In dieser Nacht vom 1. auf den 2. Oktober 2003, in der ich diese Antwort auf sein Manuskript verfasst habe, habe ich, Amina, beschlossen, meinen Mann in seinem jetzigen Zustand zu lieben. Nunmehr werden meine Gefühle sich nicht mehr in enge Sackgassen verirren. Es ist eine reiflich überlegte Entscheidung, die ich zum großen Teil Lalla verdanke. Sie hatte die Idee, ihn zurückzugewinnen. Sie ist genial. Ohne sie wäre ich immer noch damit beschäftigt, mich selbst zu zermartern und in meiner Ecke zu weinen. Sie hat mir sogar empfohlen, von

Zeit zu Zeit eine Frau zu ihm zu bringen, wenn das ihm gefällt. Ich weiß nur nicht, ob ich so etwas kann. Nein, man soll auch nicht übertreiben.

So wird meine Rache sein, sie wird den Weg des Guten gehen, sich in Güte und Großzügigkeit ausdrücken. Sie wird Liebe und Erlösung sein. Ich werde ihn überhäufen mit unendlicher, schöner und tiefer Liebe, mit einer Liebe, die ihn zum Träumen bringt und mit einer Sanftheit umhüllt, die er sich nicht vorstellen kann. Ich werde mich ganz klein machen, um Verzeihung bitten, ich werde es so einrichten, dass ich ihm gehorche und sogar seine Wünsche voraussehe, so dass er nicht an meinem guten Willen zweifeln kann, an meinem Vorsatz, auch das geringste seiner Probleme zu regeln und ihm untertan zu sein. Ja, ich werde mich unterwerfen, ich werde klein beigeben, und so hoffe ich, mich dauerhaft in ihm festzusetzen. Ich danke dem Zufall, der es mir ermöglicht hat, meinen Platz wieder einzunehmen, den Platz, den ich nie hätte verlieren dürfen. Sobald er das begreift, wird Foulane aus dem Staunen nicht mehr herauskommen. Ich werde alles tun, damit er zu meinem Ding wird, zu meinem Gegenstand, zu meinem Kranken, voll und ganz abhängig von mir und nur von mir. Ich genieße den Gedanken an diese zukünftigen Momente. Ich freue mich über diesen Glücksfall. Endlich frei, endlich werde ich existieren.